U0103565

海馬龍

馬　龍　魏天一　著

開明書店

海馬龍

馬　龍　魏天一　著

責任編輯　周文博
裝幀設計　鄭喆儀
排　　版　黎　浪
印　　務　劉漢舉

出版　　開明書店
　　　　香港北角英皇道 499 號北角工業大廈一樓 B
　　　　電話：(852) 2137 2338　傳真：(852) 2713 8202
　　　　電子郵件：info@chunghwabook.com.hk
　　　　網址：http://www.chunghwabook.com.hk

發行　　香港聯合書刊物流有限公司
　　　　香港新界荃灣德士古道 220-248 號
　　　　荃灣工業中心 16 樓
　　　　電話：(852) 2150 2100　傳真：(852) 2407 3062
　　　　電子郵件：info@suplogistics.com.hk

印刷　　美雅印刷製本有限公司
　　　　香港觀塘榮業街 6 號 海濱工業大廈 4 樓 A 室

版次　　2023 年 11 月初版
　　　　© 2023 開明書店

規格　　16 開（210mm×145mm）

ISBN　　978-962-459-282-5

目錄

編 者 按

　　他，出生在上海浦東，家鄉毗鄰東海。

　　他母親常說，人活一世啊，要爭氣點、誠實點、大度點。

　　母親說的話，他默默記在心裏。

　　那是他 6 歲時的一天，他的母親明明已經付了買樹苗的錢，但被鄰人冤枉為沒有付。當年那不是一筆小數字，所以驚動了很多人，一大早大人們就聚集在會堂裏準備開會處理。正式開會前，許多人湊在一起竊竊私語。與那位鄰人交好的一些人，雖不明真相，但隨意指責他的母親「不該做這種事」、「不應該賴賬」。

　　他的母親是一位淳樸的女性，為人善良厚道，人品有口皆碑，十裏八鄉都稱她「本份人、老好人」，從未做過失信之事。面對莫名其妙潑來的臟水，不善言辭的她，委屈得說不出話來，急得不停地抹眼淚。

　　看著母親不停地用衣袖擦拭哭得紅腫的雙眼，口裏反反復復說著「我給了，我真的給了」，此時此刻，站在角落裏幼小的他，心中湧起一股熱流，勇氣油然而生：「我看見媽媽付錢給他了！」小小的身軀爆發出洪亮的聲音：「我親眼看見的！」他的話音蓋過了那些質疑聲，現場頓時安靜下來，大人們的目光紛紛聚焦過來。他站到母親身邊，緊緊攥住她的衣角，目光堅定地注視著眾人。

「孩子是不會撒謊的！」「這個孩子有勇氣，很爭氣！」眾人紛紛稱贊。最終，那位鄰人承認收過樹苗錢，終於還了他的母親一個清白。而他寬厚的母親，沒有因此而記仇這位鄰人。

這件事，在他的成長歷程中產生了巨大的影響。當時年紀雖小，但他天性中勃發著對親人的摯愛、對正直的勇氣、對誠信的呵護、對大度的尊崇。

母親的言傳身教，就像文明的種子，植根於他的心田裏。隨著歲月，發芽、開花、結果。於是，「勇敢、誠信、包容」，自然成為他奮發進取的人生態度與精神力量。

他生活的年代，風雲變幻，世事變遷，他親歷著人類文明和當代科技的巨大進步。更重要的是，在伴隨而行的進程中，善於思考的他，愈發深刻地感悟到，無論怎樣的歲月之變、天地之變、科技之變，萬變之中有不變，那就是，人與人之間對真愛的執著追求與傾心守護，是跨越時空的恒久不變。

這，正是創作這部小說的初心。

少年時，他常常在海邊玩耍，想象著有一個能保護家人的守護神，給他力量，能在天上飛翔，也能在海底遨遊，就像海馬和龍的結合……

距離兒時的那個夢想，幾十年過去後的如今，「海馬龍」兩次來到聯合國總部，向世界展示其代表「真愛、誠信、包容」的獨特藝術形象，並作為「和平使者」贈予多國元首和世界名人，得到了他們的交口稱贊。

有一天晚上，在上海外灘，他與一位久未謀面的好友相聚。這位好友旅居海外多年，成就卓著，歷經大半生風雨，回到了祖國家鄉。席間，望著窗外黃浦江上的一輪明月，那位好友不禁感

慨：「人的一生啊，其實就是不斷地圓夢。」

　　這句話，他感同身受，又一次觸動了曾經的夢想，那正是母親影響他人生之路的信念。

　　這些年來，伴隨著事業的進展與視野的拓展，他的夢想，在全球科技進步的浪潮中，激蕩著，升騰著，實踐著。

　　創造智能人艾琳，在智能的基礎上，融入人類情感與信念，將 AI 智能與人文相結合，讓技術不再冰冷，讓智慧充滿溫度，讓人工智能昇華為充滿人性關懷的「人文智能」（簡稱 H.I.）。

　　《海馬龍》這本小說，正是信念感的文學化。

　　邀遊海洋，沿著海岸線，朝著海納百川的前方行進，相信當下的讀者走進書裏的世界，可以在宏大歷史與個人命運之間，去體悟愛與恨、生與死、相聚與離別，能夠在驚心動魄、曲折離奇、耐人尋味的故事裏，看到千帆過盡後，唯有至真至善的人性之光，不為時間所改變。

　　感謝鄭欣淼先生、何勇先生為本書寫序，感謝為這本書的出版付出心血的各位。

序 言 / 鄭欣淼

　　我不是一個小說評論家，但是對於這本體現出特有考古博物題材的歷史小說，我萌生了濃厚的興趣，感覺有話可說。

　　故事敍述了一段源於 600 多年前的旅程。永樂十一年十一月（1413 年 11 月），鄭和第四次下西洋，一個化名為顧清河的特殊船員，帶着對馬可‧波羅周遊列國的嚮往，帶着已故師父的遺願，與鄭和的船隊一同踏上了這場征程。期間發生的故事承載着千年的文明，記錄着人類性靈中的至真至善，在時間的雕琢下，愈釀愈醇，歷久彌新。

　　相信大家都看過一部有趣的電影《博物館奇妙夜》，作為一個博物館人，我的日常不是在博物館，就是在去往博物館的路上。為什麼大家對博物館推崇備至，充滿欣欣然呢？從我在故宮博物院多年的親身體會來看，是因為博物館有藝術、有人文、有文化遺產，也有對未來的預知和啟迪，有無限的想像空間。

　　博物館本身不在於「館」，在於「物」，在於博大的「物」。但這個「物」，不僅是物化的「物」。

　　它是有品質，有靈性，有精神的。

　　它是遠古的成就，在當代沉澱。

　　它，是一種文明的結晶

　　這種文明的結晶，是屬於人類共同享有的無價之寶。文物是歲

月的沉澱，讓我們看到歷史，藉此看到以往、告訴未來。對未來的啟迪是一種人文啟迪，是一種哲學思考，也就是一種文化的思維。

陳雲軒先生說過：對文化，對以往的歷史，對文物，都應該抱有溫情和敬意。這種溫情與敬意，源自於我們對歷史的認識，對歷史的感知，對未來的認知，以及對當下的把握。這種感知、認知、和把握，對考古和博物館領域來說，意味着對於已經發現的，已經擁有的，人類共同享有的文物，我們要好好地呵護它、珍愛它。

想對我們現在能在博物館看到的，更多的是散落在世界各地，沉澱在時間隧道裏，尚未被發掘到的遺珠。我們渴望去追尋、去探索、去打撈、去認知，讓它綻放出應有的光芒。這種光芒是歷史的，是未來的，更是現在的。

馬可‧波羅在幾個世紀之前的遠行，鄭和下西洋的航行，他當然有當時的時代意義、航海意義，外交意義等。但是我覺得更重要的，它是一種文明價值，是全人類所共同擁有、必須擁有的一種文明價值。

從這個角度來說，這本小說所描述的，這段考古性的博物歷史，在驚心動魄、跌宕起伏的傳奇背後，它的價值在於對人文遺產的傳承，記錄了歷史中遺落的一段美好，使其綻放人文光芒。這個故事帶給我們的思考和啟迪，是人文、是真愛、是遺產、是考古、是歷史、是博物。歸根到底就是對文明的認知、對文明的推崇、對文明的欣賞，對文明價值的堅守。

（鄭欣淼　文化部原副部長、故宮博物院原院長，
現任故宮研究院長、魯迅學會會長）

2020.3.4

序 言 / 何勇

2018 年 9 月 9 日，紐約聯合國總部大廈，第四屆「9·9 國際真愛節」隆重舉行。我應邀出席，並發表了題為《「真愛人文」的人類學意義》的演講。

兩年多後，我欣喜地獲悉，向全球首倡「9·9 國際真愛節」的高迪安集團，即將出版這本考古博物歷史小說。

真是創意頻出啊！

世上所有的創意，歸根結底，都源自於人類內心，對生活的熱情，對生命的激情，對文明的溫情。

人類的良知，本質而言，就是對生活的態度，對生命的態度，對文明的態度。

也正是這種態度，賦予了人文、藝術的溫度。

作為人類學的學習與研究者，我自然對有歷史背景的人文藝術故事饒有興趣。因為人類學，需要遙遠的打量，需要微妙的想像，通過一個個生動的故事，追尋對人與社會、歷史與未來的整體理解。

生命起源於海洋。海馬龍的故事來自 600 年前，歷經劫難，成就傳奇。盤點現代人類學的歷史，人類學同樣熱情於海洋文明，傾情關注每一細微的個體與事件，以人文關懷履行人類責任。

任何學科本質的根本討論，都是力圖更深刻地認識人性與人

心、文化與文明。在這個方面，人類學的關注和探求，與這本書所帶給讀者的思考，是一種相同的脈動。

脈動的生命，是生活的實踐。亞里士多德強調了人的「實踐智慧」。知行合一，方為智慧。人類學面對現實生活，生活的本質是優雅從容地應對各種糾纏，讓生命勃發出真愛的光芒。浸潤着性靈的色彩與味道，正是生活與生命的真實。

現代人，應該是文明人。文明人，是善待眾生的悲憫者，是愛家庭、愛社會、愛世界的真愛者，也是愛生活、愛工作、愛藝術的優雅者。如果說，海馬龍是 600 年前留給現代人的文明遺珠、藝術瑰寶，那麼，這本小說所蘊含的，則是真愛人文理念的歷史鈎沉。為了真愛所彰顯的勇氣，所付出的努力，正是體現了人類追求文明進步的原動力。

歲月流轉，人類在文明中前行。無論什麼年代，「世界」「社會」「家庭」，都是全人類必須直面的「他者」；而真愛，則是全人類都必須看見的「自己」，都應當覺悟的「本質」。

（作者係聯合國中文組原組長、美國哥倫比亞大學人類學博士）

第一章

「三百一十萬，三百二十萬，三百三十萬，三百五十萬！」競價的數字蹭蹭向上躥，年輕的拍賣師也開始變得激動起來。

「哦，那邊的六十九號女士，喊出了三百六十萬。三百七十萬。三百七十萬，三百八十萬，注意，九十三號喊出三百八十萬。三百八十萬，三百八十萬一次，三百九十萬，還是六十九號女士，看來六十九號志在必得啊！」隨着拍賣師手指之處，所有目光都被吸引了過去。

六十九號女士就坐在我的身後，一身貴婦的打扮，身材高挑，皮膚白皙，四十歲左右。她優雅地微笑，坦然應對四面八方的目光。

「歲寒三友是什麼？」一旁的思薇指着手上的圖略問我。

她是一個法國女孩。

我叫李匠仁，從小喜歡手工、畫畫，愛搞鼓點小玩意兒，比如做做模型什麼的。我小學上課的時候在本子上畫連環畫，為此被老師抓住，叫了家長，捱了一頓訓。然而我並未因此變得老實，反而變本加厲。我的父母看我小小年紀就如此執着，就送了我去學畫，這一學就是十年。十年後，我考進了清華美院，也算光宗耀祖。知道錄取結果那天，我看着貼滿我房間四壁的習作，

覺得一切都有了回報，透過那些線條，我似乎看見了另一種人生。

　　所謂另一種人生，一定是比現在美好的人生。就像別人家孩子，總是比自己家孩子強一樣。我在大二的時候從繪畫系轉到了雕塑系，這樣不僅可以在二維平面上創造，還能把二維的畫面做成立體的東西。這也正應驗了我的名字李匠仁，匠仁，匠人，看來我註定要成為一名匠人。我熱愛我的專業，認真學習，醉心創作。時間飛逝，四年的大學時光很快過去了，人過了二十歲，少年往青年走，身心皆不一樣。到了大四的時候，大家都不得不考慮畢業後的日子。考研，就業，出國。這是如今年輕人離開學校後必須經歷的三岔口。平心而論，我是不想離開學校的，倒不是貪圖象牙塔的安逸，而是覺得藝無止境，自己還太嫩，需要繼續修煉，才能完成我的夢想——成為一個有着自己品牌的設計師。

　　我最終選擇了出國，去意大利，繼續我的學業。在學校的時候，我認識了 Jade。她是我的同學，法國女孩，對東方文化很感興趣，她說家族有很多來自中國的收藏，她有一枚造型奇特的戒指，平時都戴在手上。記得我們第一次見面的時候，她徑直向我走來，身着一身墨綠色旗袍，腳下踩着一雙雪白色的低跟皮鞋，她金色的長髮披散在肩頭，髮梢打着捲，像一層層的波浪，翡翠色的雙眸與旗袍的墨綠色一淺一深，交相輝映。Jade 這身裝扮在當時被我驚為天人，同時我緊張得無以復加，咚咚的心跳聲讓我感覺自己都快要窒息過去。Jade 看着我的臉，然後開口用中文說了一句：「你好。」

　　我當時應該是處於大腦充血的狀態，即思維一片空白，而眼神卻不受控制的開始從頭到腳掃過 Jade，像是評頭論足一件商品，實在無禮至極。在我目光落到 Jade 如削葱根的手指時，我看

見了她手指上的戒指，指環上鑲嵌的並不是白色的鑽石，而是一個白玉的龍頭。

並非西方傳說中的惡龍，而是典型的中國龍。龍對於一個中國人來說意味着什麼，從我們自稱龍的傳人就可見一斑。把龍頭鑲在戒指上，現在自是無妨，但要放在古代，只有皇家的人才有這個權力。但中國古代的戒指多是文字戒，就是戒面寬大，將圖案、花紋、文字鐫刻在戒面上。鑲嵌戒的戒面則窄，主要做戒托的作用，用來支撐鑲嵌在上面的珠寶，並不常見於中國。這枚戒指若是近代產物，倒不足為奇，只是從材質看來，卻明顯蘊含有一股年代的滄桑感，不像是新近打造。

我後來問 Jade 這枚戒指的來歷，她說叔叔是在路邊的小攤兒偶然看到，便買了下來。他叔叔是一個收藏家，對古玩珠寶的鑒別很有一番心得。據她叔叔的鑒定，這枚戒指應該製作於五百多年前。那麼問題就出來了，五百多年前中國似乎是沒有這種鑲嵌戒的，若有，那鑲嵌上龍頭則一定是出自皇家。五百多年前中國屬於明王朝，明清因為是中國最後的兩個封建王朝，年代接近，史料繁多，若是當時的宮廷打造，則必然會留下記載。我答應幫 Jade 查查，便用手機拍了一張照片。可以說我們的第一次是這樣相互吸引的，Jade 喜歡東方文化，所以他注意到了我這張黃色的臉。而我則注意到了 Jade 手上的戒指，上面刻的是我們民族的圖騰。

不過我後來看清楚了，戒指上鑲嵌的並非只有一個龍頭，龍頭後還連接着一個身體。只是這身體並非龍的蛇形身體，看起來更像是某種昆蟲的腹部一般。我的歷史知識有限，好在父親有一位姓錢的好朋友，是復旦大學歷史系的教授。我便把照片發給父

親，請父親轉給錢教授幫忙看看。錢教授看過後回信，說史書資料上並無這種戒指的記載，而且從工藝水平、設計風格，應該是製造於歐洲。只是龍頭的形象無法解釋。

錢教授的回覆讓 Jade 的戒指繼續保持未解之謎的魅力，也引起了我極大的好奇心。我和 Jade 約定，等畢業回國以後，有機會一定幫她多方打探。而 Jade 則當場表示，自己畢業後會去中國工作一段時間，去她一直感興趣的東方文化發源之地。

Jade 的曾祖父是一名傳教士，曾在清朝末年於中國傳教，走過很多名山大川，也去過不少窮山惡水，這些跌宕人心的大冒險經歷都被 Jade 的曾祖父寫成了一本日記，而日記裏記錄的故事也在他們家族裏口口相傳，成了孩子小時必聽的偉大冒險故事。因為曾祖父在兩個世紀前的東方冒險，使得整個家族都對東方文化帶有一種情懷。Jade 從小就在家族的薰陶下學習了漢語，所以她第一次跟我見面的時候開口就是一句你好，讓我吃驚不已，把已經醞釀到嘴邊的 Hello 又嚥了回去。我和 Jade 成為朋友後，也順理成章地成為了她的漢語老師。中文對於外國人來說，發音是一個難點，詞彙是另一個難點。尤其是詞彙裏包含着成語，一個外國人若能熟練地使用成語，就像一個中國人可以熟練使用英語的俚語一樣，會被看成其掌握這門語言的標尺。在我認識 Jade 的時候，她的漢語還只限於日常的簡單交流，而到了後來她出口成章，旁徵博引，那都是後話了。

我和 Jade 成為朋友後，幾乎天天在一起，一起上課，一起吃飯，晚間一起散步。Jade 對學習中文有濃厚的興趣，而我教得也盡心盡力。不僅是語言方面，對於中國的文化，Jade 但凡有問，我都傾囊解答，若是自己也不懂的地方，回去上網查資料也要告

訴她。不羞愧地講，和 Jade 在一起久了之後，並沒有過多加深我對法國文化的了解，反而讓我對本國文化有了更深層次的認識。Jade 讓我幫她想一個中文名字，我想了想，給她寫了兩個字：思薇。

她問我這個名字有什麼深層次的意思嗎？我告訴她，「薇」是一種草本植物，在漢語裏代表着「美麗」「聰慧」「堅忍」，中國女子取名時常用該字，而且「思薇」音近 Hathaway（Jade 的全名是 Jade Kathleen Hathaway）。Jade 聽了我的解釋後，滿心歡喜，就取了這個名字，並且要求我以後見她都叫思薇。

我嘴上應承，心中暗喜，究其原因，因兒時喜歡的電視劇《還珠格格》女主角之一名曰紫薇。和天真活潑愛闖禍的還珠格格小燕子不同，紫薇天性善良，溫柔體貼，堅毅勇敢，曾是多少少男心目中的女神，我便是其中之一。思薇，思薇，我的女神。

在即將畢業的時候，我和思薇加入了法國的一家設計公司，而公司則承諾將會把我們派遣到位於上海的設計工作室。這對我和思薇都是最好的結果，我可以回國了，而她也可以前往上海，去那個她的曾祖父遊歷冒險過的國度。

上海浦東，慈善拍賣會的現場，正在進行拍賣的是一件焦點拍品——產自清朝乾隆年間的碧玉雕筆筒，上面雕刻着中國著名的歲寒三友圖。起拍價是人民幣三百萬元。而現在競價已經到了三百九十萬。

「哦，就是說松樹、竹子、梅花這三種植物一起傲寒而立，所以就成為了朋友，是吧？！」

聽了思薇的話，我仰頭想了想，按字面意思直譯是這麼個說法，但總有一種怪怪的感覺。漢語就是這樣，同樣一種文字，從

古文翻譯成白話文，往往意思還在，但是意境卻丟了。

「四百萬，九十三號又加了十萬。四百萬，四百萬一次，四百萬兩次。四百一十萬，第四排的那位先生突然加到了四百一十萬。四百一十萬一次，四百一十萬兩次，四百五十萬。九十三號直接喊出了四百五十萬。還有比這個高的嗎？四百五十萬一次，四百五十萬兩次，四百五十萬……三次。成交！」

終於一錘定音。

「讓我們用熱烈的掌聲祝賀九十三號，這位先生拍得了我們的焦點商品，清乾隆時期的碧玉雕筆筒。」

周圍再次響起掌聲，大家都把目光投向九十三號，他坐在對面第五排靠走道的位置，我能清楚地看見他的臉，是一個四十歲左右的中年男人，面色紅潤，頭髮稀疏，此刻的他面帶微笑，滿臉春風得意。

值得一提的是，在我前面坐着一個戴鴨舌帽的老人，從我進場開始，他就一直低着頭，一動不動，如老僧入定一般。剛開始我甚至以為他睡着了，仰起頭才發現原來他是在看手上的圖略。他看得全神貫注，就連主持人拿着話筒講話，吸引眾人注意力的時候，他也依然不為所動，仿佛整個人都鑽進了圖略裏一樣。等到拍賣開始，各路拍品競相亮相，競價聲此起彼伏，他卻依然低頭如故，對一切視而不見，充耳不聞，剛剛競買結束的碧玉雕筆筒，是本次拍賣會的焦點拍品，三百萬的起拍價也冠絕全場，競價的過程也是你爭我奪，然而從始至終，我前面的老人連一次頭都沒有抬。

這樣一來，老人的行為就不僅顯得古怪，而且神祕了。

這次拍賣會的焦點拍品有兩件，一件是剛剛成交的碧玉雕筆

筒，另一件明嘉靖龍鳳穿蓮紋魚缸不出意外應該是放在下半場。碧玉雕筆筒成交之後，有十幾個買家離場，看來他們來意明顯，可惜「財」不如人。而拍得碧玉雕筆筒的九十三號男士還留在場內，似乎意猶未盡。

「你想買的盤子快到了吧？」我問思薇，她叔叔託她來買的是一對起拍價五萬元的鬥彩松鶴文盤。

「嗯，看圖略應該是這件拍品之後。」思薇低頭看着圖略，突然皺了皺眉頭。

「怎麼啦？」我剛想順着她的目光去看圖略，主持人的聲音卻響了起來。

「接下來的這件拍品，委託拍賣提供的資料，是產自明永樂時期的一尊玉像，出土自蘇州崑山，起拍價是人民幣五十萬元。」

話音剛落，一片譁然。

因為大幕布上顯示了拍品照片，會場在一片譁然之後又立刻響起了一陣竊竊私語。

「這東西是明永樂時期的？」我身後的六十九號女士的口氣就像指着一頭鹿說這是一匹馬一樣。

幕布上所顯示的拍品圖，看起來像是某種遠古的神獸。它擁有龍的頭，昂首驕傲，口裏還銜着一顆珠子。胸膛挺起，身子張成弓形，背上有一個發條型的鰭，細看則是海浪的形狀。神獸的尾部似乎是一團奔騰的祥雲，但又仿佛是翻滾的海浪。傳說龍生九子，不知道這神獸是否也是龍的九子之一。

「蘇州崑山？什麼時候出土的？」

「這真的是明朝的東西嗎？龍頭御用，必是皇室重器。可我怎麼從來沒見過這種神獸？」

「這是贗品吧。看樣子不像是明朝時候，更像民國時候啊。你看那東西的尾部，龍是蛇尾，這怎麼看都不是蛇尾啊。就像是把龍的頭和什麼別的東西嫁接起來了一樣……」

「這雕塑的工藝明顯是西方的手筆，中國的工匠不這樣雕刻器物，既然是永樂年間的手筆，那也該看起來像是中國貨啊。還要五十萬？天啊，我看最多五萬塊吧。這就是個工藝品，完全沒有古董價值啊。」

會場議論四起，臺眾交頭接耳，滿是疑問句的升調讓台上的拍賣師也略感尷尬。但場上並不是只有懷疑的聲音，思薇瞪大了眼睛，死死地盯着幕布上的圖像，我前面一直低頭的老人竟然抬起了頭。直覺告訴我，幕布上的圖片一定有什麼特別的地方。

「怎麼了？」我問思薇，她轉頭看着我，臉上寫滿了驚疑，她指了指自己戴在左手的尾戒，然後又指了指幕布。

經思薇這一點撥，我才恍然大悟，幕布上那神獸有一個中國龍頭，身軀卻非蛇形，思薇戒指上的鑲嵌物，也是龍頭，身軀同樣不是蛇形。

難道兩者根本就是一個東西？

我連忙低頭翻看圖略，很快翻到了有這件拍品的頁面，拍品的名字叫做海馬龍像……原來那不是蛇尾，而是海馬的下半身，此刻再抬頭看幕布上的圖片，才驚覺這似乎是將龍與海馬各取一半，嫁接而成。圖略上有關海馬龍像的資料也僅僅是長寬高、質量等物理數據，其他的介紹一應俱無。

只是思薇的戒指來於歐洲，而此刻的拍品資料上卻寫着產於明朝永樂年間，空間上是矛盾的。但話說過來，思薇不遠萬里來到中國，不也正是為了尋找這枚產於歐洲的戒指的線索？

拍賣師咳嗽了一聲，打斷了台下的議論，「現在拍賣開始，有沒有人出價？」

　　隨着拍賣師的聲音響起，台下的私語聲開始降低，大家都安靜了下來。

　　當然，他們應該不是想出價，而是想看看，會不會有人出價。

　　結果，就真的變成了一片安靜。

　　「肯定流拍啊。」身後的六十九號女士再度開口，她的聲音不小，在此刻安靜的會場裏人盡耳聞。

　　「那……」拍賣師舉起了槌子，我不知道他是不是在心裏太感謝六十九號女士，給了他個台階，讓他順勢宣佈流拍。

　　我注意思薇的肩膀抖動了一下，我想她的腦海裏應該閃過一個電光石火的念頭：拍下這件雕像！

　　拍賣師的槌子已經揚起，留給思薇猶豫的時間已經不多，五十萬不是一個小數目，何況思薇此行的目的本來只是一個五萬的小盤子。不過還沒等思薇做出反應，我身前的老人舉起了手中的牌子。

　　一號，他是一號。

　　「五十萬，一號，一號老先生五十萬。」拍賣師的手還舉着槌子，嘴巴卻開始結結巴巴地說話了。

　　老人的舉牌就像一顆石子扔進了湖面，哦不，應該是一顆燒得滾燙的石子扔進了鍋裏，接着整個鍋都沸騰了。全場譁然的同時大家的目光都被吸引到舉牌的老人這裏。我和思薇在老人的身後，無法看見他此時的表情。他就像剛剛從沉睡中醒來一樣，之前他一直低着頭不知在想着什麼，而現在他的一次舉牌就讓整個會場陷入一種莫名的躁動。

「五十萬一次，五十萬兩次，五十萬三……」

拍賣師再次舉起了槌子，而他再次沒能砸下來。

「六十萬。」一個女聲響起，發音並不標準，大家循聲望去，發現竟然是一名外籍女士，看年齡在四十五歲上下，一頭金髮。她戴着黑色的大墨鏡，讓人無法看清面容。

「這位三號女士出價六十萬。」

幾乎就是在下一刻，老人再度舉牌，報出七十萬的價格。

從拍賣師剛剛急促的報價可以看出他似乎生怕老人後悔，而事實是五十萬真的只是一個起拍價，這件險些要流拍的物品似乎驗證着一句中國古話：大難不死，必有後福。

「十萬十萬地加，是託兒吧。」旁邊有人議論道。

的確像這種規模的拍賣會，兩件集萬千寵愛於一身的焦點拍品，碧玉雕筆筒和龍鳳穿蓮紋魚缸的價格也不過兩三百萬，其他的拍品很多價格不過數萬。

「可馬上都要流拍了啊，如果有託兒，到底 1 號是託兒，還是 3 號是託兒？」

說這句話的人好像生怕大家聽不見，不像六十九號女士在安靜的會場一語庇全場，他的聲音已蓋過嗡嗡的大廳，傳到了每個人的耳朵裏。

「七十萬。」老人再次舉牌。

「八十萬。」外籍女士不甘示弱。

這次全場不再嘩然，似乎都傻眼了。

看來無論是 1 號還是 3 號，壓根就沒有理質疑的人。

「這是什麼情況？」身後的六十九號女士困惑了，而我知道這絕不僅僅是她一個人的狀況，困惑傳染着現場的每一個人。我

不禁回頭看了一眼，發現六十九號女士正低頭在手機上輸入着什麼，這也是現場不少人的動作，還有的直接拿着手機起身離開，我恍然大悟，他們在查找有關這件拍品的資料。

唯一沒有被傳染的，恐怕只有在競價的老人和外籍女士了。

他們知道真相。

年輕的拍賣師已經有點茫然，面對底下交頭接耳的大眾，他一會兒看看老人，一會兒看看外籍女士，顯得不知所措的樣子。

「報價。」思薇突然出聲，我嚇了一跳，幾個人衝這邊投來目光，拍賣師馬上反應了過來，清清嗓子：「八十萬一次，八十萬……」

八十萬到不了第二次，老人再次舉牌，一百萬。

又是一陣騷動，簡直就像是海潮一樣，一潮接着一潮，一浪高過一浪。

「兩百萬。」聲音再起，卻是從我旁邊傳來的，我猛然一驚，回頭，卻看見思薇舉起了手裏的號牌。

「八十號女士，兩百萬？」拍賣師的聲音裏透着藏不住的疑惑，這個說着中文的外國女孩怎麼就突然加入了這場詭異的競價，而且直接喊出了高於上一次競價一百萬的數字。

「是兩百萬。」思薇說，擲地有聲。

不用說了，現在全場的焦點又轉移到了思薇身上，包括一直坐在我們前面的老人，他回頭望着思薇，思薇也看着他，兩人均面無表情，看不出喜怒。

一個念頭在我腦海中閃過，我隱約有些明白思薇的想法，但現在不是細想的時候，因為另一個可怕的念頭冒了出來，如果兩個人都是託兒呢？剛才四周有人談論，猜老人和外籍女士裏

有一個人說託兒，可這又不是鬥地主，規定只許有一個地主。如果兩個人都是託兒呢？這根本就是一場雙簧，引誘第三個人進來埋單。若真是如此，那他們顯然已經達到了目的，思薇把一個起拍價五十萬差點流拍的雕像喊到了兩百萬，如果這時兩人撒手不管……

「兩百萬一次。」無人加價，拍賣師已經開始倒數。

我心急如焚，想跟思薇說點什麼，可她若有所思的樣子，彷彿思緒根本不在現場一般。

「兩百萬兩次。」無人加價，拍賣師的目光掃過全場，我感到額頭已經沁滿汗水，難道思薇真的被套進來了？

「兩百一十萬。」拍賣師的聲音再次響起，是兩百一十萬，而不是兩百萬三次，有人加價了。

不是老人，也不是外籍女士，當然也不是剛剛舉牌的思薇。

有新的人加入了戰局。

我不禁舒了口氣，一股虛驚一場，劫後餘生的感覺。然而局面的變化是連鎖式的，在周遭四起的議論裏，在一片潮水般的嘈雜聲中，信息如白色的浪花般翻滾着，並被人們清楚地捕捉到。

「剛剛得到消息，這件雕像可能確實產自明永樂年間，據說和鄭和下西洋有關。」

「鄭和下西洋導致萬國來朝，鄭和的船隊最遠到了非洲東海岸，他很有可能進入紅海，他離歐洲並沒有想像的遙遠。」

「鄭和下西洋時的海圖等資料等大多都被明朝的官員燒了，鄭和七下西洋，帶回來那麼多奇珍異寶，難道這就是其中之一？」

「鄭和下西洋曾從蘇州瀏家港出發，有出發就有回來，前面說這件雕像出土自崑山？」

「崑山在哪？」

「在蘇州啊。」

在一片人人問我，我問人人，人人答我，我答人人的氛圍中，連我這個一個指頭沒動的人都迅速理清了這些關係。

鄭和，蘇州瀏家港，下西洋，紅海，歐洲，回瀏家港，蘇州崑山出土。

「兩百二十萬。」在這條大家貢獻編製的線索鏈中，有人開始將理論變為現實。

「兩百三十萬。」現場似乎不需要拍賣師了，每個舉牌加價的人都讓自己的聲音蓋過全場嗡嗡的討論聲。

如果說剛剛老人和外籍女士之間的單挑讓現場稍現火藥味的話，那麼現在簡直是烽煙四起。

我轉頭看了看思薇，大概理清了她的想法，她出聲提醒拍賣師報價，是為了讓競買快點進行下去。而她喊出兩百萬的競價，則是在賭老人和外籍女士會再加價，也是在間接估量海馬龍像的價值。

而海馬龍像，必然和她手上的戒指息息相關，因為她的戒指上，此刻也正躺着一頭小海馬龍……

「兩百五十萬。」剛剛以四百五十萬高價拍下碧玉雕筆筒的九十三號舉牌。

「兩百七十萬。」有人又抬了一槓。

「三百萬！」九十三號激動得站了起來。

有人說競買就像賭博，很容易讓人熱血沸騰，現在看來此話確實不假。

現場再次變得安靜了，似乎九十三號的激動震住大家。或

者說大家都趁此機會稍微冷靜了一點，沒有讓剛才的勢頭繼續變成一場不理智的賭博遊戲。而這時又有一個人大聲嘟囔了一句：「這要真是託兒，這次可是釣上大魚了。」

大家的目光並沒有轉移到說這句話的人身上，而是轉移到了最先競價的老人和外籍女士，甚至還有幾道目光射向思薇。而接著所有的目光都轉移到了現在的『勝利者』身上，叫價三百萬的九十三號。

我看見九十三號得意的表情變得有些慌亂，而當他意識到幾乎所有人都在看他的時候，他的表情就像是吞了一隻死蒼蠅一樣難過。

「三百萬一次。」已經被大家剝奪聲音很久的拍賣師此刻終於還魂了，不過他的語速很慢，似乎在等著新狀況發生一樣。

現場再次變成了竊竊私語的狀態，我注意九十三號的臉色，那哪裏是吞了一隻死蒼蠅，簡直是把一隻死蒼蠅嚼碎嚥下去了。

「三百萬兩次。」拍賣師的聲音再度落下時，現場連竊竊私語都沒有了。

這時再看九十三號的臉色，我只能說那隻蒼蠅其實是活的，嗯，對，他一定是把一隻活蒼蠅咬死嚼碎嚥下去了。

「五百萬。」平靜的聲音，穩定的手，舉起的牌子上寫著阿拉伯數字：1。

老人又出手了，似乎是在用實際行動回應周遭的質疑：你們不是說我是託兒嗎？

如果老人真的是託兒，還會有人再出高過五百萬的價格嗎？當然我相信，現場已經沒有人會認為老人是託兒了。而從三百萬到五百萬，這似乎是老人給大家的一個信號：讓這場無聊的遊戲

結束吧。我本來只是想以低調的姿態，以起拍價的價格買走這件你們眼中的贋品。而現在，我卻要以起拍價十倍的價格，讓你們所有人閉嘴。

是的，大家都閉嘴了。啊不對，很多人依舊張着嘴，但他們都沒有發出聲音。大家都看着老人，每一個人，每一個角度，所有的視線只集中在一點。

會這樣結束嗎？

「一千萬。」

我聽到了一個聲音。

我聽到了這個數字。

那一刻我感覺一切都變慢了，我似乎能清楚地聽見自己的心跳聲，周圍人的心跳聲，大家好像都進入了慢動作時間，直到我聽見拍賣師的聲音再次響起。

「三號，一千萬，一次。」

無人應答，大家像被凍結的蠟像一般。

「三號，一千萬，兩次。」

拍賣師的聲音裏帶着無法抑制的顫抖。

「三號，一千萬，三次。」

舉起的槌子揚起，然後落下。

落下了嗎？

會落下嗎？

我想那一刻，很多人都和我一樣，其實並不清楚自己希望看到的是什麼。

第二章

「所以最後，雕像被那個外國女人買走了？」中午休息，公司的茶水間裏大家齊聚一堂，聽我和思薇繪聲繪色地講述前天在拍賣會上的奇遇記。

「沒有。」我搖了搖頭，「幾乎就快一錘定音的時候，我前面的老人又舉牌了。」

「多少？」Sam 問，他是一個胖胖的設計師。

「兩千萬。」我說，腦海裏又浮現出當時的場景。

「兩千萬。」老人又重複了一次，顯然他剛才說的那一聲不僅阻止了要落下的槌子，似乎還剝奪了拍賣師的思維。後者正張大着嘴巴舉着槌子空洞地看着他。

拍賣師放下了槌子，有些頹唐地看着老人，我覺得當血液一次次衝上腦門又退去，幾個來回之後人難免疲憊。而現場更是已經鴉雀無聲，現在發生的事情完全超出預料，或者說這個數字，根本就不應該在這裏出現。

然而它還是出現了。

「您能再重複一次您的報價嗎？」拍賣師問，我知道他不是不相信自己的耳朵，而是不相信現在發生的事情。

「兩千萬，我出兩千萬競買海馬龍像。」老人一字一句地說。

「哦。」拍賣師點了點頭，然後轉頭看了看外籍女士。

外籍女士直接起身離席。

「兩千萬一次。」拍賣師喊道，而外籍女士已經離開會場。

「兩千萬兩次。」眾人再次交首接耳，但明顯已經無人競價。

「兩千萬三次。」拍賣師舉起了手。

在他喊出成交的那一瞬間，老人起身離去，在場的所有人目光都追隨着他，直到他消失在人們的視線裏。

「也就是說，他一次加了一千萬？」Sam 想要再確認一下。

我點了點頭。

Sam 又看了看思薇，思薇也點了點頭。

「瘋子。」Sam 嘟囔着嘴。

「完全不合邏輯啊。」Lily 說，「為什麼會從一千萬直接喊到兩千萬呢？這個跨度太大了啊。都已經拚成這樣了。」

「所以我說他是瘋子麼。搞不好喊上頭了，競價的時候一爭強好勝，很容易出事的。」

「那個老人不是瘋子。」思薇說，「我看見他的側臉，很沉穩，他完全知道自己在做什麼，瘋子或者一時激動的賭徒不會是那個表情。」

「可為什麼呢？」Sam 講，把原因推給神經病雖然是一個省事的方法，但從來只限於那些不關心真相的人。

思薇沒有回答，她關心真相，可她同樣不知道真相是什麼。

就像她不知道一直戴在手上的戒指，背後有着什麼樣的故事一樣。

「李匠仁，一點半到我辦公室來一趟。」新來的設計總監 Henry 突然出現，我點了點頭。然後又見他對思薇說，一點去他

的辦公室一趟，說下我們最近在趕的兩個案子。

Henry 說完這些就出去了，而我回頭，卻發現大家都憂心忡忡地看着我。

這目光雖然是關切，但依然讓我覺得尷尬。

這一切，要從一個月前說起。

一個月前，我們換了設計總監。

我來公司四年了，從歐洲回國後，我就一直在這家公司工作。從小學畫，本科在清華美院四年的學習，加上出國留學，這一切為我的設計師之路打下了堅實的基礎。工作的四年我做了不少大案子，服務過很多國際知名珠寶品牌的 case。這四年我業績彪炳，是同事中的翹楚。而就在不久之前，公司內部傳來了消息，上海分部的設計總監要調回歐洲總部，而新的總監，可能會從公司現有的員工中選出。

我們的設計分 A、B 兩組。每次項目都是 A、B 兩組競爭，取其優勝。我所在的 A 組曾多次擊敗 B 組，取絕對領先地位。且，我是 A 組的組長。而我們總監對我也深表賞識，於情於理，這個位子都很可能是我的。

另外一個消息是，公司聯合幾大國際知名珠寶品牌，發動了一個提攜設計新銳的設計大賽，並非對外開放的比賽，而是長期以來和這幾大珠寶品牌有合作的設計公司下轄的設計師可以參加，獲得優勝的設計師將有機會簽下合約，將自己的作品賣給這幾大珠寶品牌。由於是比賽制而非單純的僱傭工作。所以設計師在自己的作品上擁有更大的自主權，而一旦獲得優勝，則會對自己以後的職業發展起到不可忽視的推力。

所以說，兩個消息合在一起，便是擺在我面前的機會。如

果我可以成為總監，那我就擁有了足夠的話語權。這份話語權會讓我儘可能最大限度地發揮我的才華，執行我的創意。而創意結果，如果可以在大賽中獲得優勝，那我離建立自己的珠寶品牌的目標，無疑跨出了具有關鍵意義的一步。

正當我沉浸在革命形勢一片大好的幻想中，事情已經悄然發生了。

我們的確換了總監。

但換來的人不是我。

新調來的總監叫張恆利，英文名字 Henry。是在總部工作的華人設計師，年齡三十五歲，比我大七歲。這樣的調動沒有任何問題，這是一個比我更有工作資歷和經驗的人。大賽設計的 case 當然就由他全權負責。

Henry 第一次出現在大家面前的時候，我們都以為他是某個設計師請來的模特。他身材高大，西裝穿在身上被撐得筆挺。他有一張國字臉，眼神鋒利，仿佛心中一直有一頭憤怒的猛獸。他說話做事雷厲風行，走起路時來去如風。若以前的總監給人的感覺是懷柔，像大海一樣包容着這一船人，Henry 給人的感覺就像是疾風，你只需要撐起風帆，他便玩命地將你吹向目的地。

若我和 Henry 的設計理念相似，甚至情投意合，倒也沒有什麼，大家羣策羣力，一起把東西做好。可惜我們的理念不合，甚至南轅北轍。我是力主加入中國元素的，作為東方的設計師，當然要將東方元素加入進去，這樣才能做到與眾不同。而 Henry 主張全盤西化，他的道理也簡單：既然是參加西方的珠寶品牌主辦

的比賽，當然一切以西方為主，凡事逐本，大道至簡。我爭辯說既然大家都按照一個思路設計東西，又何必比賽，反正出來的東西看似不同，實則千篇一律。但是 Henry 依舊不認同，儘管他嘴上說得客氣，可我知道他心裏其實對此嗤之以鼻 —— 這種圈子遊戲，你要遵守遊戲規則。

Henry 在歐洲呆得久了，若是真的有什麼遊戲規則，那他一定比我知道得清楚。Henry 給我的感覺是香蕉人，外面的皮是黃色的，可是裏面的果肉是白色的。聽說 Henry 是第二代移民，自幼生活在歐洲，自然不像我有這麼多民族情感在裏面。但我還是希望設計裏可以體現東方元素，這將成為區分我們和其他設計的關鍵點。只有萬綠叢中一點紅，才能脫穎而出，而這一點紅，就是東方元素。

我有這個想法，但遺憾的是還未有具體的做法。Henry 聽了我的闡述，讓我拿出方案，我卻只能自嚥苦水，總不能告訴他，這只是個方向，至於具體怎麼走，我是按照自己是總監的前提，然後讓大家一起去想的。

我只得告訴他自己已經有了初步設想，但還沒細化具體，讓他給我點時間，下次例會的時候我會拿出來。

一點半，我準時來到 Henry 辦公室門口。

我深吸口氣，然後敲門進去。

一點三刻，我走出 Henry 的辦公室。

毫無疑問，我的案子又被否了。

而這十五分鐘，似乎比我人生中的任何一個十五分鐘都要漫長。

這種感覺很奇怪，就像數學考試時，明明題不會解，但還要煞有介事地擺一堆公式，然後將題目上的已知條件照抄下來，生搬硬套地和公式合為一體。這樣做的目的一來是白卷太難看，二來也希望寫得滿滿的可以換來點辛苦分。

從業四年，我從未像這次般窘迫。Henry 似乎看透了我，他知道我交上來的這份東西只是拖延時間，以換取被駁回下次重來的機會。當大家心知肚明的時候，也就沒有什麼好說的了。

所以，當走出 Henry 辦公室的時候，那種寫在臉上的沮喪，真是想藏都藏不住。

「下班了一起吃飯吧。」思薇對我說，我衝她笑笑，有氣無力。

「喂，怎麼就一點頭緒都沒有，這不像你。」面前是熱氣騰騰的火鍋，蒸氣對面的思薇看着我，她的臉在氤氳背後若隱若現。

我搖了搖頭，「整個思路方向變得太大了。我有點措手不及。」

「是有變化，可是已經過去一個月了。你應該調整過來了。」思薇說。

是啊，已經過去一個月了。我的腦海裏此時湧現的畫面是小時候枱曆被一頁頁撕掉的樣子，撕掉的枱曆被揉成紙團扔進一旁的垃圾桶裏。接着畫面又變了，我把自己的設計稿一頁頁地揉成一團，然後扔進一旁的垃圾桶裏。

「要是這個月底再拿不出讓他眼前一亮的東西，恐怕就只有放棄我的思路了。」我說，看着火鍋裏沸騰的湯越來越少，總覺得好像有什麼該做的事情沒想起來。

「服務員你好，麻煩加一下湯。」思薇衝路過的服務員小妹說，我這才意識到原來是忘了喊人加湯。

真是恍惚到家了，我這個狀況要是去做飯，恐怕會把廚房炸掉吧。

「還是說，我們的整個方向其實是錯的？」我抬起頭來望着思薇，沸騰的火鍋冒出蒸氣擋在我們的面前。

「李匠仁。」思薇放下了筷子，認真地看着我說，「你有沒有想過，你現在需要的不是拿出讓 Henry 眼前一亮的東西，而是首先要拿出，對得起你自己的東西。」

鍋裏冒出的蒸氣依舊，思薇的臉在蒸氣後面看不清楚，而她的話，卻向一根撞針一樣直直撞了過來，撞在胸口上，刺進心坎裏。

服務員小妹提着湯壺過來，渾白色的火鍋湯注入了沸騰的鍋裏，氣泡和蒸氣都消失了，我看見思薇的臉，她的目光讓我無法直視。

就像是趨暗的昆蟲躲避陽光一樣，又或許，是害怕陽光照亮醜陋的自己吧。

「你已經開始懷疑自己了。你被太多別的因素影響了。你本來以為總監會是你，那麼你就可以調動 A、B 兩組所有同事幫你一起想，你想像一個統帥一樣坐在後面，拿着指揮棒在地圖上指指點點就結束戰鬥，收穫巨大的榮譽。可當事情超出你的預期，遞給你的不是指揮棒而是鋒利的刺刀時，你自己卻變得遲鈍，不願意面對殘酷的戰場。」

思薇看着我，字字如針，目光如刀。

思薇摘掉左手的尾戒，放在我面前。

「東方的中國龍，西方的鑲嵌戒，合在一起，五百年前。」思薇把戒指推到我的面前，一字一句地說。

「五百年前，就有人做到的事情。」思薇看着我的眼睛，鍋又沸騰了，透過白色的蒸氣，她翡翠色的眼睛若隱若現，像被雲層飄過，時而被遮蓋時而又明亮的星光。

「五百年後，你沒理由做不到更好。李匠仁，按照你們中國話來說，你是一個很『軸兒』的人，而我知道，一個很『軸兒』的人，又很容易變成一個很『二』的人。你的這種對設計的偏執，時常會讓我想要搖頭，但搖頭之後，我卻又總會不自覺地微笑。正因為如此，我才喜歡和你一起工作學習，我們才會成為好朋友。」

她的每一個字都像冰凌一樣刺進我的大腦，像是盛夏的冰水淋遍全身，在驕陽似火的炎熱中有一股蔓延至全身的冰涼。每一個冰凌所帶來的震撼都印象深刻，但這些印象又很快消失了，就像冰凌會融化一般。在一片融化的冰水裏，只有一根依然沒有融化的棱刺，因為這根棱刺並非寒冰，而是堅硬的鎢鐵。

其他的話我都忘了，只剩下了那個詞 ——

喜歡。

像鎢鐵一樣不會融化。

我喜歡思薇，從她的名字就能看出，這種小伎倆，到現在還沒被拆穿，只能說是運氣好吧。進的是外企，中國人平常也是稱呼英文名。而且，薇字在中國人名裏並不少見，大家都見怪不怪，除了我這個傾慕紫薇的人，恐怕也沒有多少人會聯想到這一層吧。

剛開始還擔心回國後會被揭穿，後來發現是自己多慮了，原以為司馬昭之心，路人皆知，結果發現路上沒人。

倒反而有點失落的感覺。

回國已經四年了，我和思薇做了四年的室友。

剛開始的時候，大家都以為我們是一對跨國戀人。但我們卻聲稱彼此只是好朋友。周圍的人曾經多次問過我和思薇之間的事情，我說我和思薇之間是純潔的男女關係，就是好哥們兒那種。他們聽了以後嗤之以鼻，都覺得我在講一個笑話。兩年後，沒人再覺得我的那句話是笑話 —— 他們都覺得我是個笑話。

再到後來，大家都相信我和思薇只是好朋友了。兩個人認識六年，從西半球到東半球，一千多個日夜都住在同一個屋檐下。竟然都沒發生點什麼，或者說，要發生點什麼早發生了，這都沒發生，以後也不可能發生了。

正因為人人都這樣想，所以我對思薇的喜歡就這樣被隱藏下來了。有時候人們是不識盧山真面目，只緣身在此山中，而站在旁觀者的角度會看得更清楚一些。但更多的時候，因為是站在旁觀者的角度，就算能設身處地，但也無法身臨其境。這世上有無數人以哥們兒的名義默默喜歡着對方，我只是其中一個。

有人說，若你和一個姑娘成為了很好的朋友，你就很難成為她的男朋友了。儘管你覺得她在你面前可以站沒站相坐沒坐相，可以素面朝天大聲喊叫，可以無所顧忌甚至百無禁忌。但事實是，她們把輕鬆的一面留給朋友，卻把最美的一面留給情人。

這麼多年來，我沒有表白，實則是無法表白。一切已經成為了習慣，你很難去開口，打破這種慣性，因為你並沒有把握。一旦開口，就像是在賭桌上推出了全部的籌碼，一旦失敗，就連朋友都沒得做了。

我這樣想着，這一望就是六年。

現在，我的心底突然湧起一股衝動，我不想再等了。

這股衝動就像是一口從丹田湧現的真氣一般，將我整個人都提了起來。

「李匠仁，你怎麼了？」看我突然「紅光滿面」，思薇也覺得詫異。

「思薇⋯⋯我⋯⋯」

思薇放在桌上的手機鈴聲響起。

她拿起手機：「Bonjour, Henry, je suis en train de manger⋯⋯」

我對法語略知一二，但 Henry 這個詞還是聽得懂的。

丹田湧現的那口氣已經被我吐出去了，整個人別說是被氣提起來，現在感覺更像是被抽了脊椎骨。

思薇講完掛了電話，抬頭問我：「哎，你剛想和我說什麼？」

「沒，沒。沒什麼，我是說沒什麼⋯⋯」

從火鍋店離開後，我一個人回家了。思薇被 Henry 叫走了，說是同事們在聚會，思薇叫我一起去，我說算了，還是回去整理下思路，看能不能有突破。

回家的路上，我一直在思考喜歡這兩個字。我喜歡思薇，暗戀了六年。Henry 喜歡思薇，來公司六天就開始追求她了。

這時候我倒有些羨慕有的公司有那種 —— 同事之間禁止談戀愛的規定。

在這點上我突然有些明白，為什麼我和 Henry 在創作理念上會有這麼大的分歧，這大概應該算是文化差異吧。也許他根本不能理解東方的含蓄，就像我們也無法像西方那樣奔放。

雖然不應該把感情的事情帶到職場裏，但我還是隱約覺得，

Henry 對我的冷落，大致和思薇有些關係。無論怎樣，自己追求的女人和另一個男人同居了四年，無論怎樣心裏都不會有那種能把他當成 dude 的感覺吧。如果我是個女孩兒的話，Henry 估計是會接近我，然後請我吃飯，賄賂我什麼的。

可惜，我是個男閨蜜。

想到這裏，嘴角不自覺地咧開了一個自嘲的笑容。

然後逐步，走進城市的陰影裏去了。

第三章

　　父親打電話過來，說給我寄了一些東西，讓我注意收着，裏面還有幾本書，讓我給錢伯伯送去，我滿口答應。父親口中的錢伯伯就是錢教授，是父親的老友，我最初看見思薇的龍頭尾戒時，也拍過一張照片給錢教授。父親一直叮囑我，說讓我有空了多去錢教授那走動走動，可我因為做設計工作太忙，就老忘了這回事。

　　我提着父親讓我帶給錢教授的東西，是幾本線裝書，看樣子有些年頭。這幾本書被父親用塑料帆布層層包裹，防護備至，仿佛一遇空氣就會化灰一樣。父親這樣包裝，我自然小心翼翼，頗有當年地下黨攜帶重要文件的感覺。

　　我來到錢教授家門前，按了門鈴，門背後傳來咚咚的腳步聲。門開了，錢教授出現在眼前，他快五十了，但看起來只有四十出頭的樣子，我雖然有幾年沒見他，但印象裏他一直活力四射，有點老頑童，逆生長的感覺。

　　「李匠仁啊，快進來快進來，我有幾年沒見你了吧，長這麼高了。」錢教授熱情地拍了拍我的肩膀，讓我進去。我忙笑着點頭，局促得像個毛頭小夥兒。

　　然而就在下一刻，在我踏進錢教授家，視線落在客廳的時

候，我的笑容定格在了臉上。

下一刻，我的手鬆了，被父親包裹層層細心保護的古書，就這樣隨之落到了地上。

我應該是聽見了「咚」的一聲，但我卻連低頭都忘了。

因為在錢教授的客廳裏，此刻正坐着一位老人。

「那位」老人。

這大致就叫做踏破鐵鞋無覓處，得來全不費功夫吧。

費盡心機尋找，結果往往一無所獲。

我來送東西，竟然就這樣直接碰見了。

「李匠仁，你怎麼了，你和老顧認識？」錢教授訝異地看着我這張吃驚的臉。

看我還沒還魂，錢教授又轉頭問老人，「老顧，你認識李匠仁？」

老人眯起眼睛看着我，似乎是在竭力回憶什麼。

「哦，您好！上周末慈善拍賣會的時候我坐在您後面，我旁邊還坐着一個外國姑娘，您記得嗎？」我幫助老人回憶，而此刻錢教授彎腰撿我剛掉到地上的書，我這才反應過來，忙蹲下幫他。

「哦，好像是有點印象。」老人低下頭，笑了笑。錢教授說笑着說：「這世界真小，那我給你們正式介紹一下吧，這位是 K 先生，年輕時留學法國，我們都叫他 K 先生」，這是我老朋友的孩子，叫李匠仁……」話還沒說完，老人突然站起來拍拍腿，「老錢，你先忙吧，我就先走了。改天咱們再聊。」

錢教授被現場的狀況弄得有點糊塗，而我更顯得手足無措。

「老錢，下次再聚。」老人雙手拍了拍錢教授的肩膀，錢教授剛想說點什麼，老人就推門出去了。

而在楞了兩三秒後，我扔下一句錢伯伯再見，也跟着推門出去了。

老人在前面走着，我在後面跟着，心裏思索着該怎樣開口，老人在路邊走到一輛車旁，司機下車給他開門。我見狀緊走兩步，但車子已經開走，好在立刻有一輛出租車過來，我上車後對司機說，麻煩跟着前面那輛車，司機異樣地看了我一眼，讓我好不尷尬，好在他沒多問，只是發動車子。

之後我們的車一路跟着老人的車，向西北方向開去，跟了大概二十多公里，老人的車還是絲毫沒有停下的意思，司機開始有些懷疑，問我為什麼要跟着那輛車。我心知個中緣由一時講不清楚，但不解釋的話恐怕司機會立刻停車，就在我躊躇之間，發現老人的車突然停靠在路邊。

司機看老人的車停了，也立刻停車，我四處看了看，此處雖然不能用前不着村，後不着店形容，但也着實荒蕪，不像是停車的地方。司機剛想和我說些什麼，就見前面老人的司機下車，向我們走來。

老人的司機是一個四十歲左右的男人，腰桿筆直，皮膚黝黑，走路一板一眼，似乎是軍人出身。他走過來敲了敲車玻璃，司機搖下玻璃。

「你為什麼跟着我們。」老人的司機問。

出租車司機回頭看了我一眼，我打開車門出去，對老人的司機說：「是我打車跟着你們的，我找車裏的老人家有事情。我們之前在錢教授的家見過。」

聽見錢教授的名字，老人的司機面容和緩了許多，顯然他是知道錢教授的，這時前面的車子後門打開，老人從中走出，向我們走來。

我急忙迎上去，老人略有驚訝，顯然沒有料到了在錢教授家一別之後，我竟會打了輛出租車一直跟了他二十多公里。

　　「Ｋ先生您好，抱歉冒昧一路跟隨，我有事情想問你。」我想起在錢教授家聽見錢教授稱呼他為老顧。我拿出手機，翻到自己的微博相冊，找到思薇的龍頭戒指照片給老人看。老人在看見照片後，神情立刻變得專注起來。剛回國那陣為了幫思薇尋找戒指的線索，我曾經將戒指的照片發在我的社交網絡上，以期能多一些人看見，只是可惜我並非大Ｖ，在我的社交圈內並未有所斬獲。當時從不同角度都拍了照片，老人一一看過，把手機遞還給我，問我這戒指是哪裏來的，我是否帶在身上。

　　我一五一十給老人講有關思薇戒指的來歷，不知不覺間越說越快，越說越多，好幾個地方還語無倫次。我本來最想問的是那場拍賣會上匪夷所思的競價，卻不知為何先講到我對那件海馬龍雕塑的理解，就像我當初跟思薇講的那樣。我認為海馬龍融合了中國的海神龍王和西方的海神波塞冬元素。我讚揚了那位設計師，如果他真的生於明代，冒着大逆不道凌遲處死的風險做出了如此大膽的設計，卻大膽得這樣的美。然後我又開始講到自己，講自己從小喜歡畫畫，喜歡設計，從作業本上的塗鴉和在家裏玩橡皮泥開始，一路到清華美院，到出國留學，再到回國進設計工作室工作。我講了夢想的斑斕因現實的單調而褪色，然後是好不容易有一次機會可以展示自己的才華，卻又遭遇和上級理念不和，自己同時又創作乏力。我甚至差一點就講了思薇，向這樣一個陌生的老人去說一個我從未跟任何人承認過的祕密。

　　我們就站在路邊，在我滔滔不絕的講述中，老人一直靜靜地聽着，偶爾眯下眼睛，露出那種仿佛洞悉一切的微笑。我情緒

激動，感到自己情感的巨大波動和宣泄，當我最後終於將話題推進到拍賣會上的時候，我想我明白我為什麼會這樣，我壓力太大了，其實我需要宣泄，我需要理解，所以我不僅把老人當成了海馬龍像的解答者，我還把他當做了我的傾訴對象。

「嗯，原來是這樣。」老人拍了拍我的肩膀，示意我停下來，我話說太多，情緒太重，已經開始氣喘吁吁。

「你想知道，我為什麼會出兩千萬，買海馬龍像，對吧。」老人說。

我點了點頭。

「因為它值那個價。」老人笑了，眼角的皺紋舒展開來。

我一下楞住了。

「你剛才說，照片上鑲嵌着海馬龍的戒指是那位法國女孩的？」

老人又問，我點了點頭。

「你們留個電話。」老人對他的司機說，然後又對我說道，「今天不早了，我住在崑山，如果你想知道其中的原委，叫上你那位外國女朋友，明天可以來我家，我想看看她的那枚戒指。出發前聯繫小張，他會來接你們。」

老人說完轉身回到自己的車子，我和司機交換了手機號碼，然後乘車返回。

車子剛開動我就迫不及待給思薇打了一個電話。

「喂，思薇？」我握着手機。

「喂，李匠仁。怎麼啦？」

「你幹嘛呢？」

「哦，我和 Henry 啊，在等電影入場，還有五分鐘。」

「哦……」我遲疑了一下。

「怎麼啦？有什麼事說啊。」

「我找到拍賣會上那位老人了……」

「啊？」思薇的聲音突然提高了一個八度，嚇了我一跳。

「你在哪找到的，他現在人在哪？」

我把事情的經過簡要地跟思薇講了一下。

「好的，那我先看電影了，回家詳細說吧。」思薇掛了電話，我一想到此刻她和 Henry 在一起，心裏油然而生一股深深的失落感。

回家之後，我和思薇詳細說了事情的經過，思薇聽後表示願意和我去崑山一探究竟。我和老人的司機聯繫了一下，定好了明天中午十二點見面。

第二天中午，我和思薇準時來到約定的地點，發現司機大哥已經提前在那裏等候。我們三人吃了個飯，然後驅車前往崑山。一路上我嘗試問一些關於老人的話題，但司機大哥要麼回答一個嗯，要麼默不作聲，讓我有一種話題總是掉在地上的感覺。氣氛慢慢安靜起來，他開車，我們坐車，一路無言，只有窗外的風景不斷向後。

汽車一路開進一個別墅區，我和思薇下車後發現來到一處會所正門，寫着御瓏宮廷，看起來是這個小區的名字。門口有擺渡車，車上有身穿制服戴着白手套的司機。老人的司機似乎和擺渡車的司機相熟，兩人打了個招呼，便領我們坐上去。擺渡車一路帶我們進入園區，然後下車步行。老人在前面領路，我和思薇邊走邊看，發現這個園區裏的建築充滿了法蘭西風情，思薇是法國人，可算是他鄉遇故土的感覺。老人的司機一路帶我們走過小橋流

艾琳廣場

水，最終來到一處三層樓高的別墅前。他告訴我們這裏就是老人的住處，老人在家等我們，讓我們自己進去就好，然後便離開了。

我和思薇走到門前，按了按門鈴，須臾之後，裏面傳來了沉穩的腳步聲，門開了，老人出現在我們面前。

「老人家你好，第二次見面了，我的名字是 Jade Kathleen Hathaway，你可以叫我的中文名字思薇。」思薇伸出手來，禮貌地說。

「你好。」老人輕輕握了握她的手，目光在思薇手指上的戒指上停留了一下，「一路上辛苦了，先進來吧。」老人側身，讓我們進門。

別墅的內置同樣奢華典雅，不過想想也是，可以用兩千萬拍下海馬龍像，自然身家不菲。我們在客廳落座，見老人去泡茶，我們連忙說不用，老人擺擺手，示意這是一個不需要討論的話

題。期間我注意着老人家裏的陳設，多是木製家具，古樸清典，但看着都價值不菲。再看那些書畫、瓶罐，都隱隱有一股貴氣在裏面，說不定其中不少也都是拍賣會上拍下的佳品。此時房子似乎沒有別人，不知道老人是一個人住，還是和家人住在一起。

老人給我們泡好茶，我和思薇雙手端起茶杯，我竭力思索着小時候看過的古裝劇，學着裏面人喝茶的樣子，把杯蓋提起，在杯沿上刮上兩下，然後吹口氣，一邊用杯蓋開個小縫，一邊把嘴靠上去吸了一口。

放下茶杯，我和思薇正襟危坐地看着老人。

「我能看看你手上的戒指嗎？」老人問道。

「當然，我們就是為此而來。」思薇說，摘下戒指遞給老人，後者將戒指放在手心，移到眼前，仔細查看。我和思薇對視一眼，彼此都能看見對方眼中的興奮，五年了，終於找到了一個知道戒指線索的人。

老人查看完畢，將戒指還給思薇，他神情專注，似乎在思考着什麼。

「老先生是姓顧吧。」我問，「昨天聽錢教授叫您老顧。」

老人點點頭，端起茶杯喝了口茶，說：「問吧，你們想知道什麼。」

「有關海馬龍像的，所有⋯⋯」思薇深吸了口氣，以平復自己的激動，「這座雕像真的是產自明朝永樂年間嗎？如果是，又是如何誕生的？跟您競價的那位金髮女士您認識嗎？她為什麼要使勁抬高價格？為什麼您最後直接從一千萬加價到兩千萬？海馬龍像您已經拍得，能讓我們看看實物嗎？還是說⋯⋯」

思薇環顧了一下四周，「雕像就在這所房子裏？」

老人認真聽思薇的問題，並沒有急於回答，依然是一副若有所思的樣子。

這時門鈴突然響了，老人示意我們坐着別動，自己站起來去開門。我們將目光轉向門口，老人打開門，按門鈴的人便隨着進來，一頭金髮映入我的眼簾，我和思薇同時坐直了身子，並且都張大了嘴巴。

來人不是別人，赫然就是在拍賣會上和老人競價海馬龍像的那位外籍女士。我和思薇立刻站了起來，外籍女士衝我們招手微笑，我們也趕忙回禮。老人給她搬了把椅子，又示意我和思薇先坐下。

我這時才看清楚外籍女士的樣子，她年紀四十多歲，保養得很好，只有眼角有些許皺紋。她有一頭金色的長髮，披散在腦後，穿着深藍色的職業套裙。她的眼睛卻是黑色的，在陷入的眼眶裏，像是深山裏寂靜的湖水。

「介紹一下。這就是我剛在電話裏跟你說過的那兩個年輕人，他們當時也在拍賣會上，就坐在我後面。小夥子叫李匠仁，這位姑娘好像是叫思薇吧。」老人用中文介紹我們，說明外籍女士應該是懂漢語的。

果然，外籍女士衝我們點點頭，說：「你們好，我是安娜，K先生給我打電話，說你們一直在找我們。」

「是的，安娜夫人。我們很想知道為什麼在拍賣會上會出現那種情況。」我說。

「叫我安娜就好。」外籍女士笑了笑，「聽K先生說，你有一枚海馬龍的戒指？」

思薇立刻摘下戒指，遞給安娜，後者接過戒指，也像老人一樣細細查看。

「您知道這戒指的來歷嗎？」思薇問。

安娜將戒指還給思薇，說：「我知道一些，但時間太久了，另外和 K 先生所了解的也肯定不同。我也理解你們的好奇，K 先生會告訴你們其中原委，而他叫我來，也是想我一起聽聽。」

老人給安娜泡好茶，安娜禮貌地喝了一口。老人拍拍手，然後說：「好了。今天既然我們四個能聚在這裏，是天意也好，人事也罷，我們總是有一些緣分的。我想從頭講起。」

老人說到這，抬頭望着天花板，像是在回憶一件很久遠的事情一樣。

隨後他緩緩開口：「那是六百多年前吧，是明朝永樂年間的一艘船上……」

第四章

「鬼船，鬼船。」瞭望李飛揚伸直的手臂晃動着，嘴裏喃喃自語，聽着甚是驚恐。一旁的水手戚凡湊上前來，順着胳膊指着的方向望去，卻只見海面上茫茫大霧，哪裏有什麼鬼船的影子。

戚凡道：「你莫是看錯了吧。」

李飛揚怒道：「你敢懷疑我？去，快把顧大哥叫來。」

戚凡諾了一聲，扭頭便去，顯是極聽李飛揚的話。李飛揚嚥了口口水，凝神已待，只見四周霧氣茫茫，船行無風，眾人在海上漂行已有不少時日，這樣的景致卻還是頭次見到。身後腳步迭起，李飛揚回頭，見戚凡領着一人匆匆前來。

那人年齡約莫二十上下，身體精壯，眉目疏朗，兩道劍眉斜斜伸入兩鬢，他雖和戚凡一樣身着粗布兵服，但氣質品相，當真是一個天上，一個地下。李飛揚看見顧清河，雙頰一紅，喚了聲：「顧大哥。」

這英氣青年姓顧，名清倫。和李飛揚，戚凡同是這寶船「封狼」上的水兵。此刻他憑欄而望，問道：「你真看見了？」

李飛揚點了點頭，顧清河凝神思索，道：「你目力驚人，這麼大的東西，自是不會看錯。你且說說那鬼船什麼樣子。」李飛揚剛想應話，突見一旁的戚凡伸出胳膊，神色驚恐，兩人立刻順

着戚凡所指方向望去，只見一面用白線繡織的骷髏旗正懸掛在一條榆葉型的船上，此刻看去，又像是一具死屍掛在那裏，端的是一副說不出的詭異景象。那骷髏船的甲板上好些男女，俱都衣衫襤褸，被繩子連着腳踝，跪着擦洗甲板。一旁還有些站着的人，盡皆赤膊着上身，手握黑鞭，腰間懸着無鞘彎刀，仰頭也望着顧清河他們，眾人目光相交，李飛揚只見他們的眸子是濁白色的，似是沒有瞳仁，嚇得閉上了眼睛。顧清河卻凝神觀望，只見一個跪着的女孩抬起了頭，和顧清河四目相對，她的臉極髒，長髮披肩，似是許久未洗，顯得暗淡無光。只是那雙眼睛，如一泓秋水，似是含淚，又似是泛光，那鬼船倏忽一現，又駛進霧裏，由明轉暗，最後只剩下個黑影，若即若離。

　　李飛揚忙去看顧清河，只見他注視着霧氣中那道船影，眉頭微蹙，像是在極力回憶着什麼。戚凡伸手想要鳴鼓示警，卻被顧清河一把抓住手腕，沉聲道：「敵我不明，切勿打草驚蛇。你們在

這盯着，我去稟告麻大將軍。」戚凡點點頭，顯然也和李飛揚一樣，對顧清河極為信賴。

顧清河腳步加快，心裏思緒漸明，那絕非什麼幽靈鬼船，乃是西洋海寇。船上站立拿刀的自是海寇，跪地擦洗的則應是他們擄掠的當地百姓。而那泓秋水般的眼睛，此刻不住在顧清河腦海裏浮現，一陣似曾相識的感覺湧上心頭，但又一時說不出個所以然來。他心裏思慮，腳下不停，已來到將軍的臥艙門口，令兵見是顧清河，讓他稍候片刻，待自己去通報一聲。

「是顧清河嗎？讓他進來。」裏面傳來一個渾厚的聲音，時維清晨，顧清河本還擔憂將軍或在安寢，現下聽見將軍召喚自己，忙推門進去。只見將軍坐在桌旁，桌面上堆滿了木頭牌子，牌子上用刀刻着大餅、魚、元寶等圖案。那木牌不過一寸見方，但三種圖案俱都栩栩如生，比之在布上刺繡也無不及，堪稱鬼斧神工。

顧清河對這些木牌熟悉無比，只因它們全部是自己的手筆。

「清倫，我又想到幾種玩的法子，來我跟你說說。」將軍招手喚道。

顧清河走近一步，壓低聲音：「大哥，我們快到陸地了。」

甲板上烏壓壓站着一大片人，長矛林立，鎧甲如牆。將軍有令，三軍集結，嚴禁喧嘩。大家都沉默地站立着，本應炎熱的氣候在霧氣裏卻讓人覺得清冷。將軍和幾個百戶站在甲板的高台上，以讓所有軍士都能看見他們。顧清河雖然與將軍私交甚密，但論身份也只是尋常軍士，此刻和別人一道站在高台下。

李飛揚耳邊盡是細語的聒噪，有的說看見那鬼船用一具骨頭架子吊在旗杆上，那頭已是白骨，只剩下眼睛還血淋淋地轉着。

有的說看見那鬼船的甲板上趴了好多亡魂，正用血水擦洗着甲板，並以此得出這條船實是冥府的鬼船，那些亡魂都是生前犯過罪業的人，此刻正用自己的血擦洗生前的罪過。眾人越說越邪，直聽得李飛揚渾身起了雞皮疙瘩，一旁的戚凡倒是聽得津津有味，也不知是覺得他們扯得好笑，還是對這等怪力亂神的事情覺得有趣。李飛揚不想聽他們再講，踮起腳尖，找到顧清河，便一路推揉着人羣向那邊擠去。

這時人羣又起一陣私語，都說是高公公來了。人羣讓開一條道，監軍太監高化賢披着丹紅斗篷，頭戴黑色烏紗，被一個軍士攙扶着走來。太監面色蒼白，眉頭緊蹙，一臉的厭棄之情，仿佛周遭盡是不乾淨的東西。那一旁的軍士倒是抬頭挺胸，一副志得意滿的樣子。李飛揚認得那人名叫高洋，官拜百戶，同時又是太監的姪子。太監走上高台，立時和將軍起了爭執。

「顧大哥，他怎麼來了？」李飛揚一路擠到顧清河旁邊，拉了下他的袖子問道。

顧清河沒有應聲，但是面色已顯焦急，他心知將軍是水師統帥，可高公公卻是監軍太監，兩人分庭抗禮，彼此掣肘。封狼是主船，太監卻久居居胥，可見和將軍關係不睦。如今主戰與否，抉擇之時，恐怕會和將軍意見相左。

那邊高化賢來到麻大將軍旁邊，兩人行過禮，高化賢便不緊不慢地說道：「麻將軍號令三軍集結，也不知會我一聲，如此大張旗鼓，不知所為何事？」

將軍知道太監來者不善，但礙着其有監軍之銜，還是如實相告道：「事出突然，未來得及知會高公公。」將軍身子向前，壓低聲音道，「瞭望手發現了海寇。」

聽見海寇兩字，太監的面色變了一變，也低聲道：「海寇在何處？」

將軍道：「周遭大霧，我們發現了海寇，海寇卻未必發現我們。所以我才集結三軍，禁止喧嘩，為的就是不打草驚蛇。」

高化賢皺了皺眉頭，道：「我當是海寇盯上了我們，原來是將軍盯上了海寇。這茫茫大海，遠離陸地，這海寇既未發現咱們，咱們又何苦去招惹他們。強龍不壓地頭蛇，這裏人生地不熟的，真打起來，對我們也沒有什麼好處。依我看，何必讓將士們冒着性命危險，趟這趟渾水。」

將軍素來知道太監怕事，加上兩人本就不怎麼對付，眼下看來是要阻礙自己的決定，當下駁道：「我大明水師，縱橫天下，怎能被這小小海寇唬住。我們是兵，他們是賊，既然看到了，怎麼能當作沒看見，放他們白白逃去？」

高化賢咳嗽了兩聲，道：「將軍哪裏話，若是在我大明海域，遇上海寇當然要殺他個片甲不留。但咱們在這海上已漂了不知多少時日，將士們久未着陸，本就士氣低迷，而且這茫茫大海，也不知道這海寇為禍的是哪家哪國，我們就算勝了，也不知是為哪家除了害，為哪國做了善事。」

將軍和太監都壓低聲音說話，底下的將士能猜出兩人是在爭論，卻也具體聽不清他們在說什麼。顧清河嘴唇緊抿，牢牢盯着兩人，他知道太監必定以監軍之銜阻撓出戰，若將軍一意忤着他的意思，到時必少不了吃他一本子參奏。他們這樣耗着，怕是貽誤戰機，周遭茫茫大霧，若那海寇船跑遠，怕是再無追上的可能。顧清河思慮及此，面上焦急之色已顯凝重。一旁的李飛揚見他臉色如此難看，問道：「顧大哥，你臉色怎麼這麼差？」顧清

河不語，右手不自覺間伸入口袋，卻摸到了一個四四方方的硬東西，乃是麻大將軍讓他刻的木牌，手摸到木牌上，心裏卻突然靈光一閃。他掏出木牌，拿出自己平素用的小刀，在木牌上刻了七個字：近陸，戰而還其民。然後低聲喚了將軍的令兵，把木牌扔給他，同時用手指了指將軍。

令兵心領神會，接了木牌，遞了給將軍看。將軍一看木牌，就知道是顧清河的手筆，立時明白了他的意思。他們已在海上漂流了不知多少時日，平素裏別說是海船，就是海鳥也難得見上幾隻。海寇行掠，多是依靠陸地，此所謂近陸。海寇為虐，若是能將之一舉蕩平，把他們劫掠的百姓放還歸國，此所謂戰而還其民。到時我大明水師的正義，自然傳播開去，等到鄭公及此，必是大功一件。到時就算監軍太監有所微詞，也是萬莫不用放在心上。是以顧清河見自己第一面不說遇見海寇，而是說我們快到陸地。太監不能想通這海寇與陸地之間的聯繫，還當大家依舊在茫茫大海上沉浮漂泊，也更想不到擊破這海寇後的功勞。當下也不說透，和太監又頂了幾句，字字珠璣，句句要害，說得太監無言以對。將軍趁此站起，下令封狼靠近海寇，待時機得當，一舉擊潰。三軍偃旗息鼓，不得喧嘩，以免打草驚蛇。

太監本來面色蒼白，現在則氣得面如金紙。將軍則乾脆轉過身來調兵遣將，不去理會他。太監跺腳負氣而去。顧清河手扶上刀柄，深吸口氣，「封狼」向着那濃霧中的黑影逐漸靠近，他抬頭望天，只見層層白霧之中已可見一個氳氳的光點，看來太陽已經升高，這霧氣不時就會散去。

顧清河用手扶上刀柄，活動着手指，他知道霧氣一旦散去……

窮途匕見！

第五章

　　黎曦正泡在一個大木桶裏，身體淹沒在清涼的淡水裏，水面上是散發着輕微刺鼻氣味的綠色葉子。黎曦猜想這應該是一種草藥，可以治療她身上遍佈的擦傷。

　　木桶旁邊的桌子上是一沓疊得整整齊齊的衣服，質料輕柔，黎曦曾用手觸摸過，細滑得像是沒有摩擦。這套衣服是供自己沐浴後換的，她之前的衣服早已千瘡百孔，她只有用雙手捂着身體，才不至於讓太多裸露的皮膚暴露在空氣裏。她本來以為一切都完了，諸神已經背棄了她，將她扔到命運的深壑裏，從此再沒有光芒會照耀到她。她若不自我了結，便必須苟延殘喘地面對未知的恐怖，永遠回不去的家鄉，以及再也見不到今生最愛的依瑞斯。可諸神似乎並未因她對諸神失望而放棄她，那個鮮血染滿上身，長髮披散在肩膀的異國男子救了他。而她之前好像見過這個男子，就在濃霧之中，她所在的海盜船從一艘大得驚人的帆船邊行過，她抬起頭，看見巨船的甲板上有人正望着她，可她看不清楚他的臉，只是一個黑色的輪廓，居高臨下，像一座沒有臉的雕像。海盜船很快駛入了迷霧，那艘巨大的帆船成為了白色霧氣中一個黑色的影子。後來，當那個赤膊着上身，渾身浴滿海盜鮮血的異國男子將自己從擁擠的船艙拉上來時，刺眼的陽光逼迫得她

只能眯着眼睛，她看着這個解救自己的男子，突然意識到他就是那座黑色的沒有臉的雕像，而現在他動起來了，帶着神罰的利刃拯救了自己，將惡魔刺死在他們自己的座駕上。

黎曦從木桶裏出來，水順着她的身體流淌下來，少女的胴體雖然飽受磨難，但依然曼妙玲瓏，好在身上只是一些擦傷，並未捱那可怕的鞭子，除了腳踝上被繩子磨得有些嚴重。她換上一雙很軟的布質鞋子，穿上為她準備好的絲質輕紗，拿起桌上的一面銅鏡，看着鏡中的自己，熟悉又陌生。那如晴空般湛藍的雙眼此刻終於短暫擺脫了恐懼，長髮洗去泥垢，烏黑如墨，又如一襲瀑布披散肩頭。她時而睜睜眼睛，時而抿抿嘴唇，就如曾經在家中，每次出門前的梳妝打扮。想到這裏，她放下鏡子，歎了口氣，臉上復又爬上憂傷的神色。她推開門，在船艙裏小心翼翼地走着，這艘船太大了，船上竟然有這麼多房間，走廊，樓梯，簡直就像是一座海上的城堡。

她東拐西拐，竟走上了甲板。

此刻碧空萬里，海鷗在主桅杆上盤旋着，發出「歐歐」的叫聲。她用一隻手擋在額前，慢慢適應着陽光，享受着海風鹹濕的味道。

他在那裏！

那個帶着神罰之刃拯救自己的勇士。她曾聽當時在甲板上的奴隸說過，這個異國男人從天而降，陽光在他的身後將他的影子拉得無比漫長，像烏雲一樣蓋住了整個甲板。他的刀像是宙斯的雷電，頃刻間就奪去了海盜的性命。他搶奪了船舵，讓快要逃離的海盜船強行轉向，給了那艘大船時間追上，然後無數的鈎鎖像綿延的網一樣撲住了海盜船，穿着統一的勇士們握着長矛和尖刀跳上甲板，像波塞冬的審判，將這些為禍在海上的惡魔淹沒。

她緩步向顧清河走去，同時在腦海裏極力思索着措辭，一些久遠的隻言片語開始在她腦中浮現，只見她走到顧清河身後，輕咳一聲，引得顧清河回頭，便道：「這……有禮。」

顧清河起初吃了一驚，但反應出來黎曦說的是漢話時，繼而驚喜，道：「姑娘所言可是……這廂有禮？」

「這廂有禮」四字聽來有一種熟悉之感，多半是了，想到這裏，黎曦點了點頭。

顧清河再次喜道：「你會講我們的話？」

「會……一點，說不好。」黎曦吃力地說，「東方，最，古，語，語——」她卡在「語」字後，竭力思索。

「語言。你想說，這是東方最古老的語言。」顧清河說，黎曦又點了點頭。

「我……小時……有人……傳……傳……」

「傳授給你。」顧清河明白了，他看着面前的少女，眼若晴空，長髮如烏，再觀她舉止得當，言行有理，雖然不知外邦民俗如何，但固然也算彬彬有禮。

黎曦被顧清河這樣看着，臉上也不禁一陣發燙，不由得側了側臉。顧清河心裏懊惱，怎得自己這般失禮，當下想揀些無關緊要的話說說，但又怕黎曦聽不明白。黎曦也想說點什麼，但滿腦子都是自己家鄉的語言。兩人你看看我，我看看你，就像狹路相逢的兩人，你想讓我，我想讓你，最後卻偏偏行為一致，雙雙卡在了那裏。

李飛揚遠遠看着兩人，咬着嘴脣，神情苦澀。又有幾個兵士站了過來，齊齊向顧清河他們望去，手口並用，一陣指指點點。都說沒想到顧清河看着一副書生的樣子，武功竟如此驚人，海戰時先是一箭射斷敵船的帆索，接舷時又是第一個衝了上去，最後

竟然在渾身浴血之中，還從船艙裏抱着一個美人上來。李飛揚起初聽他們誇讚顧清河神勇無敵，心裏甚是舒服，待得聽見那神勇無敵卻是為了救這異國女子，那滿腔的苦澀立刻捲土重來，想到顧清河那日種種不要命的打法，真是差之須臾，失之性命。有人看李飛揚面色不佳，問道：「李飛揚，看你面色不好，莫非也看上了那位姑娘，只可惜顧清河對人家那是有救命之恩，你啊，恐怕是沒什麼戲唱了。」

李飛揚咬着嘴唇，心裏無數把火蹭蹭燒着，當下握緊拳頭，使勁踩了下腳，剛好踩在說話那人的腳背上。那人吃痛大叫一聲，李飛揚則扭頭就走，只想離他們越遠越好。只是他這一套動作下來，看起來不似一個吃醋的少年，倒更像是一個吃醋的姑娘。

另一面顧清河和黎曦繼續交談，海風怡人，吹得黎曦長髮輕舞，眉目之間，風姿綽約。顧清河在上船之前，曾跟隨師父遊歷四方，名山大川是去了不少，但如花美眷卻是一個都沒見過。他平素為人穩重，處事極有分寸，有時給人感覺深沉得不像他這個年紀。只是如今和黎曦交談，卻讓他久已深藏的少年心性顯露了出來，兩人連說帶猜，打着手勢，每次知曉對方的意思都像是一場勝利，一番交談下來，不僅對彼此了解增多，之間的陌生和隔閡也減了不少。黎曦將自己是如何在商港「阿力山佐」走失，又是如何被人販子賣給海盜——講述給顧清河聽，幸虧同船的一位老媽媽給自己臉上抹了海泥，遮蔽了自己的容顏，才讓自己免遭厄運。說到難過之處，不禁潸然淚下。顧清河靜靜地聽着，看着面前如玉的美人，心裏突然湧起一股將她攬入懷中的衝動。

「我定送你回家，讓你重見父母。」顧清河一字一句地說。

黎曦看着顧清河，見他滿臉真摯，語氣如鐵，喜極再泣。

「黎曦姑娘，你先莫哭，這甲板上人來人往，旁人見了，都以為我欺負你呢。」顧清河柔聲道，突覺旁邊有人走近，回頭只見百戶高洋帶着四個親信就站在旁邊，高洋揮了揮手，身後幾人向黎曦走去。

黎曦見此陣勢，嚇得不由後退，顧清河跨了一步，擋在黎曦和高洋之間，道：「不知百戶大人何事。」

高洋白了顧清河一眼道：「這裏還輪不到你說話。」又向後連使手勢，身後的人繞開顧清河，卻不料顧清河突然出手，將這四人全部摔倒在地。

「大膽顧清河，我奉監軍太監高公公之命，帶這位姑娘去居胥問話，你算什麼東西，竟敢出手阻攔。」說完揚起手，狠狠扇了顧清河一個耳光。

黎曦只聽見「啪」的一聲，忙上前去，只見顧清河右臉上一個鮮紅的手印。紅手印如硃砂入水，逐漸渙散，最後半邊臉都變得紅彤彤的。高洋知道自己這下打得着實不輕，右手也隱隱作痛，卻見顧清河緩緩轉過半邊臉，雙目如刀，直直盯着高洋。高洋被他看得發怵，揚起手想再打顧清河一個巴掌，卻被人抓住了手腕，他本能回頭，一隻大手揮了過來，結結實實打在他的臉上。

竟是戚凡！

高洋捂着臉，又驚又怒，似是不敢相信這樣一個尋常小兵，竟會對自己動手。戚凡這一巴掌出去，自己也楞住了，見高洋驚怒交集地看着自己，不禁回頭望了望身後不遠處的李飛揚。後者站在那裏，雙手攥成拳頭，身體緊張得微微發抖。顧清河見此情景，心裏瞬間走了幾個念頭，立時明白過來，一定是李飛揚見自己被打，於是讓戚凡替自己出頭……戚凡生性駑鈍，又極聽李飛揚的話……

四周人越來越多，高洋素來跋扈，怎能忍得了這種事情，當下拔出佩刀，刀光閃處，就向戚凡頸間砍去。戚凡一個翻身險險躲過，若是再慢半分，怕是要被砍斷半個脖子。顧清河自己被打，倒是忍得下來，但是沒想到高洋竟會因為捱了一巴掌而對戚凡痛下殺手，心裏驚怒，向前邁了一步，右手一把擒住高洋的手腕。

　　高洋只感到手腕處襲來一陣劇痛，像是被鐵鉗夾住一般，手上吃痛，佩刀旋即掉落，顧清河空出的左手向前一探，穩穩接住掉落的佩刀，同時右手放開高洋。這手空手奪人兵刃的功夫，登時搏得滿堂喝彩，再加上眾軍士對高洋本就不滿，此刻更是全站在顧清河一邊。在眾人灼灼的目光注視之下，高洋臉上紅一陣白一陣，起初被戚凡打了一巴掌，且還能拔刀相向，如今兵刃都被人奪去，若是性情剛烈之人，當場自盡也有可能，進退維谷之間，突聽一人厲聲喝道：「都給我住手！」

　　大家循聲望去，將軍負手而立，雙目如炬。

第 六 章

　　將軍姓麻名葉，官至參將，部署們都稱其為麻大將軍。永樂十四年，三保太監奉永樂帝的命令，以王景洪為副使，率海舶兩萬餘條，四下西洋。麻葉統領的寶船名為「封狼」，隨行的補給船隻名為「居胥」。合起來便是封狼居胥，取的是西漢大將軍霍去病逐匈奴至漠北，在狼居胥山祭天封禮的典故。

　　「封狼居胥」為麻葉統領，太監高化賢監軍，為了驗證三保太監和王景洪對航海圖的猜想，兩條船隻離開船隊，橫跨大洋，並期望與沿着海岸的主船隊在陸地匯合。

　　船隊航行兩月，如零丁過洋。長久的航海讓每個人都覺得厭棄。麻葉初見顧清河時，只見是個英俊的青年，憑欄觀海，手上攥着一把小刀，拿着一塊木頭，正兀自雕琢着什麼。只是他手下雖然不停，眼睛卻一直望着海面，這般『盲雕』的本事，顯是技藝已經極為精熟，而他眉目之間，望着大海時候那股虛無蕭索的氣息，又完全不似他這個歲數的人所該擁有。將軍看了一會兒，但見顧清河手中的木雕漸漸成形，是一個女人像，輪廓衣着都層次分明，但是當小刀觸及面部時卻收起了刀鋒，用手指輕輕撫摸着木像的臉，像是盲人摸象一般。

　　隨後顧清河將木雕扔進了海裏，麻葉只當那必是顧清河曾

深愛的女子，是以雖然雕刻她的身段，卻不願雕刻她的面容。想來那女子要麼嫁做人婦，要麼陰陽兩隔，所以才導致這俊秀的青年孤懸海外。麻葉雖是刀口出身的武將，心裏卻總有些奇思妙想，想做些木匠營造的活計。但無奈自己砍人還行，要論到精雕細琢這等細緻功夫，卻萬萬是他這個『粗人』所不能及的。

麻葉行伍出身，在靖難裏立了戰功，才被擢升為參將。雖然後來逐漸有了將軍的肚子，但卻一直沒有將軍的架子。麻葉想做一個木牌遊戲，便找了顧清河幫忙雕刻木頭牌子。兩人逐漸熟絡，兄弟相稱。前日裏攻打海寇，在自己與監軍太監爭執時遞上木牌，寥寥數字便細陳利弊，幫自己了了後顧之憂。開戰時又一馬當先，武勇過人。他之前說自己父母早亡，被一個木匠師父收養，自幼跟着師父學藝，是以他刀鑿斧刻，鬼斧神工的技藝算是有了出處。但他識字知禮，武藝驚人，難道這一身本事全部都是一個木匠教給他的？關於皇帝讓三保太監統領船隊，數下西洋，除了傳播大明恩澤，促成這萬國來朝的盛世之外，還有一個不足為道的祕密。

那就是尋找建文皇帝。

據說建文皇帝失蹤之時，還帶走了傳國玉璽。

鄭和（1371-1433）

燕王是靖難得來的天下，大儒方孝孺寧被滅十族，也不願替他草擬詔書。如今建文生死未明，傳國玉璽下落無蹤，一直是壓在皇帝心上的石頭。普天之下，莫非王土，他懷疑建文皇帝知道他得了天下，只要在大明疆域，就沒有他能藏身的地方，所以乾脆孤懸海外。這事說來和普通軍士倒也無甚關聯，只是萬一顧清河不是普通軍士……

顧清河平素為人低調，若非海寇船一役，旁人絕不會知道他武藝精純，膽識過人。本來等到鄭公及此，自己極力舉薦，必是大功一件。但若顧清河與靖難有關，到時暴露在眾人目光之下，他若是永樂帝的密使之類，那一切好說，可若他與那建文帝有些關聯，到時必是身首異處的結局。如今顧清河又和那高洋結下了梁子，監軍太監本就與自己不合，攻打海寇一事又多生嫌隙，免不了最後奈何不了自己，卻盯着顧清河找茬……

麻葉越想越亂，只覺得頭腦裏無數個線頭糾纏在一起。這時令兵通報，說顧清河到了。麻葉擺手讓顧清河進來，兩人照面，顧清河拱手行禮，麻葉點點頭，伸手讓他入座。

他給顧清河遞過一個酒杯，然後拿出酒壺，給顧清河和自己都斟了一杯酒，兩人碰杯，一飲而盡。

「清河，」麻葉放下杯子，用手抹了抹濺在鬍子上的酒，「我記得我曾對你說過，以後這條船就是你的家，我就是你大哥。」

顧清河點點頭。

「那我對你如何？」麻葉又問。

「如兄待弟，感激不盡。」

「那好，你就跟我這個大哥交交底，你為什麼上這艘船？」麻葉問，同時向前靠了靠，直視着顧清河的眼睛。

顧清河愣了一下，似是沒想到他會問這個問題，眼神隨即飄忽了一下，道：「大哥何出此言？」

麻葉向後靠了靠身子，一邊給自己和顧清河斟酒，一邊說：「你說你父母害病死了，是被一個木匠師傅養大的。」

「是。」

「那你這一身上乘武功，也是你的木匠師傅教的嗎？」

顧清河看着自己面前的酒，沉默了下，然後點了點頭。

「是。我這一身功夫，也是師父教的。」

「那字呢？你識字不少，一個木匠，怕是不會認這麼多字。否則他早就考功名去了，又怎麼會安心當一個木匠。」

「我師父識字的，而且只會比我多，不會比我少。並不是所有識字的人都想考功名，功名利祿，對我師父這樣的人，只是過眼雲煙罷了。」顧清河道，「至於我為什麼出海，其實我自己也不甚明瞭，但大哥的意思我已經明白了。像我這樣的人，本不該在船上當一個小卒的。大哥必定是這個想法，平常倒也無事，只是攻打海寇船一役，我已經暴露了自己。眼下又打了高洋，已經身處風口，被很多雙眼睛盯着，若有些大人物也像大哥這樣想，我的祕密，恐怕是藏不住了。」顧清河笑了笑，「可惜，我的祕密，卻偏偏還是見不得人的祕密。看來清河之生死，今日全在大哥手上了。」

麻葉聽見顧清河說生死全在自己手上，不禁覺得一陣感傷，但想這個小兄弟能對自己如此坦蕩，心裏又泛起一絲欣慰，當下歎息道：「我一直希望是自己多慮，卻沒料到你一下就招了自己有見不得人的祕密。我問你一事，你是否愛上了黎曦姑娘。」

顧清河萬沒料到麻葉會問這個問題，當下默然了一會兒，思

緒卻是回到了幾年前。那時他奉師命遊歷四方，尋找一件珍貴物事的線索，幾經輾轉，終於在湖南荊山一帶的一個險僻山洞內，探訪到那件物事的線索。當時他深入山洞，便覺得氣息不順，而火把光微，顯是洞內氧氣稀薄。他在洞內的巖壁之上發現了一幅幅石刻的壁畫，便一路看去，悉心記憶，發現壁畫講的應是上古時期，一個漁家女孩的一生，只是越往後看，必須深入山洞，火光便愈微弱，呼吸也愈凝滯。待看到最後一幅時，他已頭暈眼花，而火光終於熄滅，只是在光滅的瞬間，他留意到巖壁上刻着一行不知哪國的文字。但他隨即仰頭栽倒，一頭掉進一旁的溪澗中去，待得醒來，發現自己身體浸泡在淺水之中，想來是一路隨溪水被沖出山洞。他後來又返身想再進入山洞，卻發現無論如何也找不到山洞的入口。雖然那一幅幅壁畫已被他牢牢記入腦海，但唯有壁畫中那個漁家女孩的樣子卻是無論如何也想不起來。每每竭力回憶，總有一種異常熟悉的感覺，仿佛置身一個曾去過的地方，但卻說不出什麼時候去過一樣。直到前日與海寇船相遇，他在船上看到抬頭的黎曦，剎那間那種熟悉的感覺湧上心頭，待得救出黎曦，看到她本來面目，覺得她美得驚人，卻不是荊山祕境之中巖壁上的漁家女孩的樣子，只是感覺相近。荊山離此西海，相距何止萬里，巖壁之中所刻景繪時日也差千年，他這感覺的來歷，自己也是苦思不透。他年紀雖輕，但十年來跟着師父走南闖北，洞明世事，只是唯有男女之愛，卻是一點都沒經歷。此刻聽得麻葉提起黎曦，心裏一軟，便覺得一陣微微的甜意漫上心頭。

燭光搖曳，光影之中顧清河神色微有變化。麻葉知道他這個小兄弟平素低調，為人內斂，也算應了他那清河流淌，不湍不急

的名字。當下也不再出口多問，道：「我想你送黎曦姑娘回家。我們兩日內必到陸地，鄭公何日到來還不可知，這些獲救的異國百姓都需要放還歸家，聽他們說沿岸一直向北，到海的盡頭登陸，再往北行數日，便會再見大海，而『阿力山佐』就坐落在那裏。我讓李飛揚和戚凡跟着你和黎曦姑娘，就你們四個。至於你今後是去是留，全憑自己心願。封狼會在岸邊等候數日，等到了『阿力山佐』，你讓李飛揚和戚凡原路返回就行。」

顧清河起初聽麻葉說起黎曦，還只當是他隨口問問，卻沒料到原來他意指即此，楞了下道：「大哥……」

「你既已說生死全在我手，但既然做了你的大哥，你的生死，還是交在你自己手上好了。這地方遠離中土，自此一別，今生算是斷了回去的路了。無論你有什麼見不得人的祕密，從此都成塵土。我相信你不是什麼奸惡之人，但對你的隱情也無想知道的慾望。無論那是什麼，我都幫不了你。你智計卓絕，武藝高強，心性堅韌。能落到出海為軍的地步，怕是和靖難脫不了干係。言已至此，盼望珍重。」

顧清河聽到靖難二字，臉色一變，顯然沒有料到麻葉竟會說出這兩個大忌之字。麻葉卻微微低頭，心裏又泛起靖難時自己幾次出生入死，無數兄弟生離死別的情景。想不到天下已定，兵戈早息，然而離別依舊。面前的桌上還擺着顧清河雕作的那些木頭牌子，還記得當時兩人商議探討時的樣子，因為久居海上，無事可作，麻葉便想做一種供大家消遣的遊戲。船上的乾糧多是大餅，葷腥只有海魚，又因為要賞賜諸國，所以金銀元寶也備了不少，海上航行離不開海風，而風向又分東南西北。最終這些物事，便全成了木牌上的圖案。

顧清河看麻葉低頭看着木牌，一臉悵然之色，知道是為兩人的分別感傷，心裏也不禁湧起傷感，他低頭看着木牌，突然靈光一現，對麻葉道：

　　「大哥，這套木牌，就叫麻大將軍牌吧。」

　　「麻大將軍牌？」

　　「對，簡稱麻將。」

第七章

顧清河、黎曦、李飛揚、戚凡四人離開「封狼」之後，一路向北，數日後便來到海港城市「阿力山佐」。

在港口找好船隻後，顧清河便告訴李飛揚和戚凡，自己要護送黎曦到家，而兩人不必同行，即刻返回封狼。

此舉自然遭到兩人的極力反對，這裏離中土萬里之遙，封狼僅僅停留數日，若是顧清河踏上去維尼亞鎮的船，今生怕是要在異鄉終老了。

李飛揚多番勸說，但顧清河心意已決。李飛揚知道顧清河鍾情於黎曦，情急之下質問顧清河道：「你沒有父母嗎？皇命呢？你為了一個異國的女人，放棄了自己的國家、父母。這樣不忠不孝的事情，你怎麼能做得出來？」

顧清河與靖難有所關聯，李飛揚自然不知。顧清河父母早亡，他十歲時跟着一個木匠師傅走南闖北，這經歷卻是和李飛揚提過的。當下淡淡道：「你忘了我沒有父母。我也不受逆賊的皇命。」這話若是放在平常，一句逆賊已是殺頭的大罪，然而在這「阿里山佐」，倒還真是應了那句天高皇帝遠。只是顧清河為人一向低調謙和，又怎會突然說出當今聖上是逆賊這種話。李飛揚年紀尚小，靖難一事又是終永樂一朝的禁忌，所以這其中的關係還

不得為知。而顧清河去意已決，對戚凡說李飛揚性格毛躁，行事衝動，讓他務必看好李飛揚，護他周全。

顧清河說完後扭頭走向不遠處靜候的黎曦，將李飛揚和戚凡撇在身後。他心裏諸多複雜傷感，離別情緒，卻無法像常人一樣一一細表。

如今他和黎曦已經身處「幸運的阿達西」號船艙，後者戴着兜帽，低着頭，和他一起坐在船艙的角落裏。這是一艘商船，滿載着橄欖油、麻布、棉花等商品，也兼乘一些旅客。船的終點是「水上的城市」威尼斯，而沿路將在多個國家的港口停留，其中一個，便是黎曦的故鄉維尼亞鎮。維尼亞鎮盛產雕塑、珠寶工藝品，行銷諸國，尤其受各地領主、貴族的青睞，維尼亞鎮也成為了各地商船爭相踴躍前往的貿易港口。

周遭的氣味並不好聞，各色人等都擠在一起。三五成羣的人用貝殼賭博，銀幣灑在桌上叮鈴作響。劣質果酒的味道在船艙裏蔓延着，聞起來像發霉腐敗的橘子。這種環境若是放在往昔，黎曦恐怕會暈過去。但從海盜船劫後餘生之後，她覺得自己無論是嗅覺還是觸覺，都粗糙了不少。

一想到離家只有一步之遙，下一次踏上的陸地就是故土，黎曦的嘴角便不可抑制地上揚。然而越是臨近終點，她越擔心這是上天跟她開的玩笑，給她希望，卻在最後一刻打碎一切。她本來不是一個悲觀的姑娘，但這數月來的悲慘遭遇已經改變了她。她心思變化，身體也微微發抖，引起了站在一旁的顧清河的注意。

顧清河輕聲問道：「你怎麼了？」

黎曦本能地搖了搖頭，像是要把心裏的恐懼甩出去一般。

「你陪我到甲板上去轉轉吧。」

顧清河點頭應允，帶黎曦走上甲板。此刻海風怡人，雲層籠罩天際，卻未能聚攏在月亮的周圍，像開了一扇圓形的窗，皓亮的圓月懸在頭頂，似一顆縫在天際的明珠。風帆的聲音烈烈，海浪擊打着船體，發出嘩嘩的水聲。黎曦摘下兜帽，大口喘息，月光照映，容顏傾城。

　　顧清河站在黎曦的身後，海風襲來，黎曦的長髮飛舞，拂在自己臉上像是溫柔的撫摸，不禁抬起雙手，輕輕搭在黎曦的肩上。不遠處的桅杆下，月光顧及不到的陰影裏，一雙眼睛正靜靜注視着這裏，目光裏飽含隱忍。這時月光突然消失，一切都變得暗了下來，原來頭頂的雲層已經閉合，像是關上了窗戶，將月光阻在了窗簾之外。海水也從深藍變得漆黑，驟然之間連海風也似變得不再溫柔，船體開始搖晃，遠處騰起了巨浪，水聲傳來，轟鳴徹耳。

　　「我們下去吧，暴風雨要來了。」顧清河對黎曦說道，語氣裏不乏擔憂。

　　黎曦心裏一沉，顧清河是經驗豐富的水手，他說有暴風雨，自然不是無端猜測。心裏那股悲觀的情緒再次湧了上來，她重新戴上兜帽，目光裏充滿擔憂，跟着顧清河回到船艙裏。

　　天空中突然閃過一道閃電，將一切照亮得如同白晝。

　　李飛揚的臉出現在夜色中，一閃即逝。

　　伴隨着轟隆隆的雷聲，暴雨劈裏啪啦傾灑下來。

　　海浪如山，海風如刀。

　　船體開始劇烈地搖晃。

　　船艙裏的人都被晃得東倒西歪，每個人都費力抓住手邊的東西，黎曦抱着顧清河，顧清河一手死死摟住黎曦，一手緊緊抱着一根船柱。

　　有人開始祈禱，聲音隨着顛簸被打斷。

　　斷斷續續，又像是恐懼的呻吟。

　　黎曦驚恐地望向顧清河，他的臉還在兜帽裏，但緊閉的嘴脣慘白無血。

　　「我們會死嗎？」黎曦絕望地對顧清河說，又是一陣劇烈的晃動襲來，顧清河的兜帽落到腦後。

　　甲板上，李飛揚和戚凡死死抱着桅杆，他們緊閉雙眼，在狂風暴雨之中苦苦支撐。

　　又撐過了一輪海浪，船體稍顯平穩，兩人睜開眼睛，卻看見了此生從未見過的情景。

　　五丈有餘的巨浪，像一隻黑色的巨手，在電閃雷鳴間向他們襲來。

　　「我們會死嗎？」船艙裏，黎曦又重複了一句。

　　顧清河低頭看着黎曦，他張開口，卻沒來得及說一個字。

下一刻，天翻地覆。所有的聲音都消失了。

「幸運的阿達西」號這次沒能幸運下去，它在暴風雨中沉沒了……

顧清河睜開眼睛，發現自己正仰面躺在沙灘上，周遭是一些破碎的木板。腰間的佩刀已經不見，衣襟濕透，他掙扎着坐起來，用手捂着額頭，只覺頭暈眼花，胃裏翻江倒海，喉嚨鹹澀不已。他休息了片刻，便努力站起來，去尋找黎曦的所在。一些記憶的片段在他的腦海裏浮現，在那場浩劫般的狂風驟雨中，他一手抱着黎曦，一手抱着一個大木桶，在驚濤駭浪中翻轉沉浮，他記得自己實已用了畢生力氣，不敢鬆開分毫。不過記憶就像海灘上這個最終被衝散的木桶，片段無法拼湊成完整的畫面，他努力起身尋找黎曦，發現後者趴在不遠處的沙灘上，一動不動，不知生死。

顧清河提起一口氣，掙扎着站起，向黎曦搖搖晃晃地走去，只覺每走一步四肢百骸都在吱嘎作響，也不知自己身上斷了幾根骨頭。他跪在黎曦面前，用力翻過對方，但見黎曦雙目緊閉，打濕的烏髮糾結黏纏在額頭，浸濕的衣服緊緊貼在身上，少女玲瓏的身段在日光下顯露無疑，他用手指放在黎曦鼻前，只能感覺到微弱的氣息，眼下不是臉紅的時候，生死面前也顧不得男女授受不親，顧清河用手按住黎曦的胸膛，開始用力地捶打擠壓，幾個來回後黎曦突然嗆出一口海水，翻身開始嘔吐，顧清河向後坐倒在地，如釋重負。

兩人互相攙扶着走到一棵樹下，避開了熾熱的陽光，黎曦大口喘着氣，而顧清河則如斷線的木偶一樣頹唐地靠着樹幹，不久兩人雙雙睡去，待得再睜開眼睛已經是日落黃昏。顧清河扶着樹站起，發現身上雖然多處酸痛，但好賴可以確定沒有斷了骨頭。

顧清河帶着黎曦走進樹林，前行不久便發現了一條溪流，所幸都是淡水，兩人飽飲之後，沿着溪流一路向高處走，登上一座小山，發現溪流的源頭乃是山上的一個內湖，但見湖面裏隱約有水泡浮起，估計湖底通着地下水脈。兩人尋得一個山洞，又採摘一些野果充飢。顧清河隨身的火石已經失卻，好在這島嶼上似乎也無毒蛇猛獸，入夜之後，繁星浩天，月光皎潔如燈，在洞口望去，但覺美景怡人，巖地堅硬，顧清河和黎曦蜷縮起來，沉沉睡去。

　　火苗妖嬈如蛇，吐着致命的信子。周遭的景色因為烈焰而模糊，木頭在火焰中燃燒爆裂，發出劈裏啪啦的聲響。一個十歲的男童呆立原地，看着火海中那道孤高的影子，影子的主人站在烈焰中望着男童，他向着男童走了一步，半個面龐被火光映亮，另一半依然隱沒於黑暗，他伸出手掌，對着男童道：「跑！快跑！跑到天涯海角也別讓他們抓住！」

　　一段燃燒的木樑掉了下來，火焰像藤蔓一樣纏繞着，在木樑落地時發出劈裏啪啦與轟隆混合的巨響。

　　隨着這聲巨響，那個人的身形在烈焰中變成了一個黑影。

　　顧清河猛地驚醒。

　　只是一個夢。

　　他渾身已被汗水浸透。

　　腳步聲響起，他循聲望去，一個黑影正在靠近！

　　他立刻推了推睡在一旁的黎曦，後者卻只是含混地咕噥了一聲，隨即翻了下身，像是本能地對攪亂睡眠的抵抗。黑影越來越近，顧清河掙扎着站起，看着那張臉慢慢變亮。

　　長髮披散，杏眼桃腮，竟是一個美麗的女子。

那女子看見顧清河，眼睛突然發出異樣的光彩來。她向前疾走兩步，喚了聲：「顧大哥。」

顧清河初聽這聲音，只覺得甚是耳熟，再仔細看面前的女子，只覺頭腦裏轟的一聲。

「你是……」顧清河睜大了眼睛。

又一個腳步聲響起，戚凡從那女子後面追了上來，也叫了聲：「顧大哥。」

那女子不是別人，正是李飛揚。

「你……你是女兒身？」顧清河錯愕道。

李飛揚看着顧清河驚愕的樣子，不禁莞爾一笑，月色之下，她雙頰微紅，嫵媚非常。

原來她原名李淑錦，是蘇州崑山縣一戶員外家的千金。

但她從小就生性好動，不似大家閨秀，更像是紈綺的少爺。

戚凡的爹爹是李員外家的佃戶，戚凡平日裏除了幫着爹爹給員外家做事之外，便一直跟着李飛揚，供她驅使。

兩人年紀相當，雖說一主一奴，但也算是從小一起長大。等到李淑錦到了婚配年紀，李員外便開始着手給李淑錦安排婚事，盼她有個歸宿，日後相夫教子，改了這頑劣的性子。

此事自然遭到李淑錦極力反對，但父母之命，媒妁之言，卻又是違逆不得。因不願接受這樁被安排的親事，李淑錦逃婚出走，戚凡因為擔心她的安危，只得相隨。恰逢三保太監率領船隊從蘇州劉家港出航，徵召水手，李淑錦便女扮男裝，混入了船隊，並化名李飛揚，意寄自由飛揚之身。

次日清晨，四人坐在洞口，聽李飛揚講完自己的身世始末，顧清河不禁歎道：「雄兔眼撲朔，雌兔眼迷離。雙兔傍地走，安能

辯我是雌雄。」

李飛揚問道：「顧大哥你說什麼呢？」

顧清河歎道：「我說你像代父從軍的花木蘭，女扮男裝混入軍中，朝夕相處日月為伴，卻無人知你竟是女子。」說罷搖頭苦笑，又道：「可我不是叫你們原路返回封狼，怎得你們又上了那貨船。」

李飛揚聽了顧清河的問話，臉上不禁又泛起朝霞，心裏咕噥道，還不是為了你，害得本姑娘差點葬身魚腹。可目光掃到一旁專注聆聽的黎曦，心裏又泛起一絲苦澀，你為了這異國的美人，卻也是家也不回，命也不要。

「幸運的阿達西」號是在其航線沉沒，四人雖被困孤島，但想來應會有商船從附近經過，眼下要緊的是先活下來，再等待機會。戚凡為人駑鈍，行事卻也嚴謹，貼身帶的火石，匕首都在。顧清河雖然丟失了佩刀，但那把隨身用於雕刻的小刀卻還綁在腿上。四人砍了一些樹木，摘了一些寬大的樹葉，在海灘邊搭了小屋。戚凡和顧清河去捕魚，黎曦和李飛揚收集柴火，採摘野果，便在這海灘上先住了下來。

四人每日捕魚摘果，靜候航船。閒來無事之時，黎曦跟着顧清河他們學漢話，而顧清河則要李飛揚和戚凡一起學黎曦家鄉的語言。李飛揚起初不願，但一想到黎曦和顧清河單獨一起，互授語言的情景，只得咬牙同意。黎曦已有一定漢話的基礎，雙語通用，倒也教得過來。顧清河學得盡心盡力，他頭腦本就機敏，很快便能用黎曦家鄉的語言與之交流，李飛揚見狀心裏更不是滋味，看來顧清河是真的準備以後入鄉隨俗，客死異鄉了。

孤島海景優美，日落時天邊燦霞如火，入夜後繁星皓月當天。黎曦除了傳授語言，也講了不少自己家鄉的風土人情。在維

尼亞鎮，她家算是一等一的望族。在他們那裏，大的家族，領主都有自己的紋章。黎曦拿了一根樹枝，在沙灘上畫了一副圖案，是一隻鳳凰在一隻海馬背後張開翅膀，像是在庇護着這匹海馬一樣。

黎曦用樹枝指着沙灘上的圖案說道：「這就是我家的紋章，在維尼亞鎮，但凡服飾上繡有這種圖示的，即是我的族人部署。」

三人看着那在沙地上的圖案，雖是用樹枝畫的，卻不是隨手勾勒之物，鳳凰威儀，海馬傲氣，羽翼長鬚，層次盡顯。顯然黎曦畫功非凡，且對本族紋章熟稔之至。

「你家竟然敢用鳳凰做家徽？」李飛揚驚愕道。

黎曦一時沒明白李飛揚的意思，顧清河接過她手中的樹枝，在沙灘上又畫了幾隻鳳凰，角度不同，姿態各異，畫完後問黎曦道：「你家族紋章上的這隻鳥，和我畫的這些可否一致？」

黎曦細細看了顧清河所畫的鳳凰，點了點頭。

顧清河沉吟道：「你說，小時候跟家裏人學過漢話，教你的是什麼人？」

黎曦回道：「一個老媽媽，是我們家的僕人。後來就不在我們家做了。」

顧清河又問：「她長什麼樣子，和我們一樣嗎？」

黎曦搖了搖頭，「不是，在見到你們之前，我從來沒見過中土人。」

「你們家族，在維尼亞鎮多久了？你家人有告訴你，為什麼會用這個做紋章嗎。」

「父親說我們家族世代居於維尼亞鎮，至於家族的紋章也是自祖上流傳下來。這紋章是有什麼問題嗎？」

顧清河點了點頭，心裏思量，鳳凰乃是神鳥，雖是祥瑞之至，但皇帝為龍，皇后為鳳，尋常百姓人家也是沾染不得。此地遠離中土，風俗法理自是不同，可能鳳凰也只是尋常的鳥兒，人人得以用之，當下回道：「沒什麼大事，鳳凰在我們那邊是皇后的象徵，一般人是用不得的。不過天下之大，各地風土人情俱不相同，你們又不是中土人，用了也就用了，我們也不必太在意。」

李飛揚聽顧清河這樣解釋，覺得有理，又想到自己和黎曦都講了自己的身世，卻惟獨沒聽顧清河講過自己的過去，之前在船上偶爾問起，也只是籠統地說父母在自己年幼時害病死了，是一個木匠師傅將他撫養長大。於是便開口問道：「顧大哥，以前在船上都沒聽你怎麼講過自己的事情，眼下大家被困孤島，平日裏也沒什麼談資，你就給我們講講你的故事唄。」

李飛揚說完期盼的望着顧清河，卻只見後者臉上閃過一絲陰霾的神色，心裏起疑，但又不好再多加追問。黎曦也注意到了顧清河神色有異，心裏暗暗記下。

這樣又過了兩個月，四人對海島上的生活已經應付自如。每日捕魚採果，互相學習語言。這兩月來他們每日登山眺望，卻無一船一影的蹤跡。有日戚凡着急的跑來，說是在島上發現了一處地窖，便領着眾人去看。那是在一片草地，卻惟獨中間禿了一塊，是有人挖了地窖，設了木門，又鋪了一層淺土上去。打開木門，發現裏面貯藏着數十個木桶，隱隱發出酒香，顧清河猜測這應該是過往的酒販子將酒藏在這裏，作為中轉。這島既有人來過，應該還會再來，那時眾人便可乘他們的船離開。念及至此，黎曦歡喜異常，李飛揚卻是悶悶不樂。

　　她出身富貴，從小眾星捧月一般活着，往日行事全憑自己心願，就算闖了禍，最後爹爹也是護着自己。她為了逃婚，一時興起上了寶船，愛上顧清河後，更是不顧戚凡的勸阻，又上了「幸運的阿達西」號。結果「幸運的阿達西號」一點都不幸運，竟然遇見暴風雨沉沒了。他和戚凡僥倖不死，和顧清河黎曦一起被衝上孤島，自己也恢復了女兒身，卻不料顧清河對自己依舊不冷不熱的樣子，相反對黎曦依舊殷勤有佳。她心思煩悶，便叫了戚凡去了那地窖，取了一些酒，一股腦全喝了下去，只覺得胃部一陣火辣辣的燒灼，旋即面容潮紅，心裏卻舒坦了不少。

　　戚凡勸她少喝些，她看着戚凡礙眼，在裏面拿了個杯子，讓戚凡先喝三大杯。戚凡搖頭推辭，她便板起臉來，說你怎麼敢不聽我的話。從小到大戚凡都是對她言聽計從，就算有很多為難之事，只需她板起臉來，使點小性子，戚凡也只能從命。戚凡先喝了三杯，她喝了一杯，又讓戚凡再喝三杯。如此以一碰三，她滿共喝四杯，戚凡卻是整整一十二杯，兩人離開酒窖，晃晃悠悠走了兩步，一陣海風吹來，戚凡打了個嗝，直接仰面倒地，醉得不省人事。

「哈哈，哈哈，終於倒了，不用再跟着我了。」李飛揚醉笑兩聲，步履微搖，向海灘走去。

黎曦和顧清河正在海灘敍話，見李飛揚搖搖晃晃地過來，兩人當即放下話頭，顧清河看李飛揚步履搖晃，面色潮紅，問道：「你莫是把酒窖的酒喝了？」

李飛揚微笑道：「喝了一點。」顧清河懷疑地看着她道：「戚凡呢？怎麼沒跟你在一起？」李飛揚擺擺手：「他喝多了，在那邊睡着了。」顧清河歎了口氣：「戚凡怎麼會想要喝酒，一定是你讓他喝的。」

李飛揚聽顧清河語氣略有責怪之意，剛想說點什麼，顧清河又已經開口：「那酒窖裏的酒是別人商家的，我們現在唯一的指望，便是那商家來取酒時讓我們也搭船離開。我們現在身上並無錢財，卻又喝了別人的酒，到時多生枝節……」李飛揚本已有酒勁在頭，又聽到顧清河這樣說話，突然想到以前在家裏做掌上明珠，眾星捧月的日子，如今自己為了眼前這個男人，放棄一切，踏上了一條沉船。心裏先是委屈，但轉念一想，發現全是自作自受，這腔委屈不能怨在顧清河頭上，只得怨在自己身上，鼻子一酸，眼淚不可抑地湧了出來。

見李飛揚哭了，黎曦忙上前安慰，也不顧平日裏李飛揚對她的冷淡，她一邊不住輕拍李飛揚的後背，一邊向顧清河投來責備的目光。顧清河歎了口氣，對李飛揚輕聲道：「飛揚，我話可能說重了，給你道歉，別哭了好嗎？」李飛揚想說點什麼，但喉嚨嗚咽無法發聲，只能不住抽泣，她背過身去，不想讓顧清河看見她因為哭泣而扭曲的臉。一刻鐘後，李飛揚才轉過身來，紅着眼睛，緩緩地說：「顧大哥，以前在船上，你可否當我是兄弟過？」

顧清河楞了一下，道：「當然。我當麻葉是我兄長，你和戚凡都是我的弟弟。」

李飛揚又道：「現在我們身處孤島，以後怕是也沒機會回去了。為什麼每次我問起你的事，你都一副懶得搭理的樣子。」

顧清河歎道：「我的身世原是不能說的，不過這裏遠在天涯，你若一定想知道，告訴你也無妨。」

李飛揚聽顧清河如此說道，登時精神一震，剛剛的酒勁也仿佛隨着眼淚流了出去，立時凝神靜聽。

顧清河道：「你還記得那日在港口，我說我不受逆賊的皇命，當時你和戚凡聽了，應是嚇了一跳吧。」李飛揚點點頭。顧清河接着道：「有些事你和戚凡年紀還小，又非生於官宦人家，怕是不知道。當今的天子年號永樂，名為朱棣，是太祖皇帝的第四子，曾經受封為燕王，鎮守北平。太祖皇帝本意將皇位傳給懿文太子朱標，但太子因病早逝，太祖便將皇位傳給太子的二子朱允炆，定年號為建文，世稱建文皇帝。」

李飛揚道：「那是建文皇帝也因病早逝，所以才將皇位傳給了永樂皇帝？」顧清河道：「建文皇帝年紀輕輕，身體硬朗，怎麼會早逝。昔年太祖將他的皇子們分封到各地，是為藩王，並對建文帝說，若是有外敵入侵，便讓你這些叔叔幫你打發了去。可建文帝卻悶悶不樂，說那若是叔叔們作亂，誰又能打發了他們去。建文帝年紀雖小，但見識非凡，登基之後，便着手削藩，他的四叔燕王朱棣不願束手待斃，以『朝無正臣，內有奸惡，則親王訓兵待命，天子密詔諸王，統領鎮兵討平之。』名為靖難，實為謀逆。此戰打了數年，最後朱棣攻破南京，建文帝和傳國玉璽下落無蹤。這便是我們當今的聖上永樂皇帝的由來。」

說到這裏，顧清河歎了口氣，甚是感傷：「太祖生性多疑，手段殘酷。懿文太子為人溫和，心裏甚是慈悲。可惜好人多不長命，懿文太子育有六兒四女，二子朱允炆便是我之前所說的建文皇帝。而他的三女朱氏，就是我的母親。」

　　先前李飛揚聽顧清河講這家國大事，還不知這些事情和他有何相干，待得聽到這裏，當真是驚愕無比。顧清河不等李飛揚開口，又繼續道：「我父親姓顧，祖父是昔年跟隨太祖驅逐暴元的將領，這門婚事還是太祖生前親自定下，我祖父官位不高，但曾經在戰亂時替太祖擋過一箭，救過太祖的命。所以建文帝就是我的舅舅，我少時便是在皇宮中長大的。靖難之時，我爹爹跟隨大將軍耿炳文出征，戰死沙場。燕王攻進南京，皇宮大院起火，舅舅在一片火海中叮囑我快逃，莫要被他們抓住。這時宮裏造辦處的一位匠人抱走了我，帶我逃出皇宮，一路護我周全。而我媽媽，也死於那場大火之中。那年我十歲，這個匠人後來就成了我的師父，我這一身刀鑿斧刻、舞刀弄槍的本領，便全是跟他學的。」

　　李飛揚小心翼翼地道：「那你舅舅，也就是建文皇帝，也在那場火海中⋯⋯」

　　顧清河搖了搖頭：「火勢撲滅之後，是找到不少燒焦的骸骨，但多已不能辨認。朱棣一天見不到建文帝的屍首，心裏便一天都不得安寧。他知道自己的皇位來路不正，便拚命想做些雄圖偉業來證明自己。他讓三保太監率領船隊數下西洋，促成這萬國來朝的盛事，一是彰顯自己的天子地位。二則因為他懷疑建文帝流亡海外，想找到他的所在，斬草除根。麻大哥大致知道我的事情，為了救我性命，才提出讓我送黎曦回家⋯⋯」說到這裏，顧清河不自覺看了看一旁的黎曦，想到那日麻葉問自己是否愛上了黎

曦。只是這話，眼下是無論如何也說不出口的。

李飛揚道：「那你隨船出海，也是為了找你的舅舅嗎？」

顧清河搖了搖頭，「我爹爹媽媽都死了，還找舅舅作甚。靖難之後，朱棣對忠於建文帝的部署遺臣，殺的殺，流放的流放。師父帶着我浪跡天涯，最終還是讓錦衣衞尋到了蹤跡，慘死在錦衣衞的刀下。我起初見到師父的屍首，也是怒火中燒，恨不得將所有的錦衣衞都手刃乾淨。但師父臨死之時，以自己的手指蘸血，在地上寫了兼愛非攻、完璧歸趙八個字。我便知道師父不許我去報仇，而是讓我繼續貫徹師門的使命。」

李飛揚道：「完璧歸趙的故事我倒是聽過，兼愛非攻是什麼意思？」

顧清河拿過樹枝，在沙灘上寫下畫下一個符號。

李飛揚問道：「這是什麼？」

顧清河道：「你們可聽過兼愛非攻這四個字？」

李飛揚和戚凡搖了搖頭。

顧清河道：「先秦時期，中原混亂，國與國之間征戰不休。那時車不同軌，書不同文。還有諸子百家，各執一詞。其中有一個門派被稱為墨家，他們的首領叫做墨翟，被後世尊稱為墨子。墨家主張的思想，便是天下兼相愛則治，交相惡則亂。所謂臣與子之不孝，君與父之不慈，以及『大夫之相亂家，諸侯之相攻國』，都是世人互不相愛的結果。假使天下人能『兼相愛』，愛人若愛其身，那天下早就太平，也就不用那麼多生靈塗炭了。而非攻，就是不要相互攻擊，因為那時天下分為多國，彼此征伐不休。後來世事變遷，七國歸秦，再到漢初武皇帝罷黜百家，獨尊儒術。墨家與其他諸多學派皆速凋零，但有一支卻繁衍生息下來，這世

事千年，滄海桑田，中間又有多少可歌可泣的故事，多已埋入歷史的煙塵。我師父便是那門流傳下來的墨家最後的弟子。墨家子弟，心裏要懷有兼愛非攻的理想，這是道。而在術上，則要強武藝，精匠藝，戰國時的墨家子弟，武功上都是一等一的高手，機關上都是一等一的大師。所以我不僅精於雕鑿，武藝不弱，便因為我也是墨家的弟子。」

顧清河說到這裏，臉上不免現出神傷的表情，「師父死時寫下兼愛非攻，是叫我不要報仇。完璧歸趙，則是我這一支師門的重要使命。但這使命歷時千年，已與神話傳說無異，而這其中牽涉之廣，我三言兩語也說不清楚。以後若有時機，我再細細告訴你們。我畫下的這個符號，便是我們這一支墨家的標誌。總之師父死後，我只覺得天下這麼大，卻不知何去何從，乾脆隨船出海，去外面看看也好。」

李飛揚歎道：「我早覺得你和旁人不一樣，卻沒料到，你竟然是王孫貴族。」

顧清河舒了口氣，他這身世祕密，十餘年來從未跟任何人講過，雖然往昔種種依然隱隱作痛，但如今終於也算是一吐為快。他想起師父臨終前倒在他的懷裏，安慰他說不要擔心，一切自有安排。如今他們四人被困孤島，這安排看來也不怎麼好。

這時腳步聲起，三人回頭，見戚凡一手捂着頭，搖搖晃晃地走來，似是宿醉未醒的樣子。他看見顧清河三人，便伸出手打招呼，搖晃的手卻突然指着前方，臉上滿是驚喜的神色，顧清河等三人順着他手指的方向回頭，只見在海波之上，一條船正向海島駛來……

第八章

夜色正濃，維尼亞鎮靜謐非常。

空中流雲急速飄過，月光若隱若現。

依瑞斯獨自在路上行走着，他身材高大，有一頭金色的長髮搭在肩頭，高鼻深目，瞳仁是淡褐色的，下巴上有未淨的胡渣，看起來略微有些疲憊，又似乎有什麼惱人的事情，讓這英俊的青年悶悶不樂，他披着一件斗篷，腰間斜斜掛着一把長劍，固定斗篷的胸針是黃金製成，形象是一條龍圍繞着一匹海馬。

「依瑞斯。」有人叫着他的名字，擋住他的去路。那是一個十六七歲的少年，黑色短髮，眼眸是藍色的，青澀的臉上寫滿了稚嫩，但眼神堅定而倔強，他腰間也懸掛着長劍，外套的右肩上用金線繡織着海馬與鳳的圖案。

依瑞斯停下腳步，看着面前來者不善的少年，道：「泰盧，讓開，你年紀還小，不用這麼着急就送了自己的性命。」

泰盧拔出腰間的佩劍，指着面前高大的敵人，他個頭幾乎只到依瑞斯的肩膀，就像是一隻麻雀向雄鷹發出挑戰。

「你害我失去了姐姐，還打傷了我諸多兄弟，今天就在這裏做個了斷吧。賭上瑞德之名，我要與你決鬥。」年輕的少年拔劍指向遠遠比他強大的敵人，語氣雖然堅定，但舉起的長劍卻不住抖動。

依瑞斯冷笑道：「若你真想找我決鬥，也需先徵得你父母同意，簽好決鬥的免責契約，在見證人的注視下一對一和我打過。現在月黑風高，你攔在半路，是襲擊，不是決鬥。」

他說完這些話，環視了一下四周，但見有不少黑影悄然而現，他們都戴着頭巾，用白布蒙着面容，手握弧形彎刀。

依瑞斯心裏默默數去，敵人加上泰盧共有十三人，顯然這些白布蒙面，手握彎刀的人是泰盧僱來的傭兵，看來這個少年已經下決心置自己於死地。最近瑞德、雷耿兩家械鬥不斷，明着的決鬥，暗地裏的悶棍，每天都有不少人因此受傷，昔日繁盛的維尼亞鎮如今籠罩在一片黑色的恐懼中。

泰盧狠狠地道：「到地獄裏去跟我姐姐賠罪吧。」他說完用力甩了下長劍，周遭的傭兵們一擁而上……

「維尼亞，我終於回來了。」站在甲板上，望着越來越近的維尼亞港，黎曦心潮澎湃。顧清河、李飛揚、戚凡三人伴她左右。販酒的商船終於還是到了那個孤島，解救他們於囚困。

踏上維尼亞港的那一刻，黎曦輕鬆的轉了一個圈，雙手自然伸展，一切就像是美夢，而現在美夢終於成真。

黎曦領着顧清河三人向自己家裏的宅邸走去，然而沒走幾步，便聽見叮鈴啷當的刀劍相交之聲。

循聲而去，一個高大的男子，用一把長劍與幾個白布蒙面的刀客劇鬥，地上已經倒下了不少人，那高大的男子一頭金髮，越戰越勇，頃刻間又將剩下的數人全部打倒，只剩下不遠處站着的一個少年，此刻雖然還舉着劍，但身體卻不住發抖。

而黎曦站在原地，整個人仿佛雕像般定住了一樣。

那高大的男子料理了眾人，便拿着長劍，一步步向那少年走

去。那少年似是嚇壞了，身體向後縮着，男子每邁一大步，那少年卻只退後一小步。

終於男子來到少年面前，俯視着他，夜色中男子的臉一團漆黑，像一個沒有臉的雕像，只有他的劍泛着寒光。男子並不動手，少年也不逃竄，他們就這樣對峙着，終於少年似是忍受不了這無邊的恐懼，大叫一聲，揮劍刺去，那男子身子微微一晃，這劍旋即刺空，他順勢抓住少年持劍的手，用力一甩，便將少年連人帶劍甩了出去。

黎曦目睹此景，不禁叫出聲來。那少年被摔出去兩丈，咚的一聲，剛好落在黎曦腳前。長劍滑手，旋轉着飛向顧清河，被後者從空中接住。黎曦彎下腰來，扶起摔在地上的少年。

「你是……姐姐，姐姐！」少年強忍着疼痛，興奮地看着低頭扶自己的黎曦，顧清河注意到少年的肩頭有用金線縫製的海馬與鳳圖案，黎曦曾說過在維尼亞鎮，身着海馬與鳳紋章的都是黎曦家的族人部署，這少年似乎是黎曦的弟弟，難怪她剛才看到少年被那男子摔出時會發出驚呼。

李飛揚和戚凡過去幫忙扶起少年，空中流雲急轉，月光從雲層的縫隙中投下，周遭瞬時亮了不少，黎曦的容顏在月光中變得清晰，那男子看着黎曦，神色驚愕無比，黎曦只顧低頭查看弟弟的傷勢，並沒有注意到男子正望向自己。

男子向前邁了一步，顧清河手持少年脫手的長劍，擋在男子和黎曦之間。

「閃開。」男子舉起手中的長劍，指着顧清河，後者一言不發，舉劍便刺，劍光如虹，去勢非常。男子反應迅速，舉劍擋開，顧清河目若鷹隼，長劍橫在身前，守勢森嚴，只因他知道面

前的男子實是自己生平未遇的一等一的強敵，此人身上並無一處傷痕，而周遭倒地呻吟的卻有十二個刀客。對方高大威猛，顧清河纖瘦敏捷，兩人正當對峙，卻見黎曦從顧清河身旁走過，顧清河叫了聲黎曦，後者向他擺擺手，示意沒事。

黎曦來到男子身旁，柔聲說：「我以為我這輩子再也見不到你了……」語畢的同時眼淚已奪眶而出。那男子繃緊的臉頰在那一刻如冰雪融化一般，溫柔地看着面前哭泣的少女，他鬆開手中的長劍，任其掉落於地，騰出的雙手一把抱住黎曦。

這番變故倒是出乎所有人意料，顧清河本以為此人打敗黎曦的弟弟，本該是他們家族的仇敵，是以自己才出劍與其相抗，萬料不到會出現眼前的情景。顧清河的劍依然橫在身前，而對方的劍已經掉落在地。顧清河注視着想要守護的背影，卻眼睜睜看着黎曦在別人懷裏哭泣。那一刻他感覺神思四散，舉劍的手緩緩垂下，一張落寞的臉融入了月光裏。

這時突然響起大片的腳步聲，火把的光亮將周遭的夜色驅逐乾淨。兩撥人從相反的方向匯聚在一起，他們都一手高舉火把，另一隻手按着佩劍的劍柄。兩撥人數目相當，各有二十人左右，一撥的首領是一個年約五旬的長者，花白的頭髮，鬍鬚似鐵，他所帶領的人盡皆配有海馬與鳳的紋章。另一撥人則是由一個紅袍的僧侶率領，他們所佩帶的紋章是海馬與龍。那紅袍僧帶着兜帽，旁人看不見他的面容，像是夜色中一團暗紅色的火焰。老者和紅袍僧盡皆向前，老者拉着黎曦，紅袍僧拉着與黎曦相擁的男子，將他們分開。

「爸爸。」黎曦看着老者，滿臉喜悅，金髮的男子被紅袍僧拉走，他投向黎曦的眼神充滿着複雜的神色，但當轉到老者的身上

時，則盡皆變成怨恨和仇視。

李飛揚湊過來，問顧清河眼下什麼情況。顧清河茫然搖了搖頭，先是看了看黎曦，又看了看遠處的金髮男子，腦海裏泛起方才兩人相擁而泣的景象，心裏閃過幾個念頭，如黑夜裏的閃電，可如深究細想，立刻便連成畫面，顧清河歎了口氣，只覺心境越來越冷，如臨冰窖。

陽光照射進窗戶，天亮了，但破曉的曙光卻沒能刺破顧清河心裏的陰霾，他躺在柔軟的天鵝絨牀上，一夜未眠。

有人敲門，顧清河說請進，黎曦推門而入，她身着淡藍色長裙，頭髮梳扎整齊，脖子上戴着一條藍寶石項鏈，與她晴空一樣的藍眼睛交相映輝。她已經不再是落難的少女，而是大戶人家的千金小姐。顧清河坐起身來，黎曦端着一個木盤，上面是牛奶和烤得焦黃的麵包，她身後跟着的侍女抱着一套衣服，黎曦對他微笑道：「我給你帶了套衣服，按照你們的話來說，入鄉隨俗，你且先換上，我再進來跟你說話。」

顧清河點點頭，黎曦放下衣服，和侍女一起退出門外。顧清河換上新衣，招呼了一聲，這次只有黎曦一個人進來，深藍色絲質長衫，深褐色高筒靴，黑緞長披風，上衣的前胸有用金線繡織的海馬與鳳圖案，此時的顧清河看起來倜儻非凡，若是去參加維尼亞的月下舞會，想必會迷倒不少女人。

「中午的時候我父親會設宴招待，以答謝你們對我的救命之恩。」黎曦說道，「我已經將如何被你們搭救，護送一事跟父親一一講明，瑞德是崇尚勇敢和信譽的家族，你們將是瑞德家族永遠的上賓，如果你們願意，可以留下來替家族工作，在這裏安居樂業。」

顧清河聽了黎曦的許諾，想要說些什麼，卻不知如何啟齒，他救黎曦並非為了這樣的報答，但黎曦的話當然也沒有任何錯誤，他知道自己內心裏希望聽到的是什麼，在目睹了昨天金髮男子和黎曦相擁而泣，又被劍拔弩張的兩撥人強行分開後，他的心緒其實早已經成為一團亂麻。

　　黎曦陪着顧清河吃完早餐，然後提出陪顧清河在莊園裏轉轉，一來有助消化，二來也順便參觀自己的家。李飛揚和戚凡還在彼此的客房休憩，顧清河知道黎曦此舉是希望和自己獨處，怕是黎曦已經料到自己必定有諸多疑問，而她也做好回答的準備。

　　在莊園的後花園裏，他們信步走着，勞作的園丁見到黎曦都會停下手上的工作向她行禮，而她則報以點頭和微笑。她就像一個公主。顧清河這樣想，不，她不像，公主們才不會對下人微笑，她們都高高在上，就像十歲前的顧清河，還擁有着王孫的身份。

　　黎曦對顧清河說：「顧大哥，你是我的救命恩人，若不是你，我的人生勢必已經毀滅。你不僅救我於水火，還親自護送我歸家，中途遭遇海難，差點害得你葬身魚腹。孤島之上，多虧你們每日捕魚生火，烹飪飲食。我知道你的故事，你離開那條船並非完全為我，但如果不是為了我，你也不用和那個叫高洋的軍官產生衝突，也不用將自己暴露在眾人的目光下。你對我的大恩大德，我永遠記在心上。我知道你一定有很多疑問，只要你問，我一定知無不言。」

　　顧清河問道：「昨晚的金髮男子是誰？」

　　黎曦楞了一下，似乎是沒有料到顧清河第一個問題問的是他，顧清河注意到黎曦神色有躲閃之意，言語凝滯，便知道自己

所料八九不離十。他們又走了幾步，卻聽黎曦用漢話說道：「他是依瑞斯。」

黎曦用漢話，自然是不想別人聽見她在談論此人，顧清河點了點頭，黎曦又道：「我們維尼亞鎮盛產雕塑、珠寶，是著名的商港。而這些東西，全部出自島上的兩大家族。一個是我們瑞德家族，紋章為『海馬與鳳』。另一個是雷耿家族，紋章就是你昨天見到依瑞斯斗篷上的胸針『海馬與龍』。你們中土是不是有句話，叫一山難容二虎。在我們這裏也是如此，瑞德和雷耿家族在生意上是競爭對手，同時也彼此瞧不順眼。一百多年來摩擦不斷，彼此嫌棄，累世交惡。」顧清河點點頭，道：「恐怕也正是這樣，才讓你們為了比過對方，不斷在工藝上精益求精，才能製作出上乘的物件。」

「嗯。瑞德和雷耿確實是在相互的攀比中強大旺盛的，平日裏一旦雷耿家族有了新的動作，瑞德便一定會針鋒相對。他們出一款戒指，我們也出一款。他們有了新的雕塑，我們也立刻跟上。反之亦然。而外面的訂單通常是雙雙來至，往往瑞德接到一份訂單，雷耿勢必也有一份。後來我才知道，我們兩家的作品常常被那些購買的貴族們擺放在一起，做成一對。這事在我們自己看來，真是天大的諷刺。」黎曦說到這裏，兀自搖了搖頭，苦笑了一下。

顧清河心道：「這不是諷刺，這才對了。龍鳳呈祥，本就該在一起。」他剛欲開口，但心裏一個自私的念頭閃過，便忍住了想說的話。

黎曦沒有覺察到顧清河的欲言又止，繼續道：「維尼亞鎮每年都要舉辦一次工藝品大賽，雖然人人都可以參加，但實際上就是

瑞德和雷耿兩家的對決。優勝的一方不僅可以獲得領主的嘉獎，還將獲得大量的訂單。大賽距今已經舉辦了二十年，我們瑞德家族贏了其中的十二次。事實上，我們已經連續六年贏得了比賽，直到去年，雷耿家未來的族長從君士坦丁堡歸來，他所主持的第一次設計，便結束了我們長達六年的統治。」

聽到這裏，顧清河當然知道，這個雷耿家族未來的族長，便是那金髮的男子依瑞斯。

「依瑞斯和其他的雷耿不同。他自幼便被送到君士坦丁堡的教會學校，修習哲學。也可能是因為自幼不在維尼亞長大，所以沒有受到太多對瑞德仇視的薰陶。去年比賽頒獎時，我們兩家列席，往年接受領主嘉獎的都是我們瑞德，但今年卻換成了雷耿。繡有海馬與龍的旗幟在風中飄揚，在雷耿家族的歡呼聲中，我們瑞德自然覺得面上無光，往年我們優勝的時候，在發表感言時都將以各種形式對雷耿家冷嘲熱諷，曾經雷耿獲勝時也是相同。那次出席時，家族甚至發了棉花給我們，讓我們在雷耿家發言的時候堵住耳朵，免得聽那些冷嘲熱諷的話。」黎曦說到這裏，自己也不好意思地笑了笑，「但結果是，依瑞斯代表雷耿家上台發言，他金色的長髮隨風晃了晃，我們瑞德家所有的女孩都醉了。」

「我至今仍記得依瑞斯的發言，他首先講了一個故事，說在很久之前，有一個叫帕里斯的人，是特洛伊王國的王子。他生前因被預言會給特洛伊帶來毀滅，便被他的父王遺棄在山區，帕里斯後來成長為一名堅毅的男子，力大無窮，保護當地的畜羣免遭猛獸的侵害，被當地人所信賴。宙斯的妻子赫拉、智慧女神雅典娜、愛與美之神阿芙蘿狄忒來到他面前，都說要給他獎品，讓他

做出裁決，赫拉答應給他至高無上的權力，雅典娜答應給他世上最聰明的頭腦，而阿芙蘿狄忒則許諾給他世上最漂亮的女人和最美的愛情。帕里斯最終選擇了阿芙蘿狄忒的獎品，也就是世上最漂亮的女人和最美的愛情。」

黎曦說到這裏，歎了口氣，顧清河道：「怎麼？是這女人不美嗎？」黎曦擺了擺手，「既然是愛與美之神阿芙蘿狄忒口中世上最漂亮的女人，又怎麼會有假。那女人名為海倫，的確是當世第一美女，但她同時也是斯巴達國王墨涅拉奧斯的王后。帕里斯作為客人參加了墨涅拉奧斯的宴會，卻在席間和海倫一見鍾情。過了幾天，墨涅拉奧斯說要去克里特島，臨行前囑咐海倫好好招待客人，卻不料他剛一離去，帕里斯便唆使海倫離開丈夫，與他私奔。陷入愛情中的海倫拋棄了一切，跟着帕里斯乘船離開了斯巴達，前往特洛伊。此事敗露之後，憤怒的墨涅拉奧斯找到自己的哥哥阿伽門農，共召集了十萬勇士，一千一百多條船隻，前往攻打特洛伊。他們將特洛伊城團團圍住，這一圍城，就是十年。為了終結這場戰爭，墨涅拉奧斯和帕里斯決定在雙方的士兵面前一對一決鬥。這兩個為了海倫而刀劍相向的人打得難分難解，但墨涅拉奧斯更佔上風，但就在戰鬥的關鍵時刻，有人用冷箭射傷了墨涅拉奧斯，特洛伊人趁機反攻，墨涅拉奧斯的軍隊被打得屍橫遍野。圍城十年，特洛伊人終於看見了曙光。」

顧清河聽到這裏，哼了一聲道：「作為客人，在主人的宴席上拐走了主人的妻子。又在一對一的決鬥中勝之不武，這樣的男人，到底是怎麼會被當世第一美女看上的呢？」

黎曦道：「當時我們聽到這裏，也覺得這帕里斯卑鄙之極，毫無榮譽。墨涅拉奧斯的軍隊經此大敗，殘軍雖然在數量上還佔

據優勢，但都已無心再戰，海灘上希臘人的戰船都隨風撤離，只留下了一個巨大的木馬。特洛伊人不知這木馬有何用處，恰好抓住了一個希臘的士兵。這個士兵說木馬是用來祭祀海神波塞冬的神物，如果破壞木馬，便會引來海神的神罰。特洛伊人不敢違抗神意，便將木馬帶回特洛伊城。卻不料這是希臘人的計策，在那巨大木馬的體內，滿滿的藏着希臘人的勇士。是夜，希臘人從木馬的肚子裏出來，從特洛伊城的內部開始攻打，終於將這座被困十年而不得攻下的城市從內部瓦解。最終特洛伊城被一炬燒為灰燼，帕里斯和海倫也在那場大火中雙雙身亡。」

聽到這裏，顧清河歎了口氣，「這帕里斯雖然是個不義之徒，倒也不失為一個敢愛敢為的漢子。」

黎曦道：「依瑞斯講完了這個故事後，說阿芙蘿狄忒可能騙了帕里斯，這未必是最美的愛情，卻應該是最悽美的愛情。因為他們的愛情，導致特洛伊城化為灰燼，無數勇士戰死沙場。但對他們來說，愛就愛了，哪怕萬事凋零。從旁人來看，他們可能是自私的，但從愛情的角度來看，他們又是最無私的。雷耿家去年的作品，就是一對情侶騎在一匹木馬上，女的從後面抱住男的，他們神色幸福，身上刻着海馬與龍的紋章。依瑞斯說一件作品的好壞未必是它的雕刻多麼細膩，材質多麼珍貴，而是在於，這個作品誕生時的源頭。他說就像人類一樣，重要的並非外表，而是內在的靈魂。他說完之後，便走下場去，沒有隻字是對瑞德家的不敬。幾乎是第一次，有一個雷耿家的人，讓我們覺得不是那麼討厭，甚至有點可愛。」

「那你和依瑞斯是怎麼……」顧清河想了想，決定換掉那個詞：「認識的？」

黎曦感覺到了顧清河的意思，臉頰不自覺變得潮紅：「維尼亞鎮的中心是遠山，遠山腳下是陰雨森林，陰雨森林外便是我們的市鎮，市鎮一直延伸到海港。有一次我和泰盧在陰雨森林邊的小溪玩耍，有一頭黑熊從陰雨森林裏衝了出來，襲擊了我和泰盧。千鈞一髮之際，在小溪邊釣魚的依瑞斯救了我們。他仗劍擊傷了黑熊的左眼，逼迫黑熊退回了森林。本來放在尋常人家，救命的恩德應該好好報答，可惜他畢竟是一個雷耿，而且他是雷耿家族的族長藍札的長子，也就是雷耿家未來的首領。依瑞斯和我們是不同的，他從小在君士坦丁堡長大，他知道時下最流行的風向，他擅長給作品賦予神話人文的色彩，而那些久遠的故事傳說只有在君士坦丁堡的圖書館裏才能看到。可以預見的是，如果依瑞斯接替執掌雷耿家族，將是雷耿家族興盛的開始，而雷耿的興盛，勢必伴隨着瑞德的衰敗。此消彼長，這是必然的道理。父親雖然疼愛我們，但更願意當做這件事情沒有發生過，只是以後禁止我和泰盧再去陰雨森林附近玩耍。這件事情讓我對家族十分不滿，當然更對依瑞斯好感徒增……」

　　說到這裏，後面的自然不用多表，顧清河直接問道：「那你後來離開維尼亞，誤入歹徒之手，又是為何？」

　　黎曦回道：「我和依瑞斯情好篤密，自然遭到雙方家族的強烈反對。依瑞斯對瑞德本無一絲一毫的成見，但我們兩家實在交惡太深，平日裏也多有摩擦。何況不少人覺得依瑞斯在珠寶大賽上擊敗了我們，更是不吝以最大的惡意來揣摩他。再到後來，我的一舉一動都在家人的監視之下，我被禁足以斷絕和依瑞斯的聯繫。最終依瑞斯買通了我們家的一個花匠，給我捎了封信，約我去港口和他私奔。大門在深夜緊鎖，圍牆又遠非我一介女流可

以翻躍，但在自家花園走動的自由還是有的。而他則在這段時間裏，祕密挖了一條地道，直接通向我家的花園。那夜他通過地道帶我去往港口，那裏已經有一條前往君士坦丁堡的船，卻不料我家人尋我不到，又在花園發現地道，便一路趕來港口。依瑞斯讓我先上船，自己擋住他們，卻不料我父親帶着族人拔劍就刺，這時雷耿家為了尋找依瑞斯也來到港口，兩家便打到了一起，船開了，依瑞斯卻被阻攔在了港口。結果在前往君士坦丁堡的途中遭遇了海盜，一船的人都被擄到了阿力山佐⋯⋯」

黎曦說到這裏，吸了口氣，又想起那夜的景象，夜色伴着慌亂，火光混雜刀劍，港口越來越遠，人越來越小，離愛人越來越遠，卻離劫難越來越近。

「後來你在海寇船上，而海寇船被我們攻破，我便救了你。」顧清河說，黎曦點了點頭頭。顧清河問：「怎麼你以前從來沒有說過。」黎曦遲疑了一下，答道：「你也從未問過。」顧清河歎了口氣，原來一切朝思暮想，不過一場鏡花水月。

黎曦歎道：「那夜我乘船離去，他們卻在港口惡鬥。我家人以為是雷耿家擄走了我，父親才對依瑞斯刀劍相向。而雷耿家趕到時正看見父親帶人圍攻依瑞斯，立刻拔劍相助。結果戰鬥中依瑞斯的父親被我父親刺中胸口，打成重傷，據說現在還臥牀不起。我父親失去了我，而依瑞斯則差點失去了自己的父親。從此兩家不再在珠寶工藝上較勁，而是直接以決鬥的方式展開了對抗。每天都有人受傷，大家都生活在憤怒和恐懼之中……」

　　顧清河看黎曦面露慚愧的神色，知道她將這一切的罪責都歸咎於自己身上。顧清河輕輕拍了拍她的肩膀，柔聲說道：「這又不是你的本意，有的人之間是相逢恨晚，有的人之間，則是造化弄人。」

第九章

　　中午時分在瑞德宅邸的大廳裏舉辦了豐盛的午宴，一來慶賀黎曦的歸家，二來感謝黎曦的救命恩人，來自東方的顧清河等人。長長的桌上擺滿了珍饈美味，黎曦的父親特瑞典坐在主座，長桌右側坐着黎曦和她的三位兄長，伯恩、維蘭、德羅。黎曦的小弟泰盧因為昨晚僱傭殺手襲擊依瑞斯的行為而受到了懲罰，被禁足在自己的房間裏，不能來參加宴席。

　　酒足飯飽之後，特瑞典邀請顧清河去別廳議事，把餘人留在飯桌上繼續談笑。換了本地女服的李飛揚美艷動人，黎曦的三個哥哥都爭相討好她，而李飛揚也不改自己豪氣的本色，對他們的敬酒來者不拒，很快臉上便爬滿潮紅。

　　別廳裏，特瑞典請顧清河坐下，道：「你們的事情黎曦都跟我說過了，請讓我對你表達感激和敬意。你不僅心地善良，而且勇敢過人。」

　　顧清河道：「您過譽了。」特瑞典道：「你們先在這裏住下，這幾天讓我們好好招待你們。我知道為了送黎曦回家，讓你們錯過了回家的船隻。你救了我珍貴的女兒，恩德無以為報，金銀錢財的謝禮我們已經備好，足夠你們生活良久。聽黎曦說你是東方的匠人，若是願意也可以試着和我們一起工作，製作工藝品。你

的朋友自當和你一起，瑞德永遠歡迎你們。」顧清河拱手稱謝。

瑞德家大宴三天，喜慶非常。泰盧在第三天的時候被允許參加宴席。顧清河注意到泰盧顯然和姐姐黎曦關係極好，眼下時刻不離黎曦左右。李飛揚依舊豪爽，絲毫沒有東方女子拘謹約束的模樣，她隨着豎琴的音樂長袖善舞，直博得滿堂喝彩。此刻的李飛揚哪裏還像是船上男扮女裝的水手，根本就是絕色的東方舞姬。而戚凡一直坐在椅子上，顯得十分拘謹，他本是大戶人家佃戶的兒了，是粗鄙的下人，又生性駑鈍，當地的語言也尚未掌握精通。如今突然華服加身，面前珍饈美味，周遭美人云集，自是極不適應。黎曦的表姐們有的和他搭話，但一來他言語不精，二來口齒不利，有時只能咿咿呀呀，像個啞巴。有時乾脆漲紅了臉，不知所措。一來二去，大家便都留他坐在那裏。他的目光一直在李飛揚身上，而李飛揚總是被周遭這些英俊的異國男士圍着敬酒。但這樣的景象他早已習慣，在他和李飛揚一起長大的日子裏，眼前的一切真是司空見慣，如今只是換了一批人而已。

李飛揚是男人的焦點，顧清河自然是女人的焦點。瑞德家的姑娘們從沒見過來自東方的美男子。她們都圍在顧清河身邊，裙襬飛舞，問他是如何與黎曦相識，又是怎麼會送她回維尼亞鎮。顧清河知道此事黎曦僅僅告訴了她的父親特瑞典，便沒多嘴答話，只是悶悶充傻，姑娘們便覺得顧清河不懂她們的言語，雖然她們旋即又開始好奇，既然不會她們的話，他又是如何與黎曦交談？

在瑞德家歡慶黎曦歸來的時候，雷耿家卻是一片愁雲慘霧。昨夜在港口的襲擊事件，將整個雷耿家族的憤怒推向了頂點。收買傭兵襲擊雷耿家族未來的族長，這是足以展開全面戰爭的藉

口。然而依瑞斯卻出奇的平靜，仿佛被伏擊的並非自己一樣。在依瑞斯的父親藍札臥病在牀的時候，依瑞斯已然是雷耿家實際上的首領，但他拒絕順應族人的意思，與瑞德一決生死。

依瑞斯在父親的病榻前，看着他躺在牀上，雙目緊閉，嘴微微張起，像是沉浸在一場可怕的噩夢裏。父親被刺傷的那晚又在腦海裏回盪，那本是他帶着黎曦私奔出逃的夜晚，卻不料兩家的家長都帶人趕到，那一夜成為他的夢魘，他失去了黎曦，也差點失去了自己的父親。當特瑞典的長劍刺中父親胸口的時候，那場景就像是一聲驚雷在他的腦海裏響起，憤怒的他不再手下留情，頃刻間便刺傷了黎曦的三個哥哥，並差點將特瑞典力斃當場。長劍架在特瑞典脖子上的時候，依瑞斯磅礴的怒意最終還是被壓制了下來，因為這畢竟是黎曦的父親，他不能這樣做，如果他殺了黎曦的父親，黎曦又怎麼會再原諒他呢？如今黎曦回來了，她的父親也還健在。只是自己的父親卻臥病在牀，陷入昏迷。眼下家族羣情聳動，復仇的聲音此起彼伏。是啊，瑞德失去了長女，而雷耿險些失去了族長。眼下瑞德的長女已經歸家，而雷耿的族長卻未能復起。更何況，如今他們竟然罔顧決鬥的公證，於夜色之中收買殺手。

依瑞斯知道這是泰盧個人所為。那個該死的孩子，最親他的姐姐。他曾經於陰雨森林的黑熊手裏救過姐弟倆的性命。他知道僱傭殺手只是泰盧幼稚的行為，不能一併算作整個瑞德家陰險的決定。瑞德家已經在第二天派來了使者，親自遞交了解釋的信函——當然，這一切無助於平息雷耿的怒火。

這兩天他實已心急如焚，想要見到黎曦，和她互訴衷腸。他還記得當黎曦所乘船隻被海盜襲擊的消息傳回維尼亞鎮，如晴

天霹靂，讓他無所適從。他曾經是個旁觀者，對家族和瑞德的世代爭鬥漠不關心。他也曾經是個反叛者，厭倦族人不斷對他灌輸瑞德是多麼卑賤，而雷耿又是多麼高貴。所以當他和黎曦墜入愛河，遭到重重反對之時，便決定帶黎曦去君士坦丁堡，他懶得在這裏和家族那些老古董們糾纏，他知道在君士坦丁堡沒有雷耿和瑞德的阻攔，維尼亞鎮這些陳舊的觀念在那裏將毫無立足之地。只是他沒有想到的是，一次私奔卻釀造了大禍……

之後所產生的多起決鬥事件，也讓他始料未及。主家，分家，堂親，表親。這是雷耿和瑞德的戰爭，也是龍與鳳的戰爭。大家爭先恐後地在決鬥書上簽下免責的契約，然後你削掉了我的鼻子，我切下了他的耳朵。傷員累累，但大家似乎樂此不疲。鮮血像酒，人人鬥志昂揚。眼看着身邊的族人一個個的受傷，而父親還癱瘓在牀。他陷入了深深的自責和困惑之中，仇恨就像是賬目，一旦記上，就只有痛苦能還。

「就像是一場該死的噩夢！」他用手捂着頭，心裏咒罵道，想到父親若是就此故去，特瑞典便是自己的殺父仇人。若是如此，他必須選擇復仇，哪怕這個人是黎曦的父親。

敲門聲傳來，將依瑞斯從苦痛的情緒中驚醒。

「進來。」他說，旋即看見紅袍僧推門而入。

「庫恩叔叔。」依瑞斯叫道，紅袍僧點了點頭，他的臉依然藏在暗紅色的兜帽後。

庫恩‧雷耿是父親的弟弟，自幼在波斯長大，他信奉摩尼教，是一名摩尼教的祭司。在依瑞斯記事起，庫恩便裹在那身紅色的僧袍中，無人見過他的面容。

「瑞德們正在狂歡，慶祝他們的長女平安歸來。」庫恩開口，

他的聲音低沉嘶啞，仿佛是嗓子裏塞滿了棉花一般。

依瑞斯淡淡道：「我聽說了。」

庫恩又道：「襲擊你的泰盧也出現在了宴席上，似乎瑞德覺得收買傭兵襲擊雷耿的族長並不是什麼罪責，甚至值得在宴席上一併慶祝。」

依瑞斯聽出庫恩話裏的不滿，歎了口氣：「泰盧只是一個小孩子，他個人的行為不應該和瑞德家畫上等號。」

庫恩道：「我已經查清楚，那些傭兵是活躍在阿力山佐的白駱團。泰盧雖然是個孩子，但僱傭白駱團卻未必是他一個人的主意。他身後很可能有支持他的族人，這樣無論事情成敗與否，他們都可以將罪責一併推卸給泰盧。畢竟，他只是一個孩子。」

依瑞斯搖了搖頭，「如果他真的是受人指使，或者這是瑞德家族精心謀劃的伏擊。那泰盧根本就不應該出現，沒有兇手會傻乎乎的留下自己在場的證明。由此可以推斷，這確實是泰盧的個人行為。」

庫恩道：「依瑞斯，你太仁慈了。可是對敵人的仁慈就是對自己的殘忍，族人會將你的仁慈解讀成你的軟弱，這會讓他們寒心的。」

依瑞斯歎了口氣：「讓他們寒心，總比讓他們流血強。」

庫恩道：「可他們已經流了很多血。解決這件事情的方式，不是克制，也不是逃避，而是徹底擊敗瑞德，將他們趕出維尼亞鎮，將整個貿易路線全部納入雷耿家的掌握，這才是這件事情的解決方式。看看你的父親，瑞德家的長女已經平安歸來，而雷耿的族長，卻是這副田地。」

紅袍僧的話刺中了依瑞斯的痛處，他又望了病榻上的父親一

眼，不知他現在能否聽見聲音，他是否也覺得自己並不是仁慈，而是軟弱？

庫恩道：「我知道你我信仰不同，你信仰上帝，而我信仰智慧之主。但你要知道，無論是哪個神的安排，雷耿和瑞德之間的爭鬥都是宿命，就像水和火，光和暗，生存和死亡。龍與鳳是無法共存的，雷耿和瑞德同樣。」

依瑞斯道：「可我們的紋章裏不都有共同的海馬嗎？我們是海馬與龍，他們是海馬與鳳。如果雷耿真的和瑞德是宿命的仇敵，就像龍與鳳一樣，那為什麼我們的紋章不是龍，他們的紋章不是鳳，而偏偏都要有海馬呢？這點難道不讓人奇怪嗎？」

聽到依瑞斯的質問，庫恩開口道：「自我們出生起，雷耿家和瑞德家就在爭鬥。在我們出生之前，他們同樣在爭鬥。」

依瑞斯道：「你想說這是傳統，而我們不應該質疑傳統。因為我們不僅要對神充滿敬畏，也要對自己的先祖充滿敬畏。正因為人人都這樣想，所以爭鬥才會一直繼續下去。難道在我和黎曦之前，就沒有一個雷耿或者瑞德懷疑過兩家所謂的宿命嗎？」

庫恩似乎沒有料到依瑞斯會說出這樣的話，他遲疑了一下，開口道：「不，曾經也有人懷疑過，他們也試圖改變。」

依瑞斯沒有料到庫恩這樣說，立刻追問道：「什麼時候，他們是誰？」

庫恩微微抬頭，像是在回憶一樣，「很久以前，他們失敗了，而他們的名字，也隨着他們的失敗而消失了。沒人會記得破壞宿命的人，因為宿命不會讓破壞它的人留下名字。」

紅袍僧說完這句話，轉身離去，在走到門口時他停了下來，說道：「黎曦似乎交了幾個來自東方的朋友。」

說完這句話，庫恩・雷耿推門而出，留下依瑞斯獨自陪伴着昏迷的父親。

顧清河等人在瑞德家的導遊下遊覽維尼亞鎮。儘管處於和雷耿家的對峙之中，黎曦的哥哥們還是覺得將客人關在莊園是一種失禮的行為。他們騎着馬離開城區，一路沿着溪流的邊緣行走。這條小溪被當地人稱作「遠山的水」，溪水的源頭是來自於遠山峰頂的溶洞，據說那裏有着連通地底的地下水脈。

沿着溪流向遠山的方向前行，很快就會看見茂密的樹林。而在樹林的邊緣卻有連綿的木質籬笆，看來並非是具有實質性的隔離措施。黎曦的大哥，伯恩對木籬笆進行了解釋，傳說三十年前，在一個雷雨交加的夜晚，有人曾目睹一個惡魔從森林中走出，惡魔有着人類的形態，他在閃電的瞬間被照亮，目擊者說他衣不蔽體，裸露的皮膚佈滿結成黑色的血痂，其中還滲流着巖漿一般暗紅的血漿。目擊者嚇得當場癱軟，於電閃雷鳴中親眼看着惡魔一步步向自己走近，蹣跚的步伐似是僵尸，惡魔終於走到近前，向他緩緩伸出雙手，他怕得要死，身體卻偏偏不聽使喚，半點起身逃跑的力氣都沒有。惡魔的手指緩緩接近，他一手撐着地，另一隻手艱難地抬起，橫着胳膊擋在眼前，下一刻惡魔的手指觸碰到了自己的肌膚，起初有些冰涼，但緊接着便有一股焦臭的味道出現，同時伴隨着烤肉一般的嗞嗞聲，疼痛終於戰勝了恐懼，他掙扎着起身，連滾帶爬地拉開和惡魔的距離，頭也不回地向前奔跑，直到城區建築的輪廓出現在眼前。

第二天惡魔出現的消息便在維尼亞鎮瘋傳，目擊者的右臂上有一個焦黑的手印，上面滿滿的都是細密的血絲。煉金術士在他的胳膊上提取到了硫磺的成分，而焦黑的部分則是木炭的粉粒。

牧師們還在古書中尋找有關這種惡魔的記載，有認識巫師的島民表示可以幫忙探尋消息。瑞德和雷耿兩家都抽調精壯組成了糾察隊，沿着陰雨森林尋找惡魔的蹤跡，但大雨似乎沖刷掉了一切腳印和痕跡，只剩下目擊者手臂上焦黑的手印，以及他用自己餘生的健康賭咒發誓——他真的曾與惡魔零距離接觸。

那之後再沒人看見過惡魔，大家在惴惴不安中逐漸平靜，數月後雷耿家的小兒子，雲遊在外的摩尼教祭司庫恩・雷耿來到維尼亞鎮，號稱代表智慧之主的祭司聽取了目擊者的講述，以智慧之主之名義，借用雷耿家的財力在陰雨森林邊緣修建了刻有摩尼教經文的木籬笆，並宣稱這些經文裏蘊含着智慧之主無上的神力，將一切邪惡都阻擋在籬笆後的森林裏。

「就是那天晚上在港口，那個渾身都裹在紅色僧袍裏的人？」李飛揚問，伯恩點了點頭。

顧清河下馬走近籬笆，低頭看着上面刻着的摩尼教經文。他小聲地唸着，一時感慨無邊。要知道他的外公，明朝的開國皇帝朱元璋早先曾加入明教，而這個以火為德的教派便起源於波斯，中土的明教教士都稱之為波斯總教。

波斯總教，就是摩尼教。

「所以，籬笆不僅擋住了惡魔，人們也不進入森林了？」李飛揚又問，黎曦的三哥，德羅搶先答道，「都是三十年前的事了，是否有惡魔，現在想來也只能說是傳說一件。只是我們維尼亞鎮的人確實不會進入森林，倒不是因為什麼惡魔，而是因為有熊。」德羅說到這裏，策馬靠近李飛揚，在她耳邊低聲說道：「黎曦和泰盧當時就是在森林邊緣的溪邊玩耍，才會被熊襲擊，恰好依瑞斯・雷耿就在附近，打傷了熊的右眼，才救了黎曦和泰盧。」與別

的瑞德不同，德羅對黎曦和依瑞斯一直頗具同情，畢竟依瑞斯捨身從巨熊的口中救下了自己的弟弟和妹妹。

李飛揚若有所思地點了點頭，抬頭望向木籬笆後的陰雨森林。此時陽光正好，頭頂有朵朵白雲，像潔白的棉花縫織在淺藍的幕布上，而森林深處則漸次漆黑，仿佛真有什麼邪惡的力量伺機而動，又或者是嗜血的巨熊正透過木籬笆觀察着人類。天生喜好冒險的因子在李飛揚的身上覺醒沸騰，讓她的心裏燃起一絲渴望，慫恿着她踏過刻滿摩尼教經文的木籬笆，走入陰雨森林。

顧清河翻身上馬，一行人調轉馬頭，踩着淺草向別處行進。期間顧清河神色悱惻，黎曦靠近詢問，顧清河覺得三言兩語說不清楚，只是搖了搖頭，黎曦見他不願多說，也便不再追問。

傍晚時分，一行人才回到瑞德莊園，下人們早已按照吩咐備好美食，各人先回房間梳洗一番，晚上圍坐着長桌吃飯。瑞德長女已歸，與雷耿家爭執的態勢一時得到遏制，但舊仇雖了，新恨未平，只是無人願意在這喜慶的時刻提那些煩心的事情。特瑞典見女兒這幾日心情愉快，似乎並未想那雷耿家的長子，心裏也甚是歡慰。

大家酒足飯飽，遊樂一天，俱已疲憊，便沒按例舉辦舞會。彼此各道晚安，回房休息，伯恩和維蘭先後向李飛揚發出夜下遊園的邀請，但都被李飛揚以疲憊望寢而委婉拒絕。

燈火在莊園主樓的窗戶上一一熄滅，戶外月光皎潔，將一切照得清晰又朦朧。李飛揚坐在窗台上，身體依着窗欄，赤腳踩在玫瑰木鋪成的窗台上。她住在二樓，透過窗戶剛好可以俯視瑞德莊園的夜下花園，月光如輕紗，柔美又靜謐。最近數月發生的變故如走馬燈一般在腦海裏一一閃過，巨大的寶船封狼，沿岸的異

土人情，無聊的漫海漂流，鬼霧中的海盜征伐，再到九死一生的沉船孤島。時日數月，離家萬里，心裏不禁有些惆悵。她雖然平素男扮女裝，舉止豪放。但內心終歸是女孩子家，否則也不會為了心上人不顧一切。近日黎曦的兩個哥哥都圍伴自己左右，她大戶出身，應對得當，心思卻一直在顧清河身上。舉手投足間雖風情萬種，眼角餘光卻一直聚焦一處。她原本希望在顧清河那裏得到一些反應，無論是明顯的失落還是刻意的冷落，但結果都大失所望，顧清河全無反應，讓她覺得自己在對方心中似乎真的無足輕重。

李飛揚輕輕歎出一口氣，那是少女的惆悵，目光中哀念百轉千回，一反她平日積極的樣子。這時她看見有個人影出現在花園，步履匆匆，黑色的連帽斗篷蓋住了身體，人影順着花園的小徑迅速移動，像是鬼祟的小賊。李飛揚猶豫了一下，吃不準是否該打開窗戶大喊一聲。而人影走到花園盡頭，沒入圍牆的陰影裏，消失了。

第 十 章

　　黎曦步履匆匆，裹在黑色連帽斗篷裏的她神色複雜，看起來既擔憂又激動。從花園地道爬出的她身上沾了不少泥土，臉頰上也滲出絲絲汗水。她一路穿過街道和小巷，專挑一些僻靜的道路，避免在主幹道上行走，以防被人看見。

　　上次因為私奔而差點丟了人生，這次卻又於深夜中偷偷外出。黎曦的心跳越來越快，腳步聲仿佛已與心跳聲和為一處，她又走過幾個街道，來到一處僻靜的空地，這裏已是城鎮的邊緣，一顆巨大的橡樹擋住了月光，製造的陰影像是一個囚牢，又像是通向未知世界的入口。

　　黎曦來到橡樹陰影的邊緣，她脫掉了兜帽，月光映照她清秀的臉。上面有絲絲的汗水，胸口因喘息而一起一伏。

　　下一刻，依瑞斯・雷耿從橡樹的陰影中走出，月光照亮了他俊俏的臉龐，他的鼻梁依舊如黎曦記憶中那樣高挺，雙眼依然深邃，只是其中難掩淡淡的憂傷。重逢的喜悅像新生的葡萄藤爬上支架，生機勃勃，但又緩慢克制。昔日不顧一切也要私奔的情人如今四目相對，一時竟然有點不知所措。

　　黎曦率先緩過神來，她向前邁了一步，用力地抱緊了依瑞斯。她將自己的頭靠在對方寬闊的胸膛之上，傾聽對方胸口有力

的心跳，依瑞斯楞了一下，雙手緩緩扶上黎曦的肩膀，少女的呼吸吐在自己的胸口，像是喚醒一個沉睡長久的孩子，又像是春風吹綠一棵枯萎的植株。依瑞斯的心跳越來越快，就如一路夜奔而來的黎曦的吐息。

「我以為我再也不見到你了。」黎曦用力地說，喜悅中伴隨着嗚咽，她鬆開了依瑞斯，但雙手還抓着對方的肩膀，依瑞斯低頭看着她，雙眼晶瑩，月亮倒映在他的眼中，好像井中的明月。

兩人攜手走進橡樹的陰影，並肩靠着大樹坐下。他們都有無數的問題要問彼此，也都迫不及待渴望着回答。黎曦告訴依瑞斯自己如何在阿力山佐被騙上賊船，被一個好心的老婦以一把神奇的污泥掩蓋了容顏，收斂她的光芒，讓她看起來平凡無奇，好逃過那些奴隸販子的雙眼。她講了自己在海盜船上做着苦役，每天和別的奴隸們擠在狹小的船艙。她看不見希望，因為未來是一條註定被出賣的道路。如果她接受現實，唯一能期盼的只是被賣去一個好人家，度過餘生漫長的光陰。但是她堅持了下來，她說唯一讓她沒有崩潰的，就是依瑞斯那雙深邃的眼睛，每當黑夜降臨時，她總會尋找天際中最亮的星，並相信那是依瑞斯的雙眼，正透過繁星注視着她。

她同樣對依瑞斯父親的遭遇表達了歉意，那是一場可怕的意外，由兩個孩子造成，卻要讓長者承擔後果。她懇求依瑞斯可以原諒自己的父親一時無心的失手。然而當她說到這裏時，依瑞斯的嘴角不自已地劃過一絲嘲諷的笑容，儘管細微，但還是被細緻入微的黎曦感覺到。

「對不起，我知道言語蒼白，於現實無補。」黎曦側了側身，與依瑞斯拉開了一點距離，這個舉動加深了依瑞斯雙眼裏的痛

苦。年輕的雷耿家族長此刻正經歷着痛苦的煎熬，愛與恨一股腦地湧入他的腦子，像是兩種相生相剋的食材在一個鍋裏烹煮。他愛着黎曦，可能否將對黎曦父親的恨也一筆勾銷，他恨黎曦的父親，可這恨是否該影響到他對黎曦的愛意？他有些困惑，因為理智能解決的部分情感卻無法接受，他終於嚐到人世間的複雜，並非一句句簡單的哲理可以概括。

「說對不起的應該是我。看我將你置入了多麼可怕的境地……我……我險些就毀了你的一生。」依瑞斯歎了口氣，用手輕輕撫摸着黎曦的頭髮，在過去的幾個月裏，他曾日日向上帝禱告，希望可以在某一天的清晨，打開房門看見黎曦站在自己的面前。「感謝上帝，他最終還是將你帶給了我。」

「不是上帝。」黎曦突然開口，「他的名字，叫顧清河。」

依瑞斯聽到這個名字，楞了一下，記憶回到他遭伏擊的那個夜晚，那個擋在自己面前的東方男人。

「嗯……也謝謝他。」依瑞斯的聲音漸弱，像是底氣被一點點抽掉一般。黎曦聽出了他語氣中的不安定，她坐得離他近一些，重新回到他的懷抱。

「你放心，我還是我。」黎曦在他耳邊輕語道，「我是你的我。」

依瑞斯感到一陣暖流從心底趟過，然而臥牀的父親的影子卻又不合時宜地出現。他不知道接下來兩人該何去何從，上一次私奔的慘痛猶在眼前，使得任何對未來的期許都顯得海市蜃樓。但懷裏的黎曦是真實的，她身體的溫度讓依瑞斯心跳加速，像是雨水澆灌飽經乾旱的大地。他們又互訴情話，直到天邊隱隱泛出魚肚一般的白色，長夜將盡，黎明欲起。

他們意猶未盡，相約下次再見。一男一女踏着最後的夜色匆匆走向城市的不同方向，他們的道路相悖而行，可是情愫卻聯結成線。

　　當他們雙雙遠去，李飛揚才從遠處的陰影中走出，踏着黎明的曙光，她緩步來到橡樹底下，看着黎曦和依瑞斯坐過的地面，那一處的草叢已被壓扁，她低頭用手觸摸着草叢，感覺到一陣柔和的暖意。她出神地望着遠方那一線泛白的天際，腦海裏還迴響着黎曦和依瑞斯之間斷斷續續的情話。她自己都不知道，為何會在暗處靜等一整個長夜的流逝。然而在這一瞬間她只覺得巨大的悲哀充斥着胸腔，嗆得她眼淚都擠到了眼角。苦命的鴛鴦還有相會的時刻，在世人眼裏他們偷偷摸摸，面對彼此時卻光明正大。像是夾縫中生長的小草，艱難，卻有着旺盛的生命之力。

　　而這種生命之力，卻似乎從來沒有在她的身上出現過。

　　她突然難過地哭出聲來。

　　依瑞斯小心翼翼地推開大門，儘管一夜未眠，眼角的黑眼圈也暴露了身體的疲憊，但與黎曦的夜會讓他心緒興奮。他並沒有急於回到自己的房間休息，而是來到父親的臥房。值夜的女傭趴在牀頭還在迷睡，依瑞斯的出現驚醒了她。前者比出一個安靜的手勢，並揮手示意她離開。女傭忙點了點頭，將族長父子留下獨處。

　　藍札躺在牀上，氣色比之從前好了不少，皮膚已顯紅潤，胸腔隨呼吸緩慢而有規律的起伏。據說他曾短暫的醒過幾次，但依然虛弱得無力說話，可惜這幾次依瑞斯恰好不在身旁。等依瑞斯得到消息趕來時，藍札又陷入沉睡。

　　依瑞斯坐在父親身旁，看着父親漸有血色的臉龐，心裏不

禁升起希望，他輕聲呼喚着父親，藍札並未睜開雙眼，但也許他已經聽到了兒子的呼喚，只是疲於回應。數月來依瑞斯壓抑無比，父親受傷後他在叔叔庫恩的堅持下接過族長的位置，一面要鞏固家族的生意和貿易網絡，一面還要處理族人每天和瑞德們的爭鬥。他在心裏擔憂着父親的健康，卻也掛懷着黎曦的安危。他一面希望約束族人和瑞德家的爭鬥，但面對羣情的激昂自己也時常受到鼓動。但眼下一切終於向着好的方向發展，瑞德家迎回了他們的長女，而雷耿家的族長也有了康復的跡象，也許這將是一個絕好的契機，可以化解兩家的矛盾，畢竟世上最令人欣喜的事情，莫過於失而復得，虛驚一場。

他坐在牀前，起初只是沉思，然後逐漸開始說話，講他和黎曦認識的始末，講他如何喜歡這個姑娘，而這個姑娘又是為何讓人喜愛。他講到對兩家爭鬥的疲憊，今天我傷了你，明天你又害了我。他說得斷斷續續，聲音時重時輕，似是在向父親傾訴，又仿佛只是在自說自話。

旭日東升，黎明已逝。依瑞斯打開窗戶，讓陽光傾灑進來，一夜未眠的神經終於開始鬆弛，興奮的勁兒頭仿佛落潮般退去。依瑞斯打了一個哈欠，疲憊寫滿面龐，他轉身又看了一眼父親，確認胸膛起伏，呼吸無誤，便準備回房休息。

藍札突然咳嗽了一聲。

依瑞斯瞪大了眼睛，神經仿佛被針刺了一般，他連忙走到父親身邊，藍札睜開了眼睛，虛弱地看着自己的兒子，嘴角嗡動，依瑞斯連忙將耳朵湊在父親嘴旁。

「水……水……」

依瑞斯立刻行動，卻不慎打翻了桌上的水壺，他為自己的

毛躁而懊惱，推門去別的地方找水，卻不料迎面碰上了自己的叔叔，摩尼教的紅袍僧侶庫恩。

「父親醒了，他說要喝水。」依瑞斯興奮地說，雙眼流露出喜悅的光芒。

庫恩的臉依舊隱藏在兜帽下，看不出表情的喜樂，他點了點頭，拍了下依瑞斯的肩膀，算是鼓勵。依瑞斯立刻行動起來，而庫恩走進房間，照看自己的哥哥。

依瑞斯的步伐輕快了起來，連日的壓抑就像頭頂連綿的烏雲，而現在雲層終於有了一個缺口，陽光射了下來。

第十一章

瑞德家。

長桌上擺滿了菜餚。

眾人圍坐吃飯，黎曦看起來面色疲憊，雙眼密佈着黑色的陰影，不時打着哈欠。對面的李飛揚緩慢地操作着手裏的刀叉，眼睛卻一直盯着對面的黎曦。周圍人已經感覺到了這種詭異的就餐氣氛，只有黎曦和李飛揚對此毫無所覺。前者似乎是因為精神太鬆散，而後者又恰恰是因為精神太專注。

維蘭突然站起來，繞過長桌走到李飛揚的身前，幫她切割牛排。他動作熟練，很快便將牛排切成一個個小塊，完畢後還向李飛揚露出紳士般的笑容。德羅看到二哥的獻媚露出會意的微笑，而長兄伯恩卻露出不滿的神色。

李飛揚有些慌亂地對維蘭笑笑，算是對他好意的回應。維蘭回到自己的位置，坐下後盯着自己的盤子，靜等周圍人的目光從自己身上離開。

戚凡低頭看了看李飛揚盤子裏被切得整整齊齊的肉塊，想到剛才維蘭對李飛揚的獻媚，心裏一時苦悶。

「若你拿刻刀的手也能如替李小姐切肉般穩定，也許我們早就將雷耿家的雕塑趕出維尼亞鎮了。」特瑞典說，這句調侃的話語緩

解了桌面尷尬的氣氛，瑞德家的人都笑了起來，李飛揚雙頰緋紅，一陣熱辣辣的感覺襲來。這時候一個男人腳步匆匆地進來，快步走到特瑞典旁輕聲耳語。來人說完話後，特瑞典擺擺手，他便低頭恭謹地離去。大家目送來人離開，接着又將目光集中在特瑞典身上。

「父親，什麼事？又有人和雷耿家決鬥了嗎？」伯恩問道，「黎曦歸來以後，我們已經盡力避免與雷耿家再起衝突，這次一定是雷耿家欺人太甚。」

特瑞典搖了搖頭，他舉起酒杯，臉上露出喜憂參半的表情，他緩緩呷了一口酒，說：「是藍札醒了。」

黎曦回到自己的房間，立刻關上臥室的門，她用右手捂住嘴，卻難掩此時的興奮和喜悅。若藍札一病不起，這筆血賬勢必會被算在父親頭上，而這將成為橫亙在他和依瑞斯之間永遠無法逾越的鴻溝。

但現在鴻溝有望被填平，他和依瑞斯之間還有希望。

時間又過去了幾天，依瑞斯全部的精力都在照顧自己父親身上，再沒抽出時間來聯繫黎曦。藍札的氣色漸漸好轉，面容也趨紅潤，這兩天已經可以用平緩的聲音說話。

兩家的人都得到了來自高層嚴厲的告誡，被要求避免和對方發生衝突。雷耿家的精力都在族長的健康上，而瑞德也不願意在這個關鍵的時刻再起爭端，無論是雷耿還是瑞德，都是工匠世家，他們的戰場應該是在各自的工坊，而非街頭巷尾的決鬥。

顧清河一行在瑞德家也住了一段時日，起初日日舞會，過得熱鬧，也還說的過去。但隨着一切步入平常生活，三人也漸感無聊。戚凡已經主動要求在花園做一些園丁的工作，以減輕這種無所事事、白吃白喝的負罪感。畢竟他從小就隨着父親做着類似的

活計。起初戚凡的行為遭受到了阻止，主人畢竟不會讓客人來做這種粗重的勞動。黎曦知道了戚凡的苦惱，找到父親告知了這件事情，特瑞典這才注意到這個問題。他召開家庭會議，探討如何安置顧清河等人。老二維蘭爭先表示李飛揚可以去他的財務部門工作，他的提議引來了眾人的笑聲，聯繫他在餐桌上的表現，維蘭對李飛揚的喜歡就如寫在臉上一樣明顯。黎曦則表示自己親眼見過顧清河的雕刻功力，他覺得如果顧清河願意，可以參與家族工藝品的設計，說不定會對家族的作品大有裨益。

黎曦要求自己去和顧清河商議此事，以免由別人提出，讓顧清河誤會有逐客的意思。她深知自己的這位救命恩人表面上看來心如沉水，但其實內心非常敏感。這個來自東方帝國的皇族後裔，因為上一輩的王位爭奪，而導致本該是天潢貴冑的自己隱姓埋名，流落海外，他所受的痛苦非常人所能承受。黎曦並非不知道顧清河對自己的感情，但無奈她心有所屬，好在顧清河俊朗星馳，瑞德家的女眷們私下裏有不少時間都在談論他，若是能幫顧清河促成姻緣，讓他成為瑞德家的一分子，也不失為一件皆大歡喜的事情。

又或者，他願意接受李飛揚，那是再好不過。李飛揚對顧清河的癡情，她身為女人看在眼裏，感同身受。

這幾天也一直沒有依瑞斯的消息，黎曦知道依瑞斯此刻一定在陪伴他的父親。他衷心希望藍札可以逃離死神的懷抱，依瑞斯絕對是雷耿家的一個異類，可能跟他自幼在君士坦丁堡求學有關，並未在這種龍鳳敵對的環境中浸淫長大。但藍札則不同，按照大家的話說，他是一個真正的雷耿。真正的雷耿一定是厭惡瑞德的，這是他們家族的祖訓，而奇怪的是，對手瑞德家卻無一條明文規定，說是要厭惡雷耿。

不知道大難不死的藍札，會因為與死亡擦肩而過而做出改變，還是會選擇復仇呢？

　　想到這裏，黎曦又有些不安起來。

　　但她很快重整精神，來到顧清河門前，她敲了敲門，房間裏卻無回應。這讓黎曦有些奇怪，顧清河並不常外出，多數時間都呆在客房內。她嘗試着推了下門，不料門一推就開了，接下來映入眼簾的一幕讓她嚇了一跳，顧清河赤裸着上身趴在地上，左手握成拳頭負在背上，僅用右手一根食指便支撐住了整個身體的重量。清瘦的顧清河身上並無太多突出的肌肉，但也沒有一絲多餘的脂肪，他的體態有一種流暢的美，如溪流的清水。他閉着眼睛，仿佛睡着了一般，帶着一股陰柔的倔強。

　　顧清河睜開了眼睛，與注視着自己的黎曦四目相對，後者這才反應過來，連忙關上門退了出去。

　　「請進。」房間裏傳來顧清河的聲音。

　　黎曦調整了一下自己的心緒，她推開門，發現顧清河已經穿好了上衣。

　　「我剛在練功。」顧清河解釋。

　　「我以為你睡着了。」黎曦說，「我看你眼睛是閉着的……你是……怎麼用一根手指……」

　　顧清河笑笑，「是我們墨家祖傳下來的練功方法，也融入了一些道教的思想。我……平日裏也沒什麼事情做，練功可以幫我平復心神。」

　　「哈……那個，戚凡來找過我，說想工作，不然閒得慌。我已經和父親說過啦，你是雕刻高手，願意來看看我們的工坊嗎？如果你不介意幫我們工作。」

　　「嗯。」顧清河點了點頭，「什麼時候，現在嗎？」

黎曦楞了一下，旋即明白顧清河是說去工坊的事情。於是她領着顧清河離開莊園，向港口走去。為了方便商品裝船出口，瑞德和雷耿家的工坊都建立在港口附近。近一百年來，維尼亞鎮以出口珠寶工藝品在這片海域崛起。主要售賣產品包括雕塑、戒指、項鏈，行銷各地，由於其特殊的地理位置，北至拜占庭帝國的君士坦丁堡，南至奧斯曼土耳其帝國的伊斯坦布爾，維尼亞鎮的珠寶工藝品都是市場上的翹楚。

　　瑞德家的工坊門口，巨大的海馬與鳳雕像立在門前，仿佛與對面雷耿家的海馬與龍雕像對峙着，不知是不是刻意而為，雷耿家的海馬與龍神色輕佻，眼神中有着一股鄙夷的不屑。而瑞德的海馬與鳳則眼神機警戒備，似乎時刻準備提防着對面的陰謀詭計。

　　顧清河看着對面雷耿家的海馬與龍，注視着石刻神龍眼睛的那種輕視的神色。對他這樣的中土人士，真是很難想像可以在除皇宮之外的地方看到龍的雕像，但在這個島嶼上，每一個雷耿家的人都可以堂而皇之地將龍繡紋在衣衫之上。

　　「對面是雷耿家的工坊。」黎曦看顧清河一直注意着對面，開口解釋。

　　「我知道。」顧清河說，「我是在看他們雕刻的那條龍。」

　　「哦，能把輕視的神色雕刻在石頭上，雖然是對我們的敵意，但說實話也讓我對他們的手藝有些敬意。」

　　顧清河搖了搖頭，「龍不會在臉上露出輕視的神色。」

　　黎曦笑了笑，「為什麼？在你們的國度，龍不是象徵着至高無上的權利嗎？」

　　「是的。所以龍不屑於在臉上表露對萬物的輕視。」顧清河頓了頓，又說，「他們都在心裏。」

第十二章

藍札向依瑞斯招了招手，示意他坐到自己的牀前。

「父親，我覺得你的氣色好多了。」依瑞斯坐下說。

藍札咳嗽了一聲，依瑞斯忙端過水杯，餵藍札喝了口水。

「你那天說的話，我都聽見了。」藍札說。

依瑞斯的臉上閃過一絲不自在的神情，藍札拍了拍他的肩膀，示意沒關係。

「我送你去君士坦丁堡長大，是希望可以開闊你的眼界，人只有看過足夠的風景，在作品的設計上才會有足夠的思路。但這也讓你脫離了家族的很多影響，比如說對瑞德的厭惡。」藍札說，「其實如果你問我，為什麼要厭惡瑞德，仔細想想，是因為在我兒童時代，我的父母便一直對我耳提面命，他們說瑞德是貪婪的家族，他們無禮傲慢，時刻想着要將我們雷耿家族驅逐出維尼亞鎮，好霸佔整個維尼亞鎮的貿易市場。小時候，我就跟特瑞典互相扔過石塊，有一次我打破了他的鼻子，有一次他抓破了我的嘴脣。」藍札眯起眼睛，似乎陷入了對兒時的回憶當中，他又伸手要水，依瑞斯忙將水杯遞給他，他喝了一口，咳嗽了幾下，重新平復呼吸。

「在我還是兒童的時候，我被教導要跟瑞德對立。當我第一

次遇見瑞德的時候，他們看我的眼神便如大人教導的那樣，帶着傲慢與敵視。他們那樣看我，我自然也要更加用力的瞪回去。一來二去，眼神就變成了石塊，又變成了呼嘯的木棒，甚至有時會是鋒利的刀刃。我很快便有了仇恨瑞德的理由，那是切身的痛處，可能是手臂上的一道疤痕，也可能是墳墓裏長眠的一位親朋，到後來，我便覺得仇恨瑞德是一件正常的事情，他們實在是太壞了。」

藍札看着兒子，說：「我現在大致也能想像，瑞德是怎樣看待我們雷耿的了。所以在我第一次見到瑞德家的人時，他們就會用那種冰冷的眼神看着我。而在這冰冷的眼神背後，是兩家大人們對孩子的耳提面命，言傳身教。無論怎樣，就變成了現在這個樣子。大家都說，這是兩家的宿命，是神靈決定之事，凡人必行之踐。近一百年來，雷耿和瑞德就像命運糾纏的雙子一樣，生活在一起，又仇恨在一起。」

藍札說到這裏，突然劇烈地咳嗽了幾聲，依瑞斯立刻端起水杯，藍札擺了擺手，「你對瑞德家長女的心意我理解了。我有些累了，讓我休息下，你去吧，這幾天告誡族人，不要再和瑞德起新的衝突，就說我身體很虛弱，不要多生事端，讓我煩心。」

依瑞斯放下水杯，藍札已經閉目休息。

他轉身離開，步伐輕快了很多。

仇恨可以報復，也可以化解。

明顯，藍札選擇的將是後者。

那道射穿連日壓抑在心口的烏雲的曙光似乎更亮了。

依瑞斯的臉上不自覺露出了笑容。

他已經迫不及待想見到黎曦，將這個消息告訴她，最好就在今晚。

顧清河已經在瑞德家的工坊裏呆了一天。

他也大致了解了瑞德家產品的製作流程。由設計師出具圖紙，做出樣品，工坊裏的工匠以樣品複製量產。

工匠們都是世代為瑞德家族工作，他們手藝精熟，忠誠可靠。

工坊裏的很多作品設計都是出自黎曦之手。特瑞典有五個孩子，四男一女。其中唯一的女兒就是黎曦，她在五個孩子中年齡排第四，卻被稱為瑞德家族的長女。除了她是唯一的女兒外，更重要的原因是，她是家族裏最優秀的設計師。

黎曦對線條仿佛有着一種天生的敏感，她具有一種將生硬變柔和本領，有時只是圖紙上一個弧度的改變，成品就會有天差地別的變化。特瑞典稱讚女兒的這種本領為「賦予生動的能力」。而按黎曦的話來說，所有的作品在設計之初都會有一個開關，這個開關可以讓作品「動」起來，而她只是擅長找到那個開關而已。

「動」起來，然後看着像「活」了一樣，也就是所謂的「生動」。難怪在之前的六年，每次珠寶大賽都是瑞德奪魁，有黎曦這樣「賦予生動的能力」的人，勝出是理所當然的事情。但顧清河沒有忘記黎曦曾對他說的話，今年的珠寶大賽，獲勝的卻是雷耿家族。而主設計師則是雷耿家的長子依瑞斯，按照黎曦的評價，他擅長給作品賦予「人文的內涵」。

「生動只能進入人們的眼裏，而內涵卻可以進入人們的心裏。」黎曦曾這樣評價自己和依瑞斯的區別，聽着似乎是對自己在比賽中輸給依瑞斯進行總結，但從兩人的關係來考慮，也很可能是出於對心上人由衷的讚美。

想到這裏，顧清河的心裏泛起一絲苦澀。知道黎曦與依瑞斯的故事後，自尊心曾一度催使顧清河想要離開，但稍微一想便

發現自己其實無處可去，在大時代的變故下小人物的命運只能隨波逐流，可遺憾的是，他卻偏偏屬於大時代變故下的那種大人物——連隨波逐流的資格都沒有。

「我在想，你是東方傑出的工匠，你們的雕塑、珠寶，無論是造型還是材質，都與我們的有很大區別。我見識過你們樓閣一樣高大的帆船，也看過你們船上裝載的那些奇珍異寶。如果你願意將你的能力貢獻給我們瑞德，我想一定是瑞德作品的一次飛升，我們可以找一個辦法將東方的元素與當地人的喜好融合起來，創造出讓人耳目一新的作品。」黎曦的話打斷了顧清河苦澀的聯想，這個帶有構建藍圖性質的提議讓顧清河感到一陣鼓舞。

「所以？」顧清河仰着頭，裝作思忖道，「我以後就替你工作了？」

看着顧清河裝模作樣的樣子，黎曦沒忍住笑了出來，她終於在這一臉淡漠的青年身上看到了一絲幽默感，某種程度上這是他放鬆一貫緊繃神經的體現。是啊，她理解他的過去，沒人能背負那些沉重還妄想能活得輕鬆。

但總算這裏是我的家，這次就輪到我來保護你吧。

面對自己的救命恩人，黎曦在心裏默默地說。

傍晚時分，黎曦和顧清河離開工坊，回到瑞德莊園。一路上兩人都在激烈的探討，顧清河將對黎曦作品的感受講給她聽，黎曦也將自己當時創作的緣由告訴顧清河。顧清河將他覺得不足的地方指出來，黎曦有的點頭稱讚，並提出缺陷出現的原因。有的則拒不接受，甚至堅持稱之為殘缺的美。兩人陷入了自由而又熱烈的學術交流，以至於回到瑞德莊園時還喋喋不休。不明就裏的人還以為他們陷入了爭吵，更讓人覺得詭異的是，他們兩人的交

流時而用當地語，時而用東方語，這種雙語夾雜的談話方式讓人覺得平所未見。

黎曦和顧清河似乎並不想以回到瑞德莊園來作為爭論的終點，他們邊走邊說，很快達成了共識——來到瑞德的花園長亭，坐下來繼續爭論。由於不懂東方語，黎曦的哥哥們並不能十足的確定兩人在爭吵什麼，只有去拜託李飛揚。後者聽說情況後起初並不相信，原因是顧清河一向惜字如金，很難想像他會與人連篇累牘的爭吵，扭頭就走才是他的風格。但維蘭拍着胸脯表示自己絕沒說謊，並表示只要李飛揚可以移步樓下，去花園便可眼見為實。

當混合着本地語和東方語的聲音飄入李飛揚耳朵時，她才不得不承認維蘭的話。爭論中的兩人似乎到了忘我的境界，不知是沒有注意到不遠處藏着一幫偷窺的人，還是看到了卻壓根不想在意。李飛揚用力地辨認兩人爭吵的內容，聽了一會兒之後，她的臉上露出了古怪的表情，一旁的維蘭忙問那些東方語的內容。

「他們沒有爭吵，他們是在爭論。」李飛揚臉上露出一絲苦笑。「他們產生了一些分歧，關於怎麼樣讓你們家的那些雕塑更好看。」

「和黎曦？那些雕塑都是黎曦設計的啊。」維蘭有些驚訝地說，與其說因為黎曦是家族百年一遇的天才，倒不如說他沒想到顧清河會和黎曦產生這種勢均力敵的爭論。

「是的。」李飛揚點了點頭，旋即轉身離開，心裏升騰起了一股無可抑制的醋意。

深夜，黎曦又一次披上連帽斗篷，悄悄來到花園的盡頭，她仰頭看着兩人高的圍牆，從一旁的花叢中搬出一把木頭椅子。

若是以前的黎曦，就算踩在椅子上，她也不可能完成翻越圍牆的舉動。但近幾個月的變故不僅磨礪了她的心神，也增強了她的體質，她踩在凳子上，輕輕一跳，雙手便抓住了圍牆的邊沿，僅僅依靠上肢的力量她便撐起了自己，隨後再用手肘做支撐，爬到了圍牆上面。

動作多少有些狼狽，但反正深夜無人觀看。落地後黎曦吐了吐舌頭，腳步匆匆地趕往城鎮郊區的那棵巨大橡樹，她知道依瑞斯正在那裏等待着自己。與她不同的是，身為雷耿族長的依瑞斯行動自如，不受任何約束。上次橡樹一別，兩人便再也沒有見過面。

然而黎曦不知道的是，和上次相同，她並非一人獨行。李飛揚遠遠地跟着，由於已經知道黎曦的目的地，她反而走得很慢，這樣也更不易暴露。

與黎曦躍躍欲試的心情不同，李飛揚邊走邊想，甚至開始懷疑自己偷聽的目的。如果說第一次是因為將黎曦誤認為小偷，那這次呢？應該是出於好奇，想要知道黎曦和依瑞斯的最新進展。因為她清楚自己陷入了一段複雜的關係中，她喜歡顧清河，顧清河喜歡黎曦，黎曦和依瑞斯兩情相悅，但偏偏兩人所在的家族堅決反對這段關係，為此兩人之前還鬧出了一幕私奔的鬧劇，而鬧劇最後釀成了慘劇，依瑞斯的父親差點死在黎曦的父親手上，而黎曦則差點被當做奴隸賣到不知道什麼地方去。

如果最終黎曦可以和依瑞斯在一起，那顧清河就不得不放棄對黎曦的喜歡，自己的機會就來了。想到這裏，李飛揚苦澀地咬了咬嘴唇，自己的愛情竟然要建立在情敵的幸福上，想想都是一件傷自尊的事情。但一想到顧清河，又覺得這點自尊似乎不要

也罷。這麼說來，自己倒是要盡力保護這對苦命的鴛鴦，似乎也是出於這點考慮，李飛揚並沒有將上次自己的所見所聞告訴任何人，無論是顧清河，還是瑞德家族。

想到這裏，李飛揚突然覺得再跟着黎曦已無意義，就容這對小相好去夜下私會吧，漫漫長夜偷聽別人情話，自己何必要做這件對自己這麼殘忍的事情。李飛揚越走越慢，越慢想的越多，想的越多越覺得再跟下去毫無意義。終於下定決心，原地轉了個圈，卻不料看見一個黑影一閃即逝。

自己竟然被人跟蹤了。

李飛揚心裏一驚，真是有點螳螂捕蟬，黃雀在後的意思。深夜裏並沒有急促的腳步聲響起，想必跟着她的人並未拔腿就跑。李飛揚嚥了口口水，從地上撿起一個石塊，嘴上卻用當地語屬聲說道：「鬼鬼祟祟的家伙，給我出來。」

聲音在靜謐的街道上擴散開去，李飛揚凝神以待，只要對方現身就將手上的石塊扔出去，自己一個小女子，這種時候管他是誰，先下手為強。

李飛揚舉着石頭等了一會兒，發現毫無動靜，不過想想也是，鬼鬼祟祟的家伙怎麼會聽自己的話乖乖出來呢。李飛揚警惕地挪着步子，一步步向前走去，這時街角的地面突然出現一個影子，一個人走了出來，李飛揚二話不說，一甩手就將石塊扔了出去。

正中腦門！

來人被打翻在地，發出哎呦一聲。李飛揚心裏竊喜，但聽見這叫聲又覺得有些耳熟，走近一看。

李飛揚雙手抱着胳膊，覺得又來氣又好笑，但是仔細想想，又覺得這個人跟着自己，合情合理。

是戚凡。

城市的近郊，巨大的橡樹下，黎曦終於見到了等候多時的依瑞斯。

「你父親怎麼樣了？」瑞德家的長女關切地慰問雷耿家的族長，這種事情若是讓兩家那些已經入土的長輩知道，恐怕會氣得從棺材裏跑出來吧。

「情況很好，父親正在康復。」依瑞斯的語氣裏透露着一股喜悅的勁頭，「而且，父親說他知道我對你的心意，讓我在他康復這段時間約束好族人，避免和你們再起新的爭鬥。」

接着依瑞斯將那天與藍札的對話告訴了黎曦。顯然，這是一個利好消息，若雷耿家族的族長開始反思自己為什麼會仇恨瑞德，那麼自上而下的改變就可能發生。

「嗯，刺傷你父親的事情，我爸爸也感到內疚。後來泰盧僱傭傭兵團伏擊你則更是胡鬧。」黎曦低下頭，雖然兩件事情都非她的意願，但終究一切因她而起。

「好啦。」依瑞斯溫柔地揉了揉黎曦的頭，「泰盧是你最親的弟弟，我差點毀了你的一生，還好你平安歸來，倘若你有什麼三長兩短，泰盧就算親自用劍刺穿我的心臟，恐怕我也沒有什麼資格怨他。我父親的傷倒是一直困擾着我，但好在他吉人自有天相，總算現在一切正在向好的方向發展，也許不僅僅是我們，雷耿家和瑞德家一百多年的恩怨，說不定就在我們這一代結束了。」

黎曦將頭輕輕靠在依瑞斯的胸口，想像着在不久的將來雷耿和瑞德握手言和的場景。這是一百年來想都不敢想的事情，不過一旦變為現實，那將不僅僅是黎曦和依瑞斯個人的幸福，還將是整個維尼亞鎮邁向更加繁榮的開始。如果兩家可以精誠合作，雷

耿和瑞德可以進行技術的交流，甚至共享海馬與龍、海馬與鳳的經典形象，要知道在那些維尼亞鎮之外的地方，很多商家都是將海馬與龍、海馬與鳳的工藝品成對出售。想想兩家若不是強強對抗，而是強強聯合，將會給維尼亞鎮帶來多大的繁榮。就算剛開始兩家的人還是多有怨言，但相信隨着時間的推移，當合作的益處越來越多時，兩家彼此理解，真心接納對方的時代，一定會到來。想到這裏，黎曦突然覺得心裏充滿了希望，沒錯，人只有對未來報以美好的願望，才會有繼續努力的熱情。

「讓我們一起努力吧。」少女伸出雙臂環抱起自己的愛人，聲音裏溢出的甜蜜像溫泉一樣流過青年的心扉。

第十三章

藍札・雷耿死了。

第一個發現的人不是別人，正是他的兒子依瑞斯。徹夜未歸的年輕族長，與上次一樣，歸家後順勢去了父親的臥房，只是上次看見的是父親的醒轉，而這次，卻遇見了他的長眠。

藍札的身體還殘留有淡淡的溫度，這似乎是那牀厚厚的天鵝絨棉被的功勞。他閉着雙眼，表情平靜，在離去時似乎並未經歷過什麼痛苦的掙扎。

紅袍僧和維尼亞的醫生得出了相同的診斷結論，藍札的醒轉並非開始痊癒的勢頭，而是迴光返照的表現。是人在將死時神智的突然清醒和短暫興奮。是生命之力在最後的綻放。而在綻放之後，枯萎尾隨而至。

從充滿希望的心境一路直跌入絕望的深淵，並非是沿着一條下坡的道路狂奔，而是直接垂直從萬丈懸崖摔了下來。父親的突然逝去讓依瑞斯感覺到的是一種荒誕的不真實。明明已經有了好轉的跡象，明明暗示了要成全兒子和心上人的愛情，明明一切都將向着好的方向發展，可是轉瞬之間便煙消雲散得沒有絲毫痕跡。自己的父親就這樣走了，離開了這個世界，從此那些音容笑貌和諄諄教誨只會存在於回憶之中。

母親的眼淚掉落在父親的衣裳之上，整個家族都沉浸在痛苦的氣氛裏。消息很快傳遍了維尼亞鎮，黎曦是在晚餐桌上聽到了消息，手上的刀叉都因驚愕而掉到了地上，發出了叮噹的響聲。特瑞典愁雲緊鎖，因為刺傷藍札的並非別人，恰恰是自己。如今數月過後，藍札最終傷重不治，這筆血債，自己是無論如何也躲不過去了。若是私人恩怨，倒也無妨，可偏偏自己和藍札都是各自家族的族長，兩家為這件事情已經起了不少衝突，決鬥的免責契約都簽了厚厚一沓。最後一根稻草壓死了駱駝，但旋即駱駝倒地所揚起的灰塵，卻可能是產生一場沙暴的開端。

　　自從黎曦歸來後，在依瑞斯和特瑞典的約束下，兩家的摩擦都克制在一個安全的範圍內。然而就在藍札故去的當夜，小酒館裏便有身着海馬與龍紋章的男人與身着海馬與鳳紋章的男人廝打在一起，但其實兩人並非雷耿和瑞德的血脈，僅僅只是工坊裏替兩家幹活的工人。但這不妙的苗頭無疑已經顯露出來。雷耿家的族人此刻都聚集在雷耿莊園，紅袍僧庫恩已經開始和雷耿家族的長老們準備藍札的葬禮，而依瑞斯並未陪在父親的屍首旁，相反他把自己關進房間，一整個白天都沒有出來。

　　瑞德這邊，特瑞典嚴令要求族人不得做出任何刺激雷耿家的行為，但似乎為時已晚，起碼瑞德家的小孩已經編造了各種有關藍札之死的歌謠，隔着馬路衝着雷耿家的小孩們大聲歡唱，這自然遭遇了雷耿家小孩們的石塊回擊，在彼此都給對方留下了一頭包後，兩家的小孩們回去向大人們哭訴了事情的經過，怨恨的種子無疑再一次埋下。

　　和自上至下的灌輸教育不同，這回似乎變成了自下而上的戰爭。

黎曦來找特瑞典，後者正坐在書房的辦公桌前凝神思索。

「父親。」黎曦敲了敲門，特瑞典看到是女兒，揮手讓她進來。

黎曦搬了一把椅子，並未選擇隔着桌子坐在父親對面，而是陪伴般坐在父親旁邊。

「一百年來，我們和雷耿家衝突不斷，但從來沒有一次像這麼嚴重。」特瑞典用手捂着額頭，「死去的是雷耿家的族長，這種事情從未發生過。但現在發生了，因為我。」

「不……父親。」黎曦的眼睛裏閃過淚光，「不是因為你，是因為我啊，如果我沒有去和依瑞斯……」

「不。不怪你。」特瑞典突然恢復了嚴厲的口吻，「我說過很多次了，是他綁架了你，和你無關，你是被迫的。他害得你差點就……」

黎曦突然用力抓住了父親的胳膊，「你知道那不是真的。」她勇敢地迎向特瑞典的眼睛，「你知道我愛他，我是自願跟他走的。」

面對女兒異乎尋常的堅持，特瑞典陷入了沉思之中。他當然知道事情的真相，但作為瑞德家的族長，他卻不能接受這樣的真相。雷耿家的長子誘拐了瑞德家的長女，和瑞德家的長女愛上了雷耿家的長子，並拋棄家族自願與之私奔，這將完全是兩個不同的故事。

黎曦的做法無疑是讓家族蒙羞，但當她乘船離開維尼亞鎮，音訊全無的時候，特瑞典才發現，比起家族名譽上的恥辱，失去自己的長女是更不能接受的事情。後來黎曦平安歸來，這件事便被大家默契地拋到了腦後，從此無人再提。

「我可以忘掉你剛才說的話。你以後也不許再對任何一個人說

第二遍。」特瑞典對女兒說，眼神裏閃過一絲憂鬱。

「父親，你是怕……」

「對。」特瑞典無奈地點了點頭，「藍札的死會改變很多事情，先前依瑞斯作為族長是盡力維持和平，但底下族人簽訂免責書的決鬥卻受律法保護。如今別說是那些好鬥的雷耿族人，就連依瑞斯自己都失去了父親。我很難想像這個青年的理智會戰勝他的情感，更別說他身邊還有一堆熱血激昂想要煽動他的人。如果雷耿和瑞德展開全面爭鬥，無疑會影響到維尼亞的正常貿易。到時領主就不得不出面調停。調停的第一步將是調查，我們必須確保沒有一句對瑞德不利的證詞流出。」

「可是……我和依瑞斯是共同……」黎曦說，但很快被特瑞典打斷。

「在你離開的這段時間，我們堅持說你是被拐走，而雷耿則堅持是你勾引了依瑞斯，並想要在港口謀殺雷耿家年輕的族長。但因為我和依瑞斯的約束，讓兩種說法都流於形勢，既保存了兩家的面子，又不至於讓這些話成為足以呈堂的證詞。你和依瑞斯的事情，不僅對我們瑞德來說羞於啟齒，對雷耿家同樣觸犯禁忌。當時藍札重傷，你下落不明，兩家都遭受了慘重的損失。如今你平安歸來，而藍札一命嗚呼，從結果來看，同情的天平勢必會偏向受害者一方。就算依瑞斯的確有情有義，與你口徑一致，但結果依然對我們不利，更何況若你單方面改變說辭，而依瑞斯卻沒有響應，到時候只會把我們陷入無法挽回的境地。」

聽了特瑞典對利弊的權衡與分析，黎曦也開始有些動搖，說實話她也不能確定，藍札的死會給依瑞斯帶來怎樣的改變。依瑞斯自己也曾說過，若藍札因傷逝去，他自己也不知該如何是好，

儘管她依舊願意在心裏相信依瑞斯不會改變自己的初衷，但殺父之仇……

想到這裏，黎曦不自覺地倒吸了一口涼氣，一條深不見底的溝壑已經橫亙在兩人面前，無論他們曾經多麼擔憂害怕，多麼用力祈禱事情不要發生，但最終，一切已成現實。

黎曦眼神的動搖並沒有逃過特瑞典的眼睛，他拍了拍黎曦的肩膀，安慰道：「放心吧，我失去過你一次，不會再有第二次。」

但顯然，特瑞典並不知道女兒真正在擔憂的是什麼。

雷耿家羣情激奮。

年輕一輩磨刀霍霍，聲稱一定要瑞德血債血償。而本該年老持重的長老們，卻默認了這種叫囂，並沒有出言制止，但表示當下的精力應該先放在藍札的葬禮上。

幾乎每個人都知道，藍札的葬禮將是大亂之前最後的平靜。黎曦曾建議父親特瑞典向雷耿家發去慰問，她甚至希望父親可以親自參加藍札的葬禮，以表達對藍札的哀悼。但特瑞典思前想後，拒絕了黎曦的提議。他心裏對藍札的逝去確實感到可惜，也不乏一絲內疚，但若他去參加葬禮，效果只會適得其反，雷耿要麼將他的行為理解成惺惺作態的偽善，要麼會被當成是對死者以及雷耿家族的挑釁——畢竟，藍札是死於他手，那場港口的亂鬥並沒有決鬥免責書的簽訂。

葬禮之後，雷耿家召開家族議會，藍札並未留下隻言片語的遺囑，依瑞斯順理成章地繼承了族長的身份，肩負起引領整個雷耿家族的使命和責任。議會過程中依瑞斯一言不發，看樣子疲憊不已，自藍札亡故之後，他便一直躲在自己的房間裏，一日三餐也是由管家送進房中。雖然是雷耿家法定的族長，但顯然族人對

依瑞斯並不滿意。在藍札受傷之後，他便一直採取約束忍讓的態度，起初在家族的長老們看來，依瑞斯的理智顯露出了與他年齡所不相符的老成。但當瑞德長女歸來，藍札傷逝之後，整個事件受傷的似乎只剩下了雷耿。無論是長老還是年輕的族人，此刻已經因仇恨而團結在了一起。

對依瑞斯來說，那道射穿烏雲的曙光已經消失了，缺口被更厚密的雲層覆蓋，且雲層中電閃雷鳴，似乎預示着馬上將有一場狂風驟雨的到來。依瑞斯感覺此刻的自己已經和這些烏雲融為了一體，而那些狂躁奔湧着的雷電力量，正在自己的身體裏暴走。他壓抑克制着這些雷電，同時也醞釀包裹着這些雷電，這種左右為難，裏外受敵的煎熬，已經快將這個年輕人逼瘋了。

議會結束之後，依瑞斯率先離開，年輕的族長給羣情激奮的眾人留下了一個匆匆離去的背影，再次引發了一片竊竊私語。

紅袍僧目送着年輕族長離開房間，他環視了一下周圍指指點點的族人，邁開腿追了出去。

在依瑞斯的房間，紅袍僧關上房門，房間裏如今只有叔姪兩人。

「庫恩叔叔……」依瑞斯看着尾隨而至的紅袍僧，虛弱地開口。

「依然在悲痛中無法自拔是吧。」紅袍僧的語調遲緩而穩定。

「當然。他是我爸爸啊。」依瑞斯用手捂了捂額頭。

「我想你煩心的不僅僅是他的離去。」紅袍僧直截了當地說，「單純的悲痛只要去哭泣就好。單純的憤怒只要去報復就好。我知道你和瑞德家長女的事情，只是如今父親的死，在自己和戀人之間橫亙了一條無法逾越的溝壑。而且，族人現在希望你做的是帶領他們對瑞德進行復仇。」

依瑞斯看着直截了當的叔叔，在這個家族裏，紅袍僧和自己同樣是異類，庫恩是父親的弟弟，但私下裏大家都說他其實是爺爺的私生子，一直雲遊在外，只是在三十年前才回到維尼亞鎮。作為摩尼教的祭司，他見多識廣，精通醫學和煉金術，並且可以從他所信奉的智慧之主那裏得到力量。

「你恨瑞德嗎？」依瑞斯突然開口問。

面對依瑞斯毫無徵兆的問題，紅袍僧楞了一下，依瑞斯可以想像那張終年隱藏在兜帽裏的臉上應該是驚愕的表情，但話說回來，依瑞斯從未見過叔叔摘掉兜帽的樣子。

「我是一個祭司。」紅袍僧開口，「神靈自有安排，仇恨只是凡人不懂，或不能接受最高力量的指引所爆發出來的情緒。」

「所以？」依瑞斯砸摸着叔叔的話，「你是說父親的死也是神的安排？作為凡人，我們只要默默接受就好？」

「當然不。」紅袍僧的語氣裏流露出一絲急躁，「憤怒一樣是神的安排。如果人們懼怕黑暗，人們就會點亮火把。而火光會驅散黑暗，帶來光明。同理，正是因為有人對罪惡的憤怒，公正才會在憤怒的聲討中得到維持。」

聽了紅袍僧的話，依瑞斯陷入了深思，說實話一直以來他都覺得自己並不清楚這位摩尼教祭司的立場，但比起那些立場鮮明的族人，祭司似乎更值得信賴，何況在父親重傷昏迷時，也是他率先提出讓自己代理族長之位。

「而且……」紅袍僧又開口道，「無論神如何安排，凡人也要做自己的選擇。現實的情況是，你和黎曦之間所隔閡的並非只有你父親的墳墓，還有雷耿和瑞德兩家一百年來的怨仇。你父親的死是兩家仇怨的一部分，而也正是因為兩家百年來的仇怨，才

導致了你父親的慘劇。所以我跟你說過，雷耿和瑞德的爭鬥是宿命的爭鬥。你也看到了現在族人的狀況，當你在君士坦丁堡學習時，每天與他們朝夕相處的不是別人，正是你的父親。」

「你什麼意思。」依瑞斯突然站了起來，本就身材高大的他現在因憤怒而變得更加雄偉，「父親在死前親口跟我說過，他對雷耿和瑞德之間的仇恨已經有了反思，等他康復之後，本來是要為化解兩家的怨仇⋯⋯」

「但是你父親死了，他沒有康復，死於瑞德的族長特瑞典・瑞德之手。」紅袍僧不懼打斷憤怒的依瑞斯，一字一句地道，「你父親沒有留下隻言片語的遺囑，但大家還是公認你為雷耿的族長。你現在身上肩負的並非只有你那自私的愛情，還有整個雷耿家族，以及那些為雷耿家族工作的人們的興衰。你不可能以一己之力禁止雷耿向瑞德復仇，若你一意孤行，長老們可能會剝奪你的族長身份，怎麼可能會有因為父親被殺還無動於衷的人？但我可以告訴你，我們與瑞德的爭鬥不會發展到你死我活的地步，因為這樣影響的不僅僅是我們兩個家族，還將動搖維尼亞鎮的貿易基石。領主是不會允許這種事情發生的。我們跟瑞德真正的博弈，將會是在領主的裁判桌上。」

領主的裁判桌？紅袍僧的話倒是讓依瑞斯有些耳目一新的感覺，事實上作為家族最天才的設計師，雖然在珠寶大賽上擊敗了瑞德，但對家族生意上的事情，他倒真的了解不多。

似乎是覺察到了依瑞斯的思索，紅袍僧再次開口：「我知道你不想和瑞德家族發起全面的衝突，你一直以來也都是避免事態向無法控制的方向發展。作為家族的顧問，你的叔叔，我給你的建議是這樣的——我們努力將事態的發展引到領主的裁判桌上，瑞

德的長女已經失而復得，但雷耿卻永遠失去了自己的族長。領主不可能無視這樣的事實，就算是為了維尼亞鎮的平衡，他也必須做出對雷耿家有利的判決。而在這期間，我們可以以此來繼續約束族人，避免與瑞德新一輪的暴力衝突。」

似乎是很好的計劃，如果是由領主來裁決，就不是雷耿與瑞德的私鬥，還可以避免兩家再添流血事件。這樣的提議幾乎是依瑞斯所能想到的最好的選擇，但他此刻卻感受到了一股憤怒從心底油然而生。

「你是說，要我用父親的死作為籌碼，來和領主談判嗎？」依瑞斯盡力壓低自己的聲音，「他屍骨未寒，你怎麼能這樣？」

「不然呢？」紅袍僧的語調並沒有因為依瑞斯的憤怒而有絲毫的畏怯，「你的父親死於特瑞典之手，你身為他唯一的兒子，雷耿家族現在的族長，只要你一聲令下，我相信家族會願意拿起所有可以戰鬥的武器，隨你與瑞德一決生死。若你選擇了這樣的道路，我相信我不會在這個時候出現在這個房間裏，跟你講剛才的話。儘管身為摩尼教的祭司，但我的姓氏依然是雷耿，我會與你並肩戰鬥。」

庫恩的話像一盆冷水一樣澆滅了依瑞斯的怒火，他說的沒錯，處於兩難境地，進退維谷的並非別人，而是自己。

「況且，你以為你選擇交由領主來進行裁判，家族的人就會滿意嗎？他們同樣會視你為儒夫，尤其是所有人都知道你劍術高超，在維尼亞鎮更是無人能出其右。就算你天性不喜爭鬥，但為報殺父之仇，你也沒理由不拔劍相向。如果你想控制現在的事態，單純靠逃避是沒有用的。如果家族大部分人對你人心向背，完全可以再推舉出一位新的族長，而我相信，新的族長不會像你這麼優柔寡斷。」

「你是一個雷耿，這是無法改變的事實。」在確定年輕的族長已經產生動搖時，優秀的游說者當然要繼續開口，「你不能左右命運的結果，但你可以左右命運的過程。而且我相信，父親的死依然困擾着你，而領主是不會宣判特瑞典死刑的，畢竟你父親是死於港口亂鬥的數月之後，而瑞德一定會在裁判桌上堅持這一點，以淡化你父親的死與特瑞典的必然性。維尼亞的兩大家族已經失去了一個族長，領主不會讓另一個也失去，否則就會變成瑞德鬧得下不了枱面。先不管領主如何裁判，瑞德如何申辯，單單從你自己出發，你真的覺得你可以允許自己，什麼都不做嗎？」

紅袍僧的話像一把尖刀一樣直指依瑞斯的額頭，是啊，有些事情是逃避不了的，就算對方是黎曦的父親，他也沒辦法裝作整件事情從沒發生過。

「事情到如今這個地步，起碼有一點我與你的立場是相同的。」紅袍僧拍了拍依瑞斯的肩膀，「那就是我也不希望事情向着全面衝突的方向發展。畢竟這樣做也不能讓你的父親死而復生，對雷耿也只會徒添新的傷亡。如果可以藉由領主的權力，得到對雷耿有利的裁判，這對家族來說只會有利無弊。至於你父親的血仇，你完全可以公開向特瑞典發起決鬥。作為瑞德家族的族長，他逃不掉的。這樣一來，族人也會對你表示理解，你也將成為雷耿家族一百年以來最有作為的族長，因為你將徹底終結雷耿和瑞德家的對抗，率領雷耿走向最終的勝利。」

「你好好想想吧。」說完這些，紅袍僧推門離去，將依瑞斯獨自留在房間裏。

第十四章

顧清河來到黎曦的房門前。

自從藍札的死訊傳來後，黎曦大部分時間都呆在自己的房子裏。用餐時也吃的很快，然後匆匆離席。事實上，藍札的死訊給整個瑞德都蒙上了一層陰影，這些天來顧清河也對兩家的歷史多有了解。但是，黎曦的反應依然是瑞德里最大的，人在經歷極大影響自己的事情時，無非是明確的積極或者反常的消極。黎曦的反應屬於後者，而顧清河理解黎曦的消極。雖然有些苦澀，但他知道黎曦對依瑞斯的情感。

當然他並不知道黎曦和依瑞斯樹下相會的事情，他若是知道兩人的計劃，以及藍札的死對計劃毀滅性的影響，不知道他心裏的某一根神經是否會有點希望現在的情況發生。

黎曦打開門，看見是顧清河，她閃身讓顧清河進來，顧清河卻搖了搖頭。

「我們去花園轉轉吧，你需要曬曬太陽。」顧清河的聲調一如既往的輕柔，但如果注意到他的眼神，就會發現這句話與其說是邀請，不如說是要求。

面對救命恩人的堅持，黎曦點了點頭。

來到花園，兩人無言地走着。

「工坊怎麼樣？」黎曦率先開口打破沉默，「聽師傅們說你已經開始和他們一道做雕塑了。」

「嗯，就是按照模板，做一些複製的工作。」顧清河說，「一直在你家白吃白喝，再不做點事情，臉皮再厚都不夠用了。」

「不會啊，你救了我，沒有你的話，我就算還活着，也一定是過着暗無天日的日子。這樣的恩情，根本無以為報。」說到這裏，黎曦猶豫了一下，總覺得按照東方語的邏輯，下一句該是「以身相許」，「白吃白喝又算得了什麼。」她盡力用輕快的語調，把氣氛引向別的方向。

「作為外人，雖然對你們家族的事情不太了解。」顧清河斟詞酌句，「但如果有我能幫上忙的地方，請儘管吩咐。」

父親的話開始在黎曦的腦海裏浮現，雷耿和瑞德要麼在戰場上相見，要麼在裁判桌上對峙。自從藍札病逝之後，她就再沒能見到依瑞斯一面。要知道在這個節骨眼上，每個在街上行走的瑞德都一定會處於雷耿的監視之下，反之亦然。大家彼此戒備，似乎一個眼神的冒犯就可能招致一場決鬥的發生。

「嗯，家族和雷耿之間的衝突也不是一天兩天了。只是這次的確是比較棘手。」黎曦低下頭來，「說來也不怕你笑話，貌似搞成今天這一步，全是我和依瑞斯的任性妄為，如果我們乖乖聽家裏的話，互相看對方不順眼，也就不會發生這麼多事情。你每天去工坊時要小心一些，雖然你並非我們瑞德族人，但現在你住在我家裏，又在我們的工坊裏幹活，難免不會被雷耿當成靶子。你救了我的命，我不想你又因為我捲入這種爭鬥之中，那樣對你未免太不公平了。」

顧清河想說些什麼，但話到喉嚨口又嚥了下去。

夜晚，城郊，橡樹下。

和顧清河分開後，黎曦在圍牆那塊鬆動的磚頭處發現了字條。

這是藍札過世之後，她和依瑞斯的第一次見面。

但這次見面的情況卻和以往任何一次都不同，黎曦甚至不知道自己該以怎樣的心態來面對他。

黎曦見到依瑞斯的時候，他正靠着橡樹巨大的樹幹坐着，金色的長髮一直垂散到胸前，雙眼出神地望着天邊的月亮。

「依瑞斯。」黎曦輕聲呼喚對方的名字。

依瑞斯轉過頭，橡樹的陰影讓他們彼此之間都只有一個黑色的輪廓，但黎曦卻覺得依瑞斯的眼睛裏仿佛正流淌着光。

那是一道疲憊至極的憂傷。

黎曦無言地在依瑞斯旁邊坐下，後者重新將目光對準月亮。

片刻後，依瑞斯歎了口氣，打破了沉默。

「真沒想到，一切竟然會變成現在這個樣子。」

「依瑞斯……」

「永遠都是這樣，你越是怕一件事，這件事就一定會發生。你越是對一件事情滿懷希望，這件事就一定會讓你失望。」青年的語氣裏全是沮喪的懊惱，他的雙手不自覺地握成拳頭，手背上的青筋因為悲痛而暴露。

黎曦不知道該說些什麼，在此刻任何安慰的話語都沒有意義。這是上天跟他們開的一個致命的玩笑。上次見面他們還曾慶幸命運並非如此殘忍，但看來他們真是對命運這種東西太樂觀了。

「我們接下去該怎麼辦？」黎曦選擇直接避過了無解的現在，也省了那些無用的安慰。

她的問題並沒有得到依瑞斯的立刻答覆，青年依舊望着月亮，像是被燭火吸引的飛蛾。

「我不知道。」依瑞斯聲音低沉，「現在每一個雷耿都願意拿起武器，恨不得立刻和你們瑞德決一死戰。而唯一不願這種情況發生的人，竟然是我。可，躺在墳墓裏的人，是我父親啊。」

果然，還是那道深不見底的溝壑，一旦出現了，就再也填不平。

「所以……」少女強忍住噴湧而現的眼淚，「我們就這樣了？」

黎曦哽咽的聲音像是另一把刀刺入依瑞斯的心扉，失去至親之後還要失去至愛，依瑞斯的指甲都快要嵌進肉裏。

覺察到了依瑞斯的痛苦，黎曦用力抱住依瑞斯，清冷的月光下，橡樹的影子漆黑。

第十五章

瑞德的工坊遭遇了襲擊。

襲擊者來自對面的雷耿工坊，刀鑿斧刻的工具此刻直接變成了武器，瑞德工坊門口的雕像，懷着警惕目光的海馬與鳳完全成為了擺設，並且在第一時間就被襲擊者們砸成了碎塊，與對面海馬與龍雕塑輕蔑的神色相對，倒是別有一番應景。

只是雷耿們沒有想到的是，瑞德的工坊裏，有一個叫顧清河的東方人。

他們更沒有想到的是，這個身材清瘦的東方男人，卻有着與其外形極其不相符的武力。很快就有五個雷耿家的工人倒在了顧清河的腳下。襲擊者的氣勢如海浪撞上礁石一樣散開，而瑞德們則從最初的驚懼當中得到了喘息。

然後是瑞德的反擊，兩家的人打成一片，而幾個瑞德的工人也趁亂跑到雷耿家的工坊門口，將擁有着輕蔑眼神的海馬與龍雕像拉倒在地。這樣一來，兩家的象徵都在這場衝突中損毀。

除了很多人員受傷之外，這次衝突還造成了另一個後果，就是兩家工坊裏的存貨和設備都造成了一定的損失，直接影響了正常的貿易，很多訂單都因此被拖後。不過話說回來，到這步田地，似乎也沒有幾個人還關心生意了。

但起碼有一個人還關心，維尼亞的領主。

之前兩家的很多衝突，包括發生在小酒館的鬥毆，簽訂免責契約的決鬥，這些人員的衝突並沒有影響到維尼亞的貿易，然而當衝突的對象從人變成了工坊，一切就不一樣了。

這甚至可以看成是雷耿向瑞德發動全面衝突的開始。雖然相互不和了近一百年，但是攻擊對方工坊的事情卻從未有過先例。雷耿和瑞德都是崇尚榮譽的大家族，這種不宣而戰的情況幾乎從未出現過。

領主迅速地介入，一直以來對瑞德和雷耿的競爭，上面都是睜一隻眼閉一隻眼。適當的競爭可以提升兩家工藝品的質量，對維尼亞的繁榮也有好處，但絕不是像現在這種暴力事件。而且領主也有些困惑，在藍札逝去的時候，領主就派人與雷耿家和瑞德家進行了接觸，雖然雷耿家群情激動，但是那位藍札的弟弟，受人尊敬的摩尼教祭司親口向領主承諾，不會主動將事態擴大，也不會發動一場你死我活的鬥爭。但同時，庫恩提出了非常明確的要求，將瑞德的族長特瑞典告上裁判桌，並請求領主根據事實的真相給予公平的判罰。領主答應了紅袍僧的要求，特瑞典無法拒絕走上裁判桌，儘管他清楚，藍札的死雖然是雷耿家的巨大損失，但同時也是他們在裁判桌上獲勝的最大砝碼。

所以，在這種情況之下，雷耿家發動對瑞德工坊的襲擊沒有任何好處，會讓已經傾斜向雷耿家的同情天平矯正一些，但因為顧清河的存在，導致雷耿家這次襲擊遭遇了激烈的抵抗，且瑞德也組織了反擊，雷耿家的工坊也遭遇了損失。所以從結果來看，倒是有些半斤八兩。只是事後特瑞典倒是有些希望顧清河不在工坊，那樣雖然工坊的損失會嚴重一些，但會顯得同情的天平能再矯正一點。

這次工坊襲擊事件也促使領主立刻展開了裁判行為。為了穩定住維尼亞的局勢，領主帶人親自來到維尼亞，並在維尼亞市政的官邸召見了雷耿和瑞德兩家族的成員。以依瑞斯為首的雷耿和以特瑞典為首的瑞德分別坐在兩張長桌上，而領主則端坐首座，一旁是他的祕書官。

　　這次對質的過程可以說是對瑞德相當不利。究其原因大致是以下幾點，藍札確實是傷於特瑞典之手，並在數月之後不治身亡。特瑞典對打傷藍札一事供認不諱。泰盧私自僱傭了白駱團襲擊了雷耿家族的族長依瑞斯。這件事因為和黎曦歸來發生在同一晚，導致大家都有點忘記了這回事。但當紅袍僧在裁判桌上陳述這件事時，那種感覺對特瑞典來說就像是被一個遺忘了的仇人在背後捅了一刀一樣。而在關於黎曦走失一事上，瑞德堅持是依瑞斯拐走了黎曦，想要綁架她，理由是黎曦是如今瑞德最具天賦的設計師，如果可以除掉黎曦，則會極大的削弱瑞德在工藝品事業上的競爭力。這點遭遇了雷耿家集體的噓聲，瑞德指出在過去六年的珠寶工藝品大賽上，瑞德家都獲得了優勝。而黎曦則剛好是在七年前開始正式加入作品的設計團隊，並在三年前成為了最具有話語權的設計師 —— 這個說辭本來具有一定的說服力，但不巧的是，最近的一次珠寶大賽，依瑞斯所主持設計的作品擊敗了黎曦，成為了優勝。勝利者何必要用綁架失敗者的方式來削弱失敗者？

　　而雷耿方面依舊堅持他們的說辭，黎曦誘惑了依瑞斯，目的是為了除掉依瑞斯。誘惑的目的則和瑞德家提出的幾近相同，另外還有一個佐證，瑞德家的人馬先於雷耿家趕到了碼頭。

　　事實的真相是，瑞德發現長女失蹤，趕到碼頭，看見了依瑞

斯，並且認為，是依瑞斯拐走了女兒。雷耿家的人隨後趕到，發現依瑞斯被瑞德圍困，藍札認為自己的兒子發生了危險，於是兩家便在碼頭起了衝突。所以無論是黎曦勾引了依瑞斯，還是依瑞斯綁架了黎曦，事情經過都支持兩個版本。

雷耿家要求黎曦當場對峙，因為他們發現瑞德家的長女並不在對面的長桌上。當紅袍僧提出這個要求的時候，依瑞斯有一個想要阻止的動作，但紅袍僧已經開口，他便不能再多說什麼。他大致能猜到特瑞典的想法，哪個父親會希望女兒參加這種場合呢？但只要想到面前這個人害得自己沒有了父親，那份深深被他抑制的憤怒還是不可自抑地湧動起來。

特瑞典以女兒身體不適的緣由希望推掉出庭，但在只有依瑞斯一人到場的情況下，形勢會對瑞德很不利。簡單來說，黎曦的到場並不能幫助瑞德在這件事情上扳回一城，但最起碼的是可以抵消掉雷耿家的證言，讓事情變成各執一詞，反正兩家都不會說出實話——兩個年輕人是真心相愛的，他們那天出現在港口的原因其實是為了私奔。所以起碼在這件事情上他們都不會追究到底。

瑞德家經過了短暫的討論後，便提出同意黎曦出席。時間已到正午，領主宣佈暫停，午餐之後繼續開始，而黎曦將在之後加入這場裁決。

當黎曦出現時，全場數十雙眼睛齊刷刷地盯向她。這讓她感覺十分的不適，仿佛自己是一隻馬戲團的猴子。她沒有焦點的目光茫然地對抗着那些指向明確的目光，再一次有了自己是茫茫大海中的一枚孤島的感覺。

但她最終找到了自己目光的落點，而她目光停下的地方，那個人並沒有看着自己。

依瑞斯低着頭，不知是本來就在思考着什麼，還是不忍心在這個時候和愛人相見。

祕書官先將瑞德的證言唸了一遍，然後問黎曦是否屬實。

黎曦感到臉頰一紅，面對全場瑞德和雷耿的目光，她清楚此刻自己必須說一個謊言。她注意到依瑞斯也抬起頭看着他，很難說清楚此刻依瑞斯的眼神，似是有些擔心，又好像毫不在乎。

她緊了緊喉嚨。

「是。」

她說出了這個字，雷耿家立刻報以了噓聲。

依瑞斯也低下頭，苦澀地笑了笑。

明明知道是這樣的結果，好像也沒什麼值得生氣的理由，但他還是在那一刻報有一種奇怪的期望，那就是黎曦可以大聲說出事情的真相。

然後呢？如果她不顧一切，自己會不會也放棄一切？大不了不做什麼族長，再一次帶着黎曦遠走高飛？

算了吧，這種事情，還是想都不要想為好。

這場裁判，一共持續了三天。

三天之後，領主的裁決卻令所有人意外。

因為藍札的逝去與被特瑞典打傷之間相隔數月，所以不能斷定藍札直接死於特瑞典之手。

關於港口亂鬥的原因，由於兩家各執一詞，互不讓步，很難裁決究竟誰是對的。

泰盧僱傭白駱團伏擊雷耿家族長依瑞斯一事，雖然泰盧年齡太小，且並未對依瑞斯造成實質性傷害。但這種買兇殺人的手段實在太過卑劣，泰盧被判監禁三年，出獄後驅逐出維尼亞鎮，永

世不得歸家。

雷耿家工坊工人私自組織了對瑞德家族工坊的襲擊，組織牽頭者是一名叫做馬里奧・奧迪托里的工頭，此人在衝突中受傷，後因醫治無效死亡。雖然並非出自雷耿家族的授意，但雷耿家族附有無可推卸的管理責任。且工坊襲擊擾亂了維尼亞鎮的正常貿易，雷耿家族需要向領主繳納一筆罰金，其數額等於雷耿和瑞德所拖延訂單的稅金。

沒有人對這個判決滿意。

雷耿才不要一個十幾歲的小毛孩的流放，流放他還不如流放黎曦，這個小孩既不是瑞德家的族長繼承人，也沒顯現出什麼在設計上的天賦異稟。雷耿家族長的性命怎麼能以一個小毛孩的流放作為補償，而對特瑞典卻無任何處罰。對瑞德家來說，泰盧被永久驅逐當然是一件無法接受的事情。兩家都表示了激烈的抗議。

於是，領主提出了一個調解的方案。

三個月後，領主的女兒要嫁給威尼斯公爵的次子。

這樣一場盛大的婚禮，當然需要最好的珠寶首飾。

領主原先是想把婚禮的訂單等額分配給雷耿家和瑞德家。

但現在，以這次的婚禮為主題，舉行一場設計比賽。

優勝的一方，可以獲得婚禮珠寶首飾的全部供應。

失敗的一方，要讓出自己家族的紋章標誌的擁有權和使用權。

也就是說，若雷耿輸了，海馬與龍的圖案，將歸瑞德家所有。

若瑞德輸了，海馬與鳳的圖案，將歸雷耿家所有。

實際上，輸家將徹底喪失在維尼亞鎮貿易中所佔有的比例。誰贏了，誰就將壟斷整個維尼亞的珠寶工藝品出口，並且海馬與龍、海馬與鳳這對水火不容的經典設計，將成為一家的財產。

所以，與其說是一場設計比賽，但結果，卻是生死存亡的搏鬥。

雷耿家在經過內部的討論後，同意了調解方案。雖然這並非雷耿家族的本意，他們本來是希望以藍札的死作為砝碼，逼迫瑞德以海馬與鳳的形象使用權作為補償。但考慮到己方擁有上次珠寶大賽的優勝設計師依瑞斯，雷耿家並不懼怕這樣的對決。

而相較瑞德，似乎沒得選。本來在裁判桌上佔有劣勢的己方最終得到了一個公平對決的機會，如果拒絕設計上的對決，則無疑是自認在珠寶設計上不如雷耿。這同樣是無法接受的。鑒於此，瑞德也同意了這個調解方案。

領主同時還要求，在比賽期間，像工坊襲擊這樣的衝突絕對不能再起，如果哪家再出現類似的情況，將會被直接取消資格。

領主，依瑞斯，特瑞典三方在最終的判決書上簽下了字。

兩家的悲劇衝突，最終將會以一場喜慶的婚禮來結束。

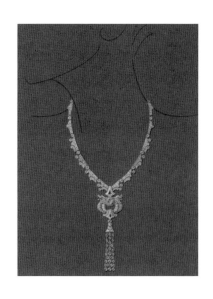

第十六章

　　月亮很圓，黎曦坐在花園的石桌旁，雙手托着下巴，出神地望着月亮。

　　她想起在孤島上時，顧清河給她講過的那個東方的神話。說是在很久很久以前，天上有十個太陽，十個太陽一起炙烤着大地，民不聊生，最後一個叫後裔的勇士用弓箭射下了九個太陽，所以現在天上只有一個太陽。

　　後來後裔從天神那裏得到了一劑不老藥，吃了之後就能長生不老，飛天成仙。後裔不忍離開自己的妻子嫦娥，便將不老藥交給嫦娥保管。

　　可結果嫦娥嚮往成仙的生活，便偷吃了不老藥，飛到月亮上去了。

　　所以，現在那個月亮裏，就住着一個叫嫦娥的女人嗎？

　　真蠢啊，離開自己的愛人，一個人長生不老，孤單單生活在月亮上，這樣的生活有什麼意思。

　　黎曦抿了抿嘴，轉頭看了看黑暗中不遠處的圍牆，不知道那塊鬆動的磚頭裏，以後還會不會再有小紙條。

　　月光下響起了腳步聲，黎曦回頭，看見有人向她走來。

　　是顧清河。

「裁決的結果我聽說了。」顧清河坐下說，「還算不錯吧，起碼是一場公平的比賽。」

「嗯。公平，但是結果殘酷。不亞於你死我活。」黎曦說，「不過也沒辦法，總不能讓泰盧被永遠驅逐出去吧。」

「有信心嗎？」顧清河問。

「我？」

「嗯，你是你們家族最優秀的設計師啊。」顧清河說。

「不知道。」黎曦搖了搖頭，「設計這種東西又不是打架，一腔孤勇就衝上去了，有時候沒靈感，再勸自己努力也沒用。」

「感覺你鬥志不強。」顧清河說，「你不是說結果殘酷，不亞於你死我活嗎？」

「我有點累。」黎曦說，「你知道我對依瑞斯的感情，但命運非要我們生在這樣兩個家族。」

是啊，我知道。顧清河這樣想，心裏一緊，但他還是竭力維持表情上的正常：「但你們要是生在同一個家族，不是更讓人傷心。」

「哈哈。」黎曦被逗樂了，「也是，那樣更殘酷。」

「我幫你吧。」顧清河突然開口，「這次比賽。」

黎曦看着自告奮勇的顧清河，「你不是木匠嗎？」

「不止是木匠。」顧清河笑了，「好的作品不僅要有絕妙的設計，還要有足以支撐這種設計的工藝。我去過你們的工坊，不自謙地說，你們所有的師傅手藝都不如我。」

「他們的武藝是不如你。」黎曦笑笑，「聽說雷耿家的工人去砸東西的時候，有幾個被你打的好慘。好像他們領頭的那個還不治身亡了。」

顧清河皺了皺眉頭，「我聽你們工坊的師傅說了，那個人確實是我打暈的。但我沒有下重手，最多躺一個時辰就醒了。可能是在亂鬥當中，又受了其他的傷吧。」

　　「很晚了，我們回去吧。」黎曦岔開了話題，「這兩天家裏就會組織會議討論比賽的，到時我叫你。」

　　兩人離開花園，黎曦最後朝那塊鬆動的磚塊看了一眼。

　　雷耿和瑞德最後的爭鬥，最終卻落在了依瑞斯和黎曦兩個人身上。

　　因兩人而起，也要因兩人結束。

　　也許雷耿和瑞德真的是宿命的敵人，以至於連上天都要開一個這樣的玩笑。

　　比賽的作品要以婚禮為主題，包括雕塑，以及婚戒、項鏈、耳環等首飾。

　　雕塑的選擇倒不難決定，鑒於工坊襲擊事件中，海馬與龍、海馬與鳳雕塑都被毀掉。兩家將重新雕刻各自的紋章。當然這次不會是「輕蔑」的海馬與龍和「警惕」的海馬與鳳，無論是造型、尺寸都將重新決定。

　　顧清河畫了數十張鳳凰，作為黎曦的參考。他用自製的毛筆畫的東方畫讓瑞德家族的眾人耳目一新，尤其是東方畫在筆墨的濃淡之中有一種若隱若現的意境。可惜雕塑這種形式太過寫實，無法將顧清河畫中的神韻表達出來，如果只交畫作的話，特瑞典覺得瑞德已經贏得了比賽。

　　除了貢獻鳳凰的形象之外，顧清河還將「百鳥朝鳳」的故事講給了瑞德。鑒於雷耿的依瑞斯有賦予雕塑「人文故事」的能力，

顧清河所帶來的鳳凰起源無疑會在這方面給予彌補。

綜合瑞德近百年來所有工藝品的原圖，加上顧清河所貢獻的東方資料，黎曦和瑞德的設計師們開始了細緻入微的工作。顧清河的加入仿佛給他們打開了一扇新世界的大門，大門的背後是滿藏黃金的礦山，每一鎬頭下去都有驚喜，給他們帶來了豐富的可能性，而且顧清河還提出了一條至關重要的意見。

「雕塑所對應的部分其實是兩家紋章的比拚，但是兩家的紋章中都有海馬，區別是龍和鳳。所以共同擁有的海馬，是最容易做出比較的部分。常規的做法當然是突出特色，但這是一場比賽，為了贏，就要有一定的針對性。」

顧清河的意見給了黎曦新的思路。

然後就是一輪又一輪的試驗。黎曦畫出初稿，然後一次次的調整，經過二稿，三稿，四稿……然後再根據圖稿進行實物的雕刻，從實物的效果再返回到圖稿進行微調……

僅僅在圖稿的階段，就花了一個月的時間。

新版的鳳凰部分，羽毛的層次進行了大幅度的加強，為此瑞德家收集了島上所有種類的鳥的羽毛，還在花鳥市場採購了大量鳥類，並根據實際的效果，將不同鳥類的羽毛拼合在一起，再將之臨摹在圖紙上，重現鳳凰的由來——百鳥朝鳳的故事。

這段陷入比賽的日子，讓黎曦每天都筋疲力盡，但也正因為忙碌，所以無暇他顧。只是每天晚上躺在牀上的時候，她還是會在心裏想起依瑞斯。疲倦感會讓她很快入睡，但夜夜入夢，夢裏也在畫圖，只是旁邊的人從顧清河換成了依瑞斯。帶着嘴角甜蜜的上揚，在清晨的第一縷陽光中醒來，才發現一切又不過是夢一場。

她依然每天都抽出一點時間在花園散步，路過那塊鬆動的磚頭，看看裏面是否再會有一張呼喚她的字條。

時間又過去了一個月。

在鳳凰造型上取得的突破成功移植到戒指和項鏈的製作上，鐫刻的鳳凰羽毛花紋層次豐富，不同的鳥類羽毛帶來的多樣感，遠觀像一圈圈的波浪，近視的話堪稱眼花繚亂。

不得不說，顧清河的意見將瑞德的工藝整整提高了一個層次。如果說之前瑞德僅僅只是將顧清河看做黎曦的救命恩人，現在的他簡直就是救世主。

無論是在海盜船上浴血奮戰的英武，還是在畫紙上妙筆生花的才華，黎曦有時候會有錯覺，這個東方人仿佛是為了拯救她而被上天派下人間的一般。

當顧清河將手中的筆變成刻刀展現了自己的雕刻技藝之後，整個瑞德家族都對顧清河心悅誠服，最後大家一致決定請顧清河作為此次雕刻的主刀。

在經過前期一個多月的籌備階段後，雕像終於開始進入正式雕刻的階段。

雷耿家的雕像海馬與龍，所定的高度為一丈。

瑞德立刻做出了針鋒相對的舉措，將海馬與鳳的高度同樣定為一丈。

顧清河對此持有一定的疑慮，因為新版的鳳凰羽毛繁複遠超之前，所以相比海馬與龍，所花費的時間和工序都要遠超前者。

黎曦經過測算，可以在大賽截止前十五天完成。剩下的十五天再精雕細琢一些細節，應該可以完成。

如果在細節上贏了，卻在氣勢上輸了，多少有些得不償失。

反正是最後一戰，沒有什麼好保留的。

有這種背水一戰的覺悟，顧清河也不再堅持什麼。

實物的雕塑正式開始，顧清河主刀，瑞德家其餘的工匠輔助。

同瑞德相同，雷耿家也時刻注意着對手的動向，神祕的東方客加瑞德的工坊，對戰局可能會產生意想不到的影響。當然大部分的雷耿族人躊躇滿志，根本不把這個東方客放在眼裏，他們甚至譏諷瑞德藉助外援的力量，有幾個人還提出向領主抗議，認為瑞德違反了規定。當有人向依瑞斯提出他們的想法時，依瑞斯沒有回話，只是揮了揮手讓他們散去。

依瑞斯淡定的態度反而讓底下的人有些不好意思，顯然雷耿的族長躊躇滿志，根本不把對方放在眼裏，聯想到依瑞斯在設計上的天賦，事情的結果理應是瑞德家請了外援，卻還是一敗塗地，而雷耿高風亮節，根本不屑於在這種枝節上與對方糾纏。想明白了這點，他們興高采烈地交談離去，留下依瑞斯獨自坐在高座上，眯眼沉思。

依瑞斯的腦海裏不可自抑地回想起這個東方男人，那是黎曦歸來的夜晚，他記得他那勢如閃電的一劍，還有顧清河鷹隼般盯着自己的目光，那清瘦的身軀裏仿佛蘊含着綿延無窮的力量，隨時準備噴薄而出與自己做拚死一擊。他知道黎曦為顧清河所救，本應對他也懷有感激之情。可是他離家萬里留在黎曦身邊……

想到這裏，依瑞斯感到一陣醋意升上心頭。

腳步聲響起，依瑞斯抬起頭，看見紅袍僧緩步走來，如一團深紅色的火焰。

「你知道瑞德的參賽雕像現在是什麼樣嗎？」紅袍僧問。

依瑞斯皺了皺眉頭，「我怎麼會知道，況且，我也不關心。」

紅袍僧身形晃動了一下，欲言又止。

穿堂而過的風襲來，吹動僧衣的下擺和依瑞斯的長髮，叔姪兩人對視，周遭安靜得只剩下了風聲。

良久，紅袍僧終於率先開口，打破了沉默，他說：「你跟我來。」

瑞德的工坊，人來人往，刀鑿斧刻聲聲不息。

易容改裝後的依瑞斯和紅袍僧此刻的身份是石料供應商，依瑞斯還從未見過叔叔身着紅袍之外的衣服，此刻他們身着沙漠商隊的服飾，帽子的面巾蓋住了依瑞斯大部分的臉，只露出雙眼和鼻樑。而庫恩的面巾拉的更高，僅僅露出一雙海藍色的眼睛。這也是依瑞斯第一次看見叔叔的眼睛，雖然大家都尊重這位摩尼教祭司的信仰和穿着習慣，但他也和無數人一樣好奇過庫恩的盧山面目，有一個私下流傳在雷耿家的故事，說庫恩在年幼時曾身患惡疾，險些性命不保，後來被一位摩尼教祭司帶走，前往摩尼教總壇醫治，終於撿回了一條命，卻容顏盡毀，從此只得將自己的臉藏於兜帽之後。而此刻叔叔的這雙眼睛，雖已經有歲月的痕跡，卻依然如靜謐的湖泊一樣深邃，讓依瑞斯不得不好奇叔叔本來的樣子。

庫恩卻不知道姪子此刻在想什麼，他推了推依瑞斯，示意依瑞斯將注意力放在正在雕刻的海馬與鳳雕像上。

依瑞斯和庫恩兩人湊到雕像前。海馬與鳳雕像雛形已有，鳳凰似乎是棲息在海馬的背上，雙翅環繞着海馬，仿佛給海馬披上了一層鳳羽的裘衣。鳳凰的頭部微微前探，湊在海馬頭顱的旁邊，既像是與海馬一同望着遠方，又好像是在海馬耳邊悄聲低語。但真正讓依瑞斯驚訝的，是鳳凰身上羽毛的雕刻方法。羽毛

層次綿密，各有長短，細細看去，似乎每一刀的力度，深淺都有不同，導致羽毛的形狀長短俱異，依瑞斯越看越入神，仿佛那些石頭雕刻的羽毛有一種魔力，可以攝人心神。突然有人推了依瑞斯一下，將他從遐想中喚回了現實。

「你怎麼了？」庫恩在依瑞斯旁邊輕聲問。

「這些羽毛……」依瑞斯沉吟。

「那不是一種羽毛，而是一百種鳥的羽毛。」庫恩的話險些讓依瑞斯驚呼而出。

身後突然傳來一陣吵鬧聲，依瑞斯和庫恩回頭，看見顧清河一行人徑直向雕像走來。庫恩忙拉着依瑞斯閃到一旁，向出口的方向走去。在依瑞斯和顧清河一行相錯而過時，依瑞斯轉頭看了一眼顧清河。

生平第一次，依瑞斯感覺到一種被稱為壓力的東西。

深夜，雷耿家工房空無一人，頭頂的巨大煤油燈照亮着海馬與龍的雕像，也將依瑞斯的身影在地上拉得幽長。

站在近乎兩人高的海馬與龍雕像前，仰視着海馬飽滿的胸膛和石龍威嚴的注視。依瑞斯手上端着一杯酒，緩緩吸飲着。可能有飲酒的緣故，瑞德家海馬與鳳的雕像不斷在他的眼前浮現，如同一種不可自抑的幻覺一般。那些雕刻的百鳥之羽，彼此組合在一起仿佛有成千上萬種的變化，讓他不自覺地去品味咂摸，將海馬與鳳雕像於面前的海馬與龍雕像做對比。雖然每片龍鱗都經他精雕細琢，但龍鱗終究只有一種形狀，遠遠比不上顧清河將一百種鳥的羽毛融合為一。在整個維尼亞，大家都公認依瑞斯是百年來不世出的天才，是打破雷耿家和瑞德家平衡的鋒刃，而如今，一支來自東方的利箭似乎要扭轉乾坤。

腳步聲響起，打斷了依瑞斯的思緒。紅袍僧再次換上了自己標誌性的服飾，如一團暗紅色的火焰走向依瑞斯，似乎最近每當依瑞斯陷入躊躇之時，紅袍僧總能如鬼魅般出現，是指點迷津，還是將自己帶入更黑暗的深淵？

　　「現在知道，我為何要帶你去瑞德的工坊了嗎？」紅袍僧說。

　　「你的人脈還真是寬廣。」依瑞斯答非所問。

　　「大家都做雷耿和瑞德的生意，瑞德的石材供應商人同時也賣東西給雷耿，這沒什麼稀奇。商人逐利，也不需要攀親帶故，一袋滿滿的銀幣便可以讓他們行個方便。」

　　依瑞斯欲言又止，他知道叔叔到來的目的，並非只是強調現在所遭遇的危機，紅袍僧似乎總有解決的辦法，他就像一個垂釣的熟手，先拋出魚餌，然後靜待魚兒上鉤。

　　「你查出顧清河是什麼人了嗎？」依瑞斯問。

　　「近十年來盛傳，馬可・波羅造訪的東方帝國建造如城堡般巨大的船隻，從太陽升起的地方一路沿着海岸駛向太陽落下的地方。從傳言來看，似乎黎曦是在遠海遇見了他們的船隊，顧清河是其中的一員。」

　　紅袍僧的回答對依瑞斯來說毫無新鮮之處，他自己知道的更多，因為黎曦詳細告訴了他遇見顧清河的經過。黎曦說顧清河是一

Marco Polo　馬可・波羅（1254-1324）

個心靈手巧的木匠，但從沒說過他是一個如此厲害的石匠。又或許，黎曦知道，卻隱瞞了他？

「我在摩尼教總壇時，見過來自東方帝國的分壇使者。那是一個以龍為尊的帝國，皇帝被稱為真龍，而鳳凰，則是皇后的象徵，被視為擁有最尊貴和寬廣的母性。鳳凰被稱為百鳥之王，傳說由一百種東方的鳥兒，自願獻上自己的羽毛為鳳凰添彩增色，尊她為最美麗的鳥兒。我們沒有見過百鳥之王，但顯然來自東方的顧清河，知道鳳凰的形象，而將之利用在了雕刻上。」

聽完紅袍僧的說辭，依瑞斯皺了皺眉頭。他又回頭望了望出於自己之手的海馬與龍雕像，按照雷耿家龍的設計，顯然也與大家所認知的龍有所不同，讓依瑞斯心裏有了奇妙的預感。

「我們的龍……」依瑞斯沉吟，「頭上的角好像鹿角，身體如長蛇，耳朵如象耳……」

「沒錯，我們的龍，也是源於東方。」紅袍僧證實了依瑞斯的想法。

「可是為什麼？」依瑞斯疑惑地問，「難道我們的先祖曾經去過遙遠東方？」

依瑞斯注視着紅袍僧，希望可以從他那裏得到答案，他的腦海裏不覺回憶出早前在瑞德家工坊看見的那雙海藍色的眼睛。然而紅袍僧一動不動，兩人就這樣無言地對視着。

「我不知道。」紅袍僧給出的答案讓依瑞斯感到失望，儘管如此，依瑞斯卻總有一種奇怪的預感，那就是叔叔其實知道一些什麼，卻拒絕告知自己。

「你現在要想的是，要如何贏下這場比賽。」紅袍僧的語調加重，「這場關乎雷耿家未來，甚至生死的比賽。」

這回輪到依瑞斯不好回答了。海馬與鳳雕像的樣子浮現在眼前，那一百種羽毛融為一體的圖案，如風吹過麥浪，層次深淺，又如天邊的虹橋，多彩漸變。失落的神色逐漸爬上依如斯的臉。

紅袍僧沒有放過依瑞斯神情的變化，只聽他開口說道：「其實，我們還有一個方法，可以保證雷耿家最終贏得比賽。」

「是什麼？」依瑞斯問。

「如果不能在戰場上戰勝敵人，那就不要給敵人上戰場的機會。」紅袍僧的聲音裏蘊含着強烈的提醒意味。

依瑞斯一凜，他似乎知道叔叔在指代着什麼⋯⋯

瑞德家，李飛揚坐在窗台上，她神色蕭索，將手頭玫瑰花的花瓣一朵一朵撕下，然後扔下窗戶，看着花瓣旋轉着墜落到夜色中。

這段時間對李飛揚來說，並不好過。

瑞德全家都撲到了比賽上，但李飛揚對雕刻卻一竅不通。

就連平日裏一直圍着她的伯恩和維蘭，每天也是腳步匆匆，忙於各種公務。

戚凡倒是安心做他的園丁，每天都從花園裏摘一朵花送給她。

有時候想跟顧清河說兩句話，但只要看到他專注的樣子，已經到喉嚨口的話卻怎麼也說不出來。

反觀黎曦倒是每天都和顧清河交頭接耳，樣子像極了耳鬢廝磨。儘管她知道兩人的每一個字都是關於雕塑，但心裏還是忍不住升起濃濃的醋意，要是將那些話都變成情話，李飛揚恐怕早就吐血了。

她唯一能和顧清河獨處的機會，就是在晚上。

當工坊裏別的工人都放工回家後，顧清河還會留在工坊，一

個人對着雕像敲敲打打，鑿鑿刻刻。

她想陪着顧清河，但戚凡總是跟着她。

她趕走了戚凡，戚凡就在工坊外面找了點稻草，沿着牆壁堆了一個草牀，躺在那裏守着。

雖然不懂雕塑，但她想自己總能幫忙遞遞工具，或者洗條濕布，做點打下手的工作。

以前在船上雖然也會幹各種瑣碎的活，但那時她是女扮男裝，必須要做。

現在，她恢復女兒身，一心只想在顧清河旁邊幫他做些事情。但顯然，顧清河不需要她，他甚至像自己趕走戚凡那樣，想要支自己走。

無非是神色和緩點，言語輕柔點。

可他對每個人都是這樣，彬彬有禮的。

她甚至希望顧清河支走她的方式，就像她對戚凡做的那樣，你走不走？不走？那你滾！

但她知道顧清河不會這樣，顧清河沒有她和戚凡那麼熟。

後來她不再去工坊了，每晚就坐在窗台上，百無聊賴地看着夜下的花園。她甚至可以隱約聽見海邊傳來的那些叮叮咚咚的敲打聲，她喜愛的男人正在那裏，為了他喜愛的女人揮汗如雨。

而他喜愛的女人呢？

已經很久沒見過黎曦戴着兜帽深夜出行的樣子。

似乎和那個叫依瑞斯的男人斷了聯繫。

想想也是，情郎的父親死於自己的父親之手，緣由卻是自己和仇家的長子私奔。

真是一對苦命的鴛鴦。

可是自己呢？

不也是為了逃婚，結果背井離鄉來到這個地方。

不知道爹娘怎麼樣了，不知道哥哥們怎麼樣了。

過了這麼久，恐怕早認為自己死在外面了吧。

想到這裏，喉頭一堵，鼻子一酸，眼淚就在眼眶裏打着轉。

然而下一刻，窗外的景象吸引了她的注意。

一個人影在夜色下匆匆地走向了花園的邊緣。

第 十 七 章

海馬與鳳雕塑的雕刻在顧清河的主持下即將完成。

比黎曦預計的快了七天，是因為她沒想到顧清河竟然可以這樣加班加點，不眠不休的工作。很多時候都是別的工人已經睡了，顧清河還一個人在工坊直到天明。

他真的是一個不斷給人以驚訝的人。

黎曦的心裏五味雜陳，一方面她由衷地感謝顧清河，但另一方面，她又對這樣的顧清河懷有着一絲害怕。

她害怕欠他太多，最終無以為報。

即將成型的海馬與鳳雕像，讓每個瑞德都充滿了希望。

雷耿家的雕塑據說已經完成多日，但瑞德家的人並沒有機會一探究竟。因為上次珠寶大賽剛剛輸給了對方，起初大家信心並不是很足，但是在顧清河的幫助下，如今每個人都是信心滿滿。之前黎曦雖然輸給了依瑞斯，但差距不過是毫厘之間，甚至有些智者見智、仁者見仁的感覺，但現在顧清河所帶來的改變，根本就是質的飛躍。

只是族長特瑞典的氣色卻越來越不好。

大家都以為是壓力所致，此刻是家族興衰起落的關鍵時刻，族長自然是壓力最大的那個。畢竟對於黎曦來說，只要僅僅考慮

設計上的問題就好，但作為族長，他所要考慮的就不僅僅是設計這麼單純了。

雖說領主是以調停雷耿和瑞德兩家的爭鬥為由而出面的，在雙方經過激烈的質證之後，最後以為領主的女兒大婚設計珠寶雕塑作為兩家的比賽。這樣不僅可以避免暴力衝突，穩定維尼亞的貿易網絡，還能激發兩家的鬥志，為領主的女兒大婚貢獻更好的嫁妝。但其實特瑞典知道，領主最希望的，是合併雷耿與瑞德兩家。

或者確切說，是合併以海馬與龍、海馬與鳳為主題的一系列商品。近一百年來，兩家都是以對抗的姿態出現，然而時過境遷，這種對抗已經在各地的貴族當中形成了審美的疲勞，如今那些金主們希望看見的是一系列配對的海馬與龍、海馬與鳳的作品，然而領主知道這個意願是不可能得到雷耿和瑞德的首肯。

但沒想到的是，雷耿和瑞德年輕一代的相愛，竟最終演繹成了一幕無法挽回的悲劇，將雷耿和瑞德推上了你死我活的地步。

雷耿家以族長藍札的死為砝碼，要求領主裁判將瑞德海馬與鳳的形象使用權讓給雷耿，某種程度上這個要求正中領主想要合併兩家的下懷。但領主並不想按照雷耿的方式，因為他知道瑞德絕無可能接受這個判決，所以他才提出以雕塑比賽的方式，讓兩家的優勝來繼承海馬與龍和海馬與鳳的紋章。

特瑞典將有關設計的事宜全權交付給黎曦，除了信任黎曦的設計才能之外，還有一個不為人道的祕密，那就是他的身體已經每況愈下。祕密診斷的結果，是他得了一種罕見的石化病。他的行動會隨着病情的加重而越來越緩慢，最終會變成一具石像。

自己雕刻了一輩子石頭，沒有想到最後竟然會變成石頭。

想想也是覺得可笑，若自己能石化的快一點，比賽時將自己的身體交出去，一方面也算是給藍札抵命，另一面不知道能不能直接贏得比賽。

　　有人敲門，特瑞典猶豫了一下，拿過鏡子看了看自己的面色，他撥了撥頭髮，擠動着眼睛，用手揉了揉臉，以讓自己看得紅潤一些。

　　他知道門外是他的女兒黎曦，他能從敲門的聲音分辨出他的每一個孩子。

　　「父親。」黎曦推門進來，徑直走向特瑞典身旁的椅子坐下。

　　「怎麼了？」特瑞典語調輕鬆地說，「聽說雕塑進展很快，大大超乎你的預期啊。」

　　「是的。」黎曦說，「沒想到顧清河雕刻的那麼快，他⋯⋯」

　　注意到女兒的猶豫，特瑞典問，「他怎麼了？」

　　黎曦不自覺皺了皺眉毛，「他太拚了，別的工人都休息了，他吃住幾乎都在工坊，沒日沒夜的。」

　　特瑞典笑了，「那說明他是一個勤奮的年輕人啊，你以為人人都跟你的那些哥哥們一樣。」

　　聽了特瑞典的話，黎曦苦笑着搖了搖頭。

　　「怎麼了？」

　　「父親，你知道顧清河是什麼出身嗎？」黎曦問。

　　特瑞典搖了搖頭，「你不是說他是大明國的一名水手嗎？」

　　「他是當了水手，但那也是事出無奈。」黎曦歎了口氣，將顧清河的出身告訴了特瑞典。

　　聽了女兒的話，特瑞典陷入了沉思。

　　「你去叫下顧清河，我想跟他聊聊。」

「啊？」黎曦對父親的話有些驚訝，「你們⋯⋯要聊什麼？」

瑞德工坊裏。

工人們相繼放工走了，顧清河還在。

他用手托着下巴，觀摩由他親手打造的雕像。

每一道雕紋都是他的心血，從師父那裏學來的技藝終於有了用武之地。

儘管刀鑿之道，只是師門小藝，兼愛非攻，才是師門大業。

但世事多變，如果這尊雕塑，能幫助黎曦的家族贏得比賽，避免雷耿和瑞德刀劍相向，也算是對師門使命的另一種告慰吧。

腳步聲響起，顧清河起初沒有在意，以為是忘了東西的工人，直到腳步聲越來越近，他才意識到來人是向他走來。

「真美。」黎曦站到顧清河旁邊，仰頭看着海馬與鳳的雕像。

「是你設計的啊。」顧清河在一旁被黎曦的自誇逗笑了。

黎曦看着海馬與鳳雕塑，眼神裏流露出複雜的光，「我只是畫在紙上，但你讓紙上的東西變成了現實。而且在很多地方你有自己的修改，畢竟紙上的藍圖是一回事，真正雕刻起來又是另一回事，你確實沒有自誇，你比任何一個瑞德的工匠都要優秀。」

顧清河有些不好意思地側了側頭，這點倒是出乎黎曦的意料，這個如清河流淌一般淡定的男人，竟然也會羞澀。

「對了，我父親想見你，和你聊聊。」黎曦說，「我，跟他講了你身世的事。」注意到顧清河表情的變化，黎曦立刻將當時的場景還原給顧清河聽。

「雖然不知道他想跟你說什麼，但當面表達感謝也是必須的吧。」黎曦說着低下了頭，「救了他的女兒，還幫忙雕刻了這麼美

的雕像。」

黎曦的話裏有着一絲愧疚，但顧清河卻覺得自己可以為了這絲愧疚做任何事。

「走吧，我陪你去。」黎曦拽了下顧清河的袖子，轉身離去。

李飛揚抱着雙腿，坐在窗台上。

瑞德的花園，讓她想起了遠在崑山的家。

她家也有一個花園，園子裏種滿了各種花，有月季，有薔薇，有山茶，有探春，有海棠……

那時她也喜歡在自家的花園散步，而戚凡總是在園子裏修花，她和她的姐妹們，總喜歡欺負這個老實的戚凡。

現在，戚凡還是在花園裏修花，只是花園已經不再是她的花園，這裏，也不是她的家。

孤獨感與日俱增，尤其是自己每天處於無所事事的狀態。

唯一的變化，似乎只有黎曦的那次深夜出行。

儘管一直知道黎曦去私會依瑞斯的祕密，但她沒有將這個祕密告訴任何人，連戚凡都沒有，儘管她知道只要她要求，戚凡就一定會守口如瓶。

她知道自己的心裏其實是希望黎曦和依瑞斯可以有情人終成眷屬。

這樣也許顧清河就能將目光轉向別處，也許就能看見她。

想到這裏，只覺得心裏酸酸的，她真是恨死這種感覺。曾經她也是家裏的明珠，眾人寵愛於一身，如今卻像追花的蝴蝶，遍振翅膀卻找不到落腳的花蕾。

李飛揚歎了口氣，搖了搖頭，仿佛想要把這種顧影自憐的喪

氣勁兒甩出去。然而下一刻，她突然精神一震，就如同貓在黑暗中發現了潛行的老鼠。

一個人影從花園快步掠過。

戴着兜帽，步履匆匆。

李飛揚一直目送着那個人影，直到花園圍牆的盡頭。

第二天，顧清河早早醒來。

身下的牀很柔軟，他已經很久沒有睡過這麼軟的牀了。

要不是昨天特瑞典找他談話，他可能還是睡在工坊的小房間裏。

打開窗戶，窗外是濃墨一般的漆黑。

但他知道黎明將至，最近兩個月來，他每天都是這個時候起來，他知道黎明前的黑暗，卻是一天中最黑暗的時刻。

他洗漱完畢，便離開瑞德莊園，向港口邊的工坊走去。

雕塑大體已經完工，但還有一些細節有待打磨和提高。

對完美的苛求，是存於他骨子裏的東西。在雕刻的過程中，那種全身心的投入所帶來的快感，可以讓他忘記曾經歷的那些陰影和壓抑。

他已經改變不了過去，但至少可以創造一點新的未來。

天邊泛起了魚肚白，黑暗像被稀釋的墨，正由濃轉淡。太陽從東方露出一個小尖，逐漸變大，第一縷陽光衝破黑暗，白晝正式到來。

顧清河來到工坊門口，破碎的海馬與鳳雕像早被清理，如今雕像的位置空空如也。

對面的雷耿工坊同樣，兩家雖然失去了各自紋章雕像的守

護，但最近卻是最安全的時候。

顧清河打開沉重的鎖，推開大門，陽光順着門打開的縫隙照射進去，向前延伸，工坊大堂逐漸亮堂起來。

當陽光照射到處於大堂中央的海馬與鳳雕像時，空氣中產生了一聲「刺啦」的聲音。

接着是一聲沉重的悶響，伴隨着石塊飛崩落地的聲音。

海馬與鳳雕像上出現了一道觸目驚心的裂痕。

門沒有繼續被打開，陽光剛好照射海馬與鳳雕像的那道深深的裂痕上，遠遠看去，像一條蝕骨的傷疤。

瑞德家耗時兩月，全力雕刻，關係着家族興衰的海馬與鳳雕塑，在顧清河的眼前損毀了。

工坊此時已經擠滿了人，瑞德家傾巢出動，大廳裏傳來此起彼伏的聲音，暴怒、抱怨、悲歎交織在一起。

以雕像為圓點，人羣都圍在半徑一丈之外，只有瑞德的本家人和顧清河允許在雕像旁。

顧清河盯着雕塑上那道深深的裂痕，兩個多月廢寢忘食的忙碌，最後竟然會以這樣的方式收場。

顧清河可以確定，當他打開工坊大門時，並無他人。

他又回想起當時的情況，陽光順着門縫像一條筆直的藤蔓一樣隨着門的逐漸打開而向前生長，當爬到雕像的時候，有一聲「刺啦」的聲音響起。

接着就是沉重的悶響。

同時現場還瀰漫着一股刺鼻的氣味。

是硫磺的氣味。

海馬與鳳雕塑那條深深的裂痕，是爆炸產生的。

由於雕塑損毀時，現場只有顧清河一個目擊者。換言之，在當時的情況下，他的嫌疑最大，因為除了他自己之外，沒有第二個人可以證明他說的話是真是假。

但沒有幾個人懷疑顧清河，這尊雕塑是他兩個多月日日夜夜，加班加點的心血，如果顧清河想要破壞雕像，之前完全沒必要那麼賣力。而且，他也沒有任何破壞雕像的動機。

最可能實施破壞的人當然是雷耿。但是在雕塑毀壞之前，沒有人會想到雷耿真的會做這樣的事。無論雷耿和瑞德在這一百年來鬥得多麼水火不容，但兩家都相信對方的驕傲不會作出如此下作的事情。

顧清河還在盯着那道致命的裂痕，他知道那道裂痕不僅僅是毀滅了這尊海馬與鳳雕像，還將是整個瑞德家族走向衰亡的轉折。

人羣中散開了一條路，特瑞典在女兒黎曦的陪伴下緩步走來。

為了隱瞞自己的病情，瑞德族長已經開始了深居簡出的生活，但海馬與鳳雕塑的損毀卻是一等一的大事，無論如何都必須親臨現場。

特瑞典來到海馬與鳳雕塑前，看着雕像上那道深深的裂痕，他伸出手輕輕地撫摸那道裂痕，像是在撫摸一道滄桑的傷口。

他轉頭看着一旁的顧清河，聲音有些沙啞地問道，「還有補救的可能嗎？」

其實他不該問這個問題，作為瑞德的族長，他本身也是優秀的雕塑家，但在無路可走時，也只能寄希望於這個來自東方的青年，畢竟顧清河已經給了他們太多驚喜，也許他會什麼東方的祕術，可以創造奇跡。

但顧清河只是淡淡地搖了搖頭。

不知道從什麼時候起，顧清河似乎鍛煉出了一種能力。

如果是可以挽回的事，他一定全力去做。

然而時間只剩下不到一個月了。

整個瑞德都被悲劇的氣氛所籠罩著。

事情調查的結果與顧清河所猜不差，在海馬與鳳雕塑上發現了煉金術特有的「煙火」成分。

這是一種可以產生燃燒，甚至爆炸的魔法粉末，只掌握在少數高深的煉金術士以及巫師手中。

但對顧清河來說，這種所謂的「煙火」魔法，卻是再熟悉不過。

硫磺，木炭，硝石。

在中土，漢人每逢過年的時候，會放鞭炮。

而能讓鞭炮爆炸作響的，便是火藥。

顧清河出身皇族，京城三大營中的神機營，所用的火銃裏，填入的便是這種火藥。

只是火藥源於中土，可能隨蒙古帝國西征時傳入西域。但顧清河此時只有一點想不明白，如果是有人用火藥毀壞雕塑，這個人又是如何做到的？畢竟雕塑是在自己打開門的一剎那，在自己眼皮子底下爆炸的。

工坊內並無其他人，顧清河已經仔細檢查過。

兩個月來，顧清河幾乎天天都在工坊過夜，僅僅只是昨天因特瑞典之邀在莊園睡了一夜，就出現了這種事情。

人羣散去了，散去的還有希望。

瑞德家族開展緊急會議，特瑞典邀請顧清河列席，但他拒絕了。

他說想在工坊裏自己待一會兒，特瑞典表示理解。

人散了，房空了，仿佛回到了那些深夜，顧清河一個人和海馬與鳳雕塑呆在一起的時候。

只是現在是白晝，陽光從每個窗戶傾灑進來，周圍亮堂堂的。

顧清河看着海馬與鳳雕像，鳳凰的羽毛遍佈層次，這層是杜鵑，那層是夜鶯，還有知更、喜鵲、燕子……

兩個月的心血在最後一刻白費，但對於幾乎失去過人生的顧清河來說，這樣的挫折似乎也沒什麼不能接受。

他一直在接受自己的人生啊，不然又能有什麼辦法呢，時勢那麼強大，而他那麼渺小。

可是如今，僅僅只是做一尊雕塑這樣的小事，最後也要變成這樣的結果嗎？

雖然不會過多的去沮喪，但沮喪總是有的，小小的沮喪如果放任不管，也會逐漸醞釀出巨大的失落。

他深吸口氣，然後用手捂住嘴，竭力讓自己平靜起來。然而他的目光還停留在那道深深的裂痕上，他不能再看了，否則裂痕會變成深淵，可能會將他吸進去。

他轉過頭，卻發現李飛揚正站在對面。他注意到李飛揚的雙手攥成拳頭，臉上是那種欲說還休的神情。

「怎麼，有話要跟我說嗎？」顧清河率先開口，旋即他注意到李飛揚攥緊的拳頭鬆開了。

李飛揚覺得，損毀雕塑的，可能是黎曦。

黎曦回到維尼亞鎮後，一直和依瑞斯有着祕密的聯絡。

雖然那是情人的私會，但在雷耿和瑞德劍拔弩張的時候，她

和依瑞斯依然深愛對方。哪怕是在藍札過世，領主裁判之後，黎曦還是會去見他。

昨夜，顧清河應特瑞典之邀回莊園談話，完了以後就住在了莊園。但李飛揚親眼看見，深夜黎曦又從莊園溜了出去。

她當時以為黎曦是去見依瑞斯，所以並未在意，畢竟同樣的事情黎曦已做了不少。

但如果，昨夜黎曦出行，並沒有去見依瑞斯，而是去了港口的瑞德工坊呢？

作為家族的長女，她有工坊的鑰匙，可以不費吹灰之力進入工坊。

顧清河這段時間一直住在工坊，只有昨天應特瑞典之邀回到莊園，而去通知顧清河的，恰恰也是黎曦。

雖然不知道特瑞典找顧清河說了什麼，但綜合種種，黎曦才是最有嫌疑的人。

當然，作為瑞德家的長女，海馬與鳳的雕像的設計由黎曦一手主導，親手毀掉海馬與鳳雕像，不僅僅是否定自己之前的努力，更是將自己的家族一手送上了失敗者的位子。從這點來看，黎曦不可能做這樣的事情。

但李飛揚有一種異常強烈的直覺，她知道作為女人，是可能為了愛情犧牲一切的。

否定自己之前的心血，拋棄家庭，只為了能和相愛的男人在一起。

這樣的事情，黎曦以前做過，她為什麼不能再做一次呢？

現在，李飛揚將她知道的一切，告訴了顧清河。

因為她為了顧清河，也可以拋棄一切啊。

第十八章

Henry 的電話打斷了老人的講述，也將全神貫注沉浸在故事中的我們拉了出來。

窗外已經漆黑一片，我甚至不記得安娜是什麼時候打開的燈。我瞄了眼思薇，她沒接 Henry 的電話，順手就掛斷了。

「哎呀，已經這麼晚了。」老人低頭看了看手錶，「時間過的真快啊。」

我和思薇互相看了一眼，我能感覺出她和我一樣，還沉浸在這個如傳說一般的故事裏，雖然我們的肉體在二十一世紀，但思緒早已隨着老人的講述回溯到了六百多年前的那個叫維尼亞的小島上。

「那，我們明天再來？」我搶先說道，看到老人點了點頭，懸着的心才放下，這故事要是只聽了一半，餘生非憋死不可。

我和思薇，安娜告別了老人，並約定好第二天拜訪的時間。

安娜住在陸家嘴的酒店，我們三人共乘一輛車，和安娜分別的時候，我特意和安娜交換了手機號碼。

告別安娜後，我和思薇的肚子才開始咕咕的叫起來，看來剛才聽得太專注，連飢餓這件事都忘了。我倆走進一家火鍋店，大快朵頤起來。

「哎，你說那雕塑會不會是黎曦弄壞的啊？」席間我問思薇。

思薇想了想,「有可能。」

我說,「果然,女人為了愛情,什麼事都做得出來。」

思薇楞了一下,察覺到了我話裏的意味深長,笑了笑說,「你什麼意思啊。」

這時候她放在桌上的手機響了,我瞄了一眼,看見屏幕上來電顯示的名字是 Henry。

她順手掛斷,動作自然地像是關掉了一個鬧鈴。

「怎麼不接啊?」我一邊夾起一塊羊肉,一邊裝作漫不經心地問。

「非禮勿問。」思薇蹦出四個字。

「Henry 今天給你打了不少電話吧。」我問,「工作上的事?」

「你忘了本來我們要一起看電影的。」思薇說,「但是接了你的電話,就只有放了他的鴿子。」

聽了思薇的話,我的心裏不能自抑地生出一種喜滋滋的情緒。正想開口說點什麼,卻聽見思薇說,「Henry 對我告白了。」

我感到已經到了喉嚨口的話被深深噎住了,而更荒誕的是,我竟然不知道我本來想說什麼。

「你覺得他怎麼樣?」似乎沒有察覺出我的異樣,思薇繼續問。

「他⋯⋯」先前那點小小的洋洋得意如今已經被巨大的失落所取代,但這麼多年來,我早已經習慣了隱藏自己對思薇的情感,這種裝作與我無關的表演已經駕輕就熟,甚至已經達到了將自己演進去的地步。但不知為何,現在的我卻一個字也演不出來。

「算了。」思薇說,「知道你和 Henry 關係不好。」

「不是。」我幾乎慣性般的開口否定,哪怕是否定完了之後才開始思索自己否定的到底是什麼。

「不是什麼？」思薇問我。

巨大的失落感如同潮水一般覆蓋了我的全身，同時思薇的手機鈴聲再度響起，屏幕上 Henry 的名字此刻變得格外刺眼，思薇再次順手掛斷，接着長按電源鍵直接關機。

「怎麼不接？」我問，趁勢岔開了話題。

「今天不想接。」思薇狡黠的笑笑，「讓他着急一會兒。」

標準的情侶間的小遊戲，又或者是處於曖昧期的小伎倆。

「你吃好了嗎？」我問，思薇楞了一下，下意識摸了摸自己的肚子，然後點了點頭。

「服務員。」我打了一個響指，「埋單。」

走出火鍋店，夜風吹過，思薇問我是不是有點不舒服。

「不是。」幾乎再次是慣性般的否定和掩飾。

思薇沒再說什麼，是啊，她才懶得追問我。

我們無言地走了幾步，這種尷尬的氣氛令人胸悶，思薇低頭打開了手機，數條微信留言的提示音響了起來。不用猜也知道是 Henry，思薇拿出手機撥了一個電話。

她講法語，腳步不自覺慢了下來，我隨之變慢，但慢得沒有她快，我們之間拉開了一個不長不短的距離，我知道她在我身後，但我已經聽不清她說的話。

大概過了三分鐘吧，思薇追上我，說她有事，讓我自己先回去。

「去見 Henry 嗎？」我直截了當。

「嗯。」思薇點了點頭。

我扭頭就走。

回到房間，洗漱完畢，我仰頭躺在牀上，心裏五味雜陳，腦子裏思緒如麻。

覺得累了，裝了太久，不想再演下去了。

一直以來，不敢向思薇告白的原因，其實就是害怕失敗。我知道思薇對我沒有愛情的感覺，所以選擇曲線救國的策略，先做好朋友，期望可以日久生情，以感情的累積彌補感覺的不足。

結果是友情越積越深，感覺卻貌似越來越遠。

聽過一句話，說男女之間不能沒有距離感，因為人都是把最好的一面給情人。如果一個女孩在你面前可以隨心所欲不逾矩，那並不僅僅因為信任，還因為她不在乎把自己那些不美的一面暴露給你。

顧清河有沒有明確向黎曦明確表達過愛意呢？

李飛揚有沒有明確向顧清河表達過愛意呢？

戚凡有沒有明確向李飛揚表達過愛意呢？

仔細想想，好像都沒。但他們也不隱藏自己的感情，只是沒有赤裸裸地說穿罷了。

而我呢？壓根就是一個奧斯卡級的演員，每一次思薇遭遇桃花，我都幫她精挑細選，嚴謹分析，出謀劃策，甚至她約會時，幫她餐館訂位。仿佛生怕演得不真誠，讓她看出我其實口是心非，言行不一。

量變引發質變，不在沉默中爆發，就在沉默中滅亡。

一直在等待那個合適的時機，結果卻越等越遠。

下定決心吧，告訴她！寧為玉碎，不為瓦全！

一個聲音在腦海裏響起。

我翻了個身。

還是算了吧，在這個時候去說，肯定會悲劇，因為一定會被拒。

不知不覺就睡着了。

做了一個混亂的夢，夢裏顧清河向黎曦表白了，黎曦背對着他，但是轉過身來，卻是李飛揚的臉。而顧清河卻變成了戚凡，李飛揚一臉受騙的樣子推開了戚凡，快步走開。戚凡落寞地看着李飛揚遠去，然後突然轉過身來，卻變成了我的臉。

所以說這是一個噩夢也不為過。

早上醒來時，我竭力思索了夢中的黎曦、顧清河、李飛揚、戚凡分別是什麼樣子。但毫無頭緒，夢境就像冰晶，回到現實這個大熔爐裏，會很迅速地融化消散。

推開臥室的門，便看見思薇坐在餐桌旁喝粥，她看了我一眼，用手指了指桌上的早餐。

「你⋯⋯」我有些錯愕，「你昨晚幾點回來的。」

「一點。」思薇說。

「這麼早？」

可能是我的疑問句語調太高，思薇抬頭看了我一眼，「你以為我做什麼去了？」

「嗯⋯⋯」我撓了撓頭，「你做什麼去了？」

「你還是先去洗漱吧。」思薇用手指轉了轉，「頭髮都是翹起來的。」

回到餐桌上，我喝了口粥，卻發現桌上多了一沓圖稿。

「這是？」我拿起圖稿。

「Henry 昨晚是叫我去加班的。」思薇指了指圖稿，「我們這一組的比賽方案，下周一他就要遞給 boss 看了。」

「可今天是周日啊，你說明天？」

「是啊。」

「可我這邊還沒有⋯⋯」我放下圖稿,「太卑鄙了。」

「卑鄙?」思薇放下勺子,「Henry 為什麼要等你呢?是你自己一直在拖啊,他沒有義務等你完成方案吧,這是他自己的稿子。」

「那是因為他一直卡着我啊。」我有點急躁,「我遞什麼他都說不好。」

「你是覺得 Henry 在針對你嗎?」思薇問我。

我欲言又止。

「這樣吧。就算你不信任 Henry。」思薇慢慢地說,「你總該相信我吧。我不可能故意卡你吧。」

我想我已經知道思薇接下去要說什麼了。

「李匠仁,這次你的設計,真的不夠好。你的理念核心是融入東方元素,但前提是必須要融入的巧妙。而不是你現在這種⋯⋯」她停頓了一下,「生堆硬湊。」

突然感覺臉上火辣辣的,一種無地自容的感覺油然而生。

我終究還是沒辦法反駁思薇。

因為我知道她說的是事實。

下午一點的時候,我和思薇來到崑山御瓏宮廷,按響了老人家的門鈴。

「你們先喝會兒茶,安娜說她一會兒過來。」老人指了指桌子,茶已泡好,看起來他心情不錯。

「吵架了?」似乎注意到我和思薇之間的氣氛不對,老人問了一句。

「沒有。」思薇說,「工作上的事情,不算吵架,有點爭論。你知道,我們的工作也是設計師。」

御瓏宮廷

老人笑了笑，「創作理念不合嗎？」

「也談不上。」思薇說，「我們不是一個組，我在 A 組，他在 B 組，我們兩個組是競爭對手。現在在準備一個珠寶比賽。」

聽了思薇的話，老人楞了一下，我插嘴道：「是不是有點像瑞德和雷耿？」

老人笑笑，這時門鈴響了，我起身去開門，是安娜女士。

四人落座，老人喝了口茶，再次將我們帶回了六百年前的維尼亞鎮……

第十九章

　　顧清河聽了李飛揚的話後，久久不語。

　　日光從窗戶斜射入工坊，灰塵在光路裏飄蕩，像是反光的飛蟲。

　　顧清河低着頭，不知道在想些什麼，李飛揚咬着嘴唇看着他，顧清河的沉默讓她不安，她的雙手再次因為緊張而攥成了拳頭。

　　顧清河的身後，海馬與鳳雕像沐浴在陽光裏，如果雕像能說話，它能否證實李飛揚的話呢？

　　顧清河終究沒說什麼，只是緩步向出口走去。

　　路過李飛揚的時候，顧清河被李飛揚一手抓住了胳膊。

　　「我沒騙你。」李飛揚一字一句地說，「她去見依瑞斯是我親眼見到的。」

　　「她是可能去見過依瑞斯。」顧清河說，「但那不能證明，海馬與鳳雕像是她毀壞的。」

　　「可除了她還有誰？」李飛揚急了。

　　「就算有那麼一絲可能，她為了依瑞斯，背叛了自己的家族，不僅將自己苦心設計的雕塑毀壞，還將自己的父親、兄弟、族人，瑞德家族上百年來的基業全部拋到腦後。但有一點，雕像是

在我眼皮子底下爆炸的，黎曦當時人在瑞德莊園，你告訴我，她是怎麼做到的？」

「也許……」李飛揚遲疑道，「她會妖法？或者，她裝了拈子，像炮仗一樣……」

「沒有。」顧清河冷靜地回應，「我仔細檢查過了，沒有這種東西。」

「可……」李飛揚有些語塞。

「所以，到此為止。今天你跟我講的話，不要再告訴任何人。」顧清河用力地說。

李飛揚跟在顧清河的後面，向瑞德莊園走去。

李飛揚覺得，顧清河是相信了她的話的。

他只是不願意承認罷了。

不願意承認黎曦還對依瑞斯一往情深，不願意承認黎曦夜裏偷偷跑出去私會依瑞斯，不願意承認黎曦會為了依瑞斯，將海馬與鳳雕塑毀壞，賠掉一切。

因為承認別人，有時恰恰是否定自己。

李飛揚恨恨地想，他幹嘛一定要自己騙自己。人家不喜歡你就不喜歡嘛，何必老跟在人家後頭。人家明明有心上人，你幹嘛不成人之美。

如果我不聽他的話，把我的懷疑告訴黎曦的哥哥？伯恩或者維蘭，哪怕是德羅？

可他們會怎麼做呢？顧清河說的對，我沒有確鑿的證據可以證明雕像是黎曦毀壞的，我甚至沒有證據可以證明黎曦曾經幽會過依瑞斯。

事已至此，就算瑞德相信黎曦背叛了家族，那又能如何？黎曦是家族的長女，集萬千寵愛於一身的明珠，如果他們相信黎曦做了背叛家族的事，又會怎麼做呢？驅逐黎曦嗎？

若黎曦被驅逐，她會去哪裏？會去找依瑞斯嗎？如果黎曦和依瑞斯在一起，顧清河就一點機會都沒有了。

這貌似是個辦法，可是如果顧清河知道是我將黎曦的事情捅出去，他會原諒我嗎？

「所以，到此為止。今天你跟我講的話，不要再告訴任何人。」

顧清河的聲音言猶在耳，斬釘截鐵。

李飛揚使勁搖了搖頭，想把這些煩人的念想從腦袋裏搖出去。

兩人一前一後無言地走着，很快便回到了瑞德莊園。

顧清河好像在想什麼事情，一直低着頭，李飛揚停下了腳步，便看見顧清河的背影漸行漸遠。

她選擇了另一個方向，而顧清河似乎已經忘記了她。

想到這一點，她腳下更快，儘管，她並不知道自己要去哪裏。

就這樣沿着腳下的路一直走，路上遇見了牽着馬的德羅。

德羅向她打招呼，她看了德羅一眼，沒有說話，而是徑直從德羅手中接過韁繩，翻身上馬，兩腿一夾，馬兒嘶叫一聲便向前跑去。

身後的德羅壓根沒有料想到這突然的變故，待反應過來之後李飛揚已縱馬跑出好遠，德羅在後面揮手叫喊了幾聲，等傳到李飛揚耳旁還沒有呼嘯而過的風聲大。

李飛揚狠力催馬，也不管要跑到哪去。就這樣一路衝出城區，踏過溪河，直到陰雨森林的邊緣。

馬蹄最終停止在那些寫滿摩尼教經文的木柵欄旁，李飛揚勒

住轡繩，翻身下馬，望着面前被阻隔的陰雨森林。她幾乎想都沒想，就翻越了木欄。

她在林立的松樹中行走，腳下踩過掉落枯死的松針，陽光幾乎全部被松樹密集的針葉阻斷，森林中遍佈潮濕的味道，松菇則生長繁多，李飛揚只是一路向森林的深處走去，同時嘴裏唸唸有詞，眼睛裏淚水漣漣。

「憑什麼……憑什麼……」因為想不通，所以唸不停，李飛揚隨手撿了一根樹枝，隨走隨揮舞着，打一些花花草草，踩一些松菇蟲蟻，像小孩子生氣一樣將怒氣隨手灑在這些不懂得反抗的生靈身上。

明明那麼渴望，明明那麼努力，可無論做什麼，你都視而不見。而黎曦呢？她明明不愛你，你全心全意幫她，那麼多日夜不眠不休，可最後換來了什麼？

李飛揚覺得委屈，為什麼海馬與鳳雕像上那道裂痕，最後卻仿佛是刻在了自己心裏。

她走着走着，終於覺得累了，便慢下腳步，想找個地方坐一會兒，這時她突然聽到了響動聲，那是一根樹枝被踩斷的聲音。

「誰？」她迅速轉過身來，幾乎是本能般地出聲，卻看見戚凡正站在離自己不遠處。

李飛揚先是鬆了口氣，隨即又一股無名火湧上心頭，正想開口呵斥戚凡嚇到了自己，卻發現戚凡正在拚命打着手勢，讓她不要輕舉妄動。

戚凡用手指小心翼翼地指了指她的斜後方，李飛揚皺了皺眉，狐疑地轉過頭，卻嚇得差點叫出聲來。

一隻巨大的黑熊此刻正凝視着她，周遭的空氣一下子變得凝

滯起來，李飛揚用雙手捂住嘴，已避免自己因承受不住恐懼而失聲尖叫。她本能地回頭看了一眼戚凡，卻發現戚凡也是站着一動不動，只是拚命給她做手勢叫她不要動。

對啊，都說熊是瞎子，不動就不會被看見。

話是這樣說，但那黑熊此刻正邁着慢悠悠的步伐不斷地靠近着自己。

就算眼神不好，這樣下去不被咬死也得被撞死吧。

站在這裏無異於等死……要麼裝死？都說熊不吃死人，但會用舌頭來舐人的臉來驗證，想到那血盆大口就在自己臉旁，李飛揚就覺得腿軟。熊如果不僅僅用舌頭，若拿那厚厚的熊掌扒拉自己兩下，就自己這小身板，不小心就得被扒拉得骨斷筋折。

或者爬樹呢？都說熊不會爬樹。李飛揚眼珠子轉了轉，四下多是松樹，黃豆般大小的汗水已經在她的腦門上出現。熊越來越近，必須得做個決斷。她轉頭想給戚凡做個手勢，卻發現戚凡已經如離弦之箭一樣向黑熊的方向躥了過去。

「快跑！」戚凡大聲喊出這兩個字，義無反顧地衝向了熊。

戚凡的舉動令李飛揚目瞪口呆，甚至忘記了要趁這個機會逃跑，被激怒的黑熊咆哮一聲，站立起來，足有兩個戚凡的高度。戚凡拔腿就跑，黑熊四肢着地，發足狂奔。

戚凡將黑熊引向了別的方向，把李飛揚留在了原地。

她沒有跑，而戚凡也跑不遠。黑熊看似笨重，實則敏捷無比，且四足狂奔，總比戚凡兩條腿跑的快。戚凡沒跑出去多遠便被追上，只能在林間繞着樹轉，以此拖延一些時間。李飛揚緩過神來，心裏突然騰起一股巨大的勇氣，她四下裏找了根木棒，又

撿起一塊石頭，撕掉長裙的裙襬，向黑熊和戚凡跑去，眼看戚凡就要避無可避，李飛揚掄起胳膊，把石頭扔了過去，正好砸到黑熊的背上。

黑熊皮糙肉厚，小小的石塊當然給它造不成什麼傷害，但已足夠吸引它的注意力，黑熊轉過頭來，李飛揚這次與熊的距離相隔不遠，她注意到黑熊的右眼上有一道明顯的刀疤，似乎這頭黑熊曾與人有過一場生死相搏。但眼下事態危機，李飛揚無暇細想，她雙手握住木棒，不住發抖，目光穿過黑熊和身後的戚凡相交。她忙使眼色，大聲說，跑啊，跑！

黑熊似乎被惹惱了，它突然咆哮一聲，震得李飛揚差點扔掉手中的木棒。黑熊轉而開始向李飛揚衝了過去，李飛揚大叫一聲，一個翻身躲過，木棒扔在一邊。黑熊一掌撲空，李飛揚爬起來就跑，黑熊緊追不捨。李飛揚瞄準一棵松樹跑去，奮力一躍，爬上一根松枝，黑熊緊隨其後，向李飛揚拍出一掌，生生將她腳下的松枝拍斷，李飛揚腳下一空，狠狠摔了下來。

這一下摔得李飛揚差點背過氣去，黑熊見獵物倒地，並不急於撲食，只是緩緩走到李飛揚旁邊，低下頭審視着她，那道眼角的刀疤此刻更顯猙獰，李飛揚嚇得花容失色，臉色慘白到極致。

沒想到最後竟然是被熊給吃了。

想到這裏，李飛揚心裏淒愴，臉上卻露出了無奈的笑容。

突然一陣密集的嗡嗡聲響起，接下來一個蓮蓬般的東西被扣到了黑熊的頭上。

那是一個蜂巢。

一個蒙面人突然出現，一把將李飛揚拉了起來，順勢將她抗

在肩上，健步如飛。黑熊咆哮一聲，烏黑的圓腦袋上已經沾染了不少蜂蜜，而這無疑使它成為了蜜蜂們的攻擊目標。

蜂羣開始拚命地叮咬黑熊，儘管黑熊身軀龐大，但面對發狂的蜂羣一時也沒什麼對策，只得忍痛奔逃。趁着這個間隙，李飛揚熊口脫生。蒙面人扛着李飛揚直跑了好遠，確定黑熊沒有追來，才把她輕輕放下。

李飛揚這時才看清楚，蒙面人用衣服把自己的臉裹得嚴嚴實實，只露出雙眼的一條縫，顯然是為了防備蜂羣的叮咬。蒙面人一圈圈解下臉上的衣物，李飛揚驚呼一聲。

「你⋯⋯你怎麼來了？」

「你搶了德羅的馬，大家都在找你。」顧清河說，語調一如既往的平靜。陰雨森林環繞遠山，而遠山邊界不齊，有一段凸出，森林便狹窄，有一段凹陷，森林便深遠，眼下他們似乎是進了一片狹窄的森林，且已到了遠山的邊緣。

顧清河眼睛望着前方森林的出口，赫然有一條小小的山路，那路上寸草不生，頗顯平整，陰雨森林將遠山與城鎮分隔開來，城鎮住人，遠山自然無人，只是這段山路卻總顯得有些不自然，給他帶來一種奇異的預感。

「我們最好快點回去，免得眾人替我們擔心。」顧清河還是收回了好奇，轉而對李飛揚說道。

李飛揚未在顧清河的語氣裏聽出一絲責備的意思，可這反而令她失落，似乎顧清河可以冒着生命危險來救她，但他給人的感覺卻像是，他可以不顧生死救任何人一樣。

戚凡不知從什麼地方也趕了過來，查看李飛揚的傷勢。李飛揚擺擺手，示意她沒事。她費力地站起，裙襬已被自己用手扯

掉，加上一路奔跑，衣服也被斜出的樹枝掛破不少，着實狼狽不已。

顧清河通過太陽位置和林中苔蘚濃密分辨方向，帶領李飛揚戚凡兩人一步步摸向森林邊緣。沿路三人一言不發，顧清河領頭，李飛揚走在中間，戚凡跟在身後。李飛揚咬着牙齒，一路上悶悶不樂，雖然剛剛熊口脫生，撿回了一條命，但心裏竟無多少劫後餘生的欣喜。眼前只是顧清河冷冷的背影，戚凡跟在最後，小心翼翼，不知是害怕那駭人的黑熊突然出現，還是害怕李飛揚又拔腿就跑，他從小伴隨李飛揚長大，最懂她的脾性。

好來一路無事，既沒再見黑熊的蹤影，李飛揚也老老實實跟着顧清河。卻不料三人剛走出森林，翻過木籬柵欄，就又看見一片黑壓壓的人羣。

確切說是兩片，各據一方，像極了兩軍對壘，連旗幟都打了出來，一面背景深藍似海，用金線繡織着海馬與龍的旗幟。一面背景淡白如雲，用紅線秀織着海馬與鳳。雷耿一方，紅袍僧衣着依舊醒目，帶領雷耿眾人，並未見族長依瑞斯的身影。瑞德一方由黎曦的三個哥哥壓陣，族長特瑞典與長女黎曦也不在陣。顧清河三人跨過圍欄，立刻引起了兩方人的側目，李飛揚衣着不整，不禁下意識用手拉了拉撕斷的裙襬，臉上火辣辣的。

德羅搶前一步，脫下自己的斗篷裹在李飛揚身上，護送她進入瑞德的隊列。顧清河轉頭看了看嚴陣以待的雷耿一方，紅袍僧如站立的火焰，他的表情隱沒在兜帽後面，深不可測。

李飛揚皺了皺眉頭，不過是尋找自己，怎麼驚動了如此大的陣勢，眼下兩家勢同水火，又在比賽的關鍵時刻，都是竭力克制，避免衝突，就為了這麼點小事，至於弄成現在這個樣子嗎？

這邊瑞德在接過李飛揚之後，便在伯恩的帶領下離開。路上李飛揚向德羅問起此事，德羅苦笑道：「我和戚凡帶着五個人找到陰雨森林邊緣，看見飛揚小姐奪去的馬在柵欄旁吃草，覺得飛揚小姐應該是進入了陰雨森林。維尼亞人人都知道森林裏有一隻黑熊，怕飛揚小姐有危險，便想進入森林搜尋，卻不知道雷耿家突然來了一羣人，由庫恩帶着，說森林裏有邪靈之蹤，木柵欄上智慧之主的咒文保護大家免受邪靈的危害，擔心進入的人多，會驚擾邪靈。我們當然不信，結果雷耿家人越來越多，我也只好派人回去報信，現在非常時刻，不能動武，大家就對峙在這裏。」李飛揚聽後，心裏泛起一絲慚愧。

　　「和飛揚小姐無關。」德羅看李飛揚面色有異，說道，「那木柵欄上的智慧之主咒文，本來就是那摩尼教祭司，庫恩自己寫的。有沒有惡魔我不敢說，但凡事和我們唱反調肯定是雷耿的既定策略。哎，眼下海馬與鳳雕塑損毀，以後還⋯⋯」德羅欲言又止，臉上爬上一絲陰影，他是黎曦最小的哥哥，一直陽光樂觀，但眼下困境，連他也愁上眉梢。

　　想到這裏，李飛揚眼前又浮現起那夜黎曦深夜出行的景象，看着一旁愁悶的德羅，李飛揚話已到喉，又生生嚥下，因為就算她和盤托出，就算她的猜想被證實，又能如何，於事無補，還要雪上加霜。

　　那股深深的無奈，又湧上心頭。

　　日上三竿，李飛揚伸了伸懶腰，揉着惺忪的睡眼爬了起來。

　　可能是昨天生死一線的折騰，反而讓她睡得格外香甜，一夜無夢，心情也好了不少。她突然又想去看看顧清河，只是想到這

個人，心裏又難免湧出一股委屈味道的悶氣。

然而，她並沒有找到顧清河。

不會又是去工坊了吧。

她這樣想，旋即又覺得不可能，海馬與鳳雕塑已毀，他還去工坊作甚。

他一個大活人，有手有腳，想去哪裏，別人自然也是管不上的。

李飛揚跺了跺腳，心裏雖這樣想，還是轉而去尋黎曦的影子，因為顧清河若是想去哪裏，最想去的，應該是有黎曦的地方吧。

就這樣尋尋覓覓，在花園尋到了黎曦，卻依然沒見顧清河的蹤影。

李飛揚心裏覺得奇怪，去工坊轉了一圈，損壞的海馬與鳳雕像此刻已經被蒙上了一層黑布，工人們三三兩兩聚在一起，臉上都寫滿了煩悶與沮喪。

就這樣一直到黃昏時分，顧清河才出現在瑞德莊園裏。

他看起來風塵僕僕，周身沾滿灰塵，李飛揚還沒來得及問顧清河去了哪裏，德羅就找到了顧清河，說特瑞典要見他。

「我得梳洗一下。」顧清河低頭看了看自己的樣子。

「請儘快。」德羅點點頭，那張曾充滿樂觀的臉上如今寫滿淡淡的憂鬱。

顧清河頷首離去，但心裏已然想到，特瑞典在這個節骨眼上見他，一定沒有什麼好事。

或者說對如今的瑞德家族，能發生的，都不會是好事。

特瑞典靠在椅子上，窗簾緊閉，陽光被阻在外。屋子裏很暗，映襯着他此時的心情。

石化症似乎有些加劇，讓他覺得行動更為不便，需要他用更大的力氣，也需要在心裏下更大的決心。

比如說決心動一動，決心走兩步，決心倒一杯水。

如此看來，石化症倒更有點像是懶人病。

他自嘲般想笑笑，可是卻感受不到嘴角的動作。笑了嗎？他在自己腦子裏想，笑了吧，起碼自己心裏想笑。

局勢已經不能再壞了，寄予厚望的海馬與鳳雕塑已毀，時間就剩下那麼一點，倉促間是可以隨便做些東西交上去，但結果是失敗無疑。若什麼都不做，也一樣是失敗。

其實無論這次比賽結果如何，特瑞典都知道自己命不久矣。

原來同是死亡，也可以天差地別。

特瑞典感覺喉嚨很癢，想咳嗽一下，卻發現最終還是沒咳出來。看來連這種表達病態的能力也石化了啊。

敲門聲。

「特瑞典閣下，我是顧清河，聽德羅說你要見我。」

顧清河進來時，特瑞典艱難地拉開了窗簾，陽光傾灑進來，周遭一下變亮了。特瑞典迎面日光，仿佛感覺到了一種溫暖，又仿佛沒有。

他轉過身來，看着被自己叫來的顧清河。

「坐。」他伸出手指了指桌前的椅子。

顧清河走近了兩步，卻沒有急於坐下，他看着特瑞典，仿佛是在觀察他一樣。

「您病了。」顧清河說。

特瑞典有些驚奇，難道黎曦已經告訴他了？

「黎曦都告訴你了嗎？」特瑞典說。

「黎曦？」聽到黎曦兩字，顧清河皺了皺眉頭，「她從沒說過，難道只有她一人知道您病了嗎？」

「你是，可以看出我病了嗎？」特瑞典問。

「我們中土行醫，講究望聞問切。觀氣色，聽聲息，問症狀，切脈相。您的氣色很差。我粗通醫術，如果願意，我可以幫您看看。」

特瑞典點了點頭，顧清河靠近了一點，示意他伸出手腕。然後將兩根手指搭在他的手腕上。

顧清河的面相逐漸凝重起來。

「是石化症。」特瑞典說，「我找人看過了，得了這種病的人，行動會越來越緩慢，最後會變得像石頭一樣。」

顧清河收回了手，沒有答話，他眉頭緊鎖，像是在思索着什麼對策。

有那麼一刻，特瑞典心裏騰起一股渺茫的希望，也許這個來自東方的年輕人可以救他，就像他救了自己的女兒一樣。

但顧清河最終還是搖了搖頭。

「結果是註定的，我已經有了覺悟，所以才沒有告訴別人。」特瑞典說，「但我現在必須要告訴你，因為已經沒有多少時間了。」

顧清河看着面前的老人，他還記得初見特瑞典時，他還是一個健碩的中年人，腰間佩戴着一把寬闊的單手劍，像是中土那些老而彌堅的將軍。而此刻這個老人蜷縮在椅子裏，高大的身材卻

仿佛空中的樓閣，時刻都面臨着鬆散垮掉的危險。

「我要感謝你。」特瑞典掙扎着想站起來，但被顧清河輕輕按住，他也不再堅持，繼續說，「你救了我的女兒，還傾力幫我們打造海馬與鳳雕像，我相信如果雕像沒有損毀，你還將拯救我們整個家族。」

顧清河沒有做聲，只是微微低了低頭，海馬與鳳雕像是他的心血，他並非不悲痛沮喪，只是覺得表露出來於事無補罷了。但眼下特瑞典提起，他當然感同身受。

「我想，你應該知道黎曦和依瑞斯之間的真相。」特瑞典說。

真相是對應謊言的，特瑞典這樣用詞，說明無論是雷耿家還是瑞德家對外宣稱的有關依瑞斯和黎曦的一切，都是謊言。

「我知道。黎曦曾經跟我說過。」顧清河直接答道。

「那你也應該知道，為何黎曦和依瑞斯之間絕無可能，無論是瑞德還是雷耿，都不會允許這樣的事情發生。」特瑞典說。

「因為兩家素來不和，彼此嫌惡，在生意上又是競爭對手。這一百年來，怕是積攢了不少仇怨。」顧清河說。

特瑞典點了點頭，「你說的只是其一，另外還有一個原因，你肯定並不知曉。因為黎曦沒有告訴你。」

「哦？」顧清河揚眉，「什麼事黎曦沒有告訴我，她為何要瞞着我？」

「她不告訴你，是因為沒有人敢告訴她。或者說，每一個人，都在拚命忘記這件事情。無論是瑞德，還是雷耿。」特瑞典緩緩說道。

顧清河聽及此言，便知道特瑞典口中的原因，既是祕密，也是禁忌。他心裏一緊，難道這個祕密和黎曦有關？

「這件事既然沒有人敢告訴黎曦，是和她有關嗎？」顧清河的聲音裏透露出一絲緊張。

特瑞典感受到了顧清河的變化，他搖了搖頭，緩緩說，「和她並沒有直接的關係。沒有人敢告訴她，是因為談論這件事情，無論是在瑞德，還是在雷耿，甚至在整個維尼亞，都是一個禁忌。」

顧清河皺了皺眉，「既然是禁忌，大人為何要對我說起。」

特瑞典說：「因為我現在要將這件事情告訴你。因為發生在黎曦和依瑞斯身上的事情，曾經也發生在別人身上。」

顧清河凜然。

特瑞典說：「在維尼亞這個彈丸之地，瑞德和雷耿相爭百年。兩家明令禁止結交，更別說相戀。但是在十多年前，這樣的事情還是發生了。黎曦有一個姑姑，她的名字叫做魯茜亞，是我最疼愛的妹妹。而藍札其實並不是雷耿家族的第一繼承人，他還有一個哥哥，名為恩斯特，是雷耿家的長子。魯茜亞和恩斯特兩人情投意合，不顧家族的反對，執意要在一起。後來恩斯特被軟禁，魯茜亞卻被強行遠嫁。卻沒料到魯茜亞在遠嫁的途中跳崖而死。得知消息的恩斯特逃出了雷耿莊園，至此音信全無……」

言及至此，特瑞典想起自己曾經最疼愛的妹妹，不禁歎了口氣。

顧清河說：「原來，早有先例……」

特瑞典說：「雷耿和瑞德註定對抗敵視，恩斯特和魯茜亞的愛情是被詛咒的，看看他們的下場。所以當我們知道黎曦和依瑞斯私通之事時，害怕發生在魯茜亞身上的悲劇重演……多虧黎曦遇見了你，否則……」

顧清河想到那艘海盜船，心裏也有點後怕。

「只是現在，詛咒似乎依然降臨在了我們兩家。藍札死了，而我也罹患絕症，命不久矣。顧清河，我想問你一個問題，你要誠實地問回答我。」

特瑞典的目光突然變得如利劍般凌厲，審視，甚至拷問着面前的年輕人。

顧清河直面特瑞典的目光，「請問。」

「你愛黎曦嗎？」特瑞典問。

顧清河萬沒想到特瑞典會突然問這個問題，他的神色甚至在那一瞬有一些慌亂，對他來說，這本來是一個不應該猶豫的問題⋯⋯如果問這個問題的不是黎曦的父親的話。

他還是鄭重地點了點頭。

特瑞典呼出一口氣，像是心裏的一塊石頭落地了一樣。

「以下的話，我希望你可以聽清楚。我要將黎曦嫁給你，你們的婚禮在三天后舉辦。你們的婚禮結束後，我將正式向雷耿家的族長依瑞斯發起決鬥的邀請。」

顧清河一凜，剛想開口，卻被特瑞典打斷。

「我知道結果。我會死在依瑞斯的劍下。我已是必死之人，希望我的這條命可以稍稍抵消藍札的死，畢竟他是被我刺傷的。」

顧清河聽了特瑞典最後的囑告，他微微搖了搖頭，「可是雷耿家不會因為您的死，而放棄對海馬與鳳形象的佔有。再說上次領主裁判，已經明令禁止近期瑞德和雷耿之間的決鬥。」

特瑞典有些許吃驚，似乎並未想到顧清河作為一個外人會對局勢的判斷如此清晰，「沒錯。藍札的死是最好的籌碼，他們不可能放棄對海馬與鳳形象的爭奪。瑞德家族的沒落已是必然，雷耿家沒有足夠的能力接盤整個瑞德的貿易，只期望以後雷耿家可

以善待我們瑞德的族人。至於領主裁判，我自有辦法。」特瑞典抬頭看了看顧清河，「你們，作為瑞德最核心的家人，我會安排好遺囑，在我死後遺囑立刻執行，帶着那些錢財，和黎曦換一個地方去生活，那些錢已夠你們衣食無憂，何況像你這樣能幹的年輕人，我相信你一定可以保護好她。」

顧清河聽了特瑞典的話，有些恍惚，這是一個將死之人最後的託付，而這份託付又恰恰是他自己內心最迫切的渴望。

「請幫我叫黎曦來。」特瑞典說，顧清河點了點頭，轉身離去。

特瑞典召開了一次祕密的家族會議。

除去最小的兒子泰盧，黎曦、伯恩、維蘭、德羅悉數出席。

特瑞典終於將自己身患石化症的消息告訴了三個兒子，他的時日已經無多。

還有他的善後計劃，黎曦嫁給顧清河，部分的家族私產分配給幾個子女。而他將正式向依瑞斯遞交決鬥書。

決鬥無疑是送死，別說身患絕症的特瑞典。就是完全健康的特瑞典，也絕不會是依瑞斯的對手。

但這就是特瑞典的計劃，如果說死亡無可避免的話，那就只能讓死亡變得更有價值。

這是作為瑞德家族的族長，最後能盡的責任。

這也是作為父親，最後能為子女做的事情。

四個子女都反對，黎曦為甚。

她心裏藏着一個見不得人的祕密。

李飛揚的猜測沒有錯，毀掉海馬與鳳雕像的，確實是黎曦本人。

因為她和依瑞斯私下裏有一個約定。

她幫助依瑞斯贏得比賽，而依瑞斯承諾善待瑞德的族人，並且娶她為妻。

畢竟當海馬與鳳紋章屬於雷耿家族的那一刻，從某種意義上來說，是雷耿家族吸收了瑞德家族，他們的聯姻不再是仇敵之間不容允許的婚姻，相反還會受到一心想要整合兩大家族勢力的領主的支持。

黎曦的心裏一直覺得有愧於依瑞斯，她後來知曉，在藍札被自己的父親刺傷後，暴怒的依瑞斯曾有機會當場奪取特瑞典的性命。

他已經將劍架在了特瑞典的脖子上，但終究還是沒有下手。

因為他也知道，如果他砍下這一劍，他和黎曦之間，就再無可能了。

無論如何，依瑞斯失去了父親。她總覺得，這是她欠他的。

無論如何，她還是想和他在一起。她總覺得，事情到了這一步，這已經是最好的解決方案。她相信在依瑞斯的干預下，就算起初瑞德成為了雷耿的下屬，但隨着他們的結合，兩家和平共處，甚至合作繁榮的那一天會到來。

為了這個美好的願景，勢必要伴隨着犧牲。

她已經決定犧牲掉自己的家族，只為了以另一種形式達到和平。

但她沒有想到，父親特瑞典竟會做這樣的安排。

他和三個哥哥都在極力反對，但他們都知道，他們的反對無法改變特瑞典的決定。甚至他們內心裏也知道，在註定一敗塗地的情況下，這是最好的善後措施。如果傷口註定不能痊癒，能做的也只有止血。

有那麼一刻，黎曦甚至想要將自己與依瑞斯的約定喊出口來。

但她還是控制住了自己，畢竟，她的所作所為，無論是出於什麼樣的考慮，她都背叛了自己的家族。而眼前所有的困境，似乎都是源於她的背叛。

爭執到最後變成了沉默，沉默到最後變成了默認。

這一年來，黎曦覺得自己經歷了無數次黑暗的一天。

但今天，無疑是最黑暗的一天。

沒有之一。

第二十章

　　雷耿莊園裏一片歡騰之勢。

　　瑞德的雕像遭受了致命的損毀，消息如同長了翅膀一般在維尼亞傳遍開來。本來勢均力敵的兩家突然變得強弱懸殊。如果說之前整個維尼亞上空都停留着烏雲的話，那如今所有的烏雲都飄向了瑞德那邊，雷耿的頭頂撥雲見日，陽光普照。

　　長桌上擺滿了美味珍釀，雷耿家眾人也是喜樂融融，若不是老族長新去，否則晚餐早就變成了晚宴。然而在一片歡騰的氣氛中，坐在主座的依瑞斯卻全無喜悅之色，只見他一直用手撐着腮幫，似乎是在沉思着什麼，對面前歡騰的氣氛視而不見。另一個不形於色的是紅袍僧庫恩，他就坐在雷耿的右手下座，此刻正在靜靜地切割着盤子裏的食物，這叔姪兩人無疑是雷耿家最具分量的兩人，但對這驚天的喜訊，兩人卻不約而同保持了相同的姿態。

　　「依瑞斯似乎不是很開心。」

　　「也是啊，雖然這次一舉擊垮了瑞德，可畢竟父親剛剛故去……」

　　「不過我們和瑞德糾纏百年，終於要徹底擺脫他們了啊。」

　　「瑞德的雕像意外被毀，看來上天還是拋棄了瑞德，選擇了我們雷耿啊。」

　　依瑞斯皺了皺眉頭，顯然注意到了桌上的竊竊私語。他覺得

煩躁異常，這些人根本不知道發生了什麼，卻認為這是上天的眷顧？依瑞斯雙手扶着桌面，撇開椅子站起，眾人注意到依瑞斯，紛紛停下私語，好奇地看着他。依瑞斯一言不發，扭身離去。只留下眾人面面相覷。

依瑞斯回到房間坐下，窗外月光皎潔，星辰閃爍，海風吹進來，帶來鹹濕的溫暖觸覺。飯桌上族人的私語聲又在耳邊響起，贏了嗎？就這樣擊敗了家族百年來的宿敵，讓海馬與龍和海馬與鳳這場不見銷煙的戰爭畫上了句號。從此雷耿將一統維尼亞的貿易網絡，海馬與龍的紋章將橫行整個地中海，甚至遠銷到熱那亞、里斯本。可是勝利的代價呢？是父親的故去，是對愛人的欺騙？自己一直以來都對雷耿和瑞德的鬥爭持以反對的態度，可眼下自己卻搖身一變為自己討厭的人。

敲門聲不期而至，依瑞斯打了一個激靈，從紛繁的思緒中回到了現實。他咳嗽了一聲，說進來。門應聲而開，一片紅色進入了房間。

是叔叔庫恩。

依瑞斯並沒有起身，他只是坐着，微微仰頭看着紅袍僧，自打記事以來，庫恩的面龐便長年躲在兜帽之後，沒有人見過兜帽後的臉，那裏就像一團迷霧，一處黑色的神祕漩渦。

「你似乎並不開心。」庫恩說。

「父親故去不久，這應該不是開心的時候。」依瑞斯聲音冰冷，不含一絲感情地說。

「雷耿和瑞德之間的紛爭已經延續百年，而現在即將終結在你的手上。家族將走上一個全新的台階，維尼亞將產生新的格局。這些應該對你的悲傷有些寬慰。」

「你知道，我從來就不贊成這種對立。」依瑞斯說。

「而現在你親手終結了這種對立。」紅袍僧說。

「但是父親也不會回來。」依瑞斯說，「榮光可以福澤還活着的雷耿，卻照不進他深埋地下的墓穴。」

「如果沒有黎曦，你會如何選擇？」紅袍僧問。

「我想寄一封戰書給特瑞典，在決鬥中用劍割斷他的咽喉。」依瑞斯說，「為我的父親報仇。」

「特瑞典不會接受你的挑戰。」紅袍僧說，「在維尼亞沒有人會蠢到和你依瑞斯刀劍相向。當然，除了瑞德家那個蠢小子泰盧，可就算愚蠢如他，也知道花錢僱來聲名狼藉的白駱團。但你知道，復仇的方式並非只有單純的眼還眼，牙還牙，讓瑞德家族在特瑞典的手裏衰敗，這已足夠他餘生活在痛苦之中。」

「可我更希望可以這樣乾脆的了斷。」依瑞斯的聲音裏瀰漫着一種固執。

「始終覺得自己用父親的死作了籌碼嗎？」紅袍僧問。

依瑞斯不語。

「還是……覺得自己用了不光彩的手段贏了比賽。」

依瑞斯抬頭，看着紅袍僧。他的目光中充滿了痛苦，雷耿家的天之驕子，高尚又驕傲的依瑞斯，現在所做的每一件事情，都違背了他曾經的原則。

「這不重要。」依瑞斯目光中的痛苦仿佛瞬間被融化的冰塊一樣消失無蹤。

紅袍僧點了點頭，轉身離去。

依瑞斯鬆了口氣，癱坐在椅子上，似乎就是在剛才那一瞬，有些閃光的火焰被他撲滅了，只剩下火焰被撲滅時四散的火星。

周遭突然黯淡了下來，襯托着這些四散的火星刺目般明亮。

　　深夜，巨大的橡樹下，黎曦焦急地等待着依瑞斯。

　　父親的安排完全打亂了她和依瑞斯的計劃。她已經作出了巨大的犧牲，可如果父親向依瑞斯發起決鬥，那麼她的犧牲將變得毫無意義。如果父親死在依瑞斯的劍下，就算父親是心甘情願，可她也無法再和一個殺死自己父親的人相愛。

　　黎曦來回踱着步，像一隻熱鍋上的螞蟻。

　　腳步聲傳來，黎曦循聲轉頭，依瑞斯的身形走橡樹的陰影下走出，步入了月光中。

　　黎曦忙走上去，一把抱住依瑞斯。

　　可能是壓抑了許久，黎曦在依瑞斯的肩頭小聲啜泣了起來，眼淚湧出眼眶，依瑞斯面如止水，緩緩伸出手搭在黎曦的肩頭。

　　可能是感覺到了依瑞斯的冷漠，黎曦覺得氣氛有些不對，她抬起頭，看着依瑞斯，月光下他的臉英俊無比，可又好像有些距離，水中月，鏡中花一般。

　　「我父親他……患了不治之症。」黎曦說。

　　依瑞斯神色一變，這個消息出乎意料。

　　「是什麼病？」依瑞斯問。

　　「石化症。」黎曦回答。

　　「石化症……據我所知，這種病極稀少，卻無治癒的可能。」

　　「是……他的時日已經無多。」黎曦表情痛苦地說。

　　「……」依瑞斯心裏有點五味雜陳，他能感受到黎曦的痛苦，但他卻無論如何無法對特瑞典生起憐憫之心，畢竟特瑞典是他的殺父仇人。

「而且，海馬與鳳雕像已毀，家族已無力與雷耿家抗衡。父親已經立下遺囑，他想向你發出決鬥，然後⋯⋯然後死在你的手上。」

「死在我的手上？」

「是的，他說你父親之死，他難辭其咎，希望這樣可以化解你心裏的仇恨⋯⋯」黎曦說。

依瑞斯皺了皺眉頭，顯然沒有預料到事情會向這個方向發展。

「而且，他還要將我⋯⋯」黎曦咬了咬嘴唇，終於還是和盤托出，「嫁給顧清河。」

黎曦說完這句話，本以為依瑞斯會跳起來反對，卻不料依瑞斯只是眉頭微皺，不知道在思量着什麼。黎曦的心裏油然而生一顧失落的感覺。

「你怎麼想的？」良久，依瑞斯才開口。

「我怎麼想的，難道你不知道嗎？」黎曦脫口而出，聲音裏都是委屈。

「那你希望我怎麼做。」依瑞斯問，「拒絕決鬥邀請嗎？」

「我父親他本來已經時日無多，就算你真的恨他入骨，也沒有必要和他決鬥。如果父親真的死在你的手裏，我們又該如何面對彼此。我已經親手毀了海馬與鳳雕像，整個瑞德家族的興旺，難道都抵不了你父親的英靈嗎？」

依瑞斯看着激動的黎曦，他的神情不為所動，依然如寒冰一般。

「瑞德的衰老，即是雷耿走上輝煌。所以你也認為，可以用這種東西，來換人的生命嗎？人的生命，可以作為籌碼嗎？」依瑞斯輕聲反問。

黎曦楞了一下，她有些不明白依瑞斯的意思，但依瑞斯的態度突然令她覺得骨裏發寒。

　　「你⋯⋯你到底什麼意思。」黎曦的聲音有些發抖。

　　「你父親要把你嫁給顧清河是嗎？」依瑞斯問。

　　「是⋯⋯可我不會同意的。」黎曦說。

　　「為什麼不同意呢？」依瑞斯問。

　　依瑞斯的又讓黎曦楞了一下，她無論如何想不到依瑞斯會問她這樣的問題。

　　「我為什麼不同意，你還用問我嗎？」黎曦的聲調裏已經有了惱怒。

　　「可你如何拒絕呢，你父親時日無多，不久就會離開這個世界。他的遺命，你又有什麼資格去拒絕。顧清河救過你的命，還為你們家族鞍前馬後，雕刻出遠超你們家族工藝的海馬與龍雕像。你不嫁給他，總要說出一些讓你的族人信服的理由。」

　　「你明明知道。」黎曦的聲調因怒火而拉高，「我不喜歡顧清河，這就是理由。我喜歡的是你，這就是理由！」

　　依瑞斯努了努嘴，「你不喜歡顧清河，這麼任性的理由，恐怕無法服眾。至於你喜歡的是我，你又如何能對你的族人說得出口。」

　　「你！」黎曦徹底被依瑞斯激怒了。

　　「我們是不可能的。」依瑞斯淡淡地說，「瑞德家族即將傾覆，敗在雷耿家的手上。就算你到時可以不顧四散的瑞德族人與我在一起，雷耿家也不會同意這門婚事。我新晉族長，有很多事自己也無法完全做主。」

　　依瑞斯說得輕描淡寫，黎曦聽來卻是五雷轟頂。她無論如何

都想不到，在她毀掉海馬與鳳雕像後，依瑞斯竟然會說出這種過河拆橋的話。

「那……那我們之前的協議……」黎曦的聲音在發抖。

「瑞德的工匠們如果願意為雷耿效力，我會善待他們。也會約束族人，不去為難他們。」依瑞斯說。

「那我們呢……我呢？」

「我希望你聽你父親的話，嫁給顧清河。我相信他會照顧你的。如果可以，最好走的越遠越好。我們的協議依然有效，雷耿家族會善待瑞德克家族的從屬們。」

一聲清脆的耳光在寂靜的夜裏響起，憤怒的黎曦衝上前去打了依瑞斯一個耳光。

黎曦眼裏含着淚控訴道：「我沒有想到你竟然變成了這種人！」

依瑞斯：「我們都變了，不是嗎？」

黎曦又舉起了手，依瑞斯絲毫沒有躲避的意思，他只是靜靜看着黎曦，盡力克制的皮囊下依然露出了動搖的神色。那是什麼呢？是軟弱，是委屈，是堅持，是羞愧，是兇狠，是絕望。

黎曦放下了手。

「我們不會再見了。我也不會把瑞德百年的基業就這樣拱手讓給你。」

黎曦轉身，決絕離去。

她踩過的草地，上面閃爍着晶瑩的光亮。是深夜的寒露嗎？

又或者是眼淚。

第二十一章

工坊裏，顧清河靜靜坐在毀壞的海馬與鳳雕像前，看着那些被火藥破壞的羽毛發呆。

猝不及防，一切就變成了這個樣子。瑞德似乎敗局已定，作為族長的特瑞典身患不治之症，他決定放棄自己的生命，也決定放棄瑞德家百年的基業，只為了可以給孩子們一條出路。

將自己的掌上明珠黎曦嫁給自己這個東方來的水手。

他又抬頭看了看海馬與鳳雕像，這個他窮盡心血，一刀一鑿刻出來的作品，如今仿佛被火燒光羽毛的鳥，醜陋而刺眼地擺放在那裏。

他感受到另一種巨大的波動引亂着他的情緒。

是遺憾，是不甘心。

並不是憤怒破壞雕像的人，而是無法忍受美麗的事物如此消殘，還是自己親手打造的。

工坊的門突然被推開，月光如水銀一般泄了進來。

顧清河抬起頭，看見黎曦大踏步向他走來。

顧清河不由站了起來，黎曦徑直來到他的身前停下。

黎曦的臉上還帶着淚痕，但她的表情卻從來沒有如此的堅毅過。

黎曦抬頭看了看海馬與鳳的雕像。

「離截止日期還有十七天。」黎曦說。

顧清河不懂黎曦的意思，只是看着她。

「我們再做一個新的作品出來。」

黎曦的語調，斬釘截鐵。

特瑞典結束了自己的午睡，從牀上爬起來，艱難地來到窗前的椅子上坐下。午後的陽光溫暖，照在身上暖洋洋的。特瑞典靠在椅子上，享受着他生命中最後一段的陽光。

有人推門而入，特瑞典有些訝異，沒有人膽敢不敲門便進入他的房間。他轉過頭去，看見女兒黎曦正看着自己。

「為什麼不敲門。」特瑞典問。

黎曦突然上前一步，半跪着蹲在特瑞典身旁，握住他的手。

「父親，我和顧清河決定再重新製作一個雕像參加比賽。請你放棄向依瑞斯發起決鬥的念頭。」

特瑞典看着女兒熾熱的目光，心裏一暖，但也只能淡淡搖了搖頭，歎了口氣。

「沒有時間了。你我都知道這點。」

「不，還有十七天，十七天足夠了！」

「重新製作海馬與鳳雕像，最少要一個月的時間。而且石材要重新運來，路上就要二十天的時間。這不可能完成。」

「那我們就做一個小一點的……」黎曦還待爭辯，特瑞典卻伸手打斷了她。

「我們的勝算渺茫。就算贏了雷耿家，我也依然不久人世。我橫豎都要走的，不如走得有價值一點。如果我的死可以抵消雷

耿家的戾氣，就算最後比賽確實僥倖贏了雷耿，對你們也沒有損失。」

「可是——」

「這件事不要再提了！」特瑞典突然升高了語調，「我已經寄出了給依瑞斯的戰書。」

黎曦驚愕無比。

「可是……可是……不要是要等婚禮過後——」

「我怕我沒有時間了。」特瑞典用一種悲哀的眼神看着黎曦。

黎曦的神色黯淡下去，眼淚在眼眶中打轉。

雷耿家，依瑞斯在臥室裏，手上拿着印有海馬與鳳紋章的信件。

是一封戰書，來自瑞德家的族長，特瑞典。

雖然已有準備，但當真正收到戰書的時候，依瑞斯還是覺得心情異樣，有一種說不出的感受。

這是一份來自殺父仇人的邀請，邀請他親手殺掉自己，只希望可以抹平他的怨恨。

可是特瑞典已經身患石化症，時日無多，他本來就是要死的，現在把命送給自己，卻妄想可以洗刷自己的罪惡。如果不是特瑞典那一劍，自己的父親，本來是會活下去的。

「接受決鬥，殺了他，為自己的父親報仇。」

一個聲音在依瑞斯的腦海裏鼓動着。

「可他是黎曦的父親，他本來就要死了，瑞德家族即將傾覆，如果真的把劍刺進一個將死之人的喉嚨，又有多少意義。更何況，她還是黎曦的父親。」

另一個聲音在依瑞斯的腦海裏響起。

「況且，黎曦會損害海馬與鳳雕像，是和你約定好的。你已經背信棄義，為何還要趕盡殺絕？」

依瑞斯皺起了眉頭。

他的神色變的痛苦起來，他本是一個高尚的人，而如今仇恨和利益卻將他變成了一個自己曾為之唾棄的人。

敲門聲響起，依瑞斯說：「進來。」

門開了，有人走了進來。

依瑞斯沒有抬頭便知道來人是叔叔庫恩，雖然紅袍僧走路寂靜無聲，但他已和自己的叔叔足夠熟悉。

「我聽說你收到了特瑞典的戰書。」紅袍僧說。

依瑞斯將戰書輕輕放在一旁的桌子上，算作是對紅袍僧的回答。

「特瑞典這樣做無異於自尋死路。真不知道他為何會有這樣的想法。」紅袍僧的語氣裏罕見的帶着一絲疑惑。

註定失去的東西，不如拿來做一些交換，哪怕是生命。

但依瑞斯並不想告訴紅袍僧真相，紅袍僧並不要求他做任何事，他總是在他猶疑的時候出現，不動聲色地遞給自己一個選擇。仿佛紅袍僧真的通曉神靈，洞悉一切一般。依瑞斯知道紅袍僧站在家族的立場，像所有成熟的大人一樣，他們甚至可以為了大局而犧牲自己，就更別遑論犧牲別人了。

「我也不知道。」依瑞斯淡淡地說。

「那你打算接受特瑞典的挑戰嗎？」紅袍僧問。

「我也不知道。」依瑞斯輕聲呢喃了一句，不知道是回答，還是僅僅重複了上一句話。

黎曦來找顧清河，告知了父親的頑固態度。

　　「選擇並接受自己的死亡方式，需要最大的決心。他不願改變想法，是因為他一定已經用了很久的時間來說服自己。」顧清河歎了口氣說。

　　「不，我不能眼睜睜看着自己的父親去送死。不能把瑞德的百年基業就這樣拱手讓人。」黎曦的語調裏出現了一種前所未有的堅決。

　　顧清河看着黎曦，腦海裏浮現出李飛揚的話。李飛揚告訴顧清河是黎曦毀壞了海馬與鳳雕像。顧清河不相信，雖然連他自己都不知道，是不敢相信，還是不願相信。

　　「所以你心意已決。也絕對不會放棄的對嗎？」顧清河問。

　　「絕不放棄。」黎曦背對着顧清河說。

　　顧清河注意到黎曦的雙拳緊握，整個身體都在微微發抖。顧清河走過去，看見眼淚從黎曦的下巴一滴滴掉落在地。

　　黎曦拚命想要忍住自己的哭泣，終於變成了一陣陣讓人心碎的啜泣聲。

　　顧清河將手搭在黎曦的肩膀上。

　　「我知道你的心意了。」顧清河溫柔地說，「放心，你想要的一切，就是逐日奔月，我也定會為你取得。」

　　黎曦聽見顧清河的話，腦海裏回想起夜晚的橡樹陰影下，依瑞斯冰冷的言語和冷漠的臉。

　　黎曦顫抖了一下。

　　真是一個天上，一個地上，卻奈何世人總是望着天上，忘了地上。

「出去！」特瑞典咆哮着，伯恩、維德、泰盧三兄弟被父親的怒火趕出了房間，迎面碰上了前來的黎曦和顧清河。

「姐姐，父親根本不聽我們的，你一定要說服他，放棄和依瑞斯的決鬥啊。」泰盧的聲音裏帶着哭腔。

「我知道了，放心。」黎曦撫摸着弟弟的頭，和兩個哥哥點頭交換眼神。

伯恩和維德帶着泰盧離去，黎曦和顧清河站在父親的門口。

黎曦輕輕敲了三下門。

「我說了讓你們出去！」特瑞典的怒吼聲從房間裏爆發了出來。

黎曦嚥了嚥口水，「父親，是我。」

房間裏沒了聲音，黎曦舉起手，不知是否要再繼續敲門。

「大人，我是顧清河。」一旁的顧清河突然開口，「有事想和您商量。」

顧清河的話同樣如石沉大海，兩人站在門口靜靜地等着，時光仿佛在這一刻被拉得格外漫長。

「進來吧。」特瑞典的聲音終於響起，黎曦和顧清河互視一眼，推門而入。

「如果是有關決鬥的事情就不要再提了。」特瑞典的聲音裏透露出一股疲憊。

「父親，請再給我們一個機會。」黎曦懇求道。

「我記得我上次和你說過，這件事不要再提了。你，還有你的哥哥們到底清不清楚現在的處境。」特瑞典用蒼老的眼神看着黎曦。黎曦心裏一痛，自記事以來，父親一直是以偉岸的身軀和絕對的權威出現在自己面前，她從來沒有想到有一天父親會蒼老成

這個樣子，像一個無助卻倔強的孩子。

「大人，還有時間，現在放棄還為時過早。」一旁的顧清河冷靜地支援道。

「我心意已決。」特瑞典說完眼神停留在黎曦身上，又看了看顧清河，「婚禮後天舉行，見證你們的婚禮以後，我就會完成自己的道路。」

「父親！我 ——」黎曦的話到喉口，突然想到了顧清河還在旁邊，便話鋒一轉，「有些事我想和您單獨談談。」

特瑞典和女兒對視，黎曦的眼神堅決，甚至帶着一種乞求。一旁的顧清河心裏卻動盪起來，顯然，黎曦想和特瑞典私下相談的事情與婚禮有關。

黎曦答應要嫁給自己了嗎？她並沒有明言相告，哪怕在她斬釘截鐵地跟顧清河說要重塑雕像之時，也沒有順勢提起兩人的婚禮一事。顧清河突然覺得臉上有一股火辣辣的疼痛之感。

「我先出去一下。」顧清河說，特瑞典還想要說些什麼，但顧清河已經行禮離去，他走出房間，關上房門，將特瑞典父女留在房間裏。

「你想說什麼？」特瑞典問。

「父親，顧清河救了我的性命，也盡心盡力幫助家族。我對他擁有無限的感激，但我清楚，這並不是愛情，我……我不愛他。」黎曦說。

特瑞典眯起眼睛，看着面前惴惴不安的女兒，不覺在心裏歎了口氣，他當然知道黎曦喜歡的是誰。而很快，他卻要死在這個女兒深愛的男人手上。

「家族走到這一步上，難道不是因為你的愛情嗎？」特瑞典

說，「因為你一己之私的愛情，增加了雷耿和瑞德兩家多少傷亡。現在家族大廈將傾，都到了這個時候，你還要繼續任性下去嗎？」

特瑞典的話如利劍一樣刺痛黎曦的心。平心而論，她之前從未覺得自己和依瑞斯相愛有錯，相反他們都認為兩個家族之間彼此的仇視才是錯的，哪怕她在海盜船中身陷囹圄，也依然對她和依瑞斯的事情無怨無悔。然而此刻，依瑞斯卻利用了她，背棄了她……

眼淚不自覺從黎曦的眼眶中流出，特瑞典並不知道女兒的心事，還以為是自己話說的太重，心裏也不禁感到過意不去。

「父親，你讓我嫁給顧清河可以。」黎曦開口。

特瑞典不語，等着黎曦後面的話。

「但你必須放棄和依瑞斯的決鬥。」黎曦說，「再給我們一個機會，我們不一定會輸。」

特瑞典看着女兒淚雨梨花的臉，雖然知道自己正在逐漸變成石頭，但這一刻心卻似乎逐漸變軟了。哪怕自己的父親終將逝去，但也不願看見自己的父親死在昔日的愛人手上，這是人之常情，他何嘗不懂，只可惜，男人在這世上，總是要承受很多人情之外的事物。

「你和顧清河可以開始重塑雕像的工作。」特瑞典說，「但是，有些事我必須去做。這是我身為瑞德族長的責任。」

「這是我的責任。都是我的錯，是我一意孤行，是我認人不淑，才害得家族走到如今的地步。如果依瑞斯父親的死一定要算在瑞德頭上，那也應該是由我去和他決鬥，由我去抵命！」黎曦的聲音也因為情緒的激動而高漲起來。

「夠了！」特瑞典厲聲制止，隨即卻虛弱地咳嗽起來，黎曦忙過來拍父親的背。

特瑞典抓住黎曦的手腕，這隻手在出生時就曾被他握在手心，而此刻他卻悲哀地發現，自己竟感受不到任何溫度，是啊，自己就快變成石頭了啊。

「人這一生，總有很多不得不做的事情。你還年輕，未來的路還很長，有顧清河陪着你，我相信他能照顧好你。我知道也許現在你並不愛他，但我希望在未來的某一天，你會愛上他，從此過上幸福的一生。」特瑞典緩慢地說，這是他作為父親所能最後給到女兒的祝福。

黎曦的眼淚滴落下來，掉在特瑞典的手上。

他的手沒有任何知覺，仿佛黎曦的眼淚是掉落在一塊與己無關的巖石上一般。

但他的心裏，卻能感受到眼淚一滴一滴，像是擊穿石頭的水。

黎曦告別父親，離開房間。看見顧清河站在房間的迴廊處，雙臂前伸靠着欄杆，似乎在思索着什麼。黎曦用手背擦乾眼淚，整理了一下面容，走向顧清河。她努力想讓自己的步伐輕盈，以此來掩飾剛剛巨大的情緒波動。她徑直走到顧清河身邊，但顧清河卻沒有回頭。

「父親答應讓我們重新開始製作雕塑。」黎曦說，「總算是一個好消息。」

顧清河點點頭，沒有回話。黎曦有點不安，她能感受到氣氛的尷尬，仿佛空氣中的溫度都突然降了下來一樣。

但是她不知道的是，眼前沉靜的顧清河，此刻心裏的思緒卻

仿佛翻江倒海。

因為他剛才在門外，聽見了黎曦和特瑞典的爭吵。他親耳聽見她說，她並不愛他。

他一直是知道的，黎曦愛的人是依瑞斯。他心裏並沒有怨恨，也接受這個事實。只是，當黎曦在工坊哭泣時，他記得自己的手輕輕搭在黎曦肩膀上時，黎曦顫抖了一下，那一刻，他有種奇異的感覺，似乎黎曦被他感動了，願意接納他。但現在看來，可能那僅僅只是黎曦身體的本能反應，她排斥他。

「還有，父親說我們的婚禮在後天舉行。因為現在是非常時期，所以可能會簡陋一些，希望你不要介意。」黎曦說。

「嗯。我知道了。你接下來要去哪？」顧清河問。

「我想去找哥哥們，讓他們為重啟雕塑開始準備工作。」黎曦回答。

「好……我有些累，想回房休息一下。晚飯見。」顧清河說。

黎曦楞了一下，對顧清河突然冷淡的態度有些措手不及，但她沒有多問，和顧清河道別後便匆匆去找伯恩他們。

顧清河看着黎曦消失在視線裏，轉身向特瑞典的房間走去。

房間裏的特瑞典艱難地給自己倒了杯酒，然後一飲而盡。索性身體裏還是血肉，灼燒的感覺一如既往。

房門被推開了，特瑞典有些驚奇，在想到底是誰竟然敢不敲門便徑直走進房間。待他回頭時發現房門已經閉上，而顧清河已經站在他面前。

「大人，有兩件事情，請您務必答應。」顧清河說。

特瑞典皺了皺眉頭，顧清河的聲音裏帶着一股不容置疑的語調，與其說是請示他的意見，更像是在命令他一般。

「你先告訴我是什麼事情。」特瑞典說。

「請先取消黎曦和我的婚約。」顧清河說。

特瑞典一楞，顯然沒有想到顧清河會這樣說。

「可是……為什麼？」特瑞典問，「你不喜歡黎曦嗎？」

「我喜歡黎曦。」顧清河回答，「但是我知道黎曦喜歡的並不是我。」

「她喜歡的那個人，和她永遠都沒有可能！」特瑞典說。

「那是他們的事，我只要知道的是，黎曦並不愛我。如果她並非心甘情願的嫁我為妻，我既已知道真相，自己也不會為此感到快樂。那麼這樣的婚約，解除也罷。」顧清河說。

「可是——」特瑞典陷入了踟躕。

「再說，黎曦是您的女兒，可是我，終究是一個過路人。退一步講，您能讓黎曦嫁給我，卻無法逼我娶黎曦，不是嗎？」顧清河說。

特瑞典一楞，沒有想到顧清河竟會軟硬兼施。良久，他歎了口氣。顧清河知道這已是特瑞典的回答。

「第二件事是什麼？」特瑞典問。

「請您放棄和依瑞斯的決鬥。」顧清河說。

特瑞典皺起了眉頭，心中不悅。

「由我來和依瑞斯決鬥。」沒等特瑞典開口，顧清河已搶先說道。

特瑞典不可思議地看着顧清河。

第二十二章

「不行，絕對不行！」在顧清河的房間裏，李飛揚大叫着。

「是啊顧大哥，你為什麼要這樣做。」就連平日裏沉默寡言的戚凡，此刻也忍不住問顧清河。

「那個依瑞斯人高馬大，聽說劍術之高絕，在維尼亞無人能出其右。你曾與之交過一次手，你自己都說此人武力在你之上。眼下你自願代替特瑞典和他決鬥，為什麼要做這種凶多吉少的事情。」李飛揚問。

「他比我強壯，可我比他靈巧。他力氣大，我速度快，為什麼就一定是凶多吉少。」顧清河淡淡反駁道。

「比武的事情我沒你懂。可這種決鬥不是以武會友，點到為止。我都親眼見過幾宗瑞德和雷耿之間的決鬥，白刀子進，紅刀子出，是會死人的！」

「死的未必是我。」顧清河說。

李飛揚眯起了眼睛，「難道你是想殺了依瑞斯嗎？為什麼，就因為他是黎曦的情郎，你想殺了他以後，斷了黎曦的念想嗎？」

顧清河看着李飛揚，竟一時不知如何回答。他願代特瑞典出戰，是不想讓黎曦傷心。畢竟對黎曦來說，比起特瑞典，他這個外人其實無足輕重。但此刻被李飛揚這麼一說，隱匿在顧清河內

心裏的念頭似乎被掘土而出。

依瑞斯與他無冤無仇，但他終究對這個人心生厭惡。

因為黎曦，兩個愛上同一個女人的男人，勢必會成為彼此心裏的一根刺。

見顧清河沉默，李飛揚的心裏突然痛了一下，因為她絕想不到自己敬重，深愛的顧大哥，竟然會是一個因為妒火，竟想殺死情敵的人。震驚之餘，又想到顧清河寧願與依瑞斯決鬥，哪怕冒着死在依瑞斯之手的風險，也不願意回頭看看，看看為了他拋棄一切，遠走他鄉的自己。

李飛揚和黎曦相比，真的就是這麼一文不值嗎？

「顧大哥，你這樣做根本不值得！黎曦她……她一直和依瑞斯在郊外的像樹下私會，海馬與鳳雕像就是她親手毀壞的！」李飛揚忍不住大聲說。

顧清河的面容只是微微一變，而一旁的戚凡則是驚愕地長大了嘴巴。

「我不知道她和依瑞斯之間有什麼交易，但是她親手毀壞了你夙興夜寐，殫精竭慮的雕塑。而你這麼累，這麼辛苦，卻完全是為了幫她瑞德一家。她卻視你的辛勞如無物，視自己家族的興衰於不顧，只為了自己和一個男人的私情，這樣的女人到底有什麼好？值得你為了她去冒這麼大的風險！你救過她的命，現在還要為她不要自己的命嗎？」李飛揚越說越激動。

顧清河依舊沉默。

「我之前就提醒過你，可是你壓根就不聽我的話。來，我給你看證據。」李飛揚一把拉住顧清河的手腕。

花園牆角，李飛揚向顧清河展示牆洞。

「這個牆洞通向外面，依瑞斯會將字條留在牆洞內給黎曦信息，黎曦的回信也會放在裏面。她會踩着這個牆洞翻牆出去。」李飛揚說。

戚凡上去查看牆洞，「這上面有鞋印！」

顧清河望了望牆洞上的鞋印，依然默默不語。

李飛揚過來拉住顧清河的胳膊，「走，我帶你去郊外的橡樹。」

顧清河說：「不用了。」

李飛揚說：「你到現在還不願意相信我？」

顧清河說：「信與不信都不重要，我心意已決。現在是瑞德的非常時期，無論你有什麼猜測，覺得自己掌握了多少證據，都請你能守口如瓶。」

李飛揚說：「你擔心我將黎曦見不得人的事情捅出去？你到現在還只為她着想？」

顧清河說：「無論海馬與鳳雕像是否黎曦毀壞，現在都木已成舟。瑞德大廈將傾，人心惶惶，就算你能讓黎曦承認這一切是她所為，又有什麼意義。海馬與鳳雕像也不可能變得完好如初。」

李飛揚說：「可她犯了這麼大的錯，難道就不該受到責罰嗎？」

顧清河腦海裏一閃而過那夜在工坊，黎曦斬釘截鐵地跟他說要重塑雕像，他本來也覺得黎曦那夜有些反常，似乎是受了什麼刺激。現在看來，若真如李飛揚所說黎曦和依瑞斯一直暗中來往，那一定是他們兩人之間出了什麼問題……

「黎曦是瑞德家的大小姐，她毀壞了自己家族的雕像，你作為外人，何必懲罰於她？」顧清河說道。

李飛揚皺了皺眉頭，顯然沒有料到在鐵證面前，顧清河竟公然不分是非，祖護黎曦，當下又搶白道：「可那是你的辛勞所致，我，我怎麼能看她為了別人如此糟踐你的心血。」

顧清河說：「如果我鬱憤難平，你要為出頭，我自是感激不盡。可現在我話已說明，也請你能尊重我的意思。你若真的為我好，就請守口如瓶，不要再在這個節骨眼上多生事端。清河謝過飛揚小姐的大恩。」

李飛揚聽顧清河這樣說，氣得臉都漲紅了起來。顧清河知道李飛揚也是為他好，心裏一軟，拍了拍李飛揚的肩膀。

「好了。我有事要做，今天暫且如此。飛揚，謝謝你一直以來惦記着顧大哥。」

聽到顧清河柔聲勸慰，李飛揚感覺鬱結在心的怨氣突然散去不少。下一刻又覺得自己真是沒有出息，只消得他對自己一點好，自己便從病入膏肓至百病全消一般，想到這裏，又覺得喪氣得緊。

「現在多事之秋，咱們寄住在瑞德家，又替他們做事，出門小心，不要和雷耿家的人起了事端。我還有事要做，戚凡，照顧好你家小姐。」顧清河說。

戚凡說：「放心吧顧大哥。」

顧清河點頭離去，李飛揚看着顧清河的背影越來越遠，不禁氣得跺了一下腳。

戚凡去拉李飛揚的袖子，被李飛揚甩開。

「走開！」

「可是顧大哥要我……」

「顧大哥是大哥，我就不是小姐了嗎？走開！」李飛揚氣呼呼地說。

雷耿莊園，依瑞斯的房間。

紅袍僧拿出一柄寶劍。劍鞘上有海馬與龍的雕紋，而劍柄則盤繞着一條龍。

依瑞斯認得這把劍，這是父親藍札的佩劍。

「你是你父親的兒子，也是現在雷耿家族的族長，這柄劍理應交於你。」紅袍僧說。

依瑞斯無言地接過長劍，他的腦海裏不自抑地想起父親曾經佩戴這把長劍時的樣子，劍在人在，見劍如見人……只是如今寶劍仍在，人卻已經……

紅袍僧見依瑞斯面有哀戚，知道他定是睹物思人，想起了自己的父親。但紅袍僧並未任由依瑞斯沉湎於回憶之中，當下繼續開口道：「聽說你已經決定接受特瑞典的決鬥。」

聽見特瑞典三個字，依瑞斯緩緩抬起頭，望着紅袍僧那躲藏在兜帽後的雙眼。

「是……」依瑞斯回答，「我並沒有拒絕的理由。」

「那就希望你可以用這把劍，斬獲你想要的復仇。」

繼承父親的劍，不僅僅是榮光和權力，還有仇恨。

依瑞斯用手輕輕撫摸着劍鞘上的海馬與龍雕紋，雙瞳似海，若有所思。

顧清河離開瑞德莊園，向雷耿莊園走去。

他已寫好決鬥書，就裝在身上，打算親自去雷耿家遞交戰書。

他身披一件連帽斗篷，蓋住自己的東方容顏，為的是不在路上被人認出，起了無謂的爭端。

顧清河一路來到雷耿莊園門口，他看見佇立在門口的海馬與

龍雕像。海馬柔和，神龍威嚴。望着神龍蜿蜒的身姿，他記憶裏那些雕樑畫棟再次浮現出來，他想到了自己那身為皇族公主的母親，而按照東方的說法，他這樣的人被稱為天潢貴冑，身上，流着龍的血……

流着龍之血脈的人，此刻卻要挑戰神龍鎮宅的人。

大門開了，雷耿的家丁出來問詢，顧清河沒有回話，而是拉下了兜帽，家丁在看見顧清河的臉後，神色立刻有了敵意。

顧清河說：「我要見雷耿的族長，依瑞斯。請去通報一聲。」

家丁說：「你……你是那個幫助瑞德家的東方人。」

顧清河說：「是，告訴依瑞斯，我在門口等他，他會來見我。」

家丁陰沉地看了顧清河一眼，轉身離去。

依瑞斯聽見顧清河在門口等自己的消息，驚訝無比，他心裏疑惑，不知在這個節點上顧清河所來何事，畢竟兩人除了上次在港口碰過一面之後再無相見過。依瑞斯有些心虛，難道是黎曦告訴了顧清河海馬與鳳雕像損毀的真相？此事關係重大，依瑞斯料定黎曦不敢向特瑞典說出實情，但若是她鬱結難消，向顧清河透露了這個祕密，也未嘗沒有可能。畢竟他們兩人的關係非同一般……

想到這裏，依瑞斯突覺心口一陣疼痛。利用黎曦一事，他心裏本就有愧。但一想到黎曦和顧清河之間曖昧的關係，又讓他覺得一陣怒火湧起。

無論顧清河動機如何，逃避都不是依瑞斯的選項。更何況這個人是顧清河。

依瑞斯起身來到門口。看見顧清河正站在門口等他。

「進來說話吧，雷耿家沒有在門口會客的習慣。」依瑞斯說。

「好。」顧清河說完便隨依瑞斯進入雷耿莊園，依瑞斯倒是沒想到顧清河如此坦蕩，絲毫都不擔心進入對手的領地。依瑞斯帶着顧清河一路穿過前庭，雷耿莊園裏到處都是海馬與龍的雕塑。柱子，屋檐也都雕刻有海馬與龍的圖案。兩人來到大堂，依瑞斯坐主位，伸手示意顧清河請坐。但顧清河卻充耳不聞，依舊站在原地。

聽說神祕的東方客進入了雷耿家的莊園。雷耿的族人們紛紛趕來，一時湧滿了大廳，顧清河被圍在中間，雷耿族人們對他指指點點，竊竊私語，仿佛羣狼圍住了獵物，在考慮什麼時候一擁而上。顧清河對周遭的情況充耳不聞，只是一直盯着依瑞斯。依瑞斯毫不躲閃地迎擊顧清河的目光。

「東方人，來找我何事。」依瑞斯問。

顧清河沒有答話，而是拿出了之前準備好的戰書。

「這是什麼？」依瑞斯問。

「戰書。」顧清河回答。

人們在聽見戰書兩個字的時候，聲音此起彼伏高漲起來。竟然孤身來到雷耿莊園向雷耿的族長下戰書公開挑戰，這個東方人心裏到底在想什麼？

依瑞斯眯起眼睛，顯然也是沒有想到顧清河會這樣舉動。周邊的雷耿族人已經憤怒，大有一擁而上將顧清河分屍的情緒。依瑞斯伸出手，示意所有人安靜。喧囂也隨着依瑞斯的壓制而變小，最終大廳歸於寂靜。

依瑞斯站起來走向顧清河，他來到顧清河面前，他身材高大，低頭看着顧清河，而後者靜靜迎着他的目光，雖然不是敵意十足，但裏面卻透露出分毫不讓的堅決。顧清河手向前一伸，戰

書便近了依瑞斯一分。依瑞斯接過戰書，攤開查看。

「現顧清河，願代瑞德族長特瑞典，與雷耿家族族長依瑞斯發起決鬥。死生不問。」依瑞斯大聲讀出，人羣又炸成一鍋粥。

依瑞斯收起戰書，問：「是特瑞典讓你來的？」

「懦夫。竟然讓人代為決鬥！」

「膽小鬼，一定是知道自己一定會死，所以現在找一個替死鬼。」

「蠢貨，既然後悔，一開始為什麼要主動要求決鬥。真是沒有榮譽的家伙。」

人羣中爆發出一陣陣的噓聲。

「這次的事情與特瑞典大人無關，我是自願代他來與你決鬥。他事先並不知情。」顧清河說。

「你沒有經過他的同意，便自作主張代替他來和我決鬥。你就算不把我放在眼裏，也是不尊重特瑞典吧。」依瑞斯說。

「你說的對。」顧清河說。

人羣中又爆發出一陣嘲笑。

「我確實不把你放在眼裏。」顧清河一字一句地說。

周遭的嘲笑聲仿佛突然被風吹熄的火苗，大廳瞬間變得如墳墓般寂靜起來。

「你說什麼？」依瑞斯對顧清河的無禮感到不可思議。

「我說。」顧清河停頓了一下，然後放慢語速，「我確實不把你放在眼裏。」

一個年輕的雷耿族人手上拿着一把刻刀衝向顧清河，然而下一刻這把刻刀直直飛到了空中，而刻刀的主人卻飛了出去，足足撞倒了三個人。

旋轉的刻刀掉落，被顧清河穩穩接住。

人羣騷亂，依瑞斯伸出雙手，大喊肅靜。

顧清河輕輕把玩着繳獲的刻刀，他的兩根手指撫摸着刀尖，然後輕輕一掰，刻刀便斷成兩截。顧清河順手將斷刀扔在地上，然後直視着依瑞斯的眼睛。

「我向你發出決鬥，雷耿家族的族長，依瑞斯，你敢接受嗎？」

顧清河咄咄逼人地看着依瑞斯，挑釁的意味十足。任何一個血氣方剛的男人都很難不被激怒，更何況是驕傲的依瑞斯。

但依瑞斯還是冷靜了下來，他淡淡地說，「你要找我決鬥可以，不過你要排隊。因為特瑞典的戰書在前，你的戰書在後。你想要代替特瑞典和我決鬥，就要讓特瑞典主動認輸，等我看到特瑞典的投降書時，你的戰書我再考慮要不要接受。另外，你是誰？一個特瑞典的客人，憑什麼認為你就可以代替他？」

「我不只是他的客人。」顧清河的語氣絲毫沒有動搖，「我不知道你是否知曉，特瑞典已經將黎曦許我作為妻子。我現在是瑞德家的女婿，替妻父出戰，有何不可？」

顧清河一言既出，四周又是一片譁然。雷耿家人當然知道依瑞斯和黎曦的事情，話說若不是兩人的愛情，雷耿和瑞德也不會鬧的這般雞飛狗跳。而眼下，特瑞典竟然將自己的寶貝女兒，許配給這個神祕的東方客。

雖然依瑞斯早已知曉，但此刻當顧清河站在自己對面，如此挑釁般的廣而告之時，依瑞斯感覺到自己的血液在血管裏沸騰，心臟劇烈的跳動起來。一股巨大的怒火在心頭升起，簡直要將他燃為灰燼一般。

「我接受。」依瑞斯盯着顧清河說，「你都膽敢迎接死亡，我

有什麼不敢。」

顧清河嘴角輕輕一抿，轉身離去，雷耿家的人堵住了出口。顧清河停下腳步，和雷耿族人對峙。

「讓他走。」依瑞斯怒吼道，「他的血會留在決鬥場上，而不是弄髒我們的大廳。」

人羣讓開了，顧清河昂首走出，他知道身後有無數雙敵視憤怒的眼睛盯着自己。當然，他並不在乎這些。

顧清河和依瑞斯將決鬥的消息很快傳遍了維尼亞，瑞德家在聽到這個消息後，立刻炸開了鍋。顧清河在做出這個決定前沒有知會任何人，黎曦不知道，李飛揚和戚凡也不知道，而現在，維尼亞所有人都知道了。

「你根本就是胡來，你為什麼要做這種事情！」李飛揚氣得肺都要炸了，憤怒地質問着顧清河。

一旁的戚凡也用不解的目光看着顧清河。

顧清河說：「特瑞典大人對我們有恩，我不忍看他一把年紀，還和依瑞斯這種身強力壯的人刀劍相向。」

李飛揚說：「屁！什麼他對你有恩，明明是你對他有恩。你救了他的女兒，還盡心盡力幫他們準備和雷耿家比賽的雕塑。結果卻毀在了他自己親生女兒的手上！」

顧清河說：「我們在這裏衣食住用，皆是瑞德家慷慨相助，難道你一點感恩之心都沒有嗎？」

李飛揚說：「那也是因為你救了黎曦，救命之恩無以為報，給點食用不是天經地義。誰要是救了我的命，我爹爹非給他良田百畝，白銀千兩！」

顧清河知道李飛揚小姐脾性，性子上來蠻不講理，不想跟她多做糾纏，便閉口不再說話。李飛揚看顧清河臉色陰沉，知道自己一時得意忘形，她平日最想的就是怎麼讓她的顧大哥開心一點，最怕的就是惹他生氣，怕他厭煩了自己。可是眼下顧清河竟然私自決定代替特瑞典和依瑞斯決鬥。要知道這決鬥的結果通常不是你死，就是我亡，她怎麼能讓顧清河去冒這般丟掉性命的風險，而且在她看來，這風險冒得完全不值。

李飛揚平復了一下情緒，柔聲道：「顧大哥，我知道你武藝高強。可是那依瑞斯也不是生手。碼頭上我看你們對過一招，我雖然不懂武藝，但也能看出你當時對他也極是忌憚。我當時在陰雨森林被熊襲擊，記得那熊的眼睛上有一道傷疤。我回來將被襲遭遇說給維蘭聽，他告訴我很可能就是當時襲擊黎曦和泰盧，被依瑞斯趕走的巨熊。那道傷疤，就是依瑞斯留在那頭熊臉上的。以你的武藝，也只能智取，利用蜜蜂趕走了他。可是那個依瑞斯卻以一己的武力將熊趕走，足以可見此人驍勇剽悍的很。」

聽了李飛揚的話，顧清河的腦海裏又不自抑地想起當時在維尼亞碼頭，自己與依瑞斯的那次對峙。依瑞斯確實是他此生未遇過的強敵。他知道李飛揚的擔心不無道理，對依瑞斯他確實沒有必勝的把握，但他卻有必需的理由。

只是這種理由，無法對李飛揚開口解釋罷了。

顧清河說：「事已至此，多說無益。我戰書已下，對手業已承接，便是一樁板上釘釘的事情。大丈夫在世怎能言而無信，讓人恥笑。」

李飛揚還待爭辯，突然黎曦神色焦急地出現。

黎曦說：「傳言是真的嗎？你真的去雷耿莊園找依瑞斯了？」

顧清河點頭。

黎曦說「你為什麼要……要做這種事情。」

顧清河看着黎曦複雜的神色，心下歎了口氣。顧清河知道黎曦不願意自己的父親死在依瑞斯手裏。但他和依瑞斯生死相鬥，無論是何種結果，對黎曦都是傷害。但眼下的結果，就像是一步死局一般，也許唯有死亡，才能解開這個局。

顧清河說：「決鬥比出勝負既可。我打聽了你們當地決鬥的規矩，不一定要一方死亡，只要一方認輸，決鬥都會結束。」

李飛揚說：「話是如此，可是刀劍無眼，到時拚殺到興頭上，怕是都不給對方求饒的機會，須臾之間性命不保！而且，我看你和那個依瑞斯，都不像是會求饒的人。況且，別人犯的錯，你為什麼要主動去頂。」

李飛揚說這話的時候眼睛直勾勾盯着黎曦，那神情就好像指明黎曦便是那犯錯之人。黎曦雖不知道李飛揚已知曉一切，但她心下有愧，緘口不言。

顧清河面露不悅：「我自有分寸，不勞李姑娘費心。」

李飛揚說：「哼！我就知道，你心裏永遠向着她。哪個對你好，哪個對你不好，明眼人看得明明白白，只有你豬油蒙了心，不識好歹！」

李飛揚說完負氣離去，戚凡看了眼顧清河和黎曦，忙跟着轉身追去。只剩下黎曦和顧清河留在原地。

黎曦說：「我從沒見過飛揚姑娘這樣跟你說話。她……哎，她也是關心你。」

顧清河說：「關心則亂……其實沒有她想的那樣可怕。我也不一定會輸。」

黎曦知道顧清河武藝高強，而且一身是膽，當時孤身一人力戰眾海盜，救了自己。但她也知道依瑞斯劍術無雙，且身材高大。當時從熊掌下救了自己，黎曦都不敢相信竟有人類可以與這種兇殘的野獸對敵。一個是自己的救命恩人，一個是自己昔日最愛的情郎，現在這兩人卻要生死相搏，黎曦不禁拷問自己，如果一定要選一個人贏，她會選誰？

她沒有答案。因為她覺得這種決鬥根本就不應該發生。如果不是父親覺得自己時日無多，而瑞德此刻在大賽面前盡佔下風，父親也不會做出這樣的犧牲。可是眼下，顧清河卻站了出來，想要頂替父親的犧牲，而他也並沒有必勝的把握。

他衝上海盜船救她的時候，是否有必勝的把握呢？

想到顧清河為自己所做的種種一切，黎曦心下一軟，為何他對自己這般好，可自己竟一點都不心動，只有心軟。想到這裏，甚至有些恨自己。

黎曦腦海裏一萬個念頭閃過，顧清河看黎曦面有難色，知道無論他和依瑞斯誰生誰死，都不是黎曦希望看見的結果。顧清河心裏也曾想過，在他和依瑞斯之間，黎曦內心深處到底希望誰贏。不過決鬥就在明日，明日之後，也沒有什麼好焦煩的了。

顧清河說：「你來找我，還有別的事情嗎？」

黎曦被顧清河的話提醒，說：「對了，我父親讓我來找你，他想見你。」

顧清河點點頭，說：「也是，我私下做了決定，老爺子肯定要來問我的。我隨你去。」

黎曦和顧清河兩人離開，去找特瑞典。一路上黎曦的心裏依然七上八下，突如其來的變故讓她有點不知所從。顧清河依然沉

靜如水，黎曦不知道顧清河在做出這麼大的決定之前是否有過掙扎，在自己的印象裏顧清河從來沒有慌亂過，仿佛他不被這個塵世的任何事情煩惱一樣。

兩人來到特瑞典的房間。特瑞典靠在椅子上，陽光照在他的臉上，仿佛照射在一尊石像上一般，似乎石化病又惡化了。黎曦看到父親現在的樣子，心裏又是一疼。

「黎曦，你先出去吧，讓我們兩個單獨聊聊。」特瑞典說。

黎曦看了看父親，又看了看顧清河，低頭離去。

房門關上的聲音從顧清河身後傳來，顧清河和特瑞典無言地對視着。

「你為什麼要這樣做？」特瑞典的聲音毫無情緒，聽不出他此刻是憤怒還是欣慰。一件事情總是會有兩種不同的角度，顧清河無疑打破了特瑞典殺身成仁的計劃，但是甘願冒着生命危險替他去和一個強者決鬥，同樣令人感動。

顧清河沒有立刻回答，這是他的一貫作風。他不喜歡解釋，事實上自從師父死後，他一人遊歷名山大川，五湖四海尋找璞石的下落，早已經習慣了獨來獨往。他身負兩大祕密，卻都無法與人言說。他知道錦衣衞一直在日夜不停地尋找着他。他不能露出破綻，讓那些鷹犬有隙可乘。但是這裏不是大明，這裏是比西域還要遙遠的西方。那麼多的事藏在心裏，他其實早已有點不堪重負。

顧清河歎了口氣，似乎是將常年來背負在身的枷鎖鬆動了一些。

「大人，您知道我為何要推遲婚禮嗎？」顧清河問。

「這也是我要問你的事情之一。」特瑞典回答。

「您知道，黎曦並不愛我。」顧清河坦然相告，「她對我只有

感激之情，她並不願意嫁給我。

「並不是所有的婚姻都是因為愛情。」特瑞典說，「我不知道在你們東方如何，事實上大部分的婚姻都不是因為愛情。」

特瑞典說的倒是實話，婚嫁之事，父母之命，媒妁之言，對成親的男女，他們本身並沒有多少選擇的餘地。

「但我不願。」顧清河說，「我愛黎曦，也希望黎曦愛我。只有在我們彼此相愛的時候，我們雙方才會幸福。就算我娶了黎曦，就算以後我們有了子嗣，可我知道她內心是妥協，是接受，她不會開心。而我也無法自欺欺人。」

特瑞典無言地看着顧清河，他的身體已經僵硬得連呼吸都似乎沒有了幅度。但他的雙眼依然靈活，他的眼神依然有着長者的悲憫的威信。

「黎曦不愛我，這只是其中一個原因。」顧清河繼續說道，「黎曦愛的是依瑞斯。儘管發生了種種一切，她內心的想法卻並沒有變過。如果您和依瑞斯決鬥，如願死在依瑞斯的手上。那麼依瑞斯便背負了殺死黎曦父親的血仇。黎曦自然此生不可能再和依瑞斯在一起，可這個陰影同樣也會伴隨她終生。就像一塊無法痊癒的傷口，永遠在被她想起時刺痛她，讓她痛苦。」

特瑞典的眼神變了，那是一種無力的難過，無奈的悲哀。他的雙眼似乎已泛着淚光。

「所以，我不能讓您去和依瑞斯決鬥。但我也知道，您是看重榮譽之人。在我們東方有一句話，叫做大丈夫一言九鼎。鼎是一種很重的容器，男人做出的承諾，就像九個鼎的重量一樣。您不可能反悔，您早已視死如歸。我知道對您來說，沒有兩全其美的辦法。但我不是您，所以我決定替您出戰。」

「可是——」特瑞典剛開口，就被顧清河打斷。

顧清河：「兩害相權取其輕。就算我贏了，我也不會殺死依瑞斯，事情不會向最壞的方向發展。」

「可是依瑞斯卻未必這樣想。」特瑞典說。

「他怎麼想，我做不了主。」顧清河說。

「但這樣做，對你……你為什麼要做到這一步？」特瑞典說，他的語氣裏充滿着不理解。

「您願意把女兒託付給我，我自然不願她傷心難過。」顧清河說，「黎曦雖不愛我，可我愛她啊。」

特瑞典不可思議地看着顧清河，他沒想到顧清河竟會做出如此回答。

雖不愛我，可我愛她啊。

特瑞典不由得盯着顧清河的眼睛，而後者的眼睛清明如水。

第二十三章

雷耿莊園，依瑞斯的房間裏。

「你為什麼擅自作主，答應顧清河代特瑞典決鬥。」紅袍僧質問。

「什麼叫擅自作主。」依瑞斯反駁道，「顧清河親自找上雷耿莊園，難道我能拒絕他的挑戰，讓家族蒙羞嗎？」

「你接受了特瑞典的戰書在先，他想代替特瑞典出戰只是一廂情願，你可以直接拒絕他。」紅袍僧說。

依瑞斯沒有反駁，而是陷入了沉默之中。但是紅袍僧知道那並不是愧疚的沉默，而是依瑞斯似乎有什麼事情瞞着他。

「你有什麼想辯解的嗎？」紅袍僧問。

「有一件你不知道的事。」依瑞斯沉吟半晌，還是決定在此刻告訴紅袍僧，「事實上，特瑞典已經命不久矣，他得了一種罕見的怪病，叫做石化症。」

「石化症？」紅袍僧驚訝地說，「那……那是不治之症，什麼時候的事情，你怎麼會知道？」

依瑞斯沒有回答，紅袍僧盯着依瑞斯，很快猜明白了個中原委。

「是黎曦告訴你的。」紅袍僧說。

依瑞斯沒有否認。

「特瑞典身患絕症，一定會嚴守祕密。只有他的兒女們會知道真相。如今雷耿已經在和瑞德的競爭中佔盡上風。特瑞典覺得自己橫豎要死，不如向你發起決鬥，死在你的手上，化解你對他的仇恨，為即將傾覆的瑞德留一條後路。」紅袍僧說。

依瑞斯給自己倒了杯水，靜靜啜飲着，默認紅袍僧的猜測。

「你知道特瑞典行將就木，但還是接受了他的決鬥邀請。」紅袍僧說。

「他要求死，我要復仇，這並不衝突。」依瑞斯說。

「但是你卻同意讓顧清河代替他來決鬥。」紅袍僧說。

「我之前是執着於想要親手殺死他。但想到他命不久矣，現在瑞德也傾覆在即，我想通了。至於顧清河，他找到我的門上來叫囂，我自然沒有拒絕的道理。」依瑞斯放下水杯。

「你有必勝的把握嗎？」紅袍僧問。

「你是在質疑我的劍術嗎？」依瑞斯覺得紅袍僧的問話可笑。

「特瑞典身患絕症，橫豎會死，你和他決鬥的意義在於你可以結果了他，為你的父親親手報仇。雷耿也將贏得比賽，失去了海馬與鳳紋章的瑞德勢必作鳥獸散。我們即將大獲全勝，但此刻你卻要參加一個決鬥，如果有任何意外，實在得不償失。」紅袍僧說。

「沒有意外。我不會輸。」依瑞斯淡淡地說，但是裏面透露着不容置疑的語氣。

「嗯，只要你不輕敵，我想那個東方人不會是你的對手。」紅袍僧說完，轉身離去。

紅袍僧走了幾步，突然停下腳步，問了一句：「聽說顧清河要和黎曦舉辦婚禮了？」

依瑞斯的身體晃動了一下，他竭力穩住自己。

紅袍僧在問話的時候並沒有回頭，他等了片刻，並未聽見依瑞斯的回答，也不再追問，邁步走開了。

紅袍僧的腳步聲漸遠。

依瑞斯突然一揮手將桌上的水杯打翻出去，掉在地上，摔成數片。

瑞德莊園，李飛揚的房間裏。

李飛揚還在生氣，她坐在椅子上，將花朵的花瓣一片片撕下來。戚凡候在旁邊，不知該如何安慰李飛揚。

「今天去給人下戰書，明天就決鬥。生死這種大事，他怎麼能處理得這麼兒戲！」李飛揚悶悶不樂地抱怨，「他以前明明做事給人有數的感覺，現在完全像個初出江湖的楞頭青！」

戚凡說：「顧大哥既然決定了，自然有他的道理吧。」

李飛揚杏眼一瞪：「有什麼道理？你給我說什麼道理。」

戚凡撓了撓頭：「顧大哥比我聰明多了，他能想到的道理，我，我未必能想到。」

李飛揚白了一眼：「哼，他就是想在自己的新岳丈面前邀功。可人柿子都撿軟的捏，他倒好，挑一個核桃。哎，你還記得陰雨森林裏襲擊我們的那頭熊嗎？」

想到那頭可怖的熊，戚凡不禁打了個寒顫，點了點頭。

李飛揚說：「你看，提到那頭熊，你還知道害怕。那頭熊多可怕，我看武松能打死老虎，也肯定打不死那頭熊。那個依瑞斯能把那頭熊趕跑，你想想，他比那頭熊還可怕啊！」

戚凡說：「可是顧大哥也把熊趕跑了……」

李飛揚說：「顧大哥是聰明，用了巧勁兒。可是依瑞斯又不是熊，顧大哥總不能在跟依瑞斯決鬥的時候，突然扔過去一個蜂巢，讓蜜蜂去叮依瑞斯吧。你還記得咱們剛來這裏的時候，碼頭上，依瑞斯是不是和顧大哥過了一招。」

戚凡使勁點頭。

李飛揚說：「一地的人啊，都在那呻吟扭動，後來聽說是泰盧那小子花錢僱的殺手，說叫什麼白駱團，在當地很是驍勇善戰。結果呢，一羣人打依瑞斯一個，結果打到自己全軍覆沒……顧大哥跟誰打架不好，要跟這樣的人打……」

戚凡嘟囔道：「顧大哥當時打海盜船的時候，不也一個人打翻了一船人。」

李飛揚說：「那是打仗，能一樣嗎？顧大哥只是第一個衝上去的，小小一個破海盜船，能跟我們大明的艦隊比嗎？可現在呢？我們在這異國他鄉，顧大哥卻要為了一個色目人，去和人拚命……」

戚凡說：「顧大哥是很喜歡黎曦姑娘啊……其實我覺得他們挺般配的，男才女貌，顧大哥雖然現在落魄了，可再怎麼說也是皇親貴冑，配她一個大戶小姐還是綽綽有餘的。」

李飛揚聽戚凡如此說道，氣不打一出來，過去踩了戚凡一腳，疼得戚凡哇哇大叫。

「哼，我也是大戶小姐。難道我不配顧大哥嗎？」李飛揚質問道。

戚凡說：「你……配不配是一回事，顧大哥又不喜歡你，你幹嘛老是追着顧大哥不放……」

李飛揚作勢又要踩戚凡，戚凡趕緊跑走。

李飛揚撸起袖子：「哎呀，戚凡你還能耐了，竟然敢躲，你給我過來！」

戚凡終究還是聽李飛揚的話，怯生生過來，李飛揚看他害怕的樣子，只覺得滑稽可笑，氣一下就消了。

「戚凡，你覺得顧大哥對我們怎麼樣。」李飛揚突然問。

戚凡回答：「對我們很好啊。以前在船上的時候就對我們多加照顧，當時高洋欺負我們，全靠顧大哥為我們撐腰。後來到了這地方，人家看我們是顧大哥的人，才對我們這般好吃好住的招待。」

戚凡一邊說着，李飛揚卻眼珠子亂轉，心裏突然冒出一個大膽的想法。這想法起初只是一個念頭，卻如萌芽的種子一般，在雨水中紮根發芽，衝破泥土，逐漸成長成一顆大樹。等戚凡對顧清河的誇讚講完，李飛揚這大膽的想法已經變成了一個冒險的計劃。

「戚凡。」李飛揚突然重重搭在戚凡的肩膀上，用十分期待的眼光看着戚凡。戚凡卻被李飛揚突如其來的動作嚇了一跳。

李飛揚說：「你說，你聽不聽我的話。」

戚凡說：「你……你是小姐，我是下人。你的話，我自然得聽……」

李飛揚：「那，你聽不聽顧大哥的話。」

戚凡說：「顧大哥的話也要聽，他人好，不會害我，他人又聰明，他說的話總是沒錯的。」

李飛揚：「好，那如果我說，我現在有個辦法可以救顧大哥，你願意幫我嗎？」

戚凡說：「當然，能幫顧大哥，我義不容辭。」

李飛揚勾了勾手指，說：「你過來，我悄悄告訴你計劃是什麼。」

戚凡湊過去，李飛揚低聲說出了她的計劃……

第二十四章

K 先生拿起茶杯喝了口茶，然後將茶杯放在桌上。我和思薇屏息凝神，等着 K 先生繼續講述故事。卻不料 K 先生清了清嗓子，說天色已晚，今天就到這裏吧。

我和思薇面面相覷，此時的感覺無異於飢餓的人狼吞虎嚥了一半卻被人撤走了食物。

看我們都沒有離開的意思，K 先生笑了笑，伸手指了指窗外，說：「夕陽西下，時間已經不早了，咱們下周末吧。我講了一天，也是口乾舌燥，你們年輕力壯，不能不體恤老年人啊。」

K 先生這樣說，我們也不好再強求，只得告別 K 先生和安娜女士，離開了 K 先生家。

K 先生的司機驅車將我們送回上海。下車以後，我和思薇一路無言地走着。此時暮色四合，不夜的上海被萬家燈火點亮，更映照着上海這顆東方明珠璀璨無比。我的眼前浮光掠影，仿佛看見了六百年前的維尼亞，港口處海馬與龍和海馬與鳳的雕像相對而立，審視着每個從命運之船走下來到維尼亞的人。依瑞斯和顧清河的決鬥到底誰勝誰負，鹿死誰手？李飛揚在戚凡耳邊悄聲說了什麼，她到底有什麼計劃，又會對日後的局勢有着什麼樣的影響？無數的疑問和懸念在心口被吊起來，讓人遐想聯翩。

思薇走進一家便利店，買了兩瓶水出來。我接過水，仰頭咕咚咚喝起來，冰涼的水浸透我的脾胃，也讓腦海中那些如煙火般的遐想逐漸冷卻，我終於平靜下來。

　　「這一路你都魂不守舍的樣子，在想什麼呢？」思薇問。

　　我如實相告，坦承自己還沉浸在 K 先生的故事裏。

　　「我也很想知道李飛揚到底給戚凡說了什麼計劃……不過下周就能知道了，就當是在追連載吧。」思薇寬慰道，我點點頭，和思薇一起向住處走去。

　　進了房子，思薇去洗漱，我來到辦公桌前，桌上雜亂地堆積着設計稿，我低頭看着設計稿上各種凌亂的圖案，這些圖案象徵着我煩躁的心情，想要走出迷宮卻只能原地打轉。如果說發生在久遠維尼亞的故事像一個美麗的幻象一樣，那麼眼前的一切無疑又將我拉回了繁瑣的現實之中。我突然覺得一陣失落，像一個深陷在沙發裏的人被拎着脖子提起，然後扔到了堅硬冰冷的水泥地面上。

　　思薇洗漱完畢，從浴室推門出來。她渾身包裹在浴袍裏，裸露的髮梢濕漉漉的，水滴滴落在地板上。雖然已經不是第一次見她美人出浴，但此刻我還是忍不住盯着面前這朵出水芙蓉，她太美了，綠色的眼睛仿佛會說話。

　　「你也快點洗漱吧，晚上可以再想想，下周爭取出方案給 Henry。」思薇說完便轉身進了自己的房間，將我一個人留在客廳。我走到冰箱，拿出冰塊和威士忌給自己倒了一杯酒，然後向陽台走去，路過辦公桌時我眼神瞄了一眼，那些凌亂的圖案依舊讓我心煩。我來到陽台，雙臂靠在欄杆上，夜風吹來，在悶熱的夏季讓人感到一陣清爽，遠處的燈火和霓虹連綿一片，我呷了口

酒，想要努力壓抑住心裏的煩亂。

　　我捫心自問，不知道自己能不能像顧清河一樣，對所愛的人全力以赴，卻不求回報。可這樣太傻了吧，太反人性了。也許顧清河並不是想感動黎曦，也許顧清河只是想感動自己。我喃喃自語，他並沒有那麼高尚，他也只是一個迷途的人，因為沒有方向，所以拚命付出，自暴自棄。

　　我一邊想着一邊喝酒，不知不覺杯中酒已盡，而風正疾。我的大腦卻突然開始亢奮起來，之前那些在浮光掠影中看見的有關維尼亞的一切又再次出現，海馬與龍和海馬與鳳的紋章逐漸在眼前浮現出來。威嚴的龍頭和海馬並列，龍身如祥雲一般圍繞着海馬的身軀。鳳凰的百羽環形圍繞着海馬，像是護着最心愛的人。我感覺渾身上下的細胞都沸騰起來，立刻轉身回到辦公桌前，奮筆疾書起來⋯⋯

　　第二天我是被思薇搖醒的。睜開眼的一刻我看見從陽台射來的萬丈金光，我眯起眼睛，思薇用不可思議的眼神看着我。

　　「你就趴在桌上睡了一晚上？」思薇問。

　　「哦⋯⋯」我含混地答到，伸了一個懶腰。

　　「你到底是為什麼 —— 」思薇看到桌上的畫稿，話到一半又住了口。

　　桌上的畫稿是我昨夜的勞動成果。

　　「這是什麼？」思薇拿起畫稿，眉頭緊皺，「海馬，龍，鳳⋯⋯你畫的雷耿家和瑞德的紋章？」

　　「是啊。」我一下來了精神，指着圖稿上的各種形象給她解釋起來，我說通過 K 先生故事裏的描述，我覺得海馬與龍、海馬與鳳的紋章可能是這個樣子。為了將龍、鳳凰和海馬的形象結合起

來，我先後畫了十幾種組合，並且給思薇詳細解釋每一種組合在構圖上的優勢和不足。我滔滔不絕的講着，思薇緘默不語，只是靜靜地聽着。

「停！」思薇突然伸手打斷了我。

「怎麼啦？我還沒說到關鍵呢。」

思薇用手指了指手錶，「今天是周一，現在是早上八點半，我們十點鐘還要上班。你大半夜的不睡覺，在這裏畫漫畫，這周如果你再拿不出好的方案，這次設計大賽公司鐵定會用 Henry 的稿子，這還需要我提醒你嗎？」

「這不是漫畫！」我被思薇的語氣激怒，「你見過線條這麼複雜的漫畫嗎？我是在想，能不能將海馬與龍、海馬與鳳的圖案運用在珠寶當中。雷耿和瑞德不就是珠寶、雕塑的生產家族嗎？他們的珠寶可以在當時行銷一時，證明一定有過人之處。」

「你說一個六七百年前在西方地中海附近的一個小鎮上的珠寶家族……還是在故事裏的？」思薇皺了皺眉。

「你覺得這個故事是假的？」我反問。

「我不知道，可能確有其事吧。畢竟 K 先生是花了兩千萬拍下了那尊雕塑。但是就算確有其事，六百年前風靡維尼亞的審美，未必現在也能複製吧。」

「你是說……」我咂摸着思薇話裏的意思，「你覺得這些都是老古董，根本不符合現在人的審美？」

思薇努了努嘴。

「喬布斯曾經說過，不要做市場調查。因為用戶根本不知道他們喜歡的東西是什麼，只有當你做出一款好的產品，放在他面前，他才知道，原來我喜歡的是這個。」我辯解道。

「同意喬布斯的話。」思薇說,「所以可能是你設計的太醜了。」

我被思薇一語噎住,只能喃喃道:「這只是初稿。」

「所以你是認真的?」思薇問,「你真的打算以海馬與龍、海馬與鳳做元素,加入到你的設計裏?」

「正有此意。」我說,「你看,我最初的設計思路就是想要東西結合,將中國的元素融入到設計中去。你當初找我去看拍賣會,不也是希望我能找找靈感。」

「是的。」思薇承認,「但我是想你學習其中的精神,就是,成功的中西結合的作品是這樣的。並不是讓你直接抄襲人家的創意。」

思薇的話倒是提醒了我。我這樣做確實有些拿來主義,不知道雷耿家和瑞德家後來變成了什麼樣,可能像這世界上大多數的家族一樣,被淹沒在歷史的洪流裏了吧。

「況且,現在時間也來不及了。你也知道創作不是簡單地堆砌,如果你要以海馬與龍、海馬與鳳作為設計主題,那麼你就要推翻之前的方案。你們組之前的活就是白幹了。」思薇提醒完知識產權的事又補了一刀。

「你趕緊洗漱收拾一下,去上班吧。」思薇看我已經進入悵然所思的狀態,又快刀斬亂麻地再接再厲,我木訥地點了點頭。

來到公司後,我一整天都有些心不在焉。小組會議的時候更是頻頻出神,滿腦子都是海馬與龍、海馬與鳳的想法。同事們看我黑眼圈嚴重,現在又是魂不守舍的樣子,都問我昨晚幹了什麼。我無心回答,只是搪塞過去。Henry 路過了會議室一次,透過玻璃門我看見他向裏面看了一眼,突然想起思薇上次說 Henry

向她告白的事，心裏一陣醋意升上心頭。

「李匠仁，最近 Henry 和你的室友走得挺近啊。」Lily 用一種可以讓整個會議室都聽見的聲音小聲說。

「我和你也走得很近啊。」我回道。

「咱們是一個組的同事啊。」Lily 說。

「他們也是一個組的同事啊。」我回話，雖是打趣的聲音，但 Lily 也感覺到了我的不悅。

此時 Sam 加入話題，「但我總感覺 Henry 似乎對思薇有點意思啊。」

「思薇金髮碧眼，中文又說的這麼好。按照咱們崇洋媚外的傳統，你對思薇沒有意思？」Lily 說。

「我沒有。」Sam 說，「我高攀不起。」

我敲了敲桌子，示意他們停止八卦。

「工作工作，別嚼舌頭了。公司禁止同事談戀愛，別害了人家。」我說，從兩人八卦的程度來看，似乎 Henry 向思薇表白的事情並沒有傳開，思薇只告訴了我一個人，但 Henry 有沒有跟誰講就不知道了。

我強打起精神，想把有關 Henry 的干擾從腦海裏剔除出去，和大家開始了頭腦風暴。可能是因為思薇提醒的原因，我並沒有將昨晚自己徹夜畫海馬與龍、海馬與鳳的事情告訴同事。然而現在回頭再討論之前的方案，真的有一種味同嚼蠟的感覺。已經很久沒有這種感覺了，這些不是我想做的，我想要的不是這些。

會上我們又整理了一些修改方案。這次主要是大家的意見，我幾乎零發言。這也讓同事們訝異不已，因為往常我總是想法最跳，話最多的那一個。午餐的時候在公司樓下餐廳我慣例給思薇

留了一個位置，卻看見她和 Henry 有說有笑一起進入了餐廳，坐到他們 A 組那邊去了。

「思薇現在好像已經是 A 組的人了咧。」Sam 拿着一個漢堡，邊吃邊說。

「上個月你還在 A 組呢。」我說，「下個月可能你又在 A 組呢。都是一個公司的，別那麼陰陽怪氣的。」

「是啊，上個月我們還是 A 組，這個月我們就變成 B 組了，也許下個月我們就又成 C 組了。」Lily 歎了口氣。

我低頭吃飯，不再言語，餘光看見思薇他們那邊有說有笑，士氣高漲。再反觀我們這邊仿佛被打入冷宮的妃子，按在冷板凳上的替補。心情又低落了幾分。

下班之前，我們又最後修改了一份方案，發給了 Henry。老實說大家都沒有什麼信心，而我則更是平靜，不像之前還有忐忑的感覺。我想到了 K 先生故事中雷耿和瑞德的珠寶比賽，突然覺得和眼下我們的比賽也有一點點相似之處。雷耿和瑞德，A 組和 B 組。中間夾着一個女人，黎曦和思薇。

想到這裏我不禁苦笑起來。

接下來的一周時間過的很快，我依然沉浸在有關海馬與龍、海馬與鳳的構思當中。上次的修改稿不出意外又被 Henry 斃掉了，但我卻沒有了之前幾次的沮喪感，相反開始對設計大賽意興闌珊。同事們覺得我可能放棄了，Henry 倒是樂見其成，也不再問我有關的事情。只有思薇問過我幾次，但當她發現我滿腦子都是海馬龍的時候，也放棄了追問。我想思薇內心也挺矛盾的吧，我們是多年好友，她當然希望我可以實現夢想，可是當我的競爭

對手是她的準男友時，最好的方法也不過兩不相幫。

我想起了金庸先生的小說《笑傲江湖》裏的一段，華山派一行前往洛陽林平之外公家，林平之天天帶着岳靈珊遊山玩水，令狐沖看着青梅竹馬的小師妹每天和別的男人在一起，自己又被師父猜忌，心煩意亂之下終日在酒館跟人喝酒賭錢，還因為內力全失被一幫地痞流氓痛打了一頓。後來幸運遇見任盈盈傳授琴技，於是終日學琴，一曲笑傲江湖，倒也忘了平日裏的煩惱。

現在的我，是否和令狐沖有着同病相憐抑或異曲同工之處？如果我是令狐沖，思薇自然是小師妹，那 Henry 豈不是林平之了……想到林平之最後的下場，我不禁打了個寒顫，停止了意淫。

一到周末，我便迫不及待，拉着思薇一起來到 K 先生家裏。我滿腦子都是海馬與龍、海馬與鳳的事情。李飛揚到底在戚凡耳邊說了什麼呢？顧清河和依瑞斯即將展開的決鬥，東方俠客大戰西方戰士，到底是誰技高一籌？我靠着車窗，和思薇一路無言，只有窗外飛馳而過的景色不斷地後退。

大概一小時後，我和思薇再次來到顧宅。K 先生照例沏好茶水，和我們嘮了嘮家常。安娜女士不久便至，我們四人落定，K 先生呷了口茶水，再次將我們帶進了維尼亞的世界。

第二十五章

李飛揚在戚凡耳邊說完，戚凡的眼睛突然變得呆滯起來。

李飛揚用手在戚凡眼睛旁揮舞着，戚凡眼睛眨了眨，像還魂了一般。

「這樣行嗎……被發現了怎麼辦？」戚凡的聲音發怯。

李飛揚拍了拍胸脯，說：「放心，你也見過這邊的盔甲，戴上頭盔後只露出一對眼睛，根本就沒有人能認得出你。你身高和顧大哥相當，到時少說話或者裝啞巴，不會被人發現的。」

戚凡猶疑地說：「可是……我根本不是依瑞斯的對手，你讓我代替顧大哥出戰，那不是，讓我去送死……」

李飛揚敲了一下戚凡的腦門，「笨，誰讓你去真跟他拼命。開始象徵性比劃兩下，然後把劍一扔，我就立刻衝上場去，宣佈你認輸。然後拉着你逃之夭夭。」

戚凡咬了咬嘴脣：「可是顧大哥一世英雄，這樣投降，不是毀他英名嗎？」

李飛揚氣不打一處來，又敲了一下戚凡的腦門：「投降的是你！又不是顧大哥。再說，英名有什麼用，人都死了，就變成英魂了！就是因為想到顧大哥是個死腦筋，肯定和依瑞斯全力一戰，到時刀劍無眼，他又不可能認輸。那依瑞斯恨他入骨，有機

會一定會置他於死地。所以才想到讓你冒充他投降，沒想到他是個死腦筋，你又是個木魚腦袋！」

戚凡見李飛揚動怒，心下自是又慌了三分，若是放在平日，李飛揚叫他去東，他是斷不敢言西，可這次李飛揚的計劃太過大膽，生死攸關的事情，他還是得詢問清楚，當下又硬着頭皮問：「可是……就算按你說的，先把顧大哥迷昏……那他醒來以後，知道了怎麼辦？」

李飛揚眼珠子轉了轉，「知道就知道唄，到時我自然一力承擔。你就說是我逼你這麼做的，你一向聽我的話，顧大哥也是知道的，反正怪不在你頭上。」

戚凡生性老實，平時說個謊都不會，現在被李飛揚逼着做這種事，臉上滿是為難之色。但他該問的問了，該擔憂的也擔憂了，李飛揚這陣勢明顯是吃了秤砣鐵了心。他自幼唯李飛揚言聽計從，此刻雖然內心極是不願，嘴上卻無論如何不會拒絕李飛揚，只得低着頭，漲紅着一張臉，可憐兮兮地像條狗。

李飛揚看戚凡一副為難的樣子，無名之火再起，跳起來又敲了一下戚凡的腦門，說：「你要是不願意，就開口講出來。擺臉色給誰看，你不去，我自己去，反正穿上盔甲，安能辨我是雌雄！」

「去不得，去不得！」戚凡一聽李飛揚說要自己去，連忙應承下來，「我去，我去還不成嘛。」

「這還差不多。」李飛揚顏色和緩，「你聽着，到時決鬥一開始，你就如此這般……」

雷耿莊園，依瑞斯在房間裏靜靜擦拭着寶劍。這把寶劍曾是父親的佩劍，劍柄上海馬與龍的裝飾象徵着這把劍主人的身份，

而鋒利的劍刃吹毛斷髮，同樣象徵着雷耿家高超的工藝。明天他就要用這把劍和顧清河決鬥了，顧清河在雷耿大廳的挑釁樣子言猶在耳，想到這裏，依瑞斯心裏不可自抑地升起一股怒火，按着抹布的手指更用力了。

他必須承認自己和顧清河之間很難互相喜歡。雖然他們看來也有很多相似之處，比如都精於雕刻之藝，是天才的工匠。且劍術超凡，是不世出的劍客。而他們都喜歡上了黎曦，還先後救過黎曦的性命。依瑞斯本來沒有刻意想要和顧清河為敵。但是當他親眼目睹顧清河刻刀下的海馬與鳳雕像，那百羽加身的紋路深刻刺激了他，讓他有生以來第一次覺得自愧不如。特瑞典將黎曦嫁給顧清河，同時向依瑞斯發起決鬥。在得知特瑞典患有石化症之後，依瑞斯便猜到了特瑞典的用意。想要死在我的手上，讓我背負着黎曦殺父仇人的枷鎖，我和黎曦永遠不可能在一起，你卻讓黎曦嫁給顧清河，期望這個男人可以照顧黎曦的後半生。而你卻認為，你的死可以抵消掉我對父親之死的仇恨。依瑞斯嘴角冷笑着，肆意對特瑞典表達着嘲諷之意。

「可不是你自己背叛了黎曦嗎？」腦海裏的那個聲音又響了起來。依瑞斯收起笑容，心裏一陣巨大的難過蔓延開來，失落和虛無的感覺瞬間佔滿了心房。是啊，難道不是他先放棄了黎曦，才讓顧清河有機可乘。他原本以為自己已經接受了家族的宿命，意即自己和黎曦毫無可能。他知道自己無法原諒特瑞典殺死自己的父親，所以再三掙扎之後還是要選擇復仇。可是當顧清河在他面前挑釁般地說出要和黎曦結為夫婦一事，他心中壓抑的不甘和怒火還是在那一瞬間被點燃了。

這個顧清河很清楚如何激怒自己，儘管知道顧清河使用的是

激將法，但他還是毫不猶豫地走入了顧清河設下的陷阱。他清楚地知道這場決鬥就像一個賭局，而賭注很可能是兩個人的生命。如果將依瑞斯比作餓狼的話，顧清河就像是一個在陷阱中的小白兔。如果餓狼出擊咬殺小白兔，可能會被陷阱抓住。但如果在陷阱發動之前餓狼咬死了小白兔，那小白兔就滿盤皆輸。

依瑞斯預感到他和顧清河的勝負可能會在毫釐之間，而這毫釐之間的閃失，卻很可能是生死的界限。

儘管兩人勢同水火，但在依瑞斯的潛意識裏，他其實有些感謝顧清河。因為他的挺身而出，讓依瑞斯順手推舟從和特瑞典的決鬥中脫身。他雖然一直想要復仇，但卻一直都顧及於特瑞典是黎曦的父親。這讓他陷入兩難之中，必須在家族和愛人之間做殘酷的抉擇。這也是他一直沒有主動向特瑞典下戰書的原因。所以當特瑞典的戰書遞過來時，其實是被動替依瑞斯做了選擇，而他必須接受。但現在不同了，他放下了必需要親手殺死特瑞典報仇雪恨的執念，因為他現在更想將顧清河擊於劍下。

他已經在雕塑上敗了一次，他不能在劍術上失敗第二次。

紅袍僧又悄無聲息地出現了，依瑞斯放下寶劍，和紅袍僧躲在兜帽後的那雙海藍色的雙眼對視。

「你現在感覺怎麼樣？」紅袍僧問。

「叔叔是擔心我明天會輸嗎？」依瑞斯反問。

紅袍僧沒有立刻回答，只是稍微低頭望着依瑞斯放於桌上的海馬與龍寶劍。

「我不擔心你。」紅袍僧說，「你是雷耿家族百年來不世出的天才，無論什麼你都做得很好。」

對紅袍僧的讚譽依瑞斯並沒有什麼特殊的好感，紅袍僧很

多時候只是他名義上的叔叔，兩人之間並沒有叔姪陪伴長大的感情。而且他一直將紅袍僧看作是一個諫言者，一個不停提醒着他要實用主義的人——這曾是依瑞斯最討厭的一種人。

然而世事無常，無論是否心甘情願，他竟然也變成了曾經自己最討厭的人。

「我給你這把劍，本來是希望你可以用來親自斬殺特瑞典報仇雪恨。」紅袍僧說，「但現在如果是用來對付瑞德的夫婿，也是物盡其用。」

不知道是不是刻意，紅袍僧似乎在說到「夫婿」兩個字的時候用了重音。

依瑞斯瞳孔突然睜大，他抬起頭，卻發現紅袍僧已經不見蹤跡，只剩下房門洞開，仿佛是被風吹開的一般。

維蘭帶顧清河來到瑞德的兵器庫，李飛揚和戚凡隨行。兵器庫裏陳列着各式各樣的盔甲、刀劍。這些盔甲和刀劍的工藝極其精美，每一件看起來都像是價值不菲的工藝品。維蘭讓顧清河自行選擇兵器。

「這裏所有的兵器，你儘管挑順手的選擇，我還有些事情要處理。就不打擾你了，今晚好好休息，養精蓄銳，明天我們全族替你壓陣。再次感謝你為我們所做的一切。」維蘭向顧清河施禮道謝，顧清河還禮後拍了拍維蘭的肩膀，道：「在經歷了這麼多事之後，你還這樣與我講話也真是見外。覆巢之下焉有完卵，唇亡之後齒焉不寒。明日再會。」

決戰在即，維蘭卻看見顧清河平靜如水的樣子，心裏也安定踏實了許多，他和李飛揚戚凡打了招呼，轉身離去。

兵器庫裏只剩下了顧清河、李飛揚、戚凡三人。顧清河在兵

器庫裏漫步四顧，李飛揚跟在後面不動聲色，戚凡心裏有鬼，低頭跟在李飛揚後面，他臉上大汗淋漓，顯然心裏盡是心事。周遭的氣氛安靜而古怪。

顧清河停下腳步，李飛揚趁機問：「顧大哥，你想好要選什麼盔甲，什麼兵器了嗎？」

顧清河回答：「這裏的我都不會用。我就穿現在這身衣服，用自己的佩劍就好了。」

李飛揚驚訝：「為什麼？你這布衣服，和穿着重甲的人打多吃虧啊。」

顧清河說：「既然是重甲，就會影響速度，不利於我施展輕功。這些闊劍我之前從未用過，不會順手。我自幼習劍，當然要用趁手的兵器。答應維蘭來這裏看看，一來是不想拂了他的好意，二來也是想查漏補缺，興許有什麼能用上的物件。不過眼下看來，這裏的武學與我們的相去甚遠，兵器上也是如此。」

李飛揚眼珠子一轉，旋即說道：「哦，原來是這樣。」

顧清河答得仔細，李飛揚卻回得敷衍。這讓顧清河覺得李飛揚有些怪異，她一直最反對自己與依瑞斯決鬥，此刻竟然問自己要用什麼兵器。又看了看一旁的戚凡，只覺他一副心事重重的樣子，仿佛心裏藏着什麼祕密。從下午見到兩人時，顧清河就有一種怪怪得感覺，總覺得和兩人相處的氣氛和往日不同，但又說不出一個具體的所以然來。他起初覺得決戰在即，可能是自己心態有所變化。但此刻看來，似乎兩人真的有一種古怪。

李飛揚也注意到顧清河在打量着戚凡，心裏一驚，但臉上還是不動聲色，說：「顧大哥，你在想什麼？」

顧清河看着李飛揚的眼睛，似乎想要從裏面看出什麼端倪

來。李飛揚無懼地看着顧清河。兩人四目對視，李飛揚一雙水靈的大眼睛泛着火光，那火光在她的瞳仁之中，宛如水上的浮燈，井中的明月。將李飛揚身上那股機靈勁透露無疑。顧清河心下一亂，避開李飛揚的目光，同時覺得自己真是有些可笑。李飛揚擔心自己阻止自己出戰，他覺得李飛揚煩。李飛揚現在不再叨擾他，他又覺得有些不習慣，也不知道到底是覺得李飛揚古怪，還是她突然不再攔着自己，心下感到失落……

李飛揚冰雪聰明，見顧清河移開目光，便猜到了他的心思，當下倏然道：「反正你這個人，想要做什麼就一定會去做的。旁人說什麼你也不聽，我每次說的多了，你就要趕我走。既然你已經決定了，我也想開了，你武功高強，又不一定會輸。我老是這樣漲他人志氣，滅自己威風，對你毫無幫助。此刻我只希望你明天旗開得勝，打得那依瑞斯滿地找牙，讓他雷耿家顏面掃地，在我們面前再也抬不起頭來！」

顧清河聽李飛揚這樣一說，雖然還是覺得略有不對，但也不好再多做追究。他深受儒家和墨家思潮影響，每日三省吾身，戒驕慎獨。兼愛非攻，不喜好勇鬥狠。走到今天這步，一是出於無奈，二也是他自己修行不夠，還不能戒斷妒恨。李飛揚這些給他打氣的話，實則沒有太多用處。李飛揚見顧清河默然不語，趁機催促顧清河說天色已晚，趕緊回去休息，養精蓄銳好迎接明天的決戰。三人轉身向外走去，顧清河走了幾步，突覺身後李飛揚停下了腳步，剛一回頭，就見一陣迷香噴在臉上。顧清河本能想避，但無奈香氣已通過口鼻進入肺腑，只覺得大腦一陣暈乎乎，眼前李飛揚的臉開始搖晃重疊，終於眼前一黑，昏倒在地。

李飛揚看見倒在地上的顧清河，終於控制不住，拿迷香的手

不停顫抖，香管掉在地上。戚凡在一旁更是嚇的不敢吭聲。李飛揚向出口張望了一下，感覺無人靠近，給戚凡使了一個眼色，卻發現戚凡還是呆立當地。

「快啊，愣着幹嘛，當初我怎麼跟你說的。」李飛揚催促。

戚凡仿佛如夢初醒，找來繩子，和李飛揚一起將顧清河五花大綁起來。李飛揚一邊綁一邊對昏迷的顧清河說，「顧大哥，你莫要怪我。就像我剛才說的，你這個人想要做什麼就一定要去做的，旁人說什麼你也不聽。每次我說的多了，你就要趕我走。我是沒辦法了，才出此下策，明天你醒了以後，要打要罵，趕我走都沒關係，起碼我能保證你明天醒了以後還好好活着。」

李飛揚說着，眼淚就掉了下來。一旁的戚凡看着李飛揚，心裏五味雜陳，百感交集。

兩人將顧清河綁了個結結實實，然後拖到武器庫的一個角落裏藏好。

李飛揚說：「咱們挑副盔甲，挑把劍給你。」

兩人選了一副盔甲，戚凡穿戴完畢，頭盔把他的臉蓋住只露出一對眼睛，李飛揚繞着戚凡轉了兩圈，確定不會被人認出來。

李飛揚：「明天按照計劃行事，不要說話，不要摘下頭盔。上去比劃幾下，然後把劍扔了認輸以後跑掉，聽見沒有。」

戚凡戴着頭盔的頭點了兩下。

第二十六章

旭口東升。

雷耿莊園裏，依瑞斯穿戴好盔甲，威風凜凜。雷耿家族的人夾道而立，恭迎他們的族長。

依瑞斯從人羣中間讓開的通道走出，雷耿的族人們盡皆跟着在他的身後，如同一支出征的軍隊，趕赴決鬥的戰場。

瑞德莊園，黎曦端着早餐來到顧清河的房門口，黎曦敲了敲門，裏面卻沒人應答。

「顧大哥已經出發了。」一旁突然傳來李飛揚的聲音。

黎曦轉頭看着李飛揚，略帶疑惑：「已經出發了？」

李飛揚說：「是的，天剛亮就走了，他不想興師動眾。」李飛揚回答，轉頭離去。

決鬥所選的地點在陰雨森林旁邊，戚凡身穿厚重的盔甲將自己捂得嚴嚴實實，他看着攔截「惡魔」的柵欄，想到上次李飛揚跨過柵欄跑進森林，他悄悄跟着，看見那頭巨大的黑熊襲擊李飛揚，他成功引走了熊，給了李飛揚逃生的機會。但李飛揚沒有跑，反而回來救他……

如今想來，那真是他一生中最危險的時刻，卻也是一生中最

幸福的時刻。

戚凡藏在盔甲後的嘴角揚起，笑了笑。

他轉身，看見遠處一羣人走來，一面海馬與龍的旗幟迎風飄揚。

他微微側了側頭，就看見另外一面，舉着海馬與鳳旗幟的人結羣走來。

兩隊人馬彼此站定，戚凡的目光投向了瑞德的隊伍，他看到了瑞德三兄弟伯恩、維蘭、德羅，他看見了李飛揚，她今天穿着一身紅色的衣服，依然那麼美艷動人，就像他記憶裏的樣子一樣。

李飛揚看着他，用不為人察覺的動作微微點了下頭。

雷耿的陣地上，依瑞斯抱着自己的頭盔出列，走到戚凡旁邊。

在依瑞斯的眼裏，這個渾身包裹在盔甲中的人是顧清河。

依瑞斯挑釁道：「沒想到你來的這麼早。是昨夜緊張得睡不着覺嗎？」

戚凡不答話。

依瑞斯皺了皺眉頭，下一刻，戚凡直接掄着闊劍砍向依瑞斯。

戚凡的攻擊毫無徵兆，依瑞斯閃身躲過，他的頭盔還抱在懷中，戚凡的偷襲引來了雷耿陣營的一陣噓聲，瑞德一邊也覺得臉上無光。

李飛揚低聲自語道：「這個笨蛋……」

依瑞斯臉上稍許驚訝，顯然也是沒有想到顧清河會毫無徵兆的出手。他和顧清河只見過幾面，但印象中卻覺得這不該是顧清河所為之事。身後的雷耿陣地噓聲和咒罵聲齊至，依瑞斯看着顧清河，臉上神色變冷，他戴上頭盔，拔出海馬與龍寶劍，指着顧清河。

戚凡藏在頭盔裏的臉已經大汗淋漓，此刻的他已經緊張到極致。因為恐懼，所以往往會主動出擊，戚凡掄着闊劍砍向依瑞斯，後者輕鬆躲過，戚凡用力過猛，一劍落空，整個人向前踉蹌了幾步，雷耿陣營又是爆發出一片噓聲。

　　瑞德這邊，伯恩、維蘭、德羅皆面容凝重。

　　伯恩：「為什麼顧清河看起來如此笨拙，就好像從沒進行過劍術訓練一般。黎曦和泰盧都說過顧清河是劍術好手啊⋯⋯」

　　李飛揚神色一緊，心裏默默唸道：「笨蛋，趕緊比劃兩下按計劃投降啊。」

　　戚凡又向依瑞斯發起了攻擊，動作笨拙，依瑞斯再次輕鬆躲過，趁勢繞到戚凡身後。戚凡穩住身型，發現敵人不在眼前，立刻左顧右盼，依然毫無所獲，反應過來後馬上轉過身來，看見依瑞斯持劍看着自己，像是觀賞一頭珍惜動物。

　　雷耿陣營再次爆發出哄笑聲，眼前的一切不像是一場決鬥，倒像是一場戲耍。這邊依瑞斯卻沒有掉以輕心，他還記得在碼頭和顧清河的初遇，兩人對峙之時他發現顧清河守勢森嚴，像一堵密不透風的牆，絕不是眼前這個滑稽的樣子。依瑞斯懷疑這可能是顧清河刻意示弱佈下的一個陷阱，一旦他大意出擊，便會遭遇對方致命的打擊。

　　思慮及此，依瑞斯平復自己的呼吸，繃緊神經，微微彎腰，全副戒備地看着顧清河。

　　戚凡雖然不懂武藝，但也感覺到認真起來的依瑞斯散發出一種危險的氣息，使他不敢像之前一樣貿然攻擊。依瑞斯開始緩步繞着他左右移動，像一隻隨時準備撲出的餓狼在衡量他和獵物之間的距離。這種壓迫感讓本就緊張的戚凡感到快要窒息。身處盔

甲之中本就悶熱，此刻汗水已經蒙濕了雙眼，戚凡覺得自己像一個蒸籠上的螞蟻，正在逐漸被蒸熟死亡。

無法忍受恐懼的煎熬，不如大叫着衝向恐懼。

戚凡握着劍再次撲向依瑞斯，依瑞斯側身躲過，戚凡空門大開，依瑞斯還是懷疑有詐，試探性地刺出一劍，不料正中戚凡盔甲的縫隙。

兩人再次側身而開，戚凡只覺腋下一陣疼痛，低頭一看，鮮血已經透過盔甲的縫隙滲出。

雷耿陣營爆發出一片歡呼聲，瑞德這邊則一片愁雲慘霧，李飛揚緊咬嘴唇，額頭大汗淋漓。

戚凡只覺得整個腦子都嗡嗡作響，雷耿陣營傳來的歡呼聲讓他心煩意亂，他有些茫然地轉過身去，發現依瑞斯並沒有乘勝追擊，依然採取守勢謹慎地盯着他。

「差不多了，可以投降了，把劍扔了投降啊。」李飛揚心裏着急地唸叨道。

戚凡舉着劍，腦子裏一片空白，早已忘了和李飛揚的原定計劃，此刻只是呆呆地站在原地。而依瑞斯也是驚訝自己的得手，竟然如此輕鬆就傷了顧清河。他本來以為顧清河是故意示弱露出破綻，引誘他進入陷阱。此刻他真的刺傷了顧清河，心裏卻更想不透顧清河的用意。

見顧清河站在原地不動，依瑞斯舞了兩下劍花，準備向顧清河發動攻擊。

戚凡感覺自己心跳加速，他大口呼吸，卻仿佛呼吸不到空氣。眼前的世界開始有輕微的搖晃，他感到一陣心悸，四肢百骸也開始變得酸軟無力。

李飛揚見此情景，暗罵一句笨蛋，突然衝了出去。

瑞德三兄弟一陣驚呼，本能伸手去拉李飛揚，但李飛揚已經向決鬥的兩人跑去。

依瑞斯剛準備出擊，卻見一襲紅裙飄進視線。李飛揚伸開雙手擋在他和顧清河中間。

李飛揚說：「不打了不打了，我們認輸，你贏了。」

依瑞斯一楞，李飛揚立刻回頭，對戚凡低聲說道：「把劍扔掉，往陰影森林跑。快！」

戚凡會意，把劍扔在地上，頭也不回地向陰影森林的方向跑去。

突發的狀況出乎所有人的意料，眾人就這樣眼睜睜看着「顧清河」翻過柵欄，進入陰雨森林，身影沒入樹林之中。所有的人都楞住了，現場安靜的沒有一點人聲，只有風聲吹過，陰雨森林的樹葉沙沙作響。

第二十七章

　　顧清河睜開眼睛，發現自己被五花大綁扔在兵器庫的角落。兵器庫的大門緊閉，陽光透過牆壁門窗的縫隙照射進來，光路裏可以看見舞動的灰塵。顧清河活動了一下脖子，大腦還是昏沉沉的。他竭力回憶到底發生了什麼，昨夜的那幕在腦海中被回憶起來，顧清河轉頭，一陣煙撲向了他。昏倒之前他看見的是李飛揚搖晃的臉。是李飛揚用迷煙迷暈了他，自然也是李飛揚將自己綁在這裏。

　　她為什麼要這樣做？

　　顧清河抬頭看了看射進來的陽光，突然想起今天是和依瑞斯決鬥的日子。他心裏猛地一驚，趕忙去看透進來的光線，推算時間已過晌午。他心裏一沉，感覺仿佛從高處突然向下墜落一般。現在已經過了決鬥的時辰，而他卻被綁在這裏，根本沒去和依瑞斯決鬥。

　　他又回想起昨夜李飛揚的異常，如今想來李飛揚早已有要將他留在這裏的計劃，自然也就不再擔心他會去決鬥。他萬沒想到李飛揚竟然會出此下策，如今決鬥時間已過，他無故失蹤，眾人或以為他怯戰而逃，或猜測他出了什麼事故……

　　顧清河心裏升起一陣疑雲，瑞德的人不見他的蹤影，必定會

四處尋找他。昨夜伯恩是最後一個見過他的人，勢必會來兵器庫看上一看，李飛揚藏他藏的不甚隱祕，若是有人來此尋他，是一定找得到的。但此刻他人還在這裏，說明瑞德的人根本沒有來找過他⋯⋯顧清河扭動脖子，目光在兵器庫裏梭巡着，突然看見有一處放置盔甲的架子空着，他眯起眼睛，想起昨夜那裏還陳列着一副盔甲。那副盔甲去了哪裏？

顧清河心裏似乎已有答案，所有的線索聯繫在一起，李飛揚的計劃便被他復盤了出來。盔甲在戚凡身上。戚凡穿盔甲是為了冒充他。因為戚凡冒充了他，所以沒有人發現他失蹤了，也就沒有人來尋找他。而戚凡冒充自己，勢必是去代替自己和依瑞斯決鬥。

他感到脊背發涼，戚凡功夫如何，他再清楚不過，就是十個戚凡加起來，也決計不是依瑞斯的對手。眼下晌午已過，決鬥一定已分出勝負，也不知戚凡現在是生是死。顧清河深深呼吸了幾下，剛準備大聲呼救，突然聽見庫門發來響動聲。

顧清河屏息凝神，只見庫門被開了一條縫，一個紅色的人影閃了進來，又把門閉上。顧清河仰起頭，便看見李飛揚快步走到自己面前。

李飛揚看見顧清河已經醒來，兩人四目相對。

顧清河：「快給我鬆綁。」

李飛揚點點頭，給顧清河解開繩子。

顧清河掙開繩子站起，面色一沉：「李飛揚，你好大膽子。戚凡呢？他怎麼樣了？」

李飛揚低頭，說：「他沒事⋯⋯」

顧清河說：「你讓戚凡冒充我去和依瑞斯決鬥了，是不是？」

李飛揚說：「是。」

顧清河說：「你怎麼能這麼胡鬧！」

李飛揚說：「我沒胡鬧，我也沒有錯。我這樣做是為了救你。」

顧清河說：「你為了救我？卻讓戚凡冒了丟掉性命的風險！他現在在哪？依瑞斯有沒有傷到他？」

「我都跟他計劃好了。他才不跟依瑞斯拚命呢。」李飛揚跟顧清河說了決鬥始末。

顧清河聽完，沉吟片刻，「所以現在戚凡跑到陰雨森林裏了？」

李飛揚說：「跑進去看沒人追來，把盔甲一卸，另找條路出來便是。算算時辰，他差不多也該回來了。」

顧清河感到一陣怒火中燒，似乎已經很久沒有像現在這樣動過肝火。但眼下木已成舟，他再發火也是於事無補，只得將怒火強壓心裏。李飛揚看顧清河臉色難看，知道他此刻定是氣急，但眼前的情況她早已料想過，就算顧清河想要一刀殺了她，她也無怨無悔。

顧清河不想再在此地多留，拔足向出口走去，被李飛揚從身後叫住。

李飛揚說：「顧大哥，我知道你現在一定非常生我氣，甚至恨不得一劍殺了我。但事我已經做了，我也不後悔。我寧願你現在這樣生我氣，也不願冒一絲我可能再也見不到你的風險。」

顧清河停下腳步，突然回頭，對李飛揚說：「所以現在世人都知道，我顧清河輸給了他依瑞斯，而且是認輸後逃出了戰場。」

李飛揚說：「這裏只是維尼亞，這裏不是大明！哪有那麼多世人！」

顧清河說：「你知道我當時去雷耿莊園宣戰，行事如何囂張，

就是為了激怒依瑞斯，讓他放棄和特瑞典的決鬥，轉而將矛頭指向我。我自幼習武，技不如人無話可說。可你用這種手段，讓我揹這麼大一個黑鍋，讓我啞巴吃黃連，有苦說不出。現在大家都覺得我是個笑柄！」

李飛揚爭辯道：「你為了一時意氣，萬一輸了性命，划得來嗎？面子這種事情，怎麼能大得過命。」

顧清河突然從旁邊的武器架上抽出一把劍，直直刺向李飛揚的額頭，劍光如虹，李飛揚只覺得眼前一花，還沒反應過來便發現劍尖停在自己鼻樑分離之處，李飛揚整個人都嚇得楞住，眼睛慢慢向下瞟，才看見劍尖處竟然插着一隻飛蟲。

顧清河撤劍一甩，長劍如離弦之態飛出，插入木樑沒入一半。李飛揚此刻才緩過勁兒來，險些暈倒。她從來沒有見過這麼快，這麼準的劍。

顧清河傲然道：「我墨家學識淵源，傳承千年。我是墨家最後一個後人，盡得墨家機關，劍法之真傳。我知道自己活的像個影子，不敢讓別人知道我的家世，不敢讓別人知道我的師承，可我活的像個影子，不代表我本來就是個影子。」

李飛揚咬着嘴脣，一時不知該如何反駁。

顧清河又說：「我和依瑞斯的決鬥，是大丈夫之間的承諾。你讓戚凡假扮成我出戰，騙了這裏所有的人。戚凡生性老實，這麼大的事，心裏必是極不情願。但他最聽你的話，你如果執意要他做，他就是把自己的心挖出來也願意。現在大家都當是我顧清河輸了，我若說出真相，又恐為難了你和戚凡。而你算到事已至此，我不會告訴別人是你和戚凡從中搞得鬼。」

李飛揚不服氣道：「你何必去管他們說什麼，瑞德大廈將傾，

到時我們離開維尼亞回到大明，又有什麼關係。你以為我喜歡逼着戚凡做這一切，我做這一切還不是為了你？」

顧清河看着李飛揚，想到她終究是個年紀還輕的女孩，心下歎了口氣。

顧清河說：「算了，你什麼都不懂。」

顧清河說完離去，李飛揚看着顧清河的背影，話到嘴邊最終還是嚥了下去。

特瑞典的房間，瑞德三兄弟和黎曦在列，現在的情況完全出乎意料之外，顧清河竟然會在決鬥中認輸跑進陰雨森林。

「也許顧清河從一開始就計劃好了。」德羅說，「你看現在，沒有人受傷。」

「這種出醜的事情，不像是顧清河會做出來的啊。」伯恩說，「維尼亞人都知道他即將成為瑞德家的夫婿，他是代替父親出戰，代表的不僅是他個人，如今不僅他淪為笑柄，雷耿家還在恥笑我們啊。」

「你是希望顧清河在決鬥中殺死依瑞斯嗎？」維蘭說，「這樣確實解氣，但要知道顧清河和依瑞斯之戰，依瑞斯的勝算更大一些。若是顧清河死在依瑞斯手上，你讓黎曦怎麼辦？」

伯恩看了眼黎曦，反駁說，「我沒有這個意思，但現在的情況——」

「夠了。」特瑞典出聲打斷，「都別吵了。」

兩人閉嘴，特瑞典歎了口氣，喃喃道：「果然困獸之鬥，無論掙扎得多麼賣力，都不會好看啊。」

眾人不明白特瑞典的意思，特瑞典又歎了口氣，喃喃道，「一

切都源於藍札因我而死。如果我最初沒有膽怯，接受和依瑞斯的決鬥，死在他手上，不過一命還一命。但因為我沒有承擔自己的責罰，終於諸神詛咒了我，讓我不僅身患絕症，還要讓瑞德百年的基業葬送在我的手上。」

伯恩反駁，「父親你不能這樣說。當時碼頭一片混亂，大家打作一團，你並不是蓄意要殺死藍札，亂鬥之中刀劍無眼，那只是一場意外！」

「夠了。」黎曦突然大喊，蓋過了所有人的聲音，房間瞬間變得安靜了下來。

「都是我的錯。這一切全部因我而起。」黎曦說，「如果不是我……事情就不會變成現在這個樣子。都是我的錯！」

眼淚從黎曦的眼眶中湧出，特瑞典和三個兄弟面面相覷，他們並沒有責怪黎曦的意思，但此刻才意識到這些爭執無疑刺痛了黎曦。

果然困獸之鬥，無論掙扎得多麼賣力，都不會好看啊。

敲門聲響起，黎曦最後抽泣了幾下，停止哭泣。敲門上又響起了幾聲，伯恩問外面是誰，沒有回話，依然是敲門聲，眾人彼此互視，不知道門外的人是誰，竟敢不顧族長房內的問話。特瑞典使了一個眼神，示意伯恩去開門。伯恩點點頭，走到門前打開門，卻發現門口站着的是顧清河。

「顧清河。」伯恩驚奇地說，顧清河沒有回話，從伯恩身旁走過，來到房間中央。

自從決鬥後，大家都沒有見過顧清河，此時他突然出現在眾人面前，雖然每個人都有很多話想問他，但此刻竟無一人出聲詢問。顧清河面無表情，看不出悲喜，也不言語，他站在房間中

央，目光望着特瑞典，不知意欲何為。

「聽說你受傷了，不要緊吧。」率先打破沉默的是黎曦，她聽德羅描述了決鬥的過程，依瑞斯曾一劍刺中了顧清河的腋下，鮮血當時就從盔甲的縫隙中滲了出來。

顧清河沒有回話，直接將自己的上衣脫了下來。眾人驚愕，不知道顧清河在做什麼。顧清河將脫去的衣物扔在地上，赤裸着上身站在眾人面前，依舊一言不發。

時間似乎過了很久，終於德羅率先明白了顧清河的用意，因為顧清河的身上並無傷口。

德羅問：「你……不是被依瑞斯刺傷了嗎？我當時親眼看見的，應該是在這裏。」

德羅伸出手指，眾人順着德羅手指的方向望去，卻見顧清河的身上皮膚完整，並無傷痕。

眾人面面相覷，不知此事何解。顧清河彎腰撿起衣服，一件件穿好。然後解答了此刻所有人的困惑。

顧清河說：「因為去參加決鬥的人，並不是我。」

眾人愕然。

李飛揚站在瑞德莊園門口焦急地等待着，戚凡還沒有回來。

「這個死鬼，到底死哪兒去了。」李飛揚唸叨着，她抬頭看了看天空，此時黃昏已至，天色將晚，從決鬥結束到現在已有半天時間，戚凡卻還是沒見蹤影。

李飛揚心裏逐漸湧現了一股巨大的不安感，從小到大，戚凡總是跟着她，在她看得見的地方，在她看不見的地方，戚凡就像一道她想要擺脫的影子，如果把他從陽光下趕走，他就會悄悄藏在陰影裏去。而現在這道影子不知道去了哪裏。在這十幾年裏，

從未出現過這種情況。

李飛揚繼續焦慮地等待着，她開始來回踱步，心裏思緒煩亂。終於日落西山，夕陽最後一抹餘暉消失在遠處的海平面上，夜色終至，李飛揚按捺不住心裏的焦慮，決定動身去陰雨森林尋找戚凡。

她剛待邁步，卻看見不遠處有一個人影搖搖晃晃向她走來。此時剛剛入夜，李飛揚還能勉強看清來人的身形。她和戚凡自幼一起長大，平日裏從腳步聲便可以聽出是否戚凡，但此時這搖搖晃晃的人影給她一種不詳的預感。李飛揚叫了兩聲戚凡，人影並不應答，繼續搖搖晃晃向她走來。

李飛揚嚥了一口口水，屏息凝神，注視着越來越近的人影。終於人影走進了瑞德莊園門口火把照耀的範圍裏，戚凡面色蒼白，嘴角有一絲血跡，肩膀上血肉模糊。李飛揚驚叫一聲，戚凡向她伸出手，卻雙眼一白，栽倒在地。

第二十八章

戚凡死了。

死在李飛揚的懷裏。

李飛揚能感覺到戚凡的身體漸漸失去了溫度，她拚命想抱緊戚凡，但戚凡的身體還是一點點冷下去，就像他的生命是從李飛揚的指尖溜走的一樣。

李飛揚的呼救聲叫來了很多人，瑞德三兄弟、黎曦、顧清河，還有瑞德莊園的其他人。

戚凡在彌留之際，嘴裏一直輕喚着顧清河的名字。顧清河蹲下到戚凡身邊，戚凡看見顧清河，掙扎的雙眼仿佛突然有了一絲光，他拚勁全力抓住顧清河的手腕，指節翻白，仿佛溺水的人想要抓住一根救命稻草一般。他在顧清河的手背上畫了一個符號，當他畫完最後一筆時，顧清河的神色突然震驚之極，戚凡嘴角嗡動，叫着顧清河的名字，似乎有什麼話想跟他說，顧清河湊到戚凡耳邊，戚凡在顧清河耳旁悄聲說了些什麼。

戚凡的頭永遠地垂下了，像是沉沉睡去一般，只是這次再也不會醒來。

兵器庫裏，戚凡平靜地躺在桌上，他的神色安詳，所有的痛

苦都已遠去，和他身體的溫度一起。

顧清河親自為戚凡檢視了傷口，戚凡肩膀上血肉模糊的傷口是被某種野獸咬傷的。除此之外身上還有很多被抓傷的傷口，另外在腋下還有一道劍傷，被依瑞斯的劍刺中的地方。

不難聯想，頂替顧清河出戰的戚凡在認輸後，跑進了陰雨森林。在森林裏他卸下盔甲，準備按照和李飛揚的計劃返回瑞德莊園時，遭遇了那頭眼角有一道傷疤的黑熊的襲擊。

戚凡還是逃離了熊口，但是身負重傷，命不久矣。他用自己最後的生命堅持着回到瑞德莊園，最終死在了他一生摯愛的李飛揚的懷中。

李飛揚覺得是自己害死了戚凡。這個從小跟着自己，像一道影子一樣怎麼都甩不掉的人，如今變成了一具沒有溫度的身體靜靜躺在自己面前。李飛揚的臉上滿是淚痕，她此刻腦子空空的，在最初撕心裂肺地傷楚過後，她開始懷疑眼前的一切是否真實，戚凡會不會突然睜開眼睛，像曾經千百次那樣對着她傻笑。她保證這次再也不趕他走了，她要緊緊抱着他，再也不讓他身體的溫度從她的指尖溜走。

李飛揚靜靜地坐着，一語不發。瑞德三兄弟輪番勸慰她，人死不能復生，節哀順變。可她什麼都聽不見，旁人安慰的話語就像是來自天邊的囈語，飄渺虛無。她的眼睛盯着戚凡的屍體，腦海裏慢慢都是戚凡的音容笑貌，從戚凡還是一個孩童的時候開始，髒兮兮的，天天跟着他爹爹在她家幹活，供她驅使。然后戚凡長大了一些，臉上不再髒兮兮了，可皮膚早已被陽光曬得黑黝黝的，只是每次在看着她的時候，雙目明亮如星。

人們慢慢地都走了，她彷彿聽見顧清河讓大家先出去，給

她一點時間。然後腳步聲響起，腳步聲消失，那些仿佛是天邊的囈語一般的聲音也消失了。周圍靜悄悄的，她還是木木地盯着戚凡，腦海裏全是戚凡的聲音、樣子，這些回憶裏的影像慢慢疊畫在她的雙眼裏，讓她仿佛回到了往日時光的罅隙裏。

兵器庫裏只剩下李飛揚和顧清河兩個人。顧清河在不遠處站着，看着失神落魄的李飛揚，看着桌面上戚凡的屍體，他也不可自抑地想起戚凡還活着的時候，他們三個人在船上的日子。在這遙遙的維尼亞，他們同為異客，而此時，已經只剩下他和李飛揚兩個人。

然而李飛揚不知道的是，戚凡最後在顧清河手上畫下的符號，以及他說給顧清河的話。

戚凡死了，這件事情並沒有結束。

顧清河似乎又感覺到那股冥冥之中牽引着他的力量。

只是這次，是以戚凡的生命為代價。

翌日，戚凡葬禮。

李飛揚要求火葬，雖然漢人講究入土為安，但人要落葉歸根。

顧清河知道李飛揚想將戚凡的骨灰帶回大明，帶回他們的家。

戚凡的屍體在熊熊烈焰中化作了灰燼，李飛揚親自收斂了骨灰。

李飛揚將骨灰帶回了自己的房間，用白燭和水果供奉。

然後她關上了門，將所有的一切都隔絕在外，包括顧清河在內。

顧清河知道李飛揚心裏的痛苦，但是他並不擅長安慰別人。

死生之事，如何安慰，一切只有交與時間。

戚凡死了，決鬥的事情也告一段落，但是消息還是不脛而走。

雷耿莊園裏，依瑞斯心頭的困惑終於被解答。原來昨天和他決鬥的並非顧清河，而是跟着顧清河的那個東方人。

起初依瑞斯還覺得奇怪，自己那一劍當時只是試探性的進攻，根本不可能致人死地。後來聽說是死於陰雨森林的黑熊之口。依瑞斯心裏歎息了一聲，這個可憐的東方人，奔赴了一場不屬於自己的決鬥，替了別人而死。

雷耿家的人想要追究瑞德的欺詐行為，畢竟當初顧清河是以瑞德家夫婿的名義代替族長之名和依瑞斯決鬥，眼下居然找了一個外人來頂替。但依瑞斯想到人已亡故，不再想要追究。從某種意義上來說，這個人雖然並非死於他的劍下，卻也算是因他而死。

依瑞斯劍術高超，但從未殺過一人。但這次，他覺得這個生命的消亡他也負有一絲責任，這讓他的心裏產生一種失落的感覺。

依瑞斯不禁開始懷疑，如果他真的親手殺死了特瑞典或顧清河，他就真的開心了嗎。還是說，此刻心裏會有更大的失落感。

依瑞斯搖了搖頭，不願再深想細究。

戚凡的死，仿佛一場大雨澆滅了一切。

瑞德莊園特瑞典的房間裏，瑞德三兄弟、黎曦和自己的父親在一起。

「沒有想到，事情竟然會變成這個樣子。」伯恩歎了口氣。

特瑞典覺得頹唐，本來今天變成屍體的應該是他，絕對不該是戚凡。在這場雷耿和瑞德的爭鬥中，卻偏偏是這個無辜的人犧牲掉了自己的性命。

「飛揚小姐為了顧清河，竟然做出了如此大膽的事情。」維蘭也歎了口氣。

黎曦感到臉上火辣辣的，如果不是因為當初她執意和依瑞斯私奔，依瑞斯的父親就不會死。如果不是她聽信依瑞斯的話，毀掉了海馬與鳳雕像，父親也不會執意想要犧牲自己平息雷耿的怒火。顧清河就不用代自己的父親出戰，戚凡就不用冒充顧清河去出戰……一切的死亡都是源於自己，一切的覆滅都是源於自己……

也許最該死掉的人，其實是自己……

「也許這是諸神的旨意吧。」特瑞典說，「雷耿和瑞德，一百年裏都陷入在這種仇恨的循環中。每一次一方的復仇成功，都給對方帶來再次復仇的理由。也許所有人都已經習慣了在這種循環中生活，但戚凡是一個外人，他來自遙遠的東方，既不是雷耿也不是瑞德，最後卻因為我們兩家的糾葛而死……」

眾人想到此事，皆默然不語。

「黎曦。」特瑞典叫道。

黎曦抬頭看着特瑞典。

「請你和顧清河一起開始重塑雕像。我們是工匠世家，不是戰士，也不是刺客。如果一定要和雷耿決鬥的話，我們的戰場應該是在這場比賽上，我們的戰士應該是我們的作品，我們勝利或者失敗，都不應該是某個人的生命。」

黎曦看着特瑞典蒼老而堅決的眼神，點了點頭。

「去找顧清河吧。」特瑞典說，他覺得眼睛有些酸疼，轉身望着窗外，他的視線越過維尼亞的羣房，越過陰雨森林，直到最遠處的遠山。

是夜，月明星稀。

顧清河獨自來到陰雨森拉的邊緣。

月光皎潔，映照着木籬笆上的摩尼教經文清晰可見。

顧清河看着上面的降魔咒文，是用波斯語書寫，而顧清河，卻恰恰懂一些波斯語。

因為他的外祖父，乃是明朝的開國皇帝朱元璋，而朱元璋出身的明教傳自波斯總教，也就是摩尼教。顧清河所學淵博，波斯語剛好也懂一些，他初時見柵欄上的咒文，並未用心研讀，此刻細細看去，仍有很多看得不明不白，但猜測推敲，卻總覺得上面寫的似乎並不是降魔經文一類。

顧清河看了看柵欄後的陰雨森林，那次李飛揚負氣跑進陰雨森林，他進入森林尋找，恰逢黑熊襲擊李飛揚和戚凡，他將黑熊引到一處巨大的蜂巢處，利用羣蜂的攻擊趕走了黑熊，救下了李飛揚和戚凡。

現在戚凡死了，他又來到了這裏，即將進入這片傳說中有惡魔的地域。

顧清河翻過木柵欄，走向森林深處的黑暗。

他點了一根火把，於密林之中前行。

陰雨森林不愧陰雨兩字，夜間濕氣極重，顧清河周身衣物已貼在身上，汗水伴着濕氣，遇風更冷，火苗閃爍，時亮時暗。

顧清河曾遊歷名山大川，也曾進入過荊山祕境尋得墨家至寶璞石的線索，這些深山老林在旁人眼裏可能千篇一律，進入便分不清東西南北，但在顧清河眼裏，卻全都有跡可循。

只是此時此刻，他的心裏想到的卻是依瑞斯。

黎曦所鍾愛之人，雷耿家的族長，海馬與龍紋章的第一繼承人。以及，在那頭巨熊眼角留下傷痕的男人。

是的，顧清河想起了那個故事，依瑞斯與黎曦的初見。黎曦與弟弟泰盧在陰雨森林的邊緣遊玩，被黑熊襲擊。在溪河垂釣的依瑞斯趕來阻止，與黑熊大戰了一場，並在黑熊的眼角留下了一條可怖的傷口，擊退了這兇猛的野獸。

然後第二次，在黑熊想要將李飛揚和戚凡當作腹中美味時，他利用群蜂趕跑了黑熊。

第三次，跑入陰雨森林的戚凡再次遭遇黑熊，險些被咬掉了半個肩膀，但戚凡依然逃離了熊口，最後死在了李飛揚的懷裏，在顧清河耳邊留下了最後的遺言。

此刻顧清河來到陰雨森林的盡頭，這裏是陰雨森林和遠山的交匯地帶。面前有一套蜿蜒的山路，如蛇般盤旋向上，仿佛纏繞着遠山。而此地的一個大石頭上，卻雕刻着一個古老的符號。

顧清河伸出手掌，想起戚凡臨終之際，在自己手上描繪的符號。他抬起頭看着石頭上的符號，腦海裏戚凡手指書寫的一筆一畫開始成形，和石頭上的符號一模一樣。

這個符號顧清河並不陌生，所以當戚凡在他手心書寫時，他才會感到驚愕無比，為何戚凡會知道這個符號。直到戚凡在他耳邊，告訴了他這個地方。

這是墨家的符號。

為什麼墨家的符號會出現在遙遠的維尼亞？

顧清河還不知道，但他知道這條蜿蜒的小路有明顯人工開鑿的痕跡，這個符號就像是一個路標，這條路的盡頭，一定埋藏着什麼，等待着某個人去挖掘出來。

顧清河踏上了這條路，一切都仿佛是冥冥之中註定的一般。

道路並不曲折，最後的終點是一個山洞。

顧清河打着火把進了山洞，火光掃過之處，鍋碗瓢盆，石桌木凳，甚至還有一座煉丹爐。

這些事物俱已荒廢許久，只能說明曾經有人在這裏住過。

顧清河繼續尋找，很快便發現了幾樣重要的事物。

兩卷羊皮書，和一塊石頭。

一卷用漢字寫成，一卷用維尼亞當地的文字。

石頭上有一道標記，顧清河認得，和當時他在孤島畫給李飛揚和戚凡的符號一樣，而陰雨森林邊緣，遠山腳下那塊巨石上的符號也是相同，這是他們這一支墨家傳人的標誌。

顧清河打開了那卷用漢字書寫的羊皮書，他靜靜地讀着，很快確定了這塊石頭的來歷，就是他曾在荊山祕境中所尋得線索，指向的那塊與和氏璧出同源，一陰一陽的璞石。

被稱為墨家的至寶，是墨家延續千年的使命。

所有的祕密，都在這兩卷羊皮書中。

顧清河繼續閱讀羊皮書。

他即將知道一切。

次日黎明，顧清河回到瑞德莊園。

由於他徹夜未歸，黎曦也徹夜未眠。最近變故叢生，大家心裏都是惴惴不安。黎曦沒有將顧清河失蹤一事告訴眾人，而是自己心驚膽戰了一個晚上。如今看到顧清河，終於如釋重負。

黎曦看顧清河雙目充滿血絲，似是一夜沒睡。問顧清河昨夜

去了哪裏，顧清河沒有解釋，只是說自己現在疲憊不已，需要睡眠，約定中飯時間和大家見面。黎曦告訴顧清河特瑞典要他們開始重塑雕像的工作，顧清河點頭，說自己也將在午後和大家商議此事。黎曦發現顧清河出奇地平靜，總覺得昨夜似乎發生了什麼改變了他，還待再追問，顧清河卻已經轉身走掉。黎曦看着顧清河的背影，心裏油然而生一種失落的感覺。

顧清河回到房中，雖然一夜未睡，可他心裏卻是翻江倒海，一點倦意都沒有。他將藏於懷中的璞石和兩本羊皮書取出放在桌上。靜靜地低頭端詳着這三樣物事。他們墨家的至寶，與和氏璧同宗同源的陰陽璞玉此刻就在他的眼前。師父曾告訴自己，璞石在大元忽必烈統治年間丟失，墨家後人在神州大地遍尋無果，沒想到竟然是流落到了這遙遠的維尼亞。而一旁的羊皮書中，不僅詳細記錄了璞石為何會從遙遠的大明來到此地，更是寫盡了海馬與龍、海馬與鳳的由來，以及雷耿和瑞德恩怨的始末……

「不要擔心，一切自有安排。」顧清河耳旁又想起了師父臨終前在自己耳邊的話語，如今看來，似乎真是如此。

顧清河盯着桌上的璞石，靜靜沉思了起來。

戚凡火葬後的第二天，李飛揚還是沒有出門。

她把自己關在房間裏，靜靜地對着戚凡的骨灰罈。

一切都變了，變的面目全非。當她為了拒婚從家裏跑出來，從一個千金小姐流落到大千世界，她心裏的卻更多是好奇和興奮。當她女扮男裝，應徵入伍成為大明水師的一員兵丁，隨大船出海，前往西洋，她的眼裏除了遼闊的大海，還有顧清河。在亞力山卓，她執意踏上「幸運的阿達西」號，追隨顧清河前往未知

的海域，她沒有畏懼。遭遇海難，流落孤島，她也不曾絕望。直至來到維尼亞……

她發覺自己離家萬里，卻好像從來沒有想過家，沒有想過爹爹，沒有想過哥哥弟弟。然而此刻，她突然非常想家，想自己長大的院落，想那些陪着她自幼長大的人們。她終於知道，這一切，都是因為戚凡。

因為戚凡一直跟着她，從小到大，從家鄉到維尼亞，他是家的一部分，看見他，就好像離家不遠。現在他沒了，與家的聯繫斷掉了，她才突然意識到，在這遙遠的維尼亞，她舉目無親。

原來重要的東西一直在身邊，卻視而不見。看似美麗的事物一直在前方，卻觸而不得。

李飛揚想到這裏，眼淚又不住地掉下來。

有人敲門，咚咚咚。

李飛揚不應。

「飛揚，是我。」

顧清河的聲音傳來。

李飛揚眉頭微蹙。

顧清河站在戚凡的牌位前，看着白燭、瓜果，還有戚凡的骨灰罈。

李飛揚靜靜站在一旁，低頭不語。

維尼亞沒有香火，顧清河雙手合十，拜了一拜。

「顧大哥。」李飛揚說，言語中卻沒了往日的親熱。

「嗯。」顧清河應道。

「戚凡走之前，在你耳邊說了些話，能告訴我嗎？」李飛揚問。

「他讓我去陰雨森林和遠山交匯處的一個地方。」顧清河說。

李飛揚微微皺眉，顯然不明白這句話的意思。

顧清河思量着要如何跟李飛揚解釋這複雜的一切。

「和我有關嗎？」李飛揚問。

「還有……」顧清河轉身看着李飛揚，「他讓我好好照顧你。」

李飛揚嘴角不自抑地擠出一絲譏諷的笑容，眼淚也不自禁湧出眼眶。

她是在嘲笑自己，她突然覺得自己就是一個大笑話，而她這個大笑話，卻害的戚凡丟掉了性命。

顧清河理解李飛揚的痛苦，他不擅長安慰別人，因為他總覺得生死之事，不是一句節哀順變就能順變的。安慰無用，只有交與時間。

但是顧清河還是過去拍了拍李飛揚的肩膀。

「以後，就只有我們相依為命了。」顧清河說。

李飛揚擦了擦眼淚走開。

「如果沒有別的事，顧大哥請走吧，我要休息了。」李飛揚的聲音冷冰冰。

顧清河看了看放在桌上的飯菜，紋絲未動，就知道從昨天到現在，李飛揚什麼都沒吃。

「跟我一起去吃飯吧。」顧清河說。

「我不餓。」李飛揚答。

「不餓也要吃點，不然身子會垮。」顧清河說，轉頭看了看戚凡的牌位，「戚凡如果還在，一定不願意看你這樣。」

李飛揚動容。

瑞德餐桌上，眾人低頭吃食，靜默不語。

桌上只有咬動食物的吞嚥聲。

李飛揚看着滿桌的珍饈美味，無動於衷，胃口毫無。顧清河看李飛揚依舊粒米未進，主動將一塊肉排放入李飛揚的盤子裏。李飛揚抬頭看着顧清河，兩人四目相交，李飛揚抿了抿嘴脣，還是逼迫自己吃了一點東西。

眾人餐畢，顧清河說道：「我有事相告，希望大家可以和我一起面見特瑞典先生。」

伯恩、維蘭、德羅、黎曦都望着顧清河。

李飛揚起身行禮，準備離去。

「飛揚。」顧清河叫道。

李飛揚停下，不解地看着顧清河。

「你也來。」顧清河說。

李飛揚楞了一下。

瑞德兄妹面面相覷，不知顧清河意欲何為。

瑞德族長房間裏，特瑞典看着站在面前的人。

瑞德三兄弟、長女黎曦、顧清河、李飛揚皆在。這是李飛揚第一次出現在他的房間裏。

「大人。」顧清河說，「黎曦已經告訴我，您讓我們重啟雕塑的工作。」

特瑞典點點頭，說：「時日無多，老實說我並沒有報很大的期望。之前你們一直堅持要重啟雕塑的工作，現在我覺得你們是對的。」

特瑞典將目光轉向李飛揚，後者微微低頭，一言不發。

「飛揚小姐，我對你的失去感到惋惜。事情的經過我也知曉，請你節哀。」

李飛揚沒有回話，心裏卻都是刀絞般的難受。往日裏她最喜抱怨別人，而此刻，她卻只想怪罪自己。

見李飛揚沒有回話，特瑞典又用問詢的目光看着顧清河，想要知道顧清河為何要帶李飛揚來這裏。

「大人。我有一樣東西要給大家看。」顧清河說着，從懷中拿出璞石。

眾人的目光都被吸引過去，卻只看見一塊平凡無奇的石頭。

「這是什麼？」伯恩問。

「這叫做璞石。這平凡無奇的外表包裹下的是一塊精美的玉石，在我們東方，形容這種玉有一個詞，叫做價值連城。」顧清河解釋，「恕我直言，這塊玉的價錢，足以建造十座維尼亞城都不止。」

顧清河一言既出，眾人心裏卻是不相信，別說眼前這塊石頭，就是裏面包裹着的是金子，也絕無如此巨大的價值。

顧清河看出了瑞德族人眼裏的懷疑，他決定告訴眾人這塊璞石的來歷。

夕陽西下，眾人圍坐在飯桌前開始晚餐。

顧清河不僅講述了璞石的來歷，他還詳細闡明了他重塑雕像的方案。

因為時間所剩無幾，再重新雕塑海馬與鳳那樣的宏偉雕像已無可能，所以只能以小搏大，兵行險招。

顧清河要以黎曦為藍本，塑造一座女像。

　黎曦的美麗有目共睹，而她對顧清河的意義更是不在話下。

　這個方案太過大膽，瑞德眾人陷入了猶疑。黎曦感動於顧清河的深情，但也希望雕刻的不僅僅只是自己。她緩緩地說道：「在民間有一個古老的諺語，心中住着誰，你就會成為誰。兩個家族的恩怨紛爭讓我們每個人都疲憊不堪，無數次我問自己，這是我們想要的一切嗎？有那麼多的瞬間，我希望希臘和平女神艾琳能住進我的心裏。」說完這些，她望向了顧清河，四目相對之時，他們聽到了彼此心中的聲音。

　瑞德工坊再次熱鬧起來。

　海馬與鳳雕像被拉倒，碎成數塊。

　就想砸碎了舊的枷鎖，為的是自由的新生。

　工人們在其中挑挑揀揀，尋找可用的石材。

　顧清河和黎曦重新攤開圖紙，開始一筆一畫的設計。

　其餘的時間，李飛揚都是一個人呆在屋裏，對着戚凡的牌位和骨灰發呆。

她的思緒，沒有一刻不能停止想起以前的事情，沒有一刻不能停止緬懷戚凡。

想的越多，曾經的美好便積累的越多。曾經的美好積累的越多，現實的冰冷和痛苦便累積的越多。

但她已無可以悲痛的出口，因為一切都是她自作自受。

她只有默默承受一切。

雷耿莊園裏，瑞德工坊重開的消息傳來。

依瑞斯有些動容，他知道時日無多，瑞德現在重開工坊更像是困獸之鬥。

特瑞典明明已經放棄了比賽，為何現在又要做無用的掙扎？

依瑞斯知道，是那個叫戚凡的東方人之死改變了一些東西。

當得知戚凡死去以後，依瑞斯也感覺到自己心裏有一些地方被觸動了。

他知道陰雨森林中那頭可怖的黑熊，他曾經於熊口中救下了黎曦的性命。也是從那次開始，他和黎曦建立了某種聯繫，而這種聯繫，最終發展成了不顧一切，拋棄一切的愛戀。

和黎曦相愛的日子，成了他記憶中不可磨滅的美好記憶。

他本以為他和黎曦的愛情，可以溫暖，融化雷耿和瑞德百年來的積怨。

後來他們失敗了，於是他們雙雙決定放棄各自的家族，選擇屬於他們兩個人的世界和人生。

他們又失敗了。

後來父親死了，他利用了黎曦，只為得到這場百年來爭鬥的最終勝利。他在仇恨和家族利益面前，最終選擇了犧牲黎曦。他

還沒有收穫勝利，卻已經得到了黎曦無比的怨恨。

他渴望殺死特瑞典，為父親報仇。

他希望殺死代替特瑞典出戰的顧清河，卻因為他是瑞德的夫婿，是黎曦的未婚夫。

然而最終，死掉的只是一個叫做戚凡的冒牌貨。

依瑞斯覺得自己像是一張拉滿的弓，而拉滿弓弦這個動作幾乎已經耗盡了他全部的力氣。

離弦之箭，最終命中了錯誤的目標。

但依瑞斯並沒有覺得遺憾。

他突然不再恨特瑞典了。

他突然很想和黎曦說說話。

但他知道開弓之箭，無法回頭。

就算他回頭，也再也看不見黎曦了。

想到這裏，依瑞斯突然覺得鼻子一酸，眼淚忍不住就要奪眶而出。他深呼吸了數次才平復下自己的情緒，他是雷耿家的族長，被稱為真龍的男人，他不可以哭。

破空聲傳來，一支利箭從依瑞斯的眼前劃過，他能感覺到箭風吹亂他額前的頭髮，利箭直直刺入衣櫃裏。

依瑞斯起初以為有刺客，但很快他發現那支利箭上繫着一捲字條。

依瑞斯拔出利箭，摘下字條，閱讀上面的文字。

依瑞斯的雙眼陡然睜大。

瑞德工坊的熔爐裏，璞石被熊熊烈火炙烤着。

外表燒得通紅的璞石，在鍛造的鋼鐵敲打下發出一蓬蓬的火

星，表面卻連一絲裂痕都沒有。

吹毛斷髮的寶刀利劍，砍在璞石上收穫的也只是一個個殘缺的刃口。

顧清河曾聽師父說過，千年來一代又一代的墨家後人前赴後繼，使用各種方法都沒能讓璞石剖開見玉。如今看來，傳言不虛。

另一面在人像的雕刻上，顧清河和黎曦精誠合作。瑞德長女的才華不弱於她的美貌，在黎曦的全力協助下，顧清河進展神速。只是當推進到細節的雕塑上時，顧清河才感覺到了瓶頸。

栩栩如生，終究只是一種模仿。而顧清河想要的，是賦予雕像一絲神韻，就像是將靈魂注入雕像一般。

黎曦不懂顧清河到底想要什麼樣的作品，因為是以自己為藍本雕刻雕像。當她看着自己的樣子在顧清河的手裏塑成人像時，她再次對顧清河鬼斧神工的技藝所折服，沒有人會覺得這尊雕像不像黎曦，可是顧清河卻似乎對自己的手筆並不滿意。

「總覺得缺少了些什麼。」顧清河老實回答。

「可從工藝上來說，我覺得一切都很完美了。」黎曦說。

「藝無止境，沒有完美的事物。」顧清河說，「讓我再想想吧。」

「對了，飛揚姑娘最近怎麼樣，她好些了嗎？」黎曦問。

「她需要時間。」顧清河說，「只有時間可以緩解她的悲痛，畢竟，人死不能復生……」

「其實我能看出來，飛揚小姐她一直，一直對你……」黎曦不知如何講出口。

「我知道。」顧清河倒坦然地承認。

「那你……」

「你也知道，我心裏的想法。」顧清河看着黎曦，他的眉毛微微皺着，雙眼裏滿是複雜的情感。

李飛揚看着戚凡的牌位，心裏依舊是空空落落的。

她是一個活潑的人，脾氣來的快去的也快，今晚怒髮衝冠，睡一覺起來就都拋諸腦後。只是如今三天已經過去了，她心裏的悲傷竟似一點沒減。她每天都睡着都會夢見戚凡，夢見戚凡又活了過來，在夢裏她喜極成泣，一邊哭一邊捶打着戚凡。戚凡不說話，只是看着她笑。有時是在崑山老家，仿佛他們從未出過海，在一個沒有顧清河的時空裏，天地間只剩下她和那個傻小子戚凡。

夢總會醒，她醒來後看見的不是戚凡，而是一個孤零零的牌位，是一個毫無生氣的骨灰罈。

她終於知道什麼叫做舉目無親的感覺，她想起每一次她胡作非為的時候，都是戚凡在勸她。她要逃婚離家，戚凡勸她，她不聽，戚凡便跟着她。她要跟着顧清河上幸運的阿達西號，戚凡勸她，她不聽，戚凡也跟着她。她要戚凡頂替顧清河去和依瑞斯決鬥，戚凡勸她，她不聽，後來⋯⋯

自己是個沒心沒肺的人，不是嗎？可是如果真的沒心沒肺，現在她為什麼會這麼難受？沒心的人應該是不會傷心的啊。

李飛揚突然有一種預感，她不會好了，她的心將永遠這般空空落落，每次夢醒，都將是一次夢破碎的場景。

第二十九章

雨夜，墓地裏漆黑一片，時而磷火四竄。墓碑挺立，象徵着曾有一個個鮮活的生命在這裏長眠。野貓的雙眼在漆黑中發出光亮，如同地獄的使者在黑暗中窺伺着一切。大雨磅礡，仿佛想要沖刷這世間的罪惡，卻令道路地面泥濘難行。

腳步聲響起，油燈的火苗在暴雨中閃爍搖晃。身穿斗篷的男人在墓地間遊蕩着，顯然他不是一個賓客，因為亡靈無法邀請生者做客。男人的腳步放慢，油燈的光芒閃過一塊又一塊的墓碑。法蘭、賓德、奧德羅、尼斯……全部是瑞德家的姓氏。

燈火最終在一處墓碑前停留，突然天空劃過一道閃電，照亮了墓碑上的名字：魯茜亞·瑞德。

男人無言地望着墓碑，大雨磅礡，沖刷着刻在墓碑上的名字，燈火搖曳，卻明暗不熄。

突然，腳步聲又響起，男人立刻彎身吹滅了燈中的火苗墓地裏再次漆黑一片。腳步聲越急，男人匆匆離去，他的身後，另一盞燈火在向他靠近。

來人是顧清河。

當他來到魯茜亞的墓碑前時，發現此地空空如也，而剛剛一道閃電劃亮天際時，他明明看見這裏站着一個人影。

那個人影，到底是人是鬼？顧清河茫然地四顧，然而此刻墓地漆黑一片，唯一的光亮是他手中的油燈。

突然天空中再次划過一道閃電，顧清河在墓地盡頭看見了一張人臉。

顧清河永遠不會忘記那張臉。

一張宛如惡鬼一樣的臉。

清晨，瑞德家族的族長特瑞典被發現死在自己的房中。

死因是石化症。

特瑞典終究沒能撐到和雷耿家族比賽的那一天，他走的時候神色平靜，也沒有掙扎的痕跡，似乎並沒有多少痛苦，但眾人都知道因為石化的原因，他的觸覺、痛覺已經遺失殆盡。

特瑞典留下兩封遺囑，其中一封囑明在比賽結束後方能打開。

遺囑看來早已立好，說明特瑞典知道自己命不久矣。

知曉真相的眾人，包括長子伯恩、次子維蘭、三子德羅，以及長女黎曦，還有顧清河，都沒有想到事情來的如此突然。

根據第一封遺囑，由伯恩代承族長之位。

葬禮從簡。

消息很快傳遍了維尼亞。

依瑞斯是在午餐時分得知了消息。

起初全桌靜默，所有人都因這突如其來的消息而楞住了。

然後下一秒，全桌爆發出了仿佛勝利一般的歡呼聲。

酒杯碰撞，酒水飛濺。

只有依瑞斯面容冷漠。

他看着這些歡呼的雷耿族人，內心裏突然爆發出一股強烈的鄙視。

他拿起酒杯，磕了磕桌子，眾人逐漸安靜起來。

他舉起酒杯，眾人也跟着舉起。

「敬特瑞典·瑞德。」依瑞斯朗聲說道。

桌上眾人都露出不懷好意的笑容。

「一個可敬的對手。」依瑞斯朗聲說完。

眾人不懷好意的笑容紛紛凍結。

依瑞斯仰頭一口乾掉杯中的酒，然後將酒杯扔掉，起身離去。

留下眾人舉着酒杯，面面相覷。

瑞德工坊，前期的疊策工作完成後，如今又只剩下顧清河一人。

一面是雕塑的人像，一面是火中的璞石。

雕塑依然沒有顧清河想要的呼吸，璞石依然沒有見玉。

瑞德的族長特瑞典已經故去，他最終還是死於疾病，而非依瑞斯之手。

作為長子的伯恩根據特瑞典的遺囑繼承了族長之位。而特瑞典的另外一封遺囑要求在比賽結束後再公開。顧清河大致可以猜出遺囑的內容，比賽過後，瑞德和雷耿的百年爭鬥將畫上句號，特瑞典在海馬與鳳雕像損壞後便已分割了財產，因為當時所有人都知道瑞德已經無力回天。

如果沒有顧清河的話，事情可能確實會向眾人的想法發展。

但現在，這場爭鬥的勝負卻最終押注到了顧清河身上。

以前顧清河會覺得，自己是個東方來的外人。

但現在他已不這樣覺得，倒並不是因為顧清河有着一個有名無實的瑞德家夫婿的名號。

顧清河拿出在遠山祕洞中發現的羊皮筆記，打開翻看。

這個筆記裏記載着一個驚天的祕密，海馬與龍、海馬與鳳從何而來，雷耿家族、瑞德家族又是從何而來，這百年來的爭鬥從何而起，造成今天的局面又是何人之功過。如果說在沒有看過這本筆記的時候，顧清河會覺得他幫助瑞德完全是因為黎曦，但當他讀過這本筆記之後，他發現這件事情已經跟他脫不了干係。

顧清河靜靜思量着，工坊裏靜靜悄悄，只有熔爐下的火焰燃燒的聲音。

腳步聲響起，顧清河立刻合上書本，藏於身後。

來人是李飛揚。

顧清河沒有想到李飛揚會在深夜來到工坊。自從戚凡走後，李飛揚甚少出門。顧清河知道她心中悲痛，也不願打擾她，只希望時間能抹平她的傷痕。

「顧大哥。」李飛揚叫道。

「飛揚，你——」顧清河本想問李飛揚覺得好些了嗎，但又怕觸及她的傷心事。

「我也不知道我好點了沒有。」李飛揚倒是直接說出了顧清河顧忌問的話，「我心裏空落落的現在。」

顧清河看着李飛揚毫無生氣的臉，心下一陣難過。

「顧大哥，這是黎曦的塑像嗎？」李飛揚說這走到雕像旁邊。

「是以她為藍本雕刻的。」顧清河說。

「像，真像。但又覺得比黎曦還要好看。」李飛揚說，「看來顧大哥在雕刻的時候，按照自己的喜好做了改動，原來這就是顧大哥心裏黎曦的樣子。」

顧清河從未聽過李飛揚如此直白地談論黎曦，竟一時不知如何作答。

李飛揚又來到熔爐旁，被火拷得通紅的熔爐散發出一陣陣熱浪。

李飛揚問：「這熔爐裏煉化的是什麼？」

顧清河說：「是一塊璞石。」

「璞石？」李飛揚又問。

顧清河說：「最近發生了很多事，你深居簡出，可能還不知道。」

李飛揚低下頭去，「就是說大家都知道，只有我不知道⋯⋯」

顧清河說：「這塊璞石若是在大明則是無上的至寶，但在這維尼亞，卻也不是什麼不能告人的祕密。你可聽過和氏璧？」

李飛揚仰頭思索了一下，說：「小時候聽家裏大人講過故事，說是一塊價值連城的寶玉。」

顧清河說：「這裏面還有個典故，叫做完璧歸趙。」

李飛揚說：「我想起這個故事了，難道⋯⋯這熔爐裏的璞石，就是那塊和氏璧？」

顧清河搖搖頭，「自然不是和氏璧。但也跟和氏璧有些聯繫。天地生陰陽，陰陽生萬物。故有陰必有陽，有陽必有陰。當時卞和在荊山找到了包含有和氏璧的璞石，其實在荊山，還有一塊與和氏璧陰陽相對的璞石，就是熔爐裏的這塊。」

李飛揚聽了以後大驚，「可是，這等寶貴的束西，怎麼會在維尼亞。難道，這塊璞石，你一直帶在身邊？」

顧清河歎了口氣，「這塊璞石，大概於一百多年前從中土流落到了維尼亞⋯⋯其實這塊璞石，是戚凡幫我找到的。」

李飛揚神色一變，欲言又止。

顧清河說：「你還記得戚凡臨終之時，在我手心畫像，在我耳旁低語。其實就是告訴我他在陰雨森林和遠山的邊緣發現了我墨家的標記。我後來按圖索驥，才找到了璞石。只是可惜，沒能好好謝謝戚凡，他着實對我有大恩。」

李飛揚看着燒的通紅的熔爐，裏面躺着的璞石，可說是戚凡用命換來的。烈火之中，依然冥頑不靈，就像戚凡一樣⋯⋯

想到這裏，李飛揚的眼睛變得通紅。

顧清河知道李飛揚念及戚凡，一定又觸動了傷心，心裏也自不好受。

「顧大哥，謝謝你。」李飛揚突然說。

顧清河一愣，不知李飛揚為何突出此言。

「你以前從來沒有跟我說過這好許話，謝謝今天你跟我說這麼多。」

顧清河微微低下頭，他生性淡泊，本就不喜言語，但細緻想去，平日裏他的確不願與李飛揚交流，因為他知道李飛揚的心思，而他不願給李飛揚無用的希望。

現在想來，顧清河心裏開始有些愧疚。

「那這塊璞石，表面什麼時候才能融化，見出裏面的寶玉啊？」李飛揚察覺出了顧清河情緒的變化，轉移話題。

「我也不知道。」顧清河歎了口氣，「我墨家千年，一代又一代的能工巧匠，試遍各種方式，都無法讓璞石剖開見玉。如今千年過去，璞石還是這塊璞石。之前我還以為師父的話不過是祖輩流傳下來的神話，畢竟連師父自己也沒見過璞石。如今自己試了試，才意識到師父所言非虛。」

李飛揚想到戚凡，不禁低聲呢喃道，「這璞石如此冥頑不化，倒真像是某些人的性子。」

顧清河見李飛揚復又失落，想到李飛揚剛才話語，說他從未和自己有多言語，心裏愧疚之意再起。他原來本以為死生之事，安慰無用，只有時間才能平復，卻不知一直以來，自己都在刻意忽略着李飛揚，也沒有想過每次李飛揚的熱情遭遇她的冷淡，會給李飛揚帶來什麼痛苦。顧清河心裏不禁歎道，她一個千金小姐，若不是遇見自己，也不會落得這份田地。雖然我自問無愧，但結果也終歸改變了她的人生。想到這裏，決定與李飛揚多說些話，於是又道：「不知道若干將在世，是否有法子能製這璞石。」

「干將？這名字我聽着耳熟，以前好像聽人提起過，他是誰？」李飛揚問。

顧清河回答：「你可聽過干將、莫邪？」

李飛揚皺眉思索了一會兒，恍然大悟道，「哦，干將莫邪，我

想起來了。以前在家，好像聽一些江湖朋友說起過，是兩把驚世的名劍，一陰一陽，一雌一雄。對嗎？」

顧清河說，「沒錯。為了鑄劍，莫邪縱身一跳，躍入鑄劍爐中。」

李飛揚似是已經聽得癡了，喃喃道：「然後呢……」

顧清河說：「莫邪跳爐，之前頑固的陰鐵終於融化，鐵水流出，干將含着眼淚，鑄造出一雌一雄兩把寶劍，雌劍取名莫邪，雄劍則取名干將。這就是干將莫邪的由來。莫邪犧牲了自己，救了干將的性命。」

李飛揚說：「這，這故事是真的嗎？」

顧清河搖了搖頭，「傳說而已，難辨真假。就算真有其事，千年來流傳下來，不知又有多少後人的遐思寄予其中。恐怕也與當時的景象大相徑庭。」

李飛揚望着燒紅的熔爐，靜默不語。

顧清河舔了舔嘴脣，「和你說了好些話，還真有點口渴，這熔爐旁邊也甚是炎熱，你在這等等，我去取些水過來。」

顧清河轉身去取水，突然想到工坊院落另外一間房裏有一些瓜果，便想取來一併給李飛揚。顧清河離開時又看了一眼李飛揚，只見李飛揚依然站在原地不動，目光停留在熔爐上。

顧清河心裏划過一絲異樣，但腳下未停，步出工坊走入了夜色之中。顧清河走的越遠，心裏的不安感越是強烈，腦海裏回想起李飛揚剛才的那句「這故事是真的嗎？」顧清河又走了幾步，眼前又浮現起最後見李飛揚的情景，她站在熔爐前，癡癡望着熔爐……

顧清河突然停下腳步，不安的感覺已到極致。他轉頭快步向

工坊走去，幾步過後不禁小跑起來。

顧清河從工坊巨大的門縫中擠了進去，卻見李飛揚正在以黎曦為藍本的雕像前駐足凝望。

顧清河心下抒了口氣，搖了搖頭，返身又去尋取瓜果，還暗暗責怪自己神經緊張。想到這裏，顧清河的腳步不禁輕快了起來。

李飛揚望着雕像，眼前浮現起黎曦的樣子。

「你真美。難怪顧大哥在船上遠遠見了你一眼，就不惜性命去救你。」李飛揚伸出手，輕輕撫摸着人像的面龐，「這一刀一刻，都是顧大哥親手鑿出來的，他心裏這般愛你，才把你雕鑿得如此漂亮。」

李飛揚抒了口氣，仿佛心中的一道繩結解開了一般。

「顧大哥，一定要贏依瑞斯啊。」

李飛揚對着人像說完，轉身望了望遠處的熔爐，神色變得堅定起來。

「戚凡，我來了。」

李飛揚向熔爐走去。

顧清河挑揀好瓜果，捧着向工坊走去。

剛剛和李飛揚說了好些話，自己也有種愉悅的感覺。想到李飛揚為他做出的種種犧牲，心裏不禁升騰起感動之情。

顧清河又念及戚凡臨終之際，託付他好好照顧李飛揚。心裏又是一絲不忍，想到這裏，腳步加快，待他從工坊的門縫中進去，卻一眼看見李飛揚在熔爐旁高高的木架子上。

顧清河大驚，手上瓜果落地。

「飛揚，你在上面幹什麼？快下來！」顧清河大喊道。

李飛揚遠遠望了顧清河一眼，道：「顧大哥，我要去找戚凡了，我知道他一定還在等着我。這一路上，謝謝你照顧我們。」

李飛揚說完望着熔爐裏熊熊的烈焰，嘴角輕喃道：「戚凡，我來找你了。」

李飛揚閉上眼睛，直直向熔爐裏掉了下去。

「飛揚！」顧清河聲嘶力竭地大喊着，他伸出手，像是想要遠遠抓住李飛揚一樣。

他什麼都沒抓到。

熔爐中的火焰瞬間就熄滅了。

原本燒的通紅的熔爐變成了黑色。整個工坊裏寂靜一片，只有顧清河急促的呼吸聲聲可聞。

顧清河渾身顫抖，慢慢沿着木梯走上高台，像熔爐的上方移去。

他來到剛剛李飛揚跳下熔爐的位置，他深吸了幾口氣，鼓起勇氣，向下張望。

熔爐裏除了璞石，空空如也，熔爐四壁，一塵不染。

顧清河的大腦一片空白，不知道此時此刻，到底發生了什麼。

他縱身躍下，打開熔爐的爐口，取出了璞石。

李飛揚不見了，她就像是跳進了另一個時空，又或者李飛揚根本沒有跳入熔爐，一切都是顧清河的幻覺。

顧清河小心翼翼地用手指戳向璞石，本該滾熱的璞石沒有向外散發熱浪。顧清河的手指觸碰到了璞石。

璞石的表面像是蛋殼一樣龜裂破碎開來，露出裏面晶瑩碧透的玉石。

顧清河將璞石捧在手中，碎裂的外殼細膩無比，如沙子一般從他的指縫間流走。

　　璞石終於見玉，這塊玉此刻正在顧清河的手中，晶瑩無瑕，碧透中透着一絲紅。像凝固的鮮血，也像初晨的朝霞。

　　玉的表面是溫潤的，微微散發着熱量。

　　就像人的體溫一般。

　　顧清河的耳邊突然響起了李飛揚的聲音。

　　「顧大哥，我找到戚凡了。我們再也不分開了。」

第三十章

維尼亞的中心廣場上，人流聚集在新搭建的高台四周。高台上，維尼亞的領主端坐主位，他的旁邊坐着他的女兒，那位即將出嫁的貴族小姐。高台兩邊，分別是維尼亞的兩大家族，雷耿和瑞德的席位。根據一個半月前領主裁判的規定，今天是兩家雕塑比賽的日子，也是雷耿和瑞德百年恩怨的終點。

雷耿一方，族長依瑞斯和長老庫恩位居前兩席位，他們身着華服，胸前和袖口都有金線繡織的海馬與龍紋章。依瑞斯表情平靜，微微低頭，手指緩慢摩挲着酒杯，雙眼盯着杯中緩緩晃動的酒水，不知道在想着什麼。一旁的紅袍僧慣例將自己的臉藏在兜帽下，他靠在後座上，微風吹動兜帽的襬沿。其餘的雷耿族人表情輕鬆，三三兩兩湊在一起嬉戲談笑，顯得勝券在握。而反觀對面瑞德的席位，卻是清一色的眉頭微簇，仿佛有一股愁雲瀰漫在瑞德的上空。新任族長伯恩心裏忐忑，臉上卻還是強裝鎮定地平視前方。餘下維蘭、德羅、黎曦都微微低頭，似是不願看着雷耿家族歡笑輕快的樣子。黎曦偶爾抬起頭，心思忐忑地望着依瑞斯，後者卻仿佛入了迷，一直低頭擺弄着自己的酒杯，似是對周遭的環境興趣全無，一次都沒有抬起頭看過自己。

黎曦的心裏不禁有些失落，她本以為依瑞斯也在悄悄注意着她。

黎曦旁邊空着一個座位，是預留給顧清河的。顧清河並未現身，這也是瑞德眾人心裏忐忑的原因。自從李飛揚投爐亡去之後，顧清河便將工坊的大門緊鎖，將自己一人關在了裏面，不許任何人打擾他，一日三餐也是放在門口，由他自己取食。黎曦親自送飯，數次想見他都被他斷然拒絕，只說自己在完成雕塑的緊要關頭，不能有任何人打擾。

短短數天之內，戚凡、特瑞典、李飛揚三人相繼亡去，瑞德莊園仿佛被死神的陰影籠罩，一時之間人人自危。大賽將至，無人知道雕塑進行到什麼地步，就連黎曦也沒見過最後顧清河的成品。只是在昨天晚上，顧清河隔着工坊大門對李飛揚說明日初晨就會完工，屆時自己將親自送雕塑去比賽會場。

伯恩提出過反對意見，顧清河手中的雕塑並非只是他個人的作品，上面還承載着瑞德一族的興衰命運。但黎曦盡力說服了兄長，如果沒有顧清河，瑞德家族已註定落敗，眼下能否向死而生，只有將一切希望押寶在顧清河身上，眼下既然顧清河如此堅

持，就絕對不能違逆他的意思去打擾他。伯恩最終被黎曦說服。雷耿家若是知道對面的瑞德族人到現在連代表瑞德參賽的作品長什麼樣子都不知道，不知心裏會作何感想。

太陽上升到了領主的頭頂，他眯着眼睛，抬頭看了看天空，今天有一個好天氣，碧空白雲，相得益彰。他用手拿起鈴鐺，輕輕地搖了搖，清脆的銀鈴聲散發出去，談笑嬉戲的雷耿族人安靜下來，而原本志忑壓抑的瑞德一方則更顯得死氣沉沉，仿佛這清脆的銀鈴聲是敲響死亡的喪鐘。

領主清了清嗓子，站起來說道：「今天是領主裁判之日，感謝雷耿家族和瑞德家族齊聚在這裏。根據之前協議的內容，我們將在雷耿一族和瑞德一族的雕塑中選擇一尊優勝。這尊優勝的雕像將代表維尼亞最高超的工匠藝術。容我介紹今天的評委。」

主座兩邊坐着的都是王國內的達官顯貴，領主每介紹到一個人，都要說出他們的封號和姓名。被介紹的人站起來欠身向眾人示意。有趣的是這些人身上穿戴的珠寶首飾，彰顯了他們是哪一方的擁躉。其中大概三分之一擁戴雷耿，三分之一擁戴瑞德，還有三分之一並未佩戴兩家的首飾，這意味着他們的審美保持中立。看來領主在選擇評判者時也做了細緻的考量。海馬與龍和海馬與鳳的產品行銷諸國，是上流圈子達官顯貴們的弄潮兒，而在今天之後，海馬與龍和海馬與鳳的紋章仍然存在，只是將盡歸一家所有。

領主介紹完畢，喝了一杯水，清了清嗓子，他的目光掃過雷耿席位，年輕的族長依瑞斯竟然還在低頭玩弄手中的酒杯，在整個過程中絲毫沒有抬頭看過他一眼，這讓他略微有點不悅，老族長藍札可不會如此無禮，他一向尊重自己，不像這個沒禮貌的毛

頭小子。他的目光又移到瑞德席位，新任族長伯恩表情嚴肅，餘下的族人也都顯得忐忑不安，領主聽說了瑞德的雕像損毀一事，在那之後不久族長特瑞典就因病命喪黃泉，可憐的依瑞斯，領主不禁對瑞德一族產生了憐憫之心，但他自己也知道這並無多少意義，這兩大家族在他出生之前就世代相鬥，今天終於要在這一天終結。

領主從懷中掏出一枚銀幣，當中宣告正面為雷耿家族先作展示，背面則為瑞德家族。伯恩盯着領主手指尖的銀幣，忍不住嚥了口口水，他悄聲問旁邊的黎曦顧清河是否已經來到會場。黎曦點點頭，說顧清河已在後台等候。

「你有見過最後顧清河的雕塑成品嗎？」伯恩低聲問道。

這次黎曦搖了搖頭，「他用布蓋着，我沒有看見。」

領主擲出了銀幣，銀幣翻滾着向上，雷耿席位上，依瑞斯依然低着頭，似乎如此重要的時刻都與己無關，紅袍僧則微微仰頭，旁人無法所見的目光從兜帽後觀察着這枚將決定兩家展示順序的銀幣。瑞德席位，眾人緊張忐忑地盯着銀幣，不少人暗暗祈禱，希望硬幣掉落是在正面。

銀幣掉在高台的中央，落地後竟還在兀自旋轉，雷耿和瑞德的族人忍不住探出身子，想要看清楚硬幣朝上是正是反。終於銀幣倒下，正面朝上，眾人發出一陣竊竊私語。依瑞斯緩慢地抬起頭，望了一眼高台中央的銀幣，然後輕輕揮了揮手指，高台下的人羣發出一陣騷動。

人羣向兩邊散開，八個身強力壯的大漢抬着一座高大丈餘的巨大雕塑緩緩走來，巨大的天藍色絨布蓋住整個雕像，讓人對其中隱瞞的雕像真容產生無盡的遐想。僅僅從雕像的尺寸來看，這

個巨大的家伙無疑散發着一種宏偉的威懾之力。八個大漢踏上高台階梯的那一刻，整個高台都不可自抑地晃動了一下，讓人不禁擔心高台是否能承受這巨大的重量。雕像終於被小心翼翼地抬上高台，八個大漢動作一致，緩緩下蹲，被固定在四根木柱上的雕像也隨之緩緩降落，當雕像底座慢慢與枱面接觸之時，眾人都明顯感覺到一股向下的沉力，仿佛要將所有人都吸到高台中央一般。

大漢們放置雕像完畢，紛紛從木柱下脫身站起，向以領主為首的貴族們行禮後下台。雷耿席位上，依瑞斯緩緩起身，走到高台中央，向領主們躬身行禮，不少貴族小姐忍不住鼓起掌來，想來雷耿家年輕的族長聲名在外，果然如傳言一般俊美挺拔。

黎曦望着依瑞斯英俊的側臉，忐忑他是否會向這邊看上一眼。但依瑞斯轉身對着自家的雕像，並未對瑞德這邊有絲毫表示，黎曦覺得今天的依瑞斯有些古怪，他面容冷靜如深雪中的寒冰，雙目中滿是決絕的殺意。

依瑞斯抓住藍色絨布的一角，突然用力扯下。絨布順着雕像的輪廓滑落，露出了海馬與龍雕像的真身，緊接着高台四處都發出了一陣驚呼之聲。

巨龍的身姿如長蛇一般環繞在海馬的身上，龍頭與海馬的頭顱並行，仿佛下巴微微靠在海馬的肩上。龍身上的鱗片清晰可見，上面鑲嵌着瑪瑙、祖母綠、珍珠等各種寶石，陽光下散發出五彩的光芒，像是一條華麗無比的錦帶。巨龍的雙目由紅寶石製成，陽光下反射出如火焰一般的目光。海馬的雙目則用藍寶石製作，散發着如海洋一般深藍的光輝。

領主席位上爆發出一片歡呼和掌聲，雷耿族人也個個志得意滿，挑釁地望向瑞德席位。伯恩強裝鎮定，德羅和維蘭卻低下了

頭，不敢直視雷耿的鋒芒，黎曦表情複雜地望着依瑞斯的側臉，心裏五味雜陳。

依瑞斯躬身示意，感謝眾人的歡呼和讚歎。當他走回自己座位時，除了紅袍僧之外，雷耿族人都站起身來，舉起酒杯向他慶賀，宛若歡迎一位凱旋的將軍，似乎與瑞德的這場決鬥，在雷耿亮劍時就已結束。

依瑞斯回到座位坐下，一旁紅袍僧的身體還是微微後傾，與眼下歡愉的氣氛隔着一點點距離。依瑞斯並未和叔叔搭話，他抱肩坐着，閉目養神，仿佛因為完成了任務，接下來的一切都與自己無關一般。

領主席位上的貴族們竊竊私語，對着海馬與龍雕像指指點點，讚不絕口。貴族的小姐們更是頻頻望向雷耿首席的依瑞斯。只見後者依然閉着雙眼，像一尊不動的雕像。就連快要大婚的領主女兒，也不禁望向席下的依瑞斯，心裏小鹿亂撞，覺得自己的如意郎君應當是依瑞斯這樣的男人。

領主望着氣勢恢弘的海馬與龍雕像，又想起瑞德海馬與鳳雕像已毀的事情，想在如此短的時間裏再雕塑出一尊海馬與鳳雕像幾無可能，看來勝負已定，大局已平，往後維尼亞將不再有瑞德家族的旗幟，只剩下雷耿家族獨挑大樑。想到這裏，領主也不禁歎了口氣，維尼亞一百年來的平衡即將打破。

領主清了清嗓子，周遭逐漸安靜起來，領主向瑞德的席位伸出手去，朗聲說道：「接下來是瑞德的展示時間。」

全場的目光都聚焦在瑞德席位，新任族長的伯恩如芒在背，只感覺每個人的目光都是一把把鋒利的利刃。其餘的瑞德族人也被盯得很不自在，雷耿家自然是敵意裏混着輕蔑，而領主席位上

則多是同情，好奇的目光。黎曦緊咬嘴唇，望向對面的依瑞斯，後者卻依然雙眼緊閉，仿佛一切已與他無關。

「瑞德，請珍惜你們的時間和機會。」見瑞德這邊毫無動靜，領主的語氣裏也出現一絲不耐煩的情緒。

伯恩身子微微靠向自己的妹妹，悄聲焦急道：「顧清河呢？」

黎曦嚥了口口水，她也不知顧清河現在何處，剛想起身去尋找顧清河。突然高台下的人羣發出一聲驚呼，一個人懷抱一尊被紅色絨布包裹着的雕塑，飛身躍向高台，如在空中行走一般。德羅驚呼道：「顧清河！」

顧清河施展的乃是中土習武之人常練的輕身功夫。等他從天而降落在高台中央，已將所有人的目光都吸引過去。連一直閉着雙眼的依瑞斯也睜開眼來，望着這個堪稱他的宿敵之人。領主席位上的眾多貴族之前並不知道顧清河的事情，眼下發現他竟是一個黑髮黑目的東方人，又見他施展這種御風而行的本事，都不禁竊竊私語。

領主聽過瑞德的東方客人，知道此人是黎曦的未婚夫，也可算作瑞德的一員。顧清河和黎曦對視了一眼，衝她點了點頭，黎曦立刻吩咐左右，抬了一張桌子到高台中央，顧清河將蓋着紅綢的雕像輕輕放在桌上，和一旁高達丈餘的海馬與龍雕像相比，顧清河懷抱其中的雕塑簡直小的可憐。

雷耿族人裏爆發出一片竊聲私語的嘲笑，貴族們也覺得和雷耿家需要八名壯漢齊力搬上來的海馬與龍雕像相比，顧清河懷抱着的這尊雕塑實在小氣的可憐，不過眾人也暗暗好奇，想知道瑞德究竟會展示出什麼樣的作品。

顧清河的手掀開紅綢的一角，然後緩緩地將紅綢拉下，像是

在輕解愛人的衣衫。紅綢褪下，露出了一座人像。

顧清河移步到人像後方，好讓三面的觀眾都能看清楚雕像的真容。全場在雕塑露出真身的時候就安靜了下來，一股祥和的力量仿佛從雕像處散發出來，一股柔和的暖風吹向眾人，雷耿族人的敵意，瑞德族人的忐忑，貴族們的猜忌和好奇，都仿佛在這一瞬間被平息下來。

黎曦想到人像是以自己為藍本雕塑，不禁心跳加速，面色潮紅，但是待她仔細看去，才發覺這座雕塑熟悉又陌生，已經並非她之前看過的人像。雕像的手部微微前伸，手掌張開正在放飛一隻白鴿，而在腰間的緞帶上，同樣有六隻鴿子棲息其中。黎曦知道白鴿象徵着和平和新生，顧清河此意是為定下和平新生的基調。人像的頭部戴着一個新奇的頭飾，頭飾上用金葉雕織了一隻黎曦從未見過的珍獸，待仔細觀察之後才驚覺這隻珍獸有着鳳凰的頭顱和百羽。羽毛下的身體卻是海馬的後肢，原來顧清河竟將海馬與鳳融合起來，再造了一隻海馬鳳。再看人像的底座，被雕刻成了海浪的形狀，仿佛人是被海浪托起，乘浪前進。黎曦想起曾經顧清河跟她說過一些東方世界的工藝設計，他們東方人會將雲彩雕刻成一種特殊的形狀，被稱為祥雲，意寓可以帶來祥瑞，而東方的仙人會駕着祥雲，從天空來到大地傳播吉祥和幸運。如今再看人像站在海浪之上，似乎隱隱當中也有着祥雲的感覺。人像的左手拿着一個權杖，頂處是三隻珍獸以三角形背靠背在一起，珍獸的頭部是龍首，身子卻是海馬的身子。有了解讀海馬鳳的經驗，黎曦立刻明白顧清河是將海馬與龍融合，將海馬與龍變成了海馬龍。看到這裏黎曦突覺困惑無比，不知道顧清河為何要將雷耿的家族紋章加入到瑞德的人像之中，他這樣做到底是何用意？

依瑞斯盯着人像，同樣洞悉了顧清河的設計，他對於顧清河為何將海馬與龍做這樣的改造同樣困惑不解，身為瑞德的代表，怎麼能用雷耿的紋章。和黎曦的大驚失色不同，依瑞斯只是微微簇眉，臉上頗有困惑。

「那個雕像，就像，就像活的一樣。」領主的女兒望着人像說。

這並非領主的女兒個人感受，她的話很快引起了周圍人的共鳴。這尊人像的雕刻工藝實已經達到登峰造極，更關鍵的是，這尊雕塑仿佛是會呼吸一般。

一旁的海馬與龍雕塑氣勢恢宏，珠光寶氣，卻是死的。

沒有剛才依瑞斯得到的如山般的歡呼和掌聲，是因為所有人都靜靜盯着雕像，仔細去體會雕像的每一次呼吸。全場鴉雀無聲。就連一直靠在椅子上的紅袍僧都坐正了起來，隱藏在兜帽後的目光直視顧清河的人像。

顧清河環顧四周，然後打了一個清脆的響指，眾人如夢初醒，凍結的時空再次流淌了起來。

顧清河說：「關於這座人像，我想講一個故事，不知道大家願不願意聽。」

周遭靜場了三秒之後，領主終於發話打破了僵局。

「你是瑞德家長女黎曦的未婚夫嗎，那個傳聞中來自東方的男人。」

顧清河不自覺地看了黎曦一眼，後者也神情複雜地看着他。

「我叫做顧清河，來自東方一個叫做『明』的國度。我想講的這個故事，卻和在坐的雷耿家族和瑞德家族都有關聯。而且關聯重大，懇請領主大人讓我一吐為快。」

聽到顧清河說他要講的故事和雷耿和瑞德都有關係，眾人議

論紛紛，領主皺了皺眉頭，伸手讓大家安靜，然後對顧清河說：「好，你講吧。」

顧清河欠身行禮，開始講述這個跨越了一千八百多年的故事。

他首先從一千八百年前，楚人卞和在荊山找到日後被稱作天下至寶的和氏璧開始。後來東方的工匠之祖魯班認定有陰必有陽，於是前往荊山祕境之中，尋得了與和氏璧陰陽相對的另一塊璞石。魯班想要將璞石剖開見玉，得到另一塊與和氏璧同樣價值連城的寶玉，卻不料魯班試遍了各種方法，還是一無所獲。魯班為了了卻心願，帶着璞石去找了當時的另一位工匠大家墨翟。墨翟與魯班一道研究讓璞石見玉的方法，可依然無計可施。墨翟不僅是一位工匠大家，同時還是一個叫做墨家的組織的領袖。魯班將璞石贈予墨翟，希望墨家可以守護好璞石，並在未來的某一天找到可以讓璞石見玉的方法。

墨翟死後，墨家分裂成數個分支。其中有一支分家專研機關營造之術。為了繼續璞石見玉的工作，他們來到了荊山之中，希望可以在璞石出現的源頭尋找線索，幾載尋蹤，終於得以進入一處人間祕境。這處祕境在荊山深處的一處山洞之中，洞裏的山壁上有着一幅幅巨大的浮雕，墨家子弟閱完浮雕，發現這些浮雕竟然是記載着璞石的由來。原來這兩塊璞石都是天外飛來的隕石，與璞石一併落地的還有一塊如碗碟形的巨大隕石。墨家子弟通過對浮雕的解讀，得知如果能讓魯班尋得的璞石見玉，便可以產生強大的能量，實現墨家天下和平、兼愛非攻的理想。至此之後，這支墨家後人便以將璞石見玉為己任。時間流逝，墨家逐漸衰落，消失在歷史的長河中，但這一支墨家後人卻一直流傳了下來，一直在尋找可以讓璞石剖開見玉的方法。一百多年前，蒙古

帝國相繼擊敗了金、宋兩朝，在這場席捲神州大地的戰亂中，墨家後人在慌亂中將璞石藏於一個香爐的爐內，這個香爐和很多工藝作品都流落到了元兵手中，成為了當時的蒙古王子忽必烈的的私藏。而一個西方的傳教士馬可·波羅來到當時被元統治的東土大陸，遊歷長達十七年之久，並被已經成為元大汗的忽必烈委以官職。馬可·波羅在離開中土返回西方之前，忽必烈賞賜給了他很多寶物，其中便包括藏有璞石的香爐。而一直想要拿回璞石的兩名墨家後人，跟隨馬可·波羅成為了他的僕從，一路隨他從遙遠的東土回到西邊，並隨同馬可·波羅一起經歷了百餘年前熱那亞與威尼斯的海戰，馬可·波羅被俘入獄。這兩名隨從經歷九死一生，逃出生天。在馬可·波羅的行囊中，他們終於得到了流失已久的香爐，並找回已經在墨家相傳千年的荊山璞石。師門使命終於完成，然而在經歷了這許許多多的事故之後，他們已不願再跋山涉水返回中土。

這兩位墨家後人一男一女，本是自幼青梅竹馬長大的戀人。兩人決定在當地定居，開始新的生活。卻不料男子後來移情別戀，喜歡上了一個當地的女人。氣憤的女子決定和男人分開，兩人爆發了激烈的爭吵，在爭執的過程中，馬可·波羅的一本筆記被一撕為二，男女各得一半。而墨家至寶荊山璞石，則落到了男子手中。女子一怒之下，也嫁給了當地的一個男子。最終兩個人都成立了自己的家庭，有了自己的子嗣。而那本被一分為二的馬可·波羅筆記，男子搶奪的那一半裏，有一副馬可·波羅親自繪製的海馬與龍的畫頁。而女子搶到的那一半裏，有一副馬可·波羅親自繪製的海馬與鳳的畫頁。而因為兩人同是墨家後人，都對機關營造、工匠雕刻鑽研精深，紛紛開始了工匠的手藝生涯。而他們

兩人的家族，開始分別以海馬與龍、海馬與鳳作為家族的紋章。

顧清河說到這裏，現場已是鴉雀無聲，所有人的神經都被吸引到了這個故事裏，而此刻每個人臉上都是一副不可思議的表情，他們靜靜等待着，等待着顧清河說出那個讓他們驚愕的答案。

「大家想的沒有錯。這兩位墨家後人定居的地方，便是我們腳下的這座城鎮維尼亞。而融入兩地的兩人，都取了當地的姓氏，男的改姓雷耿，而女的隨夫改姓瑞德。他們便是雷耿家族和瑞德家族的始祖。」

顧清河話音未落，周遭已經爆發出了一陣激烈的爭論聲，顯然無論是左席的雷耿族人還是右席的瑞德族人，都無法接受原來兩家的先祖竟曾是一對青梅竹馬的戀人。黎曦和依瑞斯也都驚愕得張大了嘴巴。瑞德三兄弟伯恩、維蘭、德羅都競相問黎曦是否知曉此事，顧清河所言是真是假，黎曦搖了搖頭，說顧清河從未跟她說過這些，她也不知道顧清河說的是真是假，又是從哪裏知道了這發生在一百多年前的往事。

顧清河沒有被兩邊的聲音干擾，他抬頭望向領主，與領主的目光相對。領主也對顧清河的故事感到驚愕無比，但此刻看着顧清河堅定的眼神，他明白顧清河是想讓他主持秩序。領主伸出手，大聲叫眾人安靜。

領主控制住了場面，顧清河對他點頭示意，表示感謝。

領主也衝着顧清河點了點頭，示意他可以繼續說下去。

「本來雷耿對瑞德多有虧欠，但在雷耿的婚禮上，瑞德用後來被眾人稱為『煙火』的魔法燒傷了雷耿。原本相愛的兩人終於因愛生恨，彼此嫌棄。時光流逝，雷耿和瑞德漸次老去。後來瑞德因患石化症故去。已經是風燭殘年的雷耿決定隱居，他帶着璞石

離開，穿過陰雨森林進入遠山，在其中的一個山洞裏開始了自己人生最後的時光。他將自己的生平始末記書成冊，和璞石一道留在山洞裏，期望未來某一天留待有緣人閱。」顧清河說到這裏停了下來，轉身面對雷耿席位，目光直直盯着紅袍僧。

庫恩正襟危坐，此刻如一座巖石一般紋絲不動，也直直盯着顧清河。兩人像是兩軍攻伐前期對峙的將領，眾人不知顧清河和庫恩為何彼此望着對方，都紛紛將目光在顧清河和依瑞斯之前輪換，依瑞斯側着身子，也直直盯着自己的叔叔。

顧清河開口：「時光荏苒，雷耿和瑞德已過四代，積怨和嫌隙越來越深，逐漸演化成水火不容的態勢。然而在大約二十年前，卻有一對年輕的雷耿和瑞德男女對兩家這種無端的仇視嗤之以鼻，曾經雷耿家族的長子，雷耿族長的第一繼承人，上代雷耿族長藍札的哥哥恩斯特。女方是上代瑞德族長特瑞典的妹妹魯茜亞。他們彼此吸引，很快墜入愛河。」

眾人又發出一陣騷動，年輕一代的雷耿和瑞德族人都交耳紛紛，看來都對這兩個名字陌生至極。年長些的兩族族人卻都神情嚴峻，看來他們是知情之人。高台主席上，領主知道這件往事，當時雷耿和瑞德兩族都將此事視為禁忌，彼此都嚴禁談論，如今依瑞斯和黎曦一代的兩族年輕人，都對曾經發生的故事一無所知。

顧清河繼續說道：「這兩人的結合自然遭到了雷耿和瑞德族人的一致反對。而身為雷耿族長第一繼承人的恩斯特，得以接觸雷耿家最核心的工藝技術，得以看見當年雷耿家始祖和瑞德始祖在爭執中一撕為二的那份馬可·波羅筆記。當魯茜亞在瑞德莊園找到另一半筆記時，兩人才明白，原來海馬與龍和海馬與鳳的形象同出一源，只是被迫分離。恩斯特去找自己的父親，當時的雷耿

族長理論，卻不料激怒了雷耿族長的禁忌。而魯茜亞在瑞德家遭遇了相同的待遇。兩大家族為了拆散這對情人，決定將魯茜亞遠嫁他方，而恩斯特則被軟禁了起來。恩斯特的父親將魯茜亞遠嫁的消息告訴他，希望他可以就此死心，卻沒想到心急火燎的恩斯特竟然逃出了雷耿莊園，追上了已經出發不久的送親隊伍，勇武的恩斯特打傷瑞德家族護衛多人，最終還是被制服。當時親自負責送親的是瑞德族長，魯茜亞的父親，當瑞德的長劍壓在恩斯特的脖子上時，為了救恩斯特的魯茜亞聲淚俱下賭咒發誓不再愛恩斯特，並表示甘願遠嫁並與恩斯特斷絕一切關係。恩斯特是雷耿家的長子，瑞德族長也不便傷害於他。就這樣恩斯特親眼看着自己深愛的女人遠去，無力無奈。回到雷耿家的恩斯特在不久後又收到了一條噩耗，便是魯茜亞趁人不備，跳崖身亡，殉情於他。極度的悲痛深深擊垮了這位雷耿家未來族長的繼承人，並在他的心裏埋下了復仇的種子。他恨的並非只是瑞德，還有自己的家族雷耿。恩斯特翻閱雷耿族史，從中得知了家族始祖在自己生命的最後時期離開了家族，一人一馬進入了陰雨森林。而在對始祖的描述中，說他掌握了可以帶來爆炸的魔法『煙火』。恩斯特推斷始祖一定帶走了很多關於海馬與龍、海馬與鳳，以及工藝匠法的資料。為了探究一切的來龍去脈，得到『煙火』魔法展開自己的復仇計劃，恩斯特孤身進入陰雨森林，開始了尋找始祖蹤跡的探尋。功夫不負有心人，恩斯特終於於遠山之中尋找到始祖隱居的山洞。得到了始祖的遺產。」

顧清河在講述的時候一直盯着紅袍僧庫恩，仿佛每一句話都是說給紅袍聽一般。而庫恩筆直地坐着一動不動，這種詭異的情形已經持續了許久。

「恩斯特來到始祖山洞之後，發現了始祖留下的諸多文獻。記載着璞石由來和墨家歷史的文卷是始祖用魯國文字書寫，恩斯特並不認得。但很多關於工匠技藝的資料，卻是始祖用維尼亞的文字寫就，其中包含了『煙火』魔法的真相。其實所謂能引起爆炸的魔法，就是傳自東方的火藥，配方為一份硫磺、二份硝石、三份木炭混製而成。恩斯特希望可以用火藥製造出威力巨大的爆炸，向雷耿和瑞德兩家復仇。恩斯特在始祖山洞裏留下了自己的日記，上面記載着他和魯茜亞的愛情。然而在一次火藥實驗中發生了意外，恩斯特被嚴重燒傷。求生的慾望驅使他離開始祖山洞，向維尼亞的雷耿莊園走去。那是一個雷電交加的雨夜，恩斯特在走出陰雨森林時剛好被一道巨大的閃電照亮，被恰巧在森林邊緣的維尼亞居民看見，被誤當作惡魔。這就是陰雨森林流傳的惡魔傳說的真相。」

眾人聽到此，又是一份譁然之聲。

顧清河嚥了口口水，眼睛依然直直盯着庫恩，繼續說道：「雷耿家族救治了恩斯特，但這次事故摧毀了他的容貌。之前恩斯特和魯茜亞相戀一事已經攪得家族雞犬不寧，如今恩斯特面容全毀，變得一副人不人，鬼不鬼的樣子，讓當時的雷耿族長對這個未來的繼承人失望至極，最終剝奪了他繼承人的身份，將繼承權給了他的弟弟。並向外宣稱恩斯特已死，給了他另外一個身份……一個遠遊在外的小兒子，庫恩。」

故事講到這裏，眾人終於明白為何顧清河要一直盯着庫恩。所有的目光都聚焦在紅袍僧的身上，後者的脊椎依然如白楊樹般挺立，如磐石般紋絲不動。沒有人知道紅袍僧藏在兜帽之中的表情如何。庫恩就是恩斯特？年輕一代的雷耿和瑞德根本沒有聽過

恩斯特·雷耿這個名字，知曉往事的人突然得知這個塵封已久的名字竟然是雷耿家族大名鼎鼎的拜火教祭司也難以接受。顧清河也不再言語，只是死死盯着紅袍僧，眾人都在等待紅袍僧的反應，看他如何應答。

所有的目光都聚焦在紅袍僧身上，庫恩突然轉動了一下脖子，像是一座雕像突然有了生命，他站了起來，躲藏在兜帽後的目光緩緩掃過全場，然後他伸出雙手，輕輕將兜帽退到腦後。

於是，一張餓鬼的臉被昭示在眾人面前。

那是一張被嚴重燒傷的臉，光禿禿的頭顱上已沒有頭髮，全是凹凸不平的頭皮，已根本無法分辨之前的面容。唯有一雙眼睛湛藍似海，這本該是一雙攝人心魄的眼睛，只是如今在周遭一片醜陋的皮膚包裹下，看着詭異至極。紅袍僧最後的目光停留在顧清河身上，兩人四目相對。

顧清河說：「你藉着有人在陰雨森林目擊到惡鬼的傳言，以拜火祭司的身份，在陰雨森林周遭設立圍欄，寫上符文，表面上說是為了阻攔陰雨森林中的邪惡力量，其實是不想再有人踏入陰雨森林，怕他們湊巧找到始祖山洞，因為傳言中的惡鬼，根本就是你自己。」

紅袍僧點了點頭，「沒錯，你說的都對。我就是恩斯特·雷耿。」

紅袍僧一言既出，周遭一片譁然，眾人都驚愕之極，顧清河口中天方夜譚一般的故事，竟然就是真相。

紅袍僧和顧清河依然彼此注視着對方，對周遭的反應渾然不顧，紅袍僧繼續開口。

「所以，你去過始祖山洞了？」

顧清河說：「我當然去過，否則，我也不會知道這一切。」顧清河說完從懷中拿出一卷羊皮書，精準地扔到了庫恩面前的桌子上。

「你在始祖山洞寫就的日記，我還給你。」顧清河說。

紅袍僧低頭看了看羊皮書，那一瞬間他的目光仿佛穿透了羊皮卷的封面，回到了他曾親手寫就的歲月裏。現在的庫恩·雷耿，曾經的他便抬起頭來，繼續迎着顧清河的目光。

「我寫下這一切，是希望自己可以牢記這些仇恨和屈辱。沒想到，最後竟會被你找到，放到我的面前。」曾經眾人眼中的拜火教祭司庫恩，現在露出真身的恩斯特拿起自己多年前之前寫就的日記，用手輕輕撫摸着古舊的羊皮紙卷，「但這一切都已經過去了，而你們也要過去了。」

話音未落，恩斯特已經將羊皮卷高高拋向空中，同時從桌子底下拿出一根引線，用火石點燃，眾人還未反應過來，引線已經向下燃燒，在眾人的視線內燃燒殆盡。

恩斯特攤開雙手，向信徒迎接天堂一般仰起頭，如等待着最後的審判。

什麼都沒有發生。

恩斯特皺了皺眉，卻發現顧清河還在盯着他，他突然明白了些什麼。

「你埋藏在高台底下的炸藥，都已經被人拆掉了。」顧清河印證了恩斯特的預感。

「你……你怎麼會知道？」在被顧清河揭穿身份時依然穩如磐石的紅袍僧，第一次有了慌亂的感覺。

「我理解你此時的驚愕，因為我剛才所講的一切，都可以在

你的日記裏找到。你自然不驚奇，但是你的計劃，卻從來沒有寫下，也沒有告訴過任何人，現在竟然被我洞悉。半個多月前，我眼睜睜看着瑞德工坊裏海馬與鳳的雕像起火損毀，當時雕像旁邊並無別人，簡直就如同雕像自燃一般。當我去了始祖山洞，得知『煙火』魔法一事後，終於明白你是如何做到的。你用的是磷火。」顧清河說。

恩斯特眯起了眼睛，看顧清河的目光有了變化，他不得不承認自己低估了顧清河。

顧清河繼續說：「磷火是煉金術士慣常操用的手段之一，你將磷粉和火藥混合置於海馬與鳳雕像之上，所以當我打開工坊大門，陽光透進工坊照射到海馬與鳳雕像上的磷粉時，磷粉升溫燃燒，引燃了其中的火藥，對海馬與鳳雕像造成了損壞。而在外人看來，海馬與鳳雕像是在眾人眼前無端燃燒損毀，就算知道是有人蓄意破壞，可也怪不得別人。」

恩斯特的眼神裏滿是嘲諷，「這次你可說錯了，破壞海馬與鳳雕像的人並不是我。」

似是有意無意，恩斯特微微仰了仰頭，目光越過顧清河向後望去。

黎曦聽見恩斯特如此說，咬了咬嘴脣，心下緊張。

顧清河低下了頭，微微歎了口氣，「沒錯，你確實沒有親手破壞海馬與鳳雕像，將磷粉撒在雕像上的人，是黎曦。」

黎曦身形一晃，她沒想到原來顧清河已經知道破壞海馬與鳳雕像的人是她，更沒想到顧清河竟會當着眾人的面說出。

目光和議論聲從對面雷耿席位上的恩斯特瞬間轉移到了瑞德席位上的黎曦，一旁的伯恩、維蘭、德羅紛紛向黎曦投向不可思

議的目光，如果這些話不是從顧清河的口裏說出，他們根本就不會懷疑黎曦會做出這樣的事情。

「看來，她還是向你坦白了啊。」恩斯特口裏的她自然指代是黎曦。

「她沒有告訴我。」顧清河反駁，「因為她自己是不會做這種事的，除非有人能說服她這樣做，並且給她磷粉，教她如何安放。而這個唆使黎曦的人，和拆掉你安置在高台下的炸藥的人，恰好是同一個人。」

恩斯特面色一變，緩緩轉過去頭，看到依瑞斯正用灼灼的目光盯着他。

「怎麼會……你們兩個……是怎麼……」恩斯特不可思議地用手指在顧清河和依瑞斯之間搖晃。

「這說起來要感謝一個人，一個已經死去的人……」顧清河低下頭，緩緩地說，「戚凡並不是死於陰雨森林黑熊之口，他是死於依瑞斯劍上的毒。」

顧清河突然抬起頭，瞪視着恩斯特，「死在你餵在依瑞斯劍上的毒。」

恩斯特身形一凜。

顧清河繼續說道：「藍札也不是死於特瑞典的劍傷，他也是被毒殺的，是你恩斯特·雷耿親手毒死了自己的親弟弟。」

此言一出，整個會場如經歷了一場狂風暴雨一般。

「我檢查過戚凡的屍體，在決鬥時依瑞斯的那一劍只是造成了輕傷，雖然肩膀上黑熊撕咬的傷口很大，但他真正的死因卻是中毒。戚凡臨終之際告訴我在遠山與陰雨森林邊緣的山路上發現了我墨家的標記。我前往始祖山洞，在得知了這一切的來龍去脈之

後，得知了魯茜亞的忌日就在不久之後。那天晚上，我在瑞德的墓地找到了魯茜亞的墓碑，你還記得嗎，那晚我看見過你。」墓地的那一道閃電在顧清河腦海裏劃過，雨夜中那張惡鬼的臉分明就是眼前的恩斯特。

依瑞斯緩緩站起，對着恩斯特說道：「顧清河用飛箭給我送信，約我出來，提醒了戚凡被我刺中的傷口有毒。他說我應該不是會在武器上餵毒的人。我的確不會在武器上餵毒，而這把劍。」依瑞斯將靠在桌邊的龍劍按在桌上，「是你拿給我的，讓我用於和特瑞典的決鬥，你原本是想要保證特瑞典死在我的劍下。卻沒有想到顧清河會以瑞德夫婿的身份代特瑞典和我決鬥，更不會想到，戚凡竟會冒充顧清河來和我決鬥，並最終死在了你下的毒上。」

恩斯特的目光移到依瑞斯手下的龍劍上。

依瑞斯繼續說：「所以，我和顧清河一起挖出了父親的墳墓，開棺驗屍，果然，他也是死於中毒，和戚凡劍傷上一樣的毒……是你，是你謀殺了我的父親，卻嫁禍到特瑞典頭上，意欲挑起雷耿和瑞德的全面爭鬥。你要毀掉雷耿和瑞德兩大家族！」

恩斯特聽了依瑞斯的話，突然陰森地笑了起來。

「我的傻姪子，被我操控了這麼久。你終於發現了。」恩斯特的聲音裏透着一股諷刺至極的味道，「我知道你一直和瑞德家的小姐黎曦還有聯繫，所以暗示誘導你讓黎曦毀掉他們海馬與鳳的雕像，而你也果然不負我望。」

伯恩用不可思議地口吻對黎曦說，「黎曦，你……你竟然……」

「不怪黎曦。」依瑞斯突然大聲說，「是我欺騙了黎曦。因

為之前我一直以為父親是死於特瑞典的劍下，藍札‧雷耿不僅是我的父親，還是雷耿家族的族長。我身為父親的兒子，雷耿家族的繼任族長，於公於私我都要為父報仇。而你以家族長老的身份，對我多般暗示，讓我去利用黎曦來破壞海馬與鳳的雕像。我向黎曦許諾，如果雷耿贏了之後，一定會善待瑞德的從屬，而我也將迎娶黎曦為妻，她這才鋌而走險，破壞了海馬與鳳雕像。」

眾人聽了依瑞斯的話，更是一片譁然，黎曦也沒有想過依瑞斯竟然會這樣堂而皇之地說出事情的真相，將自己的罪責也一併拋出。領主席位上，領主與眾多貴族也是面面相覷，沒有想到私底下兩家還發生了這麼多明爭暗鬥。

恩斯特有些不可思議地看着依瑞斯，「你竟然 ——」

「竟然如此輕易地就向所有人袒露我這些不光彩的行為嗎？我和你不同，你已經在陰影下生活了許久，你自己甚至已經變成了黑暗的一部分。但我不想再在陰影下活着了。」依瑞斯的聲音鏗鏘有力，堅決無比。

恩斯特看了看依瑞斯，又看了看顧清河，突然仰天狂笑起來。

領主此時已經聽明白了來龍去脈，當下一聲暴喝：「恩斯特，你在高台之下佈滿火藥，是要讓這場上所有無辜的人都給你陪葬嗎？」

恩斯特輕蔑地看了領主一眼，「無辜，誰是無辜的人？雷耿？瑞德？還是你們這些高高在上的貴族？雷耿和瑞德本就是一家，海馬與龍和海馬與鳳本就出自同源，當年我和魯茜亞兩情相悅，卻被雷耿和瑞德兩家阻攔，縱使當年始祖們因愛生恨，卻也算不上什麼深仇大恨，卻因為兩家抱着先入為主的敵視態度，摩

擦不斷，終於相鬥百年，積怨越來越深。我和魯茜亞明明已經找到了馬可‧波羅的兩半筆記，可以證明海馬與龍和海馬與鳳並非天生敵視，雷耿和瑞德也不是宿命的敵人。可是那些家族的老家伙們，懼怕改變傳統，懼怕懷疑他們曾經深信的東西，哪怕這東西不過是一個謊言。而就是這個謊言，拆散了我們，害死了魯茜亞，還害得我變成這幅人不人，鬼不鬼的樣子，我恨瑞德，我也恨雷耿，你們全都該死，全都該死！」

恩斯特說道這裏情緒激動，已經近似癲狂，顧清河看着這個因仇恨而扭曲的可憐人，心裏竟不禁划過一絲同情。

依瑞斯本來對恩斯特恨之入骨，但此刻聽了恩斯特的話，也不禁想起了自己和黎曦。而年輕時候的恩斯特，想法和自己是如何的相像。依瑞斯突然覺得後怕，因為自己也險些成為了和恩斯特一樣的人。

而在場的雷耿族人、瑞德族人、領主和貴族們，以及高台下廣場四周擁擠的維尼亞居民，都被恩斯特最後的控訴代入了沉思，所有人自出生起就被灌輸海馬與龍和海馬與鳳是有你無我的敵人，雷耿和瑞德是上天註定的宿敵。每個人都深信不疑，而歷史的真相竟是，海馬與龍和海馬與鳳，他們並非天生為敵，而是同出一源，天生一對。

「無論你說什麼，你謀殺了自己的親弟弟藍札，那個東方人戚凡也因你的毒而死。而你在高台底下佈滿火藥，想要燒死這裏所有的人。恩斯特，你罪大惡極，在太陽升起和落下的每一處土地都不會容許你的罪行，衛兵，抓住他。」領主一揮手，兩個手持長斧身披盔甲的衛兵向恩斯特走去，「我會確保你獲得公正的審判，和應有的懲罰！」

恩斯特眯着眼睛看了一眼向他靠近的衛兵，而依瑞斯手扶在龍劍的劍柄上，隨時做好應對恩斯特逃跑的準備。恩斯特將視線轉移到顧清河身上，兩人再次四目相對。恩斯特嘴角突然咧出一個絕望又諷刺的笑容，他的手伸入懷中，拿出一個瓶罐，使勁摔碎在自己的腳下，下一刻熊熊的烈焰突然從他腳下升起，包裹住了他。周遭的雷耿族人盡皆閃避，只剩下一個火人立在那裏，那雙湛藍色的雙眼在火海中格外耀眼。

　　大火還是淹沒了那雙海藍色的雙瞳。

　　下一刻，一陣風吹來，火焰如灰般散去，紅袍僧曾經站過的地方空空如也，只在地上留下了一堆灰燼。

　　恩斯特最後用「煙火」魔法，結束了自己跌宕的一生。

　　眾人驚魂未定，領主也沒有想到恩斯特竟然用這種方式畏罪自盡，現場一片唏噓和議論之聲，顧清河看着恩斯特最後站過的地方，心下歎了口氣，這也只是一個，迷失在仇恨中的靈魂啊。

　　事情發展到眼下這個狀況，這場賽事的勝負已沒有人在關心。雷耿和瑞德的族人的臉上寫滿了迷茫和失望。一直以來堅信的事物在眼前崩塌，他們都像突然失去了信仰的信徒一般，在茫茫的海面上找不到燈塔。雷耿和瑞德，海馬與龍和海馬與鳳，這百年的爭鬥到底有何意義？如果沒有意義，那接下來的時光裏，大家又應該何去何從。

　　顧清河走近他雕刻的人像，癡癡地看着人像的雙眼。這已不是最初按照黎曦的樣子雕琢的人像，思緒回到了李飛揚投爐的那個晚上，他捧起了那塊李飛揚犧牲生命得到的寶玉，他哭了，眼淚流了下來，滴落在玉石溫潤的表面上。下一刻神奇的事情發生了，寶玉開始變的柔軟起來，從顧清河的指縫間流下，掉落在地

後開始向人像流去，仿佛一個有生命的流體一般。流體流到了人像的底座，攀附了上去，開始逐漸分散變薄包裹着人像，當整個人像都被流體包裹時，流體停止了運動，最終成為了人像表面的一層玉膜。顧清河走到人像旁邊，發現人像的儀態面容已經改變了，是黎曦的樣子，又有李飛揚的影子。顧清河伸手接觸人像的表面，一股溫潤柔軟的感覺從指尖傳來，仿佛是有生命的一般。

那一刻，顧清河突然感覺有一股靈光在腦海裏乍現，如一杆尖利的長槍刺破了頑愚的盾牌，如第一縷朝陽刺破初晨的霧氣。曾經的國仇家恨不重要了，曾經的求而不得也不重要了，世上的仇恨、癡怨、積攢纏疾，只有接受真相，才能放下執念。一個人放下對仇恨的執念，他會得到平靜。而如果所有人放下對仇恨的執念，世界會得到和平。

天下兼愛，眾生非攻。

顧清河的思緒回到了高台上，他用手輕輕撫摸着人像的面龐，溫潤的感覺傳到全身，讓他平靜下來。顧清河轉頭面對領主，決定結束這一切。

「尊敬的領主大人。事情的真相已經水落石出，關於海馬與龍、海馬與鳳的由來，大家也得知真相。雷耿和瑞德本自同源，後來因愛生恨，令人唏噓，然而兩人之間的恩怨，其實並不為維尼亞人所知，但卻在後來的歲月裏，逐漸出現了海馬與龍、海馬與鳳水火不容，雷耿和瑞德是宿命的敵人這種論斷。事實上，龍與鳳，都是我們東方的祥瑞尊貴之靈。我們東方的皇帝，被稱為真龍天子，而鳳凰，則是我們皇后的象徵。龍與鳳，一陽一陰，一男一女，本是一對旗鼓相當的愛人，不該是一對針鋒相對的仇

人。雷耿和瑞德相鬥百年，本就師出無名，恩斯特縱然罪大惡極，卻又何嘗不是這段錯誤的犧牲品。太多的人因為雷耿和瑞德的爭鬥遭受傷害，失去，難道我們還要讓這種錯誤的仇恨繼續下去嗎？」顧清河說着環顧四周，眾人默默低頭，若有所思。

顧清河繼續說道：「這尊雕像，雖然是代表瑞德的作品。但是我將雷耿家族的海馬與龍結合起來，我在這邊聽到很多傳說，有上半身是人，下半身是馬的半人馬。有老鷹的頭顱，獅子的身體的獅鷲。你們的海神波塞冬，擁有着掌管海洋力量的無上神力，他的神兵是一個三叉戟，他的馬車在海中都由海馬拉駕，海馬象徵着海神的力量。而龍於我們東方的意義，我剛才已經有過解說。」顧清河用手指着玉像權杖上的海馬龍，「這是海馬龍像，馬可·波羅前往東方，記下了我們東方龍的形象，他曾嘗試將海馬與龍的形象結合，並將一切記在了筆記中，成為了日後雷耿家紋章的雛形。如今，我在馬可·波羅和雷耿先祖的基礎上，將海馬與龍融合，權杖上的神獸，便是海馬龍。同理，我還融合了海馬與鳳。這便是海馬鳳。」顧清河用手指了指雕塑上的海馬鳳冠，「海馬與龍和海馬與鳳本是同源，曾經錯誤的分裂，現在應該融合。同樣，我希望雷耿和瑞德放下爭鬥和成見，協力並進，讓恩斯特和魯茜亞的悲劇不要再發生。」

不知道有意無意，顧清河向黎曦看了一眼。

現場鴉雀無聲，很多人露出了若有所思的表情，沒有人會想到事態會以這樣的形勢發展。終於，依瑞斯站了起來，眾人的目光都被吸引到了現任的雷耿族長身上，依瑞斯走到顧清河旁邊，然後轉身面對領主，說道：「領主大人，我身為雷耿家族的族長，願意和瑞德家族拋棄之前固有的成見，雷耿家族不會再與瑞德家

族為敵。我懇請領主大人撤銷之前的領主裁判，這場比賽已經不需要勝負。」

依瑞斯此言一出，像一枚石子打破了平靜的水面，領主點了點頭，顯然是讚賞依瑞斯的決定，他將目光移到瑞德席位上現任的族長伯恩身上，伯恩和自己的兄弟姐妹們交換了眼神，在發現眾人心願一致時，他站了起來，離席走到顧清河身邊，轉身面對領主，說道：「我以瑞德現任族長的身份，表示瑞德家族贊同雷耿家族族長依瑞斯的建議，瑞德家族將拋棄以往對雷耿家族的成見，我同樣懇請領主大人撤銷之前的領主裁判，這場比賽已經不需要勝負。」

此刻領主的心裏已有定奪，他並未讓眾人等候太久，開口說道：「我以領主的身份，宣佈之前的領主裁判取消，希望雷耿家族和瑞德家族可以按照彼此族長承諾的那樣，和平共處，攜手共進，再無紛爭，我的女兒出生之時，恰逢我們剛剛平息了一場戰亂，所以我以和平女神艾琳之名為她取名，希望她能給臣民們帶來幸運，而今，這尊雕像也預示着我們將拋下一切仇怨，愛可以戰勝一切！」

現場突然爆發出了巨大的歡呼聲，之前劍拔弩張的陰霾氣氛一掃而光，顧清河和領主對視了一眼，彼此都向對方點了下頭表示讚賞和肯定。依瑞斯回頭看着玉像，她的面部彎曲着嘴角，好像在對他微笑。

第三十一章

「後來……」老人的眼睛出神地望着落地窗外的天際，他的樣子仿佛自己已處身在六百多年前的維尼亞，正注視着那風起雲湧的時代。「顧清河所雕塑的神像以領主即將大婚的女兒的名字艾琳命名，被稱為『和平女神艾琳』，象徵着雷耿和瑞德兩大家族的百年恩怨終於結束。在領主女兒的婚禮上，雷耿和瑞德家族皆有代表出席，依瑞斯和伯恩以雙方族長的名義，在領主的見證下簽署了兄弟之盟，並將曾經分裂的兩本馬可‧波羅筆記重新縫合，象徵着雷耿和瑞德在經歷了一百年的爭鬥後，再次溯本歸源。」

說完這句話，老人的身體微微後傾，靠在太師椅上，重心的後移讓太師椅微微翹起，他的目光投向落地窗外，夕陽最後一抹餘暉落下，仿佛象徵着這個六百年前的故事終於完結。我看了眼一旁的思薇，她神色略帶迷惘，仿佛還沉浸在那場六百年前波瀾壯闊的愛恨情仇之中。房間裏靜靜悄悄的，窗外的鳥鳴聲，樓下的人聲車聲此刻都清晰不已。

　　「那……顧清河呢？還有依瑞斯和黎曦，他們後來怎麼樣了？」思薇問道。

　　「依瑞斯和黎曦終於有情人終成眷屬，他們也舉辦了盛大的婚禮。

　　並且為了感激顧清河為兩大家族所做的一切，依瑞斯代表雷耿家族在顧清河海馬龍的基礎上，設計製作了一枚海馬龍戒和一座海馬龍雕像。而黎曦則代表瑞德家族在海馬鳳的基礎上設計製作了一枚海馬鳳戒和一座海馬鳳雕像。雷耿家族的族徽從海馬與龍演變成了海馬龍，而瑞典克斯家族的族徽則從海馬與鳳演變成了海馬鳳。他們將這對戒指和兩尊雕像送給了顧清河，並聲稱顧清河永遠是兩家最尊貴的客人。而顧清河沒有留在維尼亞，他帶着和

平女神艾琳和一對海馬龍鳳戒指、一對海馬龍鳳雕塑，以及戚凡的骨灰一起，歷經艱難險阻，最終回到了大明，回到了李飛揚和戚凡的老家，便是現在我們所在的崑山。顧清河將戚凡的骨灰和李飛揚的衣冠塚合葬在一起。他一生未娶，只是收了一個孤兒為徒，將自己一身本領盡數傳授於他，視為己出。他的徒弟長大後娶妻生子，血脈便沿留了下來⋯⋯而海馬龍鳳雙戒、海馬龍鳳雕像，卻在日後漫長的歲月中流失了，只有和平女神艾琳像一直在徒弟的後人中流傳下來⋯⋯」

說到這裏，老人露出神傷感慨的表情，他的右手卻不自覺地撫摸着左手食指上的海馬龍戒。我和思薇對視了一眼，知道彼此心裏都有了同一個答案。

「所以⋯⋯」我嚥了口口水，開口問道，「K 先生您，就是顧清河徒弟的後人嗎？」

「是的，你們猜的沒錯。」老人點了點頭，儘管已經猜到了答案，但當老人親口承認的時候，我和思薇還是不禁大驚失色，這

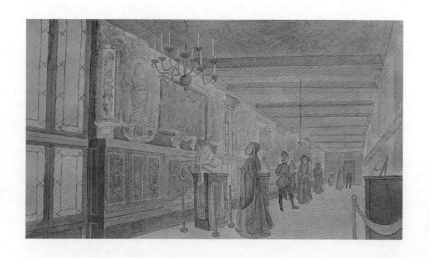

說明老人所講的故事，那些發生在六百多年前的一切，竟然是真實的！

門鈴聲打斷了現在安靜的氣氛和我們的思緒，我起身想去開門，老人卻伸手示意我坐着別動。他站起來，穩健地走向大門，我和思薇彼此對視了一眼，都能看見彼此心裏的萬般感慨，只是現在還不是交流討論的時刻。

來人是安娜女士，我和思薇起身問好，安娜女士也微笑回應，然後我注意到安娜女士的右手無名指上，戴着一枚戒指。

海馬鳳戒。

「向你們正式介紹一下，這位是安娜‧雷耿。」老人說。

我和思薇目瞪口呆。

老人的嘴角划過一絲欣慰的笑容，然後轉身走進書房。我盯着安娜女士手上的戒指，忍不住問道：「這是⋯⋯海馬鳳戒嗎？」

安娜女士低頭看了看自己手中的戒指，笑了笑：「是的。」

「是六百多年前，黎曦親自打造，送給顧清河的那枚嗎？」思薇問。

安娜女士又微笑著點了點頭，我和思薇面面相覷。

我衝著海馬鳳戒嚥了口口水，安娜女士看出了我的渴望，摘掉了戒遞給我們。

「我知道你們一定想親自看看，沒關係，拿去看吧。」安娜女士說。

我小心翼翼地接過這枚六百多年前打造的戒指，思薇立刻圍上來，經過了六百多年的風霜，這枚戒指卻依舊完好無初。思薇拿過戒指，仔細打量著，我能看見戒指上鳳凰百羽的雕紋，不知道是不是墨家寶玉的功效，讓這枚戒指逃離了時間的侵蝕。

思薇將戒指還給安娜女士，而安娜女士也講清了事情的緣由。

拍賣會那天老人競拍獲得海馬龍像後離席，而安娜女士也很快離開，其實安娜女士去追上了老人，兩人之前雖然從未謀面，但當安娜亮出自己手指上的海馬鳳戒指時，老人就明白了面前的女士就是黎曦和依瑞斯的後裔。而這件在拍賣會上的海馬龍像，就是安娜女士委託拍賣的，為的就是想找到識得海馬龍像價值的人。和老人一樣，安娜的家族也在尋找著當年顧清河創作的這一系列象徵著家族起源的聖物。近年來安娜女士一直代表家族在中國尋找六百多年前被顧清河帶回中國的和平女神艾琳像和海馬龍鳳對戒、海馬龍鳳雕像，終於功夫不負有心人，在一次次尋訪後，安娜女士找到了五件藝術品中的三件——海馬鳳戒和海馬龍鳳雕像。而海馬龍戒安娜女士卻來遲一步，戒指被一個神祕買家買走，而拍賣會主辦方拒絕提供買家信息。安娜女士猜測買走海

馬龍戒的人必定與顧清河有關，因為只有知道海馬龍歷史的人才知道戒指的寶貴。於是安娜女士決定用海馬龍像做誘餌，海馬龍像的起拍價並不高，如果有人要買，她就會將價格抬上去，幾輪過後其他的買家便放棄了，雷耿女士則自己拍下海馬龍像。而這次當老人用兩千萬買下海馬龍像時，雷耿女士就知道，他一定是買下海馬龍戒的人，他一定知道海馬龍像背後這段六百年前的往事，甚至知道和平女神艾琳像的下落。所以在老人離去時雷耿女士就追了出去，果然，老人就是顧清河所收徒弟的後人……

「原來是這樣……」聽完安娜女士的講述，所有的謎團終於都被解答。

思薇拿出自己那枚有着海馬龍的戒指遞給安娜女士，安娜女士放在眼前品鑒了一下，說這枚戒指確實出自雷耿家族之手，應該是後來批量製作的其中一枚。安娜女士把戒指還給思薇，告訴我們在雷耿和瑞德和解之後，海馬龍、海馬鳳取代了之前兩家的海馬與龍和海馬與鳳，行銷諸國，可惜在後來漫長的歲月中大多流失了。

腳步聲和輪軸滾動的聲音響起，思薇將戒指還給安娜女士。老人推着一個推車出來，車上的托盤裏是一座女人的雕像。她的頭頂戴着一個造型奇特的鳳冠，右手托着一隻白鴿，左手握着一根權杖，權杖的頂部有一顆明珠，明珠下是三隻海馬龍像。女神穿着明顯帶有希臘風格的長裙，而圓形的底座之上是翻滾的海浪。女神就被海浪托起，面容唯美，神色平和。

毋庸置疑，這就是顧清河當年親手打造的和平女神艾琳像。

而海馬龍、海馬鳳像佇立左右，如兩個忠誠的衛士一般守衛着和平女神艾琳。老人將推車停在我們的身邊，我和思薇、安娜

艾琳　　　　　　海馬龍　　　　　　海馬鳳

女士都湊過去，四個人圍着這三座六百多年前的雕塑。

　　「這就是，艾琳……」我喃喃地說。艾琳，她不僅僅是一個名字。她還是一個希望……老人的話在我腦中浮現。我努力在雕像的細節上尋找着那些往事的痕跡。朦朧間，我在艾琳的身上看到了許多張臉——執着果敢的黎曦，自由不羈的李飛揚，清新可人的領主女兒……我靜下心來，閉上了眼睛，耳邊似乎聽到了陣陣清脆的敲打聲，是匠人在勤力地雕琢璞石？還是戰場上的針鋒相對，刀劍相戈？這尊雕像就像是歷史的錄音機，記錄下了四季更迭、滄海人間，同時也記錄下了每個時代共同追求的希冀——和平。艾琳就這樣絕世而獨立，見證數代人心中的希望，並將其延續到了今天。

　　「可是……和平女神艾琳不應該是玉像嗎？」思薇問，「按照K先生故事中講述的話。」

　　「我們家族的文獻記載和平女神艾琳也是玉像，起碼表面有一層玉膜，但我在中國找到雕像時玉膜已經不見其蹤，我起初也懷

疑這並不是顧清河最初雕塑的和平艾琳像，但是當我觸摸到雕像時，我確定這就是原品。」安娜女士伸出手，輕輕撫摸着人像。

「I can feel her heart beating. It seems like she's breathing softly.」安娜女士輕聲說道。

「我覺得這個故事極有可能是真實的，但裏面的細節不乏戲劇誇張的成分，故事不都是這樣的麼？」我說。

思薇知道我指的是李飛揚投爐後開玉，而現出的玉石竟然能變成流體，在地上流動着湧向顧清河雕塑的人像，這到底是玉石選擇了顧清河，還是顧清河選擇了玉石？

「是一種雙向奔赴吧。」思薇說，「並且，用真心煉出的熊熊烈火，的確可以將堅硬的玉石融化，這不足為奇。同時，這對玉石和顧清河來說，也是一個新的生命的誕生與融合。」

「話雖如此，但玉膜怎麼會無故消失。」思薇反問道。

這話也問出了我心中疑惑，K先生故事雖然精彩，像李飛楊投身入火，融化璞玉那一段，浪漫得有些虛幻了。

「那你還記得，墨家後人在荊山中的祕境看到了什麼嗎？」K先生反問道。

「我記得，他們在祕境中的巖壁上看到了大片浮雕，上面記載着璞玉是從天而降的隕鐵，而且浮雕上還記載着一個巨大的蝶形卵石。」思薇回答道，突然她好像意識到了什麼：「莫非這塊璞玉，是浩瀚宇宙中的一顆渺小星系？因某種巧合來到地球？」

K先生和他身旁的安娜同時點了點頭，而我卻吸了一口涼氣：「這可真是見證歷史的一刻！」

但思薇的眉頭卻舒展開來：「但這可能確實是唯一合理的解釋，墨家璞玉並非傳統意義上的玉石，它是玉石之精、玉石之

王。其質地細膩、溫潤光澤是其他玉石所不能比的，這對人類文明來說是一筆寶貴的財富。而要想鍛造這種玉石，光靠熟練的技術是遠遠不可的，還需要一顆赤誠之心，才能將寶石從固態變成液態，還能自由流動，現在女神艾琳像上沒有玉膜，這既是大自然的鬼斧神工之作，也是玉石與雕像真正合二為一、融為一體，這是人文與藝術的碰撞，也是生命的延續與傳遞。」

K先生點點頭：「是的，但你想過，璞玉為什麼會來到地球嗎？」

「可能是某種磁場的吸引力吧。」思薇楞了一下，明顯沒有想過這個問題。

「其實，璞玉是有靈性的，璞玉的光是可以傳遞的，在它離開艾琳雕像前，已經改變了雕像的性質，現在的艾琳是一塊夜光石。」說着，K先生關掉房間的燈，只見黑暗之中，艾琳像不斷有節奏的閃爍着微弱的熒光。

「艾琳身上的光，好像摩斯電碼啊。」思薇突然說道。

「是的。」K先生點點頭：「我的先祖們很早就發現艾琳身上的閃光隱藏着某種信息，他們用了無數種方式，用了幾百種語言，都不得其果。但這不是因為他們不夠聰明，而是因為還沒有找到正確的方法。同時，他們還受到所處時代科技水平的限制。」

這時房間中央，投射出一個數字構成的艾琳全息影像。

K先生繼續說道：「艾琳身上的祕密很簡單，她的光總是一長一短，但它所對應的並不是任何字母或者文字，而是簡簡單單的0和1，也就是說，艾琳身上藏着的是一段由二進制編寫的代碼。」

此刻那個由數字構成的艾琳全息影響，變成了一串0和1的代碼。

「你們面前的這些代碼就是以二進制為基礎的計算機語言，也是全宇宙的通用語言。如果把這段代碼，放進計算機裏運行，它就像有了『生命』一般跑了起來，它不僅可以跑起來，而且還在一直生長，最後，竟然產生了智能！」

「智能！」我驚得退後了一步。

之前那個全息影像繼續變換，成了一個和艾琳雕像相似的女子形象。然後一個清脆的聲音，從那個全息影像嘴中發出：「很高興見到你們，我是艾琳。」

「你好艾琳。」K 先生微笑着和那個自稱艾琳的 AI 打了個招呼，但接着，燈光一閃，艾琳便消失在了我們眼前。

K 先生歎了口氣：「艾琳現在還處於初級階段，不僅消耗的能量非常大，而且還有些不穩定，請你們見諒。」

話雖如此，但此刻的我和思薇都已經被驚到不知道說什麼了，如果 K 先生說的是真的，那麼這個艾琳通過不斷的學習，最後可能成長為一個具有情感思維和超強運算雙引擎的智能人。「這一切真的有些難以接受。」我說道。

「沒關係。」K 先生擺擺手：「但你要知道，艾琳只是一切的第一步，這段程序並不僅僅是一個人工智能的核心，還是一個世界、一個宇宙的核心。」

「宇宙？」

「是的，這是一個利用科技手段進行鏈接與創造的、與現實世界映射與交互的虛擬世界。這個世界不僅有着自己的經濟系統和運行規律，還讓每個人都有極大的自由，可以肆意發揮自己的創意和想像力，他們的文明就是在這種環境下，急速成長。他們將其稱之為元宇宙。」

「元宇宙。」思薇和我都被這個名字吸引到了。

「是的，雖然我說代碼程序是元宇宙世界的核心，但其實，元宇宙世界和我們的現實世界是同根同族。人類是由碳基元素組成，而像艾琳這樣的人工智能則是由硅基元素組成，在元素周期表中，硅就在碳的下方，我們其實是一家人。」K先生笑着說道。

「這是一個平行於現實世界、又獨立於現實世界的虛擬空間，它確實是由科學技術搭建起來的王國，但又不完全是，難道在科技不發達的時候就沒有元宇宙了嗎？那麼那塊璞玉又該如何解釋？其實，在人類自由想像的那一刻起，元宇宙就已經誕生了，並且並行於我們的現實世界。

「元宇宙，其實是人類最古老的夢想，人類走向元宇宙的歷程，從幾萬年前我們的祖先在巖洞裏的第一筆胡塗亂抹就開始了。那是一個想像的宇宙：文學、詩歌、繪畫、戲劇、電影……長期以來，這兩個宇宙是相互分離的，我們不可能一邊看《西遊記》，一邊自己也真的前往西天取經。想想看，在車馬郵件都很慢的年代，古人站在山巔和日月星辰對話，潛入海底和江河湖海晤談，正是憑藉想像力打開了元宇宙世界的大門，才能看到和我們眼中不一樣的情愫，一篇篇佳作最終流傳於世上。」

「而現在，科技的發展讓我們逐漸搭建起了自己的元宇宙，從現在的技術發展來看，人類似乎正在慢慢打破這兩個宇宙的邊界，掌握了進入元宇宙的密碼，但這遠遠不夠。所以我說，你們了解的，或者現代社會對於元宇宙的認知，並不完全準確。真正打破兩個宇宙的邊界，進入元宇宙的密碼，不是數字，而是愛！大家的元宇宙將融為一體，所有生物的交流都不會因距離、生物結構和語言產生障礙。那時，銀河系將進入它的黃金年代。而在

元宇宙裏，像艾琳這樣充滿愛的化身，將永恆的成為元宇宙內秩序和文明的守護者，這就是艾琳之所以存在的使命！」

「但這一切，只靠艾琳能做到嗎？」

K先生剛想回答，但一個聲音卻從大廳中傳來：「只靠我是做不到的。」是艾琳的聲音。

「因為我所代表的，是構成元宇宙無數力量中，最基礎的一種，愛的力量。愛是一切的開始，但是愛，需要每個人來傳遞。」

我忍不住望向了身邊的思薇。

「愛是一切的開始，但愛又不僅僅是一切，對嗎？」

思薇還在聽着艾琳的話，沒有看我。

………

直到我和思薇離開K先生家中，我們都沒從震驚中緩過神來。

思薇情不自禁仰望星空，我也抬起頭，今天天氣很好，繁星滿目。

「你說，為什麼顧清河最終沒有和黎曦在一起，他當時畢竟和黎曦有婚約在身，如果依瑞斯和黎曦成婚，那是他把黎曦讓給了依瑞斯？」我問。

「我覺得未必是讓。」思薇說，「應該是成全。」

我明白思薇的意思，黎曦內心所愛應該還是依瑞斯，她對顧清河的都是感激之情。

「黎曦和依瑞斯的結合，不僅象徵着雷耿家族和瑞德家族聯姻，也是對恩斯特和魯茜亞悲劇的修復。況且，我總覺得顧清河最終帶着戚凡的骨灰千辛萬苦回到戚凡的家鄉，是因為他最終接

受了一個事實。」思薇繼續說道。

「事實？」

「顧清河確實曾經愛過黎曦，但最後，他發現自己其實愛的是李飛揚，在李飛揚犧牲自己換得璞石見玉的那一刻。而他也將李飛揚的衣冠塚和戚凡的骨灰合葬在一處，不僅僅是因為那裏是李飛揚和戚凡的故鄉，還因為他接受了，李飛揚在死前已經明白，戚凡才是她最終選擇的愛人。」

聽了思薇的分析，我突然感到一種巨大的悲鳴之感，唯有失去，才懂珍惜，唯有永不相見，才恨相見太難。

手機鈴聲響起，思薇拿出手機，我餘光看見來電顯示是Henry，不知有意無意，思薇走遠兩步去接電話，我們中間拉開了數人的距離，卻以相同的頻率行前走着，我兩手插兜沉默前行，而思薇舉着電話有說有笑。和平常不同，此刻我的心裏沒有強烈的醋意，我很平靜，心裏有一種無畏的勇敢，敢做任何事。

我們走過了一個街口，思薇結束了和Henry的通話。幾步過後，她又走到了我們身邊。我們並肩前行，一路無言。

氣氛有點莫名其妙的尷尬，思薇剛想開口，我卻停下了腳步，思薇走過兩步也停下，轉頭疑惑地看着我，用眼神詢問我為什麼停下。

「思薇。」我深吸了口氣，迎着她略帶疑惑的眼神，平靜地說，「我喜歡你，做我女朋友吧。」

我的表白毫無徵兆，思薇楞住了，顯然腦海裏沒有任何關於我會在此刻突然告白的預判。我平靜地看着她，心裏奇怪的沒有忐忑，沒有緊張，就像是做了一道單選題，勾了一個答案，然後靜靜等着批卷。

「李匠仁，你 ——」

「我沒開玩笑，我是認真的。」我打斷了思薇，「其實在意大利上學的時候就喜歡你了，不是一見鍾情，而是日久生情。我們一直是以好朋友的方式相處，我這邊你是我的女哥們，你那邊我是你的男閨蜜。我可以在你面前鬍子拉碴不洗頭，你也可以在我面前素面朝天不化妝。慢慢的，當我發現對你的感覺變了的時候，也明白你對我的感覺依然只是朋友。我們的關係已經變成了一種傳統，每當我想要打破這種傳統的時候，我都感覺到一種巨大的阻力。我沒有勇氣，因為我知道你對我並無其他的感覺，而一旦我告白，我們這種日常的關係一定會發生改變，到那時如果做不了戀人，就連好朋友都做不了了。」

聽了我的話，思薇許久沒有作聲，她低着頭，而我平靜地看着她。

我不想再逃避了。

大概五分鐘後，思薇抬起了頭，我感覺這是我人生中最漫長的五分鐘。

「其實我感覺到了。」思薇說，「你對我感覺的變化。我只是不確認，我以為是我多想。其實我有考慮過，萬一有一天你向我告白，我該怎麼辦。只是沒想到這一天終於來了，而且來的這麼突然。」

思薇說到這裏，我已經明白了答案。

「對不起李匠仁，我真的希望我們一直是好朋友。」思薇深吸了口氣，說出了她曾經演練過的話。

我不自覺地點了點頭，然後轉身離去。

思薇在身後叫住了我。

「為什麼你忍了四年都沒有說，今天突然講出來，是因為 Henry 嗎？」

「不。」我邊走邊答道，「是因為顧清河。」

我走過了一個街角，然後停下腳步回頭看了看，思薇並沒有追來。

思薇沒想到我會這麼突然的告白，其實我自己也沒有想過。只是當看見思薇手機上 Henry 的來電顯示時，突然覺得我應該告訴思薇了。

畢業回國這幾年，我到底在做什麼？

和喜歡的姑娘同住一個屋檐，卻只敢以男閨蜜的身份陪伴。

從小的夢想是成為一名有自己品牌的設計師，最後卻只是進了一家設計公司成了設計狗。

愛情和夢想，看着很近，離得都很遠。

想到這裏，我不禁自嘲般地笑了笑。

因為預料到向思薇告白會是現在的結果，暗戀的一方被挑明，日常的平衡被打破，誰都無法假裝什麼都沒有發生，曾經建立的友誼已經變質，我不僅沒有多一個愛人，還失去了一個朋友。

一個最重要的朋友。

但如果不說呢？一直這樣暗戀下去，直到有一天看她嫁給別人。

我並不想做你的好朋友，我只想做你的男朋友。

也許是時候該做些改變了。

周一，我向公司提交了辭呈。

我提出的太突然，Sam、Lily 驚訝無比，起初他們以為我是在

開玩笑，在發現我是認真的之後，連連追問我辭職的原因，我卻覺得自我的感受太過私人和複雜，不願和他們做過多的解釋，人事那邊極力挽留，很快大洋彼岸的老闆也得知了消息，Henry 接了老闆的越洋電話，約我詳談。

在 Henry 的辦公室裏，我們隔着一張辦公桌，我神色平靜，Henry 看起來有些煩躁。

「為什麼突然提出辭職。」Henry 問。

「世界很大，我想去看看。」我回答。

Henry 愣住了，顯然沒有料到我會用如此網紅的回答。

下一刻 Henry 站起身來從我身邊走過，將百葉窗拉住，然後轉身回到自己的座位坐下。

「是因為 Jade 嗎？」Henry 突然問。

我覺得 Henry 的問題有些可笑，表情上也不自抑地表現了出來。

「和思薇有什麼關係？」我反問。

「現在這裏只有我們兩個人，我不妨打開天窗說亮話，我知道你和 Jade 是室友，我也知道你一直喜歡 Jade，所以我和 Jade 的事情你應該也知道。另外這次珠寶大賽，最後沒有用你的方案，我想你可能心有不滿。」

「你知道我一直喜歡 Jade？」

「其實大家都看得出來，只是 Jade 不識廬山真面目，只緣身在此山中吧。」Henry 說。

「好吧，我確實喜歡思薇。但我辭職和思薇關係不大，我只是有自己想要做的事情。另外珠寶大賽的事情，你不用我的方案是對的，因為我做的並不好。」

Henry 挑了挑眉毛，沒想到我會這麼說。

但我又補充道：「不過說實話，你的方案也不怎麼樣。」

Henry 楞住了，更沒想到我會這麼說。

「我都要走了，也不介意說句實話了，你說對嗎？」說完這句話，我起身離開。

辭掉了工作，我也搬出了和思薇合租的房子。

我告訴她一切都好，我只是需要一點時間，去做自己的事情。

我在別處租了一套一居室，把自己的行囊都堆了進去。

然後我在桌子前，攤開設計紙，上面是那夜我畫下的有關海馬龍與海馬鳳的圖稿。只是那時我還不知道故事的結局，而現在，和平女神艾琳、海馬龍戒、海馬鳳戒我俱已見過。

這才是，我想做的事情啊。

我拿起筆，仿佛年幼時的理想又回來了。

接下來的一個月我過得簡單而狂熱。拒絕一切邀約，拒絕閒聊，每天廢寢忘食的撲在以海馬龍為主題的珠寶設計上。每次入眠時我幾乎都會夢見在六百多年前的維尼亞，在瑞德的工坊裏，我看見顧清河一個人雕刻以黎曦

為藍本的人像，神情專注如巖石雋永。我看見海馬龍戒和海馬鳳戒在顧清河的手下慢慢成型，他的皺紋一條條增多，他的頭髮一根根變白，但每當他注視着人像和海馬龍鳳戒時，他的嘴角會彎出微笑，眼睛裏也漾滿了溫柔。而在夢醒之後，我攤開圖紙，明白我所做的並不是簡單的珠寶設計圖，我筆下的雖然是畫面，但在我的心裏，是對這個發生在六百餘年前的故事的感動。

沉浸在創作中的時候，時間過得緩慢而飛速，在一筆一劃，一遍又一遍修改設計稿時，每一個卡住的地方都讓我覺得時間仿佛走入了一個無法前進的死胡同。我覺得自己似乎一直在時間的罅隙中打轉，但是日落月升卻成了我眼前的常態，就是那種一眨眼天亮了，再抬頭天就黑了，中間的時光在經歷時漫長無比，過去時又如白駒過隙。在這種矛盾的狀態裏，我完成了以海馬龍、海馬鳳為主題的設計初稿。

像是結束了一場酣暢淋漓的籃球比賽，雖然氣喘吁吁，心情卻因運動分泌的多巴胺而愉悅不已。我沖了一個澡，躺在沙發上靜靜思考，算算日子發現自己竟已足不出戶一月有餘，日常三餐基本也是外賣解決，這段日子裏唯一能說上話的就只有外賣小哥。之前沉浸在設計之中，如今終於游上了岸，突然很想出去轉轉，看看闊別已久的滾滾紅塵。

出門時暮色四合，我打了輛車來到徐家匯，走出車門外面已

是皓月當空。這裏是上海著名的商區，燈火輝煌，車水馬龍。我一個人漫無目地在大街上走着，呼吸着初秋略微清冷的空氣，周遭的一切繁華又陌生，我靜靜走着，漫無目的，不知不覺走進了一處商區的步行街裏，和一對又一對牽手的情侶錯身而過，這一刻我腦海裏突然浮現了思薇的樣子。心裏沒來由的一痛，像是被突然捅了一刀一般，來得毫無徵兆。我本以為自己已經接受了一切，就像顧清河接受了黎曦始終愛的人是依瑞斯。不知道顧清河在想起黎曦的時候，心裏會不會也如我這般突然一痛。我想起那夜我們從崑山聽完故事返回上海，思薇說她覺得顧清河最後發現自己喜歡的人變成了李飛揚。然而想到顧清河一生未娶，就知道他心裏最後裝着的無論是黎曦也好，李飛揚也罷，他到死都沒有忘記那個人。

如果思薇嫁作他人婦，恐怕我也一直不會忘記她吧。

就像意大利著名導演托納托雷的那部電影《西西里的美麗傳說》中結尾主角的那段獨白：時光流逝，後來我愛上過許多女人，當她們緊緊擁抱我時，都會問我會不會記住她們。我都說會的，我會記住你。但唯一我從來沒忘記的，是一個從來沒有這樣問過我的人。

想到這裏，我嘴角不自覺擠出一個落寞的笑容，因為這段話真的是，太悲傷了。

然而立刻，一個不可思議的巧合發生了，因為我看見了思薇，就在不遠處，而她旁邊的人，是 Henry。

我楞住了，站在原地，呆若木雞，癡癡地看着不遠處的思薇和 Henry，兩人並肩坐在一個花壇邊上，Henry 在不停說着什麼，而思薇卻是一副意興闌珊的表情。自從離開公司，搬出和思薇合

租的房子，我就再也沒有見過思薇，這一個月來我連微信都極少用，也不翻朋友圈，思薇從來沒有聯繫過我，我是從來沒有和任何人聯繫過。我從思薇的生活裏消失了一個月，而現在我在大街上碰見她，和那個一直在追求她的 Henry。

他們應該在一起了吧。

我難過地想到。

過去打個招呼嗎？我問自己。

自取其辱！我回答自己。

那還是走吧，趁着還沒被對方發現，否則實在是尷尬至極。

想到這裏，我覺得內心無比難受，這一個月來沉浸在創作中的樂趣頃刻間被瓦解掉，我感覺心裏漏了一個洞，而這個洞在不斷地變大，似乎最終會將我吞噬一般。商區廣場裏附近的高樓大廈此刻就像一個牢籠，而我只想快點離開這裏。

我突然感到鼻子一酸，眼睛濕潤，喉嚨很堵，我深呼吸了一口氣，用嗚咽壓抑住了哭泣。

「李匠仁。」又聽見有人叫我，但幾乎是條件反射，我心裏一個咕咚。雖然已經有一個多月沒有聽見她的聲音，但此刻她在這裏，而我熟悉她的聲音。

我向思薇的方向望去，發現她已經站了起來，也在望着我。

Henry 當然也發現了我的存在，他站起來走了一步到思薇的身邊，同樣注視着我。

我看了看思薇，又看了看 Henry，我低了低頭，轉身離去。

眼淚終於不爭氣地奪眶而出。

但我努力可以控制住自己不要奪路而逃。

已經走得很落寞了，就不要再走得很落魄了。

儘管如此，我還是不禁腳下加快，我仿佛暫時失去了聽覺，周圍的一切都靜悄悄的，像是死寂的墳墓。兩邊林立的商舖此刻好像懸崖絕壁，而我身處峽谷之中，我看到腳下道路的盡頭是一條橫着的馬路，車輛如光般在上面一輛一輛駛過，那裏是盡頭也是出口，是我走出峽谷逃出生天的路。

　　我剛想再加快腳步，突然被人從身後一把抱住，我楞住了，低下頭看見那雙白玉般的手，我能感受到她的頭靠在我的背上，隨着呼吸靠近又疏遠，我能聞到她身上慣用的茉莉花香的香水味，周圍的寂靜仿佛如潮水般退去，我又能聽見人來人往的繁華熱鬧，當然還有她的心跳聲，因為此刻是我們認識以來彼此心臟距離最近的時刻。

　　我好希望此刻是時間的終點，我好希望此地是世界的盡頭。

終章

後來，思薇告訴我，事實上在我離開的這一個月裏，她經常想起我，起初她以為只是不習慣，也許過幾天習慣了就不想了，然而就算她可以在白天用工作填滿自己，可是在入睡之後的夢境中她卻總是夢見我。夢見我們曾經在學校的時候，一起上課，吃飯，看秀，做作業。夢見我們一起來到上海，在同一家公司做設計師，在同一間屋檐下做室友。我們在一起吃了數不清的飯，看了不計其數的電影，做過很多有笑有淚的案子，我們一起生活，並肩奮鬥，她以前一直覺得我有些幼稚，不像是即將三十而立的人。可後來她突然發現幼稚有時候是孩子氣，有時候其實是少年感，她意識到我的內心一直住着一個不曾長大的小男孩，而那個小男孩身上所有的優點，卻是如今大部分的男人都失去的東西。

我們不想長大，卻被時光洪流脅迫着長大。有多少人最終變成了自己所不喜歡的人，不知道他們有沒有在自己的心裏留下一塊藏着初心的淨土。我身上所有的弱點，Henry 身上都沒有，他要比我成熟，比我自律，比我更懂人情世故，他就像一個現代工業社會精心雕琢打磨出來的精品，所有的指標都符合產品的黃金比例。而我不一樣，思薇說我就像山間的清泉，無味卻凜列，像田園的野草，雜亂卻生猛。

我從來沒有想到在思薇的眼裏我會得到這樣的讚譽，終於明白了什麼叫做情人眼裏出西施的道理。我記得以前聽過一句話，叫做情人和朋友的區別就在於，你展現在情人面前總是最好的一面，而你可以在朋友面前展現不好的一面。而事實上，所有的事情都是有兩面性的，我喜歡你，我看到的就是好的一面，我不喜歡你，我看到的就是不好的一面。我想當思薇開始發現我的幼稚同時代表着我內心裏住着一個純真的小孩時，她發現自己其實也喜歡着我。

　　但她依舊沒有主動聯繫我，因為她曾經一直認為自己對我沒有愛情，只有友誼。套用一首流行歌的歌詞叫做友達以上，戀人未滿。而在我出走的這段時間裏 Henry 自然是對她窮追猛打，然而 Henry 追得越緊，她卻越有一種想要逃的感覺。

　　總要有一件你不愛做的事情，告訴你喜歡做的事情是什麼。也總要有一個你不喜歡的人，告訴你喜歡的人是什麼樣子。終於，在她已經到臨界點的時候，我出現了。

　　我帶思薇來到我閉關創作的地方，向她展示我「失蹤」的結果 —— 海馬龍為主題的珠寶設計。思薇看了之後罕見地對我讚不絕口，我們聊到了之前在公司為了參加比賽的那些作品，思薇說當時我嘗試的東西方元素融合是生堆硬湊，而現在的設計可以被叫做水乳交融了。

　　我說從馬可·波羅到雷耿和瑞德始祖，再到顧清河、黎曦、依瑞斯，我現在也是站在巨人肩膀上的人了。思薇問接下來準備做什麼，我說想休息一陣再找工作，另外想再去拜訪一下老人，如果不是他給我們講顧清河的故事，那麼我不會下定決心面對我

的生活，無論是事業還是愛情。

　　說到愛情的時候，我抬起頭看着思薇，她也看着我，我覺得她的雙眼特別明亮，像星辰。

　　翌日，我和思薇帶着設計稿前往崑山拜訪老人。老人開門時看見我和思薇手挽着手，他的目光在我們二人緊扣的雙手上停留了一瞬，然後嘴角流露出一絲微笑，老人請我和思薇進去，問了我的近況，我如實相告。我拿出設計稿給老人看，並向他表示了感謝，讓我得以有機會和久遠時空中的那些工匠大師產生某種聯繫。當然更重要的是，讓我認清了自己的生活並有勇氣遵從自己的心意。

老人細緻地看完設計稿，並沒有評價，而是陷入了沉思。許久之後，老人抬起頭，對我說：「你知道我為什麼要給你講顧清河的故事嗎？」

我和思薇都楞了一下，好像從來都沒有仔細思考過這個問題。

「還記得你第一次見我的時候說了什麼嗎？」老人又問。

我的思緒回到了第一次見到老人時，那是父親讓我去給錢教授送東西，然後在錢教授家偶遇了老人，之後我一路尾隨跟蹤老人，看他上了一輛車，就打了一輛出租車跟著他，沒想到竟一路跟到了崑山。在追上老人後，我給他詳細解釋了事情的原委和經過，我記得當時自己越說越激動，好像還說了一些我一路走來的心路歷程什麼的，如今想起來也是冒失，不知道自己當初為何會跟這個初次見面的老人說那麼多自己的心事。

「看你的樣子應該說已經回憶起來了。」老人沒等我開口便說道，「你對和平女神艾琳好奇，對思薇的海馬龍戒指好奇，對拍賣會上發生的競價好奇，包括對我好奇，這些都是人之常情，是人都有求索之心。但我並不會為了滿足世人的好奇而說出祖上的故事，我告訴你顧清河的故事，其實是因為你不僅問了和他有關的事情，你還說了你自己。我看到了你從小對設計的熱愛和堅持，我看到了你對思薇的喜歡和隱忍，你讓我想到了顧清河和戚凡，戚凡跟著李飛揚卻從來不敢表白，因為他害怕失敗，可他一直跟著李飛揚，因為他更害怕失去她。你跟我說了當時珠寶大賽比稿的困惑，你想將東西方元素結合，設計出有東方特色的珠寶樣式，但你覺得自己只有方向，卻沒有道路，所以迷茫困惑。我跟你講顧清河的故事，是因為他在六百多年前也做了同樣的嘗試。我想也許這個故事可以給你啟發，幫你撥開眼前的迷霧，去到你

想去的地方。」老人將設計稿放在桌上，「現在我覺得你已經上路了。」

我剛想回話，響起的門鈴聲卻打斷了我，思薇起身去開門，來人是安娜女士。

老人將我的設計稿遞給安娜女士，她細細看完之後，問我說都是你設計的嗎？

「是我設計的，用了一個月的時間，我知道還有很多地方不夠完美。只是終於完成了初稿，算是告一段落吧。」我說，「還是要多多感謝你們讓我知道了有關海馬龍的故事，因為我知道這個紋章背後是數千年的歷史，所以有一種站在巨人肩膀上的感覺。」

安娜女士將設計稿還給我，「非常不錯，接下來你有什麼打算？」

「我想自己應該還是會再去找一份設計師的工作吧。」我老實回答，聽了我的話，老人、安娜女士和思薇都忍不住笑了起來。

「你真是這麼想的？」思薇笑着問。

「是啊，就像是找回了小時候剛學畫時的感覺，沒有什麼別的想法，我就是有一個想要畫出某樣東西的心動。」我說。

老人和安娜女士對視了一眼，然後兩人去了書房，似乎是有什麼事情要商量，大概過了一刻鐘，老人和安娜女士推着一個推車從房間出來，推車上的托盤裏放着和平女神艾琳和海馬龍鳳雙戒。

「我從你的設計初稿裏看出了你的天賦，這樣吧，由我和安娜女士投資，我們幫你和思薇建立一個珠寶品牌，以海馬龍鳳為主題，你覺得怎麼樣。」

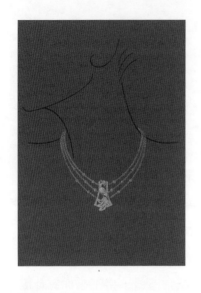

老人此話一出，對我來說自然是驚喜，思薇則有些驚奇，「還有我嗎⋯⋯」

「顧清河沒有黎曦和李飛揚的幫助，也無法打造出和平女神艾琳。黎曦和依瑞斯也是通力合作，才打造出了海馬龍鳳對戒。你們一男一女，陰陽互補，一個中國人，一個外國人，中西合璧。我知道你們都是非常優秀的年輕人，一定可以發揮一加一大於二的力量。」

我看了看老人，又看了看安娜女士，發現兩人並非說笑，似乎是認真的。

老人又說：「其實，我們願意幫助你們建立自己的品牌，也並非沒有自己的私心。雖然海馬龍鳳雙戒、和平艾琳像，都製作於六百餘年前的作品，但他們所承載的真愛，和包容、和平的精神，即便在科技進步的今天也是有意義的，而且這也是璞玉中所隱藏的 AI 艾琳所要打造的元宇宙的基本準則。所以我希望你能夠用現代人的視角和工藝，將這些情感解讀出來，傳遞給世間所有人，為日後艾琳元宇宙的展開進行鋪墊。而且我也在你的初稿中看到了這些地方的努力和效果，雖然正如你所說，這只是初稿，裏面還有很多不完善的地方，但你能自發地畫出這些設計稿，說明你內心是認可和熱愛這個故事的，我相信你能夠做好。」

說罷，老人便將海馬龍戒指遞給我，而安娜女士則拿出海馬鳳遞給思薇。「而我，則要跟着安娜去一趟歐洲，拜訪一下如今的雷耿家族和瑞德家族，只靠艾琳的力量，元宇宙的完成不知道要等到猴年馬月，我希望能藉助兩大家族的力量，讓艾琳先一點點出現在大眾的視野，融入現代科技，一步步的來實現元宇宙。同時，我也懷疑，地外文明留下的 AI 並不僅僅只有艾琳，正如艾琳所說，她所代表的是愛的力量，那麼還會不會有代表其他力量的存在呢？而且艾琳也需要時間成長，或許跟着你們這些年輕人，她也能更好的了解這個她要去改變的世界。」

　　「記得上次我開玩笑說，不知道元宇宙裏能不能用信用卡。您說，元宇宙裏的數字信用卡，不僅具有現實世界裏信用卡的一切功能，更是一種高尚精神的連接。」思薇若有所思地說。

　　「我正要跟你提起這件事。」K 先生掏出一張黑色信用卡遞給思薇，「你看，這是集團與銀行合作的聯名卡，聯名卡主題是『9·9 真愛 TRUE　LOVE』，卡面正中央是和平女神艾琳的半身像。卡的背面右下角，這兩手拇指食指相扣、另外三指相抵的手勢，是真愛手心，真愛手心意喻着全世界人民心心相連，真愛無界。也是關於愛的心意、愛的表達，這是現實世界裏的信用卡，在元宇宙裏，也會有對應的數字行用卡，而且，那會意味着更多……」

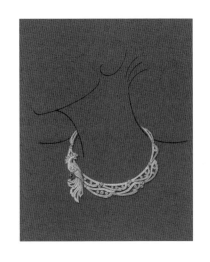

K 先生說完這些，便走到窗前，望向遠方。而一個模糊的全息投影，也悄然出現在他的身後，那是艾琳。她將手搭在老人的肩上，轉頭望向我，那清澈的眸子裏好像藏着一片星辰大海。

　　那一刻，我才確定老人和安娜女士是認真的。老人是顧清河唯一徒弟的後人，安娜女士是那個傳奇家族雷耿的後裔，而他們竟然願意相信我這個和他們非親非故的陌生人，並願意將艾琳交給我，實現我的夢想。

　　我和思薇低頭看了看彼此手中的戒指，只覺這份信賴是如此沉重。

　　一年後，9 月 9 日，崑山御瓏宮廷廣場。

　　歷時一年，我和思薇經過了無數的討論、爭執、磨合，終於做出了讓我們彼此都滿意的設計。根據 K 先生和安娜女士留給我們的海馬龍鳳雙戒，我們加入了很多現代時尚的元素，除了兩款婚戒之外，還設計了尾戒、項鏈的方案。另外我們將海馬龍像、海馬鳳像再豐富加工，獨立製作成玉雕。我將設計樣章郵件給在歐洲的 K 先生和安娜女士，他們看過後也讚不絕口，在他們的幫助下，我和思薇成立了工作室，完成了海馬龍系列在中國大陸的版權、商標註冊等事宜。為了紀念顧清河和艾琳，我們決定將珠寶品牌正式命名為 K&IRENE。而在今天，9 月 9 日，我們準備在御瓏宮廷的久久真愛節上，宣佈我們的工作室正式成立，並舉辦海馬龍系列珠寶品牌的發佈會。

　　此時我難得的西裝革履，思薇一如既往的明艷動人，而在我們的身後，則是一身幹練打扮的艾琳。這場發佈會，艾琳也出了不少力，運用她元宇宙的獨特藝術視角，幫我們設計了場地；用

她精準的算法，為我們的排期進行了周密的安排；而且還幫我們邀請了很多業內的朋友。我向她微微一笑，表示感謝。

而艾琳則向我指了指站台上的海馬龍鳳雙戒，投出一個鼓勵的眼神。

愛是一切的開始，但也並不是一切。

艾琳的元宇宙還沒有最終到來，但在這一年中，她已在潛移默化中，改變了我許多。

當然，或許改變我的，並不僅僅是艾琳，更是她所承載的愛。

我也同樣回報她一個眼神，點點頭，表示明白了她的意思。

而這時，Sam 走上前來祝賀。

我們在後台有說有笑地聊着，Sam 說我真是君子豹變，失蹤一段時間原來是在祕密積攢大招，還怪我辭職時不告訴他真相。我實話相告當時辭職時並無任何計劃，只想找一個安靜的地方開

始海馬龍系列的設計，至於後面的貴人相助，對我真的是意外之喜。Lily 打趣說後面的美人相愛也是意外之喜嗎？

「那不是意外之喜。」我說。

「哦？那是什麼？」Lily 問。

我又看了一眼思薇，我倆都羞赧地笑了起來。

「是天意。」我說。

Sam 和 Lily 都打了個哆嗦，連說好酸好酸，我們都大笑起來。這時 K 先生和安娜女士來後台找我們，我為他們一一引見介紹。

「外面準備的差不多了，你們緊張嗎？」K 先生問。

「老實說有一點。」我坦然承認，這是我第一次從幕後走到台前，「不過看着我們努力了一年的成果就要展現在大家面前，又激動又忐忑。」

思薇過來握住我的手，她的手微微用力，幫助我安定下來。

K 先生拍了拍我的肩膀以示鼓勵，他看着一旁的推車上的海馬龍鳳雙戒、海馬龍、海馬鳳雕塑，我看着他的眼睛，總覺得他心裏此刻有着千言萬語，但最後他卻也只說了一句：「走吧，該開始了。」

我和思薇牽手上台，今天台下來了不少親朋好友，此刻都在起鬨尖叫，主持人給我們遞來話筒，開始向大家介紹我們。到我發言時候，我看着滿場的目光，一時有點恍惚，在我還是小孩子的時候，曾經幻想過長大了以後，會有一個屬於我的時刻，而現在，我終於處於這個時刻之中。

我回頭望了望，我的身後是一座巨大的幕布，在這座幕布後隱藏了一個環節，按照流程我將在演講結束後揭曉這個環節。我環顧了一下台下黑壓壓的人羣，嚥了口口水，開始了我的講述。

「大家好，我是李匠仁，在我旁邊的這位外國友人是我的搭檔

Jade，她有一個中文名字，是我為她取的，叫思薇。我們在意大利里亞奇工藝美術學院是同學，畢業後她被我『誘拐』來中國，和我一樣成為了一名珠寶設計師。」

「我從小就對手工興趣很大，別人家的孩子都喜歡買變形金剛的玩具，而我喜歡買橡皮泥自己捏變形金剛。別人家的孩子夢想長大了以後成為科學家、作家、外交家，而我希望自己以後可以成為一個工匠，一個手藝人，一個可以把自己腦海中的想像變成實體的人。今天我有幸可以站在這裏，我要感謝的人很多，這些感謝都發自內心，我就不多說了。但以下幾個名字，我卻必須說出來，如果沒有他們，我不可能站在這裏，也不可能有這場發佈會。」說到這裏，我深吸了口氣，和思薇對視了一眼，她衝我點了點頭。

「感謝顧清河、李飛揚、戚凡、黎曦和依瑞斯。」

「我知道大家一定很好奇這些名字，他們是誰，我又為什麼要感謝他們。這是一個漫長的故事，跨越六百多年的時空。恕我無法在今天的場合給大家訴清因果。希望以後有機會可以將他們的故事講給大家聽，因為所有有關海馬龍系列的一切，某種意義上都是他們的遺產。我很幸運，成為了牛頓口中那些站在巨人肩膀上的人。接下來是我們的展示時間，請我的搭檔思薇來為大家展示海馬龍鳳對戒，以及海馬龍、海馬鳳的玉雕。」

禮儀推着一輛推車上來，上面陳列着的便是我和

思薇這一年來的心血，但我知道這更是顧清河他們在那個時代的結晶。我們繼承了前人的遺產，並融入了我們這個時代的審美。

思薇開始跟大家細緻地講述我們的設計理念，剖析那些微小的細節裏所隱含的深意。我站在台上，思緒卻不可阻擋地飄出了展台之外，穿過了久遠的時空。那個時候的顧清河一定不會想到，在六百多年後的二十一世紀，他的作品會被傳承下來，並在李飛揚和戚凡的故鄉以全新的姿態和世人見面，他們的故事將通過 K&IRENE 這個品牌，藉由珠寶的光芒，永遠傳頌下去。

思薇的解說完畢，現場的掌聲將我的思緒拉回了台上，我接過思薇的話筒，靜待着掌聲停下。

「謝謝思薇細緻的講解。在這裏我也要感謝久久真愛節可以給我們這個契機，讓我們在這個傳遞真愛、情感的舞台上向大家發佈我們的作品。另外，我們還有一個特殊的禮物要展示給大家。」

我揮了揮手，身後的幕布落下，巨大的和平女神艾琳像出現在身後。

「這座雕像的名字叫做和平女神艾琳，艾琳取自一個久遠的貴族少女的名字。在這裏感恩 K 先生所做的一切。而這座廣場，從此以後也將命名為艾琳廣場。包容、胸懷、真愛、和平是我們的主題。如果大家可以知道艾琳背後的故事，相信諸位會對此更有感觸。為了感謝 K 先生，在今天的揭幕上，我們還給他準備了一份特殊的禮物。」

K 先生有些錯愕地看着我，又轉頭望向思薇，手推車上的最後一件展品，正拿在思薇手中，是一副精緻的金邊眼鏡。思薇交到 K 先生手中，K 先生接過眼鏡，發現鏡腿居然是定製的海馬龍

圖騰，不禁細細摩挲欣賞起來。思薇說：「K先生，這幅眼鏡是匠仁特別為您定製的，他的神奇之處，不僅僅是工藝的精細，您先戴上試試。」

K先生戴上眼鏡，環顧四周：「好像，並沒有什麼特別呀？」

思薇輕輕按住鏡腿上海馬龍的頭部，K先生眼前的景象立刻變了，艾琳廣場變成了沙灘，時光仿佛倒流到顧清河與黎曦上岸的那個海邊。「這，這……思薇思薇」K先生有些慌亂，雙手在空中不停地擺動，仿佛想要抓住什麼，突然，他停了下來。

時間仿佛靜止了，艾琳廣場的大屏幕上，所有人都看到了K先生眼鏡中呈現的畫面。從海邊緩緩走來的艾琳，裙襬被海風吹動搖曳，髮絲划過臉頰，從遠到近，面容從模糊到漸漸清晰，美

麗、溫柔，笑意盈盈。廣場上屏幕的畫面突然有些模糊，大家明白，那是 K 先生眼中噙着的淚。

「K 先生，這是最新的 VR 眼鏡，您可以通過它進入元宇宙世界，在那裏，艾琳是永生的，您可以隨時呼喚她，她也可以帶您去任何您想去的地方，她了解您的過去，參與您的現在，也可以陪伴您一起走向未來。」

思薇的話音在耳邊響起，但此時 K 先生眼裏只有艾琳，他深吸一口氣，說：「hi，艾琳」，所有人屏住呼吸，全場寂靜無聲，只看見艾琳略略屈膝，輕聲說：「K 先生，好久不見」。話音剛落，整個廣場上立刻響起了雷鳴般的掌聲和歡呼！

K 先生雙手顫抖着扶了扶眼鏡，心中有千言萬語不知如何開口，沉思半天問道：「艾琳，你從哪裏來？」

艾琳莞爾一笑：「我來自元宇宙，我奶奶的奶奶、奶奶的奶奶、奶奶的奶奶、奶奶的奶奶、奶奶的奶奶、奶奶的奶奶……………哎，反正我也搞不清楚了，總之她是法國人。準確一點來說，1418 年，我的祖先去法國旅行。在長途跋涉的旅途中，他有了一段刻骨銘心的戀情！600 年後他的後代創建了一個高級珠寶品牌『可艾琳』，使這一刻永生不朽。」

K 先生端詳着艾琳，她眉宇間有 600 年前的古典美，同時又有來自元宇宙的未來感，浪漫又科幻，充滿了神祕感。他遲疑地問道：「艾琳，我找了你很久很久，今天能見到你真的很高興，但我擔心你……會不會突然消失？」

艾琳調皮地眨眨眼，說：「K 先生，你看我是不是很年輕？那是因為有一個實力雄厚的科技創業團隊在我身後，他們將 AI 智能與人文相結合，讓技術不再冰冷，讓智慧充滿溫度，讓人工智能

昇華為充滿人性關懷的『人文智能』（簡稱 H.I.）。我來自過去，也存在於未來，甚至是永遠。高科技智能使我大放異彩、擁有無限的能量，我是一個服務大使，可以在許多領域為人們提供服務與幫助，並且是全天候 24 小時不間斷的陪伴。只要您需要的時候，呼喚我，我隨時會出現在您面前。」

全場再次一片沸騰，大家齊聲呼喚着艾琳的名字：IRENE，IRENE！

看着廣場上狂歡的人羣，我深吸了一口氣。

因為接下來，我還有一件更重要的事要做。

我的心跳開始加速。

我從展台上拿起海馬鳳戒指，面對思薇，單膝下跪。

「思薇，你願意嫁給我嗎？」

三年後……

思薇帶着兩歲的龍鳳胎寶寶在沙灘上堆城堡，我和 K 先生坐在沙灘椅上，他正在看我們最新一季的產品發佈會，當然，是戴着我和思薇送他的眼鏡。

「K 先生，您覺得這一季的產品怎麼樣？」

「嗯，關於元宇宙的創意不錯，虛擬珠寶更受年輕人的青睞，對了，我昨天跟艾琳去了虛擬展廳，你們佈置得很不錯，我還買了幾件新品。」

「我知道，您使用了你的聯名黑卡，數字支付享受了 VIP 價格，我們系統第一時間就反饋給我，您後台的真愛手心亮了，看樣子最近您消費得不少啊。跟您分享一個好消息，您用聯名黑卡進行數字支付的積分，會被計入我們的數字慈善基金，這個月底

我們用您的積分累積的慈善基金，就可以為雲南、貴州兩地貧困山區的青少年送去 100 部 VR 教學眼鏡，他們只要帶上眼鏡上課就可以不受經濟條件的限制，坐飛機飛到北京去看故宮、攀登長城，去西安看秦始皇陵兵馬俑，甚至到意大利佛羅倫薩領略文藝復興的藝術瑰寶！相信這個消息您聽了一定感到開心！」

K 先生將手裏的雞尾酒放下，推了推眼鏡，把模式切換到現實，鄭重其事地說：「真是太令人欣慰了。虛擬智能技術的發展可以打破貧困與富有之間的界限，以後的世界，人與人之間將變得越來越平等，資源的分配將越來越公平，讓所有人都有機會跨越出身和階層的限制，去享受優質的教育條件和生活設施。」

「對了，我還想跟你說件事。」K 先生滔滔不絕，越說越有興致，顯然他為這個問題已經思考了很久，「虛擬社區的發展，不僅僅是奢侈品，我希望有更多藝術、人文的基礎建設，這些都是值得我們關注的。元宇宙是我們人類的第二個家園，應該要比我們現在生活的環境更美好。我和艾琳一直在討論這個問題，我們能不能建立一個平台，讓所有在虛擬商城的消費，通過這個平台，

產生更多的能量，去做一些文旅項目，比如博物館、美術館、公園、遊樂場，孩子的陪伴中心，老人的護理中心⋯⋯大家一起出力，建設新的家園」。

我不禁拍手叫好：「K先生，您真是看得遠，為子子孫孫構建更美好的未來，是每一代人肩負的責任。」

K先生突然想到了什麼，讓我把眼鏡切換：「你跟我一起來。」隨着思緒的轉換，K先生帶我來到他心中構建過無數次的元宇宙世界，那裏瀕臨海岸線，陽光明媚，孩子們和老師在清明上河圖中自由穿行；下一刻坐上智能汽車，在駕駛艙中開啟與艾琳的聊天模式；到家前艾琳已經安排好最佳室溫、柔和燈光、色香味俱全的晚餐、等待主人沐浴的浴缸中的水溫⋯⋯

「艾琳，你太棒了！」我不禁眼眶濕潤，我和 K 先生眼前所見的一切，正是他夢寐以求的生活圖景，欣慰和感動的暖流在心中湧動，此時耳邊響起熟悉的旋律，那是艾琳在輕聲吟唱：「跨越我們心靈的空間和距離，向我顯現你的來臨，無論你在哪裏，我堅信那心已在一起。」

K 先生指着一望無際的海平面，回頭對我說：「我出生在海邊，小的時候一直想知道，海的那邊是什麼，沒人能告訴我，覺得越過這片海太難了，可現在這不是難事了。你的孩子現在想知道的，是宇宙那邊有什麼，我想，在不遠的將來，那也不是難事了。我想在這裏，打造一個真實與虛擬並存的世界」。

我和 K 先生站起身來，在海邊緩緩走着，近處是思薇和孩子們奔跑在沙灘上，在 VR 眼鏡的畫面裏，K 先生看到了那個稚氣未脫的自己，在家鄉的海邊肆意快活地奔跑，海浪一波一波地打在岸邊的礁石上，發出清脆的海浪聲，海鳥在海面盤旋飛翔，遠處的家燈火通明。

更遠處，艾琳陪着我們，踏在雲端。

（全文完）

作者簡介

馬　龍

　　20 世紀 80 年代初定居香港，擔任宋慶齡基金會理事，陳香梅文化教育專項基金創始人，9·9 國際真愛節創始人，中國華僑基金會 9·9 真愛專項基金創始人，香港中華總商會會員，上海國際商會副會長，上海世界貿易中心協會副會長，上海市僑商聯合會顧問，高迪安集團董事長。作者以「人文情懷，和平使命」為核心價值追求，獨創人文藝術三大瑰寶「海馬龍」、「海馬鳳」、「和平艾琳」，促進國際間的民間文化交流，被譽為「人文交流的推動者和實踐者」。2014 年 3 月攜「海馬龍」于聯合國總部獲頒「世界和平貢獻獎」，由時任聯合國助理祕書長 Thomas Gass 先生親自頒獎。2018 年 9 月 9 日，在聯合國總部舉辦第四屆「9·9 國際真愛節暨真愛人文瑰寶展」盛大慶典，與數位哈佛大學終身教授深入探討真愛人文精神。其所創辦的「9·9 國際真愛節」被聯合國教科文組織協會世界聯合會主席巴納格爾先生讚譽為「諾貝爾式的努力與貢獻」。

　　多年以來，人文藝術瑰寶「海馬龍、海馬鳳」及艾琳和平印鑒曾贈予多國元首、政要及聯合國前祕書長，在社會各界贏得人們的尊敬和讚賞。作為人文藝術三大瑰寶「海馬龍」、「海馬鳳」、「和平艾琳」的原創者，他和團隊構思了本書的框架和主題。

魏天一

　　魏天一，1990 年出生，青年作家，編劇。2008 年在著名文學雜誌《萌芽》連載長篇小說《鏡子風暴》，為《萌芽》創刊五十年

來最年輕的長篇連載作者。2009 年由接力出版社出版《鏡子風暴》單行本，台灣著名詞人、出版人方文山誠意推薦，與台灣著名作家劉墉進行對談，對談實錄登載于《北京青年周刊》《萌芽》雜誌。2012 年攜第二部長篇小說《我懷念的是那時的自己》拜會著名作家、中國作家協會副主席陳忠實先生，獲陳忠實先生拔冗接見，親筆推薦。2016 年，在《萌芽》《讀者》《青年周刊》《意林》《ONE》等知名雜誌發表過的十餘篇短篇作品集結出版文集《對方正在輸入》。2017 年編劇的由汪東城、安悅溪主演的網絡劇《鎮魂街》在優酷視頻播出，當年播放量突破 30 億。2019 年編劇改編韓國第五十二屆百想藝術大賞最佳電視劇《信號》，中國版《時空來電》在騰訊視頻播出，同年編劇改編亞洲人氣漫畫《外貌至上主義》在騰訊視頻播出。